牛老板

陈彦题

刘林海 著

作家出版社

图书在版编目（CIP）数据

牛老板／刘林海著. -- 北京：作家出版社，2024.4
ISBN 978-7-5212-2720-8

Ⅰ. ①牛… Ⅱ. ①刘… Ⅲ. ①长篇小说- 中国 -当代
Ⅳ. ①I247.5

中国国家版本馆CIP数据核字（2024）第029671号

牛老板

作　　者：刘林海
责任编辑：李　雯
装帧设计：连鸿宾
出版发行：作家出版社有限公司
社　　址：北京农展馆南里10号　　　邮　　编：100125
电话传真：86-10-65067186（发行中心及邮购部）
　　　　　86-10-65004079（总编室）
E-mail:zuojia@zuojia.net.cn
http://www.zuojiachubanshe.com
印　　刷：三河市北燕印装有限公司
成品尺寸：152×230
字　　数：285千
印　　张：20.75
版　　次：2024年4月第1版
印　　次：2024年4月第1次印刷
ISBN　978-7-5212-2720-8
定　　价：52.00元

目录

◎　001　…　第一章　　　　◎　178　…　第八章

◎　025　…　第二章　　　　◎　204　…　第九章

◎　053　…　第三章　　　　◎　224　…　第十章

◎　079　…　第四章　　　　◎　259　…　第十一章

◎　096　…　第五章　　　　◎　289　…　第十二章

◎　118　…　第六章　　　　◎　311　…　第十三章

◎　140　…　第七章　　　　◎　325　…　后记

第一章

　　牛老板大名牛笑天，小名牛叫天。关于他的名字，关于他的发迹，说来话长。

　　牛笑天发达后，曾在本家堂叔屋里淘得两件宝贝：一件是牛家的族谱，一件是牛家的影儿。那族谱不足一指厚，纸质说不上是宣纸还是麻纸，颜色说不上是黄色还是灰色。族谱里密密麻麻记载着牛家十几代故去先人们的名号、生卒年月。有些人还有简单的生平事迹。那影儿是卷在木轴上的一块布帛，展开来约有一米见方，质地是绢丝的，下端已被耗子啃出了几个大洞。影儿上依稀可见一个倒立的树形图，顶上是一幅人物头像，用粗线条勾勒出来的那种，看着颧骨高耸，留着八字胡，用后来的审美标准，可以形容为尖嘴猴腮。人物头像下长出了很多枝杈，每个枝杈的交会点上都写着一个名字，当然一律姓牛。不用说，影儿亦是类似于族谱的东西。牛笑天得到这两件宝贝，是因了回老家小住，恰逢远房堂叔造屋，牛笑天慷慨地奉上了两万元礼金，堂叔一时兴起，将两件宝贝赠予了牛笑天。依着堂叔的说法，族谱是牛姓家族历朝历代有名有姓的花名册大全，影儿是牛家族谱圣人的集锦。上了影儿的人必在族谱中有事迹介绍，影儿中最上端画的人像就是牛家的灵魂。堂叔说族谱可以锁在柜子里，因为那不过是个档案，影儿则是牛家的圣物，必须挂在显赫的位置上时时供奉。但堂叔并没有告诉牛笑天自己一直把影儿压在一个不起眼的角落。堂叔把两件宝贝交给牛笑天时脸色颇有些凝重。堂叔似有不忍，又似释然地说，族谱和影儿按族规要由族中的嫡传长子或有德之人传承保管，既然这宝贝到了牛笑天手里，振兴牛家就全指望牛笑天了。牛笑天是聪明人，如何不懂得其中就里，心说真要是这样，这一份荣誉怕不是堂叔一时心血来潮就能独个儿授予他牛笑天了，就连堂叔早先是如何得到这两样东西，牛笑天都怀疑是否经得起推敲。这两件宝贝所有权的转移，不用说是因为两万元礼钱的作用。但想归想，对这两件起码可称作牛家历史文物的东西，牛笑天还是以虔诚的心态，小心翼翼地带回家保存起来。

对照着族谱和影儿，又翻阅了一些史书，结合幼年时被定为富农分子的爷爷老古董给他讲过的家史，牛笑天大概梳理出了牛家的历史沿革。

和牛笑天知道的许多家族一样，牛家也是在明朝的某一个年份，从山西大槐树底下被遣送到秦岭以北的渭河岸上。经过几代或十几代人的努力，牛家庄成了牛姓家族繁衍生息的场地。牛家庄在人口达到一定规模的时候，又因为地震、瘟疫等，经历若干次盛衰变化，一个自然村落顽强地演绎了一方角落的文明。当然这个文明中包含着层次和差别。换言之，在牛家庄同祖同源的众生中，有穷人，有富人；有出人头地的人，有被人踩在脚下的人。话说到了清朝嘉庆年间，牛家庄一户潦倒人家有兄弟二人，不堪清贫，双双外出谋生。入晋东渡黄河时，搭乘的摆渡小船不幸遇风浪倾覆，哥哥葬身鱼腹，弟弟侥幸逃得一命。弟弟上岸后一路乞讨东行，后来在平遥落脚。先是在一杂货铺当使唤娃，而后被正式收作相公。那家杂货铺生意越做越大，最后竟成了平遥城里数得上的商号。弟弟因为踏实本分，被掌柜的看重，把自己的侄女嫁给了他。一朝攀龙附凤，又加穷人家勤劳本色不改，弟弟从相公干起，先后被提升为佐理、襄理、分理，一路发展得风生水起。及至后来，商号经营银钱业务，成为票号，弟弟成为票号中不可小觑的牛经理。又过了几年，票号在银川设立分号，牛经理成了银川分号的掌柜。这牛经理飞黄腾达了，不免时时惦起生他养他的牛家庄，常常有一种衣锦还乡的愿望。也是天遂人愿，某一年牛经理经管的票号遭了匪灾，亏得牛经理率领手下几个伙计，仗着两杆火枪和几把长刀拼死抵抗，待官府的兵丁赶到时，票号财物安然无恙。土匪仓皇撤退后，牛经理倒在血泊中，腹部被人捅了一刀。票号只说是牛经理要殉职了，可幸高价请来的郎中医术了得，竟从死神手里把牛经理夺了回来。牛经理治好刀伤，命是保住了，人却半废了，见天肚子疼得直不起腰，郎中说刀伤愈合后引起了肠粘连。但毕竟活下来已是万幸。牛经理失去工作能力，平遥总号的大掌柜就动员牛经理回到平遥养老。牛经理的内人，也就是大掌柜的侄女也撺掇丈夫居功赋闲。可牛经理惦着老家故土，死活想回渭河岸边的牛家庄。大掌柜感念牛经理二十年的忠诚与敬业，同意牛经理告老还乡，还赠给牛经理一大笔银子。用几百年以后的说法，牛经理以自己的丰功伟绩，心安理得地拿了可观的离职补偿安家费。牛经理带上自己从未拜过祖宗的妻儿一行，从银川直接打道回乡。遭了一场匪灾，牛经理越发谨慎起来。他把柜上支给他的现银兑成体积很小的黄货，一家人扮成贩药材的客商，买了几头瘦驴，把黄货藏在驴鞍子里，吆着一挂装满甘草的驴拉挂车，风餐露宿十几天回到老家县城。到了印象中无限繁华而今却感到有些破败的县城时，牛经理安排一家人住在客栈，以便宜的价格把药材和牲口处理了，再买几头光鲜标致的骡马，连带一挂上好木料的大车，又赶着请裁缝为自己和家小量体裁衣，一人做了一身行头。选个阳光明媚的黄道吉日，牛经理在牛家庄一庄人惊艳的注目与议论中荣归故里。

这牛经理就是后来牛笑天从堂叔家中得到的那个影儿最上端

的头像。牛家的这一支就从牛经理这辈人红火起来，牛经理当然也就成了后辈们供奉的圣人了。

牛经理带着妻儿认祖归宗以后，先是修缮了故去多年的父母坟茔，又拆除老屋，在原地基上盖起了牛家庄最高大的房屋、最华丽的院落。把自家安顿好后，牛经理又出资捐建了牛家总祠堂。这祠堂本为牛家庄全体牛姓人家的祠堂，供奉着牛家的共同祖先。不用说，牛经理这一无量功德，就让他成了凌驾于牛姓各族族长之上的绅士。牛经理见过世面，知道读书的用处，就从自己那一辈立下规矩，凡后世不到讨饭的地步，孩子必须送私塾读书明理。牛经理还乡后不长时间，又遇着朝廷纳捐放官，说白了就是朝廷缺银子，拿出一批空有其名的官位卖给有钱人。牛经理就拿出了一部分积蓄为自己捐了一个七品候补。虽没想着弄个县丞尝尝做官的滋味，但却实实在在地获得了一套顶戴花翎，又合法地在自家大门上镶上了"七品府第"四个大字。自此，牛家庄开天辟地出了个官宦人家，牛经理成了牛圣人、牛员外、牛财东。

牛经理其后繁衍了牛家庄最旺的一族人。世事更迭，到了晚清，牛经理的第四代后人中出了一个举人。这举人光大了祖宗牛经理开创的家风，他乐善好施，睦邻乡里，自不必说，牛举人因真才实学和高尚的修行，成了牛家家谱中浓墨重彩表述的人物。如果没有祖先牛经理，牛举人肯定就是牛家影儿上享受画像待遇的人物。牛举人一辈子留下了不少文章，尤其是藏于民间不计其数的墨宝，百年后依然是收藏家推崇的宝物。本书的主人公牛笑天在谈到自己家世的时候，认为自己的太太爷爷牛举人是最值得骄傲的，远比影儿上的牛经理有分量得多。牛举人一生最得意的事情，是培养了一个在学业上呱呱叫的孙子。牛举人最遗憾的事情，是眼看着自己的孙子到了学而优则仕的年龄时，席卷全中国的革命把科举制度给废了。牛举人这个才华横溢却命运不济的孙子，后来成了酸臭的腐儒一个，被人唤作老古董。这老古董就是牛笑天的爷爷。

老古董养了两个儿子。遵古训从小被送去念书。只不过彼时私塾已消亡，代之以新式学堂。两个儿子念罢高小，大儿子回乡料理偌大的祖遗家业，小儿子依旧读书，随新潮又去寻找更适合自己口味的高档学堂，后来阴差阳错地进了一家国民革命政府举办的军校，再后来跟着长官稀里糊涂地打了几年仗，一九四九年随着所在部队败退到台湾去了。老古董把大儿子吆喝回家后，实指望把自己手中已有些破败的家业重新振兴，恢复祖上的风光。不承想儿子却不遂父意，撑不起家业，家中一个拉长活的伙计一直帮着东家张罗家务，儿子跟老伙计的关系不像主仆，倒像是长幼。也许是老伙计身在东家，却一直操心着自家的日子，反正老古董家族的辉煌，在老古董这一辈起渐渐式微。转眼到了共产党建立政权之时，老古董家的田产数量已大不如前，早年伙计成群的景象一去不返。共产党给牛家庄村民划定成分时，老古董与富农身份擦肩而过。当时的工作组组长说，多亏了老古董的爷爷牛举人在阴间护佑，老古董才免遭于难。凭着祖上的荣耀，仗着儿子识得几个字，老古董在新中国成立后的第五个年头，没费太大周折，给家里迎娶了一个儿媳妇。儿媳妇是二十里外李家屯的姑娘，长得貌美，只因家贫，父母早早地嫁了女儿，从牛家获得一份还算丰厚的彩礼，又作为资本给自家儿子找媳妇去了。李姑娘嫁到牛家庄第三年，开怀给牛家生了个男丁。这个男丁就是牛笑天。

牛笑天出生在仲夏时节。那天傍晚，老古董搬了一个马扎，坐在自家的大门前，摇着芭蕉扇，乐呵呵地与门前过往的乡邻们打着招呼。其实，只有老古董自己心里清楚，此时此刻他比自己的儿子还紧张，因为牛家太需要一个长把儿的孙子问世了。当年他的小儿子离开家乡求学，后来回了寥寥几封信，只说是吃粮当兵。再后来就杳无音信。老古董其实早已在心底做好了儿子马革裹尸的思想准备。既然当了兵，战场上的枪子儿是不长眼的，丧命疆场再正常不过，要不然咋也会带个口信回来。老古董只当是老天爷这辈子让他守着一棵独苗。再说小儿子当年效命的队伍还是蒋介石的军队，寻常他提也不敢提那档已被尘封的往事。如今嫡长孙问世，老古董当然在心底把送子观音拜了再拜。突然，一阵低沉浑厚的牛叫声直冲老古董的耳膜，老古董循声望去，一头老黄牛冲着自家的宅子站着，昂首仰天，一声紧似一声地吼着。老古董认出来，这头牛是自家头些年入社时，并到农业社饲养室槽头上的畜生。难道老牛也有灵性，知道老家有新主人问世？老古董心里正琢磨，自家的婆娘迈着小脚一溜小跑，颠到老古董跟前，嘴唇哆哆嗦嗦地半晌说不出话来。急得老古董直跺脚。待到老古董终于听明白胖孙子是带把儿的时，不由得将两只手在膝盖上使劲地拍起来。看着远处依然吼叫着意犹未尽的黄牛，老古董突觉恍然大悟，连叫："有了，有了。"婆娘问："有了什么？"老古董冲着婆娘大喊一声："叫天来了！"

牛家的这个孩子从生下来那一刻起，就有了一个响当当的名字：牛叫天。当然，这是他的爷爷老古董为他起的。

牛家庄及其周围十里八乡有个习俗，每有孩子出生时，起名上既很随意也很讲究。说随意是人们相信孩子的名字不过就是个称谓而已，名字越起得贱，娃的命越贵，往往是孩子家中主事的长辈如爷爷爹爹准备起名时，先闭上眼，嘴里默默念叨一阵老天保佑孩子之类的话后，突然睁开眼睛，第一个映入眼帘的物件就是孩子的名字。这样一来，就不难理解牛家庄的孩子们千奇百怪的名字：狗娃、鸡仔、红马、牛屎、燕子、街道、泥墙、酸枣、槐树、眼镜、顶针，等等等等。当然，细心的人也会从孩子的名字上悟出家长的品位和身份。说讲究，其实不难理解，牛家庄一带不乏知书明理之辈，他们对孩子的名号是看得极重的，虽然也多是家长以第一眼看到的内容作为命名素材，但那里面必然蕴含着某种寄托或祝福。例如望云、思雨、鸣雀、春苗、丰果，等等等等。不言自明，牛叫天的由来当然属于后者。猜想老古董的心思，自家的老牛冲着老主人的宅子仰头向天叫，声声呼唤，莫不是暗示着牛家要出一个一飞冲天的大人物吗？老牛向天叫，孩子当然就叫牛叫天了。

牛叫天的童年过得不算幸福，但也没受过太多的苦痛。在牛叫天不甚深刻的记忆中，他家里整天会住些陌生人。每遇家里来一拨客人，娘就会把东屋的上房腾出来，打扫干净，然后整天忙活在厨房中。待到饭时，客人们回到屋子，娘把做得超级精细的伙食低眉顺眼地端给客人们享用，而那些客人用饭时也不需要牛叫天家人作陪。人家放肆地一边吃着饭，一边大声说着话，比在自家屋子里还气长。而这时候爷爷和爹爹则一人端着一个饭碗，分别蹲在屋檐的下方，像牛家庄所有的男人一样，把碗沿搭在下嘴唇上，用筷子在碗中扒拉着饭食。娘往往是一个人蹲在厨房的灶火口，在很难被察觉的情形下就把自己的肚子打发了。牛叫天小时候最大的愿望是有朝一日也能像那些来家的客人一样去吃带盘子的饭，因为母亲端给那些客人的饭盘子里总是摆着让牛叫天稀罕的拌菜或炒菜，有时还有香喷喷黄澄澄的炒鸡蛋。那些客人们还常在吃罢晚饭后在东屋里召集村上一些人关起门说事儿，这个时候爷爷就会拉着牛叫天早早地爬上土炕。牛叫天睡不着，看着爷爷噙在嘴里的旱烟锅子，随着吧嗒吧嗒的声音，烟锅子一明一灭。牛叫天的奶奶在牛叫天五岁的时候死了，这土炕上就剩下他和爷爷两个人。牛叫天从有记忆起，就和爷爷奶奶在一起睡觉，所以牛叫天把爷爷奶奶看得比爹娘还亲。爷爷在炕板上磕弹烟锅头的烟灰后，习惯性的动作是使劲地咬着烟嘴吹出去几口气，牛叫天能感觉到烟锅头冒出来的气味直呛鼻子。吸完烟，爷爷常常会用散发着油烟味道且让牛叫天感觉到尽是骨头的手在牛叫天的头上和脸上摸索一阵。这个时候，牛叫天如果醒着，爷爷就能感觉出来。牛叫天对牛家家族历史的了解，大部分都是在这种状态下，由爷爷一点一滴且无数次重复告诉他的。牛叫天记性很好，爷爷说过一次，他就记下了，待日后爷爷再重复时，他就抢过话头来，先说上一遍，他本意是想嘲笑爷爷，没想到爷爷反倒像个听故事的人一样静静地听完，还不停地追问一些细节和结局。当然，爷爷和牛叫天说得最多的还是牛举人。爷爷说，牛举人如果早生上几辈，没准就可以做道台、做总督了。牛叫天问爷爷道台和总督跟皇帝比，谁更牛。爷爷就呵呵地笑了。牛叫天跟爷爷没大没小，啥话都敢说，牛叫天问爷爷，为啥别人骂他老古董。寻常牛叫天跟庄上的孩子闹腾时，一旦起了纠纷，孩子们最恶毒的攻击方式不外乎大声呼喊对方家长的名字，那似乎是比 × 你妈之类的话还要让被骂者难堪，而牛叫天最受不了的就是别人当他面喊"老古董"。对于牛叫天的困惑，爷爷不以为然。牛叫天很不理解的是，爷爷对他这个名字好像并不气短，爷爷竟然还说，"老古董"有啥不好的。

待牛叫天一家四口人，除牛叫天在村子里的小学念书外，爷爷、爹爹和母亲都在生产队里挣工分。爷爷在生产队的饲养室喂牲口。爹爹身板薄，农活干得不怎么出色，但因为爹爹是队上为数不多识文断字的人，被聘为会计，所以爹爹依然是在庄子里被人瞧得上眼的人。让牛叫天感到神奇的是，村子里的妇女们除了老弱病残外，也是需要跟男人们一同出工的。牛叫天很小的时候就知道男人们是十分劳，女人们是八分劳。而自己的娘一般不用出工下地干活，就在家里给那些外面来的客人们做饭招呼，却比那些下田干活的女人挣的工分还要多，是十分劳。牛叫天从被唤作姨姨和婶婶的女人们口里听到过一些不太懂的话，诸如说他娘靠着盘子靓挣饭吃的话。他不明白"盘子靓"是啥意思，但他猜想肯定不是赞扬他娘的话。他曾在土炕上悄悄问爷爷，啥叫盘子靓，为啥别人说他娘盘子靓。爷爷叹了口气没说话，摸着他的头，让他快些歇下。

待牛叫天稍稍长大一些，才明白他娘的特殊工作。那些年没黑没白地开展各类运动，村上像走马灯似的轮换着一茬一茬来驻队的干部。这些驻队干部大部分都是上头下来的，都是吃公家饭的人，生活上就会讲究一些。照顾这些驻队干部的吃住问题，就成了村上的一项政治任务。驻队干部往往也会把接待事务作为考核村上对上级开展的各项活动是否积极推行的重要标准。牛家庄的女人们只要能把生的变成熟的，就算是合格的主妇。驻队干部吃派饭时，对主家的选择成了令村干部头疼的事。一来二去，村上把牛叫天家作为定点接待户。这其中的第一个原因，应该是牛叫天的爷爷和爹爹都是读书人，在饮食起居上有些讲究，牛叫天的娘是苦人家出身，在公公和丈夫的调教下自然不敢造次。这第二个原因其实更重要，牛叫天的娘长得端正，驻队干部们也是俗人，秀色可餐，对饭菜的质量情愿将就一些。可巧，牛叫天家里住宿条件也相对宽裕，这就成全了他们家庭的特殊性。定点的接待任务也的确给牛叫天家里带来了实惠，驻队干部按要求要给管饭的老乡见天交出三角钱伙食费和一斤粮票，这些钱票足够牛叫天家里的招待成本了。家里收着小钱，娘挣着大工分，好倒是好，不惹村子里人眼红，那才叫怪事。

牛叫天的恓惶是从他娘出事那年开始的。牛叫天永远忘不了，当他那天从学校放学回家时，家里乱成了一锅粥。他娘躺在屋檐下的地上，凌乱的衣服上沾满了土。牛叫天扑到娘跟前时，娘的表情把牛叫天吓得魂魄出窍。娘的眼圆嘟嘟地睁着，眼球快要蹦出眼眶，舌头吐出嘴巴有几寸长，嘴角和鼻孔流出了血。牛叫天在恍惚中被人一把推开，塞进了一旁傻站着的爷爷怀里。娘的那副面孔是她留给牛叫天的最后记忆，一直到娘被抬进棺材，被埋进墓穴里，牛叫天再没看见娘的脸面。不用说，对娘最后的记忆像刀子一样刻在牛叫天的脑海里。

牛叫天的娘是在受尽羞辱后悬梁自尽的。

话说那一阵子又来了一拨工作组。共四个人，工作组的头儿也就是组长，被安排吃住在牛叫天家，其他几个组员，除了吃饭集中在牛叫天家外，晚上住宿分散在其他村民家中。根据后来发生的事情分析，这组长虽说是个政治上坚定的人，但毕竟又是肉体凡胎，干革命工作离家在外，不得已少了些床笫之乐。在牛家庄行使巡按之职时，看到接待户女主人标致可人，难免动了春心。言语挑逗不达目的时，干脆霸王硬上弓。女主人大呼小叫，惊动了尚在家中留守的公公。老古董张嘴仁义，闭嘴礼智，岂容此等龌龊之事在自家屋里发生？怒不可遏之际，操起墙上挂着的放猪鞭子，在那组长的背上狠命地抽了起来。那组长杀猪似的叫声很快唤来了一帮既热心又爱瞧热闹的村民。其后那个组长灰溜溜地逃出了村子。老古董的儿媳妇被驻队干部糟蹋的消息很快传遍了周围几个村子，在唾沫星子能把人淹死的牛家庄，牛叫天的娘根本没有自证清白的勇气。可事情远远没有结束，十几天之后，牛家庄来了几个戴大盖帽的，跟牛叫天的爷爷和娘谈过话后，又到村书记家里坐了一会儿。没几天，老古董儿媳妇被糟蹋的说法又有了新版本。原来没看出来老古董一家还有能耐演这么一出戏，一向腼腆的叫天娘竟然仗着她盘子靓，企图勾引革命干部，不达目的又与老公公合伙栽赃革命干部。后来又有传言说这老古董也不是啥正经货，说不定早都扒了灰，上了儿媳妇的床。传言对也罢，错也罢，却始终没见再有大盖帽来澄清这件事。牛叫天一家人像中了瘟疫一样被村民避着，就连牛叫天也常在学校被捣蛋的同学远远喊成窑子娃。

那件事情发生之后，牛叫天家里就再没有外头来的客人了。家里没有了让别人羡慕嫉妒的伙食费收入，牛叫天的娘也失去了待在家里就能挣来大工分的营生，只得和别家女人一样扛起农具，随着生产队出工铃声，与大伙儿一起下田干活了。

谁也没有料到，一场更大的灾难降临到牛叫天家。

村里又进来了一拨驻队干部，随着村上大喇叭不绝于耳的响声，一个新名词"清理阶级队伍"很快成了牛家庄男男女女的口头禅。按牛叫天以往的经验，驻队干部进村就有热闹的大会要开，也会给牛叫天以及和他一般大小的孩子们带来一些兴奋。这次也开了大会，可是开会的内容却叫牛叫天大大沮丧，因为寻常支书面对全村社员讲话站着的土台子上，站上了他的爷爷老古董。爷爷不是在讲话，而是像犯了大错一样深深地低着头。驻队干部坐在土台旁边临时摆着的桌子旁，轮番指着爷爷，数落些牛叫天不太能听懂的话。但牛叫天从干部们慷慨激昂的语调和村民们或麻木不仁或幸灾乐祸的眼神中感觉到，爷爷恐怕是要大祸临头了。

牛叫天的爷爷老古董，后来被定为漏划富农。按村上喇叭中宣讲的老古董的罪行，其自幼接受反动透顶的封建文人牛举人的教化，一辈子好逸恶劳、四体不勤，新中国成立后不积极改造，对社会主义制度长期不满，梦想变天，实为革命阵营的敌对分子。

清队结束后，老古董戴上了四类分子的帽子，村上又多了一个义务扫大街的人。依着牛家庄的村规，每天在社员出工之前，四类分子要提前起来把村子大道上的旮旯角落打扫干净，当然是不记工分的。牛叫天依旧和爷爷在一个土炕上睡觉，爷爷的话明显比过去少了。牛叫天早上醒来时，爷爷多半已穿衣走了。待牛叫天上学时，常常会在路上远远看见爷爷佝偻着身子，挥着扫把，很有节奏地扫着街面。

老古董的四类分子帽子很快就苦住了儿子和儿媳妇。不长时间，牛叫天爹爹的会计职务被革除了，听大人们说无产阶级的算盘不能掌握在地富反坏分子的孝子贤孙手里。如果说爹爹的待遇一家还能面对的话，发生在牛叫天娘身上的事，却让这个家庭再也无法平静下去了。牛叫天记不得第一次是啥时候，牛叫天的娘也站在了爷爷曾站过的土台子上，娘和爷爷一样把头低得很深很深，只不过数落娘的人变成了村上熟悉的那些被牛叫天唤作叔叔、婶婶的人。他们让娘交代是如何勾引革命干部的，他们问娘用干部们送的伙食费买了多少香脂，还有人问娘和爷爷是啥关系。娘涨红着脸，一句话也不肯说。牛叫天后来知道，娘被别人数落的那个场合叫"斗破鞋"。

牛叫天记得村上为娘办了三场"斗破鞋"。前两次斗完，娘像死人一样在炕上躺着不肯下地。对门的八婶娘平常和娘走动得多，只有八婶娘在娘被斗罢后到家里坐在娘的炕边抹了一阵眼泪。待到娘被斗第三次后的第二天，牛叫天放学后就看到了娘留给他的最后那一面。

娘走了以后，牛叫天的家里一下子清冷了许多。爹爹原本就不爱说话，这以后就更是紧闭着嘴巴。爷爷在厨房里做好饭，喊儿子盛饭时，牛叫天从来没有听见爹爹有过回应声。也不知啥时候他才悄没声息地走进厨房，又悄没声息地填了肚子。又过了一阵子，好像因为爹在大田里干活耍奸溜滑，生产队长就在田间的劳动现场给牛叫天的爹开起了批斗会。开批斗会的时候，牛叫天的爹依然紧闭着嘴巴，脸上一丁点表情也没有。或许大家也觉得这种批斗会太乏味，后来队长就对牛叫天的爹听之任之了，再后来牛叫天的爹也不大跟社员出工，整日袖着双手像瓷人一样站在村口朝远处看，有人跟他打招呼时，他也毫无反应。久而久之，牛叫天的爹就好像一尊雕塑，老在那个固定的地方待着，这似乎成了牛家庄一景，反倒是看不见牛叫天爹的时候，会让村人有些稀罕。

爹的死相比娘更惨。村上有一家人盖房子用牛车从邻村的砖瓦窑上拉来了几车砖，码得整整齐齐，堆放在自家门前的大街上。那砖堆大约有一丈多高，谁也想不到寻常只知道袖手站在路边的牛叫天爹，会鬼使神差地蹲在那个码起的砖垛下。也许是牛叫天的爹在砖垛下靠着蹭痒痒，反正当砖垛稀里哗啦砸下来的时候，村里人连滚带爬地跑到砖垛跟前时，牛叫天的爹只剩下两只脚露在砖垛外面。待大伙儿七手八脚把人刨出来时，牛叫天的爹早没了气息。那天牛叫天看见他爹时，他爹浑身上下全是灰土，脸上看不见眼睛、鼻子，头发被血和土和成的泥巴糊成了一团。牛叫天突然就想起他曾经见过的一只被土枪打得开了花的野兔。

一家四口抽走了两口，偌大的院子只剩下老古董和牛叫天一老一小。给牛叫天爹办后事的时候，为了置办棺木，老古董把家里的一些粮食卖了。入冬后，袋子里的口粮快完了，老古董为了孙子叫天不至于断粮，开始有一顿没一顿地糊弄自己的肚子。突然有一天，老古董躺在炕上捂着肚子，哀号不停。村上的土大夫过来问了老古董详情以后，责怪老古董不该图省粮去吃观音土。土大夫说估摸病人得了肠梗阻，给开了几片止疼药，吩咐老古董多喝水。老古董吃了止疼片，肚子不疼了，牛叫天放心地在爷爷身边躺下睡着了。待牛叫天醒来时，窗外天已大亮，爷爷并没有像往常一样早早下炕清扫大街，而是弓着身子，嘴巴偎在炕席上，一大摊涎水浸湿了开花的被子。牛叫天想摇醒爷爷，半晌却不见爷爷有任何反应。一阵强烈的恐惧让牛叫天哇哇地哭了起来。哭声惊动了对门的八婶娘。八婶娘很快给牛叫天头上扎了一圈白布，又唤来了四邻八舍，一帮子人手忙脚乱地搭起了灵堂。

老古董是富农分子，他的死可以节约生产队的粮食，无疑是一件好事。碍着同宗同乡的情分和面子，生产队长决定由队上出钱出粮葬了这个不该在世界上继续存在的人。爷爷的死让牛叫天真正感到了害怕和孤独，看着爷爷被人用钉子钉在被唤作棺材的木匣子里，牛叫天号叫着想扑上去揭开那个钉上去的盖子。不知道什么时候学校里的张老师也来了，张老师是牛叫天二年级的班主任，给牛叫天教语文的。张老师用两只胳膊把牛叫天从后面紧紧箍住，半是安慰、半是呵斥着才让牛叫天安静下来。

爷爷下葬的那天，牛叫天从家里起灵时就开始号啕着哭。他拒绝了别人给他安排的一切仪式。他扯掉了缠在头上长长的孝布。别人递给他两根缠着白纸的柳条棍子，他扔到地下又一脚踢得老远。有人给他头上顶了一个陶盆，他一歪头陶盆摔在地上碎了。他有些恨这些埋爷爷的人，他觉得他们像是在唱戏，像是在开会，甚至像是在给娘斗破鞋。

埋了爷爷，牛叫天不想去上学了。他独自坐在自家的院子里，幻想着娘从厨房里端出来这世界上最好吃的扁食。他躺在土炕上回忆着爷爷给他讲过无数遍的牛举人的故事。八婶娘唤他到对门自家屋里吃饭，他不想去，因为他感觉不到饿。

又一天，张老师来家里了。张老师问牛叫天为啥不去学校。

牛叫天没有说话，把头仰着又呜呜地哭起来。张老师把牛叫天搂在怀里，待牛叫天哭声慢慢低下来，张老师才扳着牛叫天一起一伏的肩膀问牛叫天想不想娘。牛叫天揉了揉满是泪花的眼，轻轻地点了点头。张老师说："你娘、你爹、你爷爷都去了另一个世界，你看不见他们，可他们都能看见你，你要是一直哭，他们会难过，你要是笑了，他们才会高兴的。"张老师说着话，又把手指向天空："你娘、你爹、你爷都在天上哩。"牛叫天顺着张老师的手指望去，那是一大片层层叠叠的五色云彩，突然他就看见一堆云彩中有娘的影子。那朵云分明是娘的模样，就像是娘给驻队干部端饭时的神态，娘的头发、娘的鼻子、娘的嘴巴，娘的眼睛甚至朝他眨巴着。娘离开牛叫天快一年了，今天终于又回来了。情不自禁中牛叫天终于咧开嘴笑了。

当牛叫天把目光转向张老师时，他分明看见张老师眼眶中溢出了泪水。牛叫天有些不解。张老师掏出手绢擦了擦眼，忽然又笑了。然后又用似笑似哭的腔调说："牛叫天，我给你改个名字吧，你以后就叫牛笑天。"

牛叫天有了一个新名字——牛笑天。这一年，他九岁。这一年，他成了真正的孤儿。

孤儿牛笑天的生活成了牛家庄第七生产队一个令人头疼的事儿。生产队长也姓牛，上算不出十辈，必然和牛笑天同归于一个先人。放着个孤儿不管，于牛家的亲情说不过去；于理，作为一个生产队的当家人，一个无依无靠的孩子，不管一管也显不出仁厚。队长琢磨了几天，找到牛家庄的支书，请示要把牛笑天列为村上的五保户。支书一听哈哈大笑："你疯了，你难道要让牛家庄广大贫下中农勒紧裤腰带，从牙缝中抠出粮食去供养一个富农崽子？"碰了一鼻子灰的队长没奈何，又找了本队几个与牛笑天没出五服的本家商量，最后决定让牛笑天在各户社员家中轮流吃派饭。这牛笑天的娘活着时最风光的事情，是给驻队干部做派饭，而今身后自己的儿子竟在别人家里轮流吃派饭，也不知道是做娘的积下的德行，还是遭下的报应。牛笑天一度吃起了派饭，体验着各家千篇一律的清贫。再说这些接受牛笑天吃派饭的社员，家里的粮食本就恨不得数着米粒安排下锅，现如今十天半个月来个野小子蹭上一顿，心里如何舒坦。厚道的人家感念牛笑天的不幸，给牛笑天盛饭时和自家孩子一般对待。有那些心胸狭小的，便时常甩给牛笑天半碗剩饭。牛笑天小是小，却也能感受到寄人篱下的滋味，吃派饭时逆来顺受，饱一顿，饥一顿，就成了常态。尽管如此，牛笑天总算是活了下来。

牛笑天命运的变化源自两个贵人。

前面说到，牛笑天的名字是教语文的班主任张老师起下的。牛笑天爷爷一死，张老师就在他身上多花了些精力。张老师常问牛笑天，今天在谁家吃的饭，吃的啥饭，吃饱了没有。张老师家住邻村，在学校时常用煤油炉子自己煮饭吃，有几次张老师还把牛笑天叫到自己的房子，给牛笑天煮了清水面条，牛笑天端着张老师的洋瓷碗，握着张老师的花筷子，心里面觉得暖和极了。张老师做的面条吸到嘴里，清爽得不用咀嚼和吞咽，就从喉咙里下去了，全不像派饭中常见的红薯吃到嘴里，有时噎得喘不上气来。牛笑天在张老师房子里吃饭的时候，就想起了爷爷和娘，他甚至感觉张老师长得很像爷爷。

有一天，队长把牛笑天老远招呼到自己跟前，笑眯眯地跟牛笑天说："娃呀，你的好事来了，你成了五保户。"

牛笑天后来知道，一直关心着他的张老师对他吃派饭的境遇一清二楚，张老师在向别人打听了政策后，悄悄给县上的领导写了一封信，把牛笑天的情况作了详细反映。县上的革委会主任给牛家庄所在的公社作了一个批示，很快就由公社、大队、小队层层落实政策，给牛笑天确定了五保户待遇。

成年以后，牛笑天一直记着童年时改变了他命运的张老师，并且以父子情分给张老师养老送终，这是后话。

所谓的五保户，就是由生产队保吃、保穿、保住、保医、保葬。听人说全公社连同牛笑天算上，不过十个五保户，其他人都是无儿无女、无依无靠的老爷爷或老婆婆，孤儿就牛笑天一个人。牛笑天领到生产队给他特别分配的粮食和买衣服的三块钱时，有人就问队长，难道生产队还要把牛笑天将来的棺材给包下不成？队长说："放你娘的狗屁！五保户对孤儿是保教不是保葬。"

有了五保户待遇，牛笑天不用轮换着吃白眼饭了。队长就想着把牛笑天固定在某一个人家开伙。队长问牛笑天，牛笑天说他想到八婶娘家里吃饭。队长在征求八婶娘意见时，八婶娘也愿意。牛笑天后来就固定到八婶娘家搭伙。八婶娘有三个娃，老大、老二是闺女，比牛笑天大，老幺是儿子，比牛笑天小一岁。八婶娘给队长说，天地良心，她会把牛笑天当成亲生儿子一样管吃管喝。后来牛笑天就有了八婶娘家这个新家。再后来八婶娘干脆让牛笑天住到自己家里，把牛笑天的老屋门关起来，养了一院鸡。牛笑天的入伙，反倒让八婶娘家的日子显得有声有色。

牛笑天遇到第二个贵人是在他十一岁那年。

那是冬天的一个午后，村口的马路上突然闹闹火火地聚着一大堆人，牛笑天当然要凑过去看热闹。一辆卡车拉着一拖车奇形怪状的铁家伙陷在路基下动弹不得。头几天刚下过雪，雪化后路面上满是泥浆，卡车的轮子在泥地上打滑空转着，把泥浆甩得老远，十几个穿着棉大衣的人抓着车帮喊着号子，使着劲儿想把车子推出泥坑。牛家庄看热闹的人也搭起了手，可奈何车轮越陷越深。闻讯而来的队长让人去饲养室牵来了两头牛，想靠牲口把卡车拖出来。也许是乡下的牛没见过汽车，一头犍牛说啥也不肯上套。队长照着牛屁股甩了两鞭，依然无济于事。牛笑天爷爷活着的时候当过饲养员，牛笑天常常骑在牛背上去村外的涝池饮牛，对那些又凶又偏的牛，牛笑天并不恐惧。看着犍牛不上套，牛笑天心血来潮，在众人诧异的目光中上前拉住了牛缰绳。说来也怪，那犍牛见牛笑天拉住缰绳，却一下子温顺起来，服服帖帖地套上了秧子。随着汽车的轰鸣声，随着几声号子声，随着几声响鞭声，靠着卡车、牲口、人的合力，汽车终于爬出了泥坑。正在人们七嘴八舌议论着犍牛和牛笑天的神奇关系时，一个长得很魁实的男人走过来搂着牛笑天，问牛笑天几岁了。那天很冷，牛笑天脸上的冻疮更硬了。那男人的手摸上牛笑天的脸蛋时，牛笑天觉得很暖和，暖和得冻疮有些痒痒的，但那痒让他感到很舒服，他一下子就想起了和爷爷躺在土炕上时，爷爷摸着他的脸给他讲牛举人的故事。牛笑天抬头看着男人，男人穿的棉大衣胸部印着两个小字：地质。

那些穿棉大衣的人是一帮地质勘查人员，卡车上拉的是勘探设备。那帮人随后就在离牛家庄不远的路边竖起了高高的架子，一个咚咚作响的柴油机让架子上的钻杆旋转着钻到地底下，并且带出了源源不断的泥浆。牛家庄的男女老少又都来看热闹，沉闷的村子让这些外乡人带来了新鲜话题，有人说牛家庄地底下藏着石油哩，有人说不是石油是煤，没准过几年牛家庄的村民都成了石油工人或煤矿工人了。地质队那些人在村子边忙活了三天时间，勘探设备就那么千篇一律地响动着。头天瞧稀罕的人很多，第二天、第三天就没有人了。但牛笑天却是唯一天天跑过去看西洋景的人。每天放学，他顾不上去八婶娘家吃饭，就急急忙忙到钻探的地方去。其实，牛笑天不是去看钻探，他的真实目的是去看那天跟他说话摸他脸的人，那个叔叔摸他脸的感觉让他很受用，后来他还悄悄地学着叔叔的样子用手摸自己的脸，却一点感觉也没有，脸上的冻疮摸着又硬又凉。他去钻探的地方，是想和那个叔叔再说说话，兴许叔叔还能再摸一次他的脸。看热闹的人少了，那个和他说话的叔叔当然很容易地发现了他。叔叔走过来和他说话，还不时地催他回家吃饭，别误了上学。只是叔叔再没有摸过他的脸。那三天工夫，牛笑天每天都要到叔叔那里去几次。他从叔叔跟别人说话的神气中看到了队长在村上说话的神气，他估摸着叔叔应该是这一帮穿棉大衣人的队长。

到了第四天，牛笑天再到钻探的地方时，却老远看见高高的架子已经拆掉了。牛笑天心头一紧，三步两步赶到跟前，眼见得竖起的杆子已经拆得七零八落。牛笑天知道叔叔他们要走了，难过得忍不住眼泪就要掉下来。那一天很冷，叔叔们拆掉了架子，坐在一边歇息。除了穿着大衣外，头上也裹得严严实实。那个队长叔叔头上戴着一个蓝色的雷锋帽，两只护耳从两边脸颊上伸展开来。牛笑天跟叔叔说话的时候，能看见叔叔的嘴里往外冒着白气，白气让雷锋帽护耳的绒毛上粘上了白霜。牛笑天就傻傻地站在一边，看着叔叔领着一帮人忙一阵歇一阵。直到驶过来一辆卡车，叔叔们又把从架子上拆下来的东西装到卡车上。终于，在汽车开动前，叔叔向他伸出了手，他把脸仰起来，期待着那双手搭在他的脸上。但叔叔的手却在他头上摩挲了几下。牛笑天突然有一种想哭的感觉。他怕叔叔笑话他，强忍着闭住嘴巴，但到底眼泪还是流了下来。叔叔显然发现了牛笑天伤心的表情，蹲下身来抓住牛笑天的手，看着牛笑天的脸，半晌没有说话。牛笑天做梦也没有想到，叔叔在站起身来之前，却突然从头顶上摘下了那顶雷锋帽，扣在牛笑天的头上。牛笑天立时觉得像是有一个火炉扣在头上，浑身打了一个激灵。当他完全回过神来，叔叔已坐上了汽车。一帮人坐在车里，叔叔把大衣的领子竖了起来。车走远了，叔叔好像还朝他挥着胳膊。

穿着带有地质字样大衣的叔叔走了，给牛笑天留下了一件天大的礼物——雷锋帽。那顶雷锋帽好看到令人眩晕的程度。帽子是蓝颜色的，护耳带着长长的绒毛。牛笑天敢说牛家庄没有一个人戴过雷锋帽，雷锋帽只配出现在墙上挂着的雷锋头像上。雷锋是英雄人物，只有英雄人物才佩戴雷锋帽，或者说戴上雷锋帽的人就应当是英雄人物。牛笑天就是在这样忐忑的心态中，拥有了让全牛家庄或全牛家庄周围村子男女老少无人不羡慕的雷锋帽。

雷锋帽戴在牛笑天头上的时候，牛笑天走到哪里都会被人或好言或强拿地从他头上抓过帽子，戴上一阵子。还他的时候又会被人不住地咂着嘴拿在手上，翻来覆去地欣赏半天。一顶帽子给牛笑天带来了财富，也带来了骄傲。

　　不知道第一个对帽子来路提出质疑的人是谁，反正短短的一两天之后，大家就都知道牛笑天的那顶帽子是偷来的。学校里的同学骂牛笑天是贼娃子。有人公然把帽子从牛笑天头上摘下来，像玩篮球一样地互相抛着，待帽子落在地上时，就有人使劲用脚踩上几下。牛笑天如何能忍受别人把叔叔送给他的圣物如此亵渎，揪住踩他帽子的人在手上咬了一口。被咬的人恰好是村支书的儿子，牛笑天在太岁头上动土，实在是捅下了天大的娄子。支书的儿子面对比他瘦弱得多的富农崽子，一把推倒牛笑天，那只踩过帽子的脚又没命地在牛笑天的肚子上踢着踩着。直到闻讯赶来的张老师强行拉开支书儿子，牛笑天捂着胸膛趴在地上站不起来。

　　张老师把号痛不已的牛笑天背到村上的土大夫家里，土大夫摸了摸牛笑天的肚子说，娃的肋骨可能断了。张老师问咋办，大夫说他看不了。张老师转身把牛笑天背到村支书家里，问村支书咋办。村支书已经知道了事情的来龙去脉，斜眼瞅了一下瘫坐在地上的牛笑天问张老师，这就是你教出来的富农崽子，劣根不改，咋敢偷工人老大哥的帽子。看到张老师张口结舌，村支书不想再说什么，厌恶地朝大门口摆着手，示意让牛笑天赶快离开他家院子。

　　那天晚上月亮很亮，牛笑天躺在架子车上看着天空，努力地数着那些若隐若现的星星。数星星是牛笑天从小就喜欢干的事，头些年每到夏天的时候，爷爷会搬个马扎凳子坐在院子里，把牛笑天抱在怀里，指着天上的星星给牛笑天说事。爷爷说地上的每一个人都是天上的星星变的。在地上活一回，最后还得回到天上去。爷爷指着天上最亮的那颗星说，那就是牛举人，那是不得了的星星，是文曲星。娘死后，牛笑天曾经问爷爷，哪颗星星是娘。爷爷却始终沉默着没给他说出来。今夜，张老师拉着架子车，他躺在铺着麦秸的车厢里，怀里紧紧抱着他的雷锋帽。周围很静，车轮时不时发出咯吱咯吱的声音，牛笑天知道这辆车子的车轴有好长时间没有舍得喂豆油了。远处零零星星传来几声狗叫，牛笑天不知道张老师已经拉他走了多少路，他也不知道啥时候能走到要去的地方。他希望天上的那颗文曲星能看见他，他希望属于爷爷、娘、爹的星星都能看见他。可惜月亮明亮时星星太少，后来他就迷迷瞪瞪地睡着了。

因为牛笑天的富农崽子身份，村支书心安理得地拒绝为自己儿子的行为承担责任。没奈何，张老师在村子里借了一辆架子车连夜把牛笑天拉往县城的医院。走了将近一夜的路，天放亮的时候，两人到了县城。到医院瞧病时，医生自然把张老师和牛笑天当成了父子俩。张老师扶着牛笑天做了个透视，好在肋骨只断了一根，医生说不需要手术，但要在医院住几天，把骨头复位。张老师用自己的钱给牛笑天交了医院的所有费用，陪着牛笑天在医院待了三天。那三天，张老师给牛笑天说了很多话。张老师说，牛笑天的爷爷、爹、娘都是好人，让牛笑天永远记着他们。张老师还让牛笑天不要记恨支书的儿子，说他肯定不知道用脚踢人会踢断肋骨。

牛笑天做梦都没有想到，半年以后，那个送他帽子的叔叔到牛家庄来了。而且叔叔是专门为他来的。叔叔先是到八婶娘家找到他，跟他说了几句让他说不清是高兴还是难受的话。又给八婶娘送了一盒点心，而后又让八婶娘领他去了生产队队长家里。叔叔给队长送了一双白线手套，就是半年前跟叔叔一起在地上钻眼的那帮人干活时手上戴的那种手套。只不过，送给队长的手套又白又干净，颜色跟雪一样。队长接上礼物时，嘴巴笑得开了花。叔叔跟队长说想让队长请上十个乡党在一搭拉拉话。队长说有啥话直接跟他说，他跟大家伙传达一下不就行了。叔叔说他想跟大家直接见个面，不过他不会白麻烦大家，谁愿意跟他说话，他就送谁一双白手套。队长出门转了一圈，把叔叔的要求和条件给大伙讲了。没想到一会儿，队长家门口聚了几十口人。叔叔只要求来十个人，也就是说白手套只有十双。没办法，队长只好让一家出一个代表跟叔叔谈，选好的十个代表兴奋地蹲在队长家的大门外头，没被选上的人远远地瞧着，不愿离去。那当口就见叔叔从挎包里掏出了十双白手套散给了选中的代表，然后直了直身子，清了清嗓子，大声地说了一段话。叔叔足足说了一袋烟工夫，虽然牛笑天没有把叔叔说的话记下来，但大概意思他听明白了。叔叔说自己是根正苗红的工人成分，是比贫下中农还要革命的革命群众，要不然为什么毛主席他老人家要说工人阶级必须领导一切呢？叔叔说他们执行毛主席革命路线来牛家庄搞地质勘探，受到了牛家庄广大贫下中农的热情接待，特别是这个牛笑天小朋友更是给他们提供了无私的帮助。叔叔说为了表达他们的谢意，为了显示工农群众心连心，他们在临离开牛家庄时把一顶帽子送给了牛笑天小朋友，这份情谊就像今天把手套送给大家伙一样。叔叔接下来说话的时候脸色很严肃。叔叔说，他要当着大家的面宣布一件大事，他要把这个牛笑天小朋友认作干儿子，从认亲起，牛笑天就是工人阶级的后代了，是比贫下中农的子弟们还要受到爱护的接班人了。叔叔的一番话说完，牛家庄得到手套的代表和那些不愿散去的社员一个个傻乎乎地站着。他们没有料到会是这样一个结局，兴许他们还等着看一旁站着的牛笑天如何为自己偷帽子的行为吃苦头。半晌工夫，生产队长才回过神来，把两只手抬起来，使劲地拍了几下，可是却没有唤起别人的掌声。队长说，既然工人老大哥发话了，大家伙以后不准再把牛笑天当成富农崽子，牛笑天既然成了工人老大哥的干儿子，那他也就是咱们大家伙的干儿子，咱们要替工人老大哥照顾好他的干儿子。队长说完话，把牛笑天的肩膀抓住，想往自己的怀里拉。牛笑天就觉得一阵别扭，来回扭动着肩膀，想甩开队长的手。这当儿叔叔走到牛笑天跟前蹲下身子，用两只大手半是托着、半是夹着牛笑天的两边脸颊。一股特殊的感觉从牛笑天的脸上传遍了全身，他觉得这种感觉让他有些受不了，忽然就咧开嘴巴哭了起来。他知道自己没出息，但他实在没有办法控制住自己。

送帽子的叔叔来牛家庄的背景，牛笑天是后来才知道的。张老师送牛笑天在医院看病的时候，问牛笑天帽子是咋来的。牛笑天闭着嘴巴不肯说话，但张老师从牛笑天的眼神里读出了答案。为了证明牛笑天的清白，张老师去公社打问来村上搞勘探的那帮人来自哪里，从公社一路打问到县上，终于了解到了那个省城汉京市地质勘探队的下落。几番书信后，张老师与送帽子的叔叔沟通了牛笑天的情况，就有了后来的那一幕。

送帽子的叔叔当真成了牛笑天的干爹，牛笑天也当真不再是富农崽子了。自干爹在村民面前公开认亲之后，牛笑天就觉得自己腰杆硬多了。尤其是牛笑天后来被干爹接到汉京市住了几天后，他简直就成了同学们眼中的伟人。从他嘴里，别的同学才知道，原来汉京市里的房子是一层一层地摞起来的，最高的竟然摞到七层，每层里面都住着人。汉京市里的街道比牛家庄的街道能宽十倍，街道上拉车的马屁股上都带着粪兜，啥时候都能在马路上看见汽车。汉京市还有一个动物园，里面有老虎、狮子、猴子、孔雀。牛笑天讲见闻的时候，听的人就不住地咂着嘴，有人不停地流着口水。还有人问各种各样的问题，诸如动物园里有没有狼，那些老虎狮子会不会发威把人咬伤，马路上拉车的牲口会不会被汽车惊了，住在摞起来的房子里，急了想上茅房咋办。牛笑天依着他的记忆和想象一一做出解答。牛笑天觉得给别人讲解中，最有趣也最神秘的见识，莫过于在干爹的家里上茅房的事，因为他在上茅房时细心地研究过那一套神奇的东西。那个比面盆还要干净的桶固定在地上，干爹教他坐在桶上拉屎，他却说啥也拉不出来，他不忍心脏了桶，也不知道拉到桶里的秽物咋样处理，后来憋得没办法，他还是蹲在桶上解决了问题。完事后，他按干爹教给他的办法，把头顶上的一根绳子拉一下，"哗"的一下，一股水把桶里的脏东西冲得无影无踪。当牛笑天绘声绘色地把那些开洋荤的过程讲给别人时，听的人几乎没有人相信是真的。

后来，牛笑天就慢慢地长大了。他在牛家庄读完了小学，又在公社驻地读完了初中、高中。再回到牛家庄时，他已经是一个精壮劳力了。在他参加生产队劳动挣工分之后的两年，社会上发生了两件大事情，他的家里发生了一件大事情。

社会上的两件大事情虽和他有关，但没有改变他的命运。一件事是农业社土地包产到户，牛笑天也分到了两亩责任田。但牛笑天似乎对土地没有太多的感情，他对那块还算肥沃的土地归属于自己并没有产生多少喜悦感。第二件事情是全国恢复高考了，牛笑天也热血沸腾了一阵子，无奈何在那些革命的年代肚子里装的东西太少，牛笑天连着进了两年考场，却都是名落孙山，后来就断了上大学的念想。

牛笑天家里发生的大事情，委实改变了牛笑天的命运。那是一个夏天的午后，县上统战部的人来到牛家庄，点名要找牛笑天。小时候就去过汉京市，见过大世面的牛笑天也没太把县城的干部当回事，磨磨唧唧半晌才到村长家跟统战部的人见了面。统战部的人见了牛笑天热情得不得了，说希望牛笑天一定要为本县的统战事业作出贡献。牛笑天听了半天才搞明白，原来他从来没见过面的二叔要从台湾回来了。

牛笑天记得小时候爷爷给他说过二叔的事情，不过那会儿爷爷每次谈完后都免不了要叮嘱他在外面少说这些事。他也能感觉出那是一件让他们家很丢人的事情。没有想到十多年过去了，这个二叔会突然冒出来。当牛笑天第一次看见穿着西装的二叔时，突然有一种滑稽的感觉。他觉得这个人就是爹的翻版，印象中的爹一直都是穿对襟袄的，而这个跟爹几乎一模一样的人怎么能穿西服。二叔那天抱着牛笑天哭一阵笑一阵，牛笑天却觉得有些怪不好意思。二叔在村子里待了两天时间，跟牛笑天一起在八婶娘家里吃住。二叔后来跟牛笑天说希望他把老宅子翻修一下，最好住到自家屋子里。他说自己有家，住在别人家里不成体统。二叔说着话，又不免对着已破败不堪的自家老屋吧嗒吧嗒地掉眼泪。

牛笑天的二叔在回台湾之前给他留下了五万块钱，说是让他翻修老屋用的。这笔巨款在牛家庄方圆几十里引起轰动，都说牛家在牛举人那一代就把脉气定下了，牛笑天家注定要飞起来。牛笑天按照二叔的交代，把房屋和院子整整齐齐地翻修了一遍，不过也只花掉了两万块钱。房盖好后，牛笑天跟雇请的盖房匠人成了朋友。后来那个匠人拉杆子成立了建筑队，专门在县城里揽活，因为资金短缺，就动员牛笑天把他二叔给的不曾花完的钱拿出来和他绑锅干生意。牛笑天是个有主见的人，也不需要跟别人合计，一咬牙把钱从银行取出来，一门心思跟匠人外出闯荡去了。

牛笑天后来自立门户成立建筑队，生意怪红火的。慢慢地把步子迈进了汉京市。其间也亏得干爹拉扯，大小活路做得风生水起。几年后，牛笑天又娶了干爹的独生女儿为妻，干爹成了他名副其实的爹。牛笑天也成了名副其实的城里人，在汉京城里安了家。牛笑天心里踏实，干起事来劲头更足。岳父又时常给女婿参谋，牛笑天的建筑队乌鸡变凤凰，成了名号响当当的建筑公司，再后来又顺应时势成立房地产开发公司。牛笑天的称号从牛老板换作牛经理、牛总、牛董事长，他已然成为汉京市一个不大不小的人物。

第二章

汉京市作为省会城市，又兼其在中国西北部的龙头地位，伴随着十朝古都的文化底蕴，近十年来市政建设飞速发展。而这种发展最明显的标志，就是城市外延不断地扩张，原先城乡接合部常见的菜田已杳无踪迹。另一个标志就是城里的老房子像变戏法一样，一片一片被拆成碎砖烂瓦滩，几天不见就在原址上盖起一栋一栋看着楼顶让人脖子发麻的高层建筑。而忙碌着让农田变作城区、旧房变作高楼的那些机构，就是大大小小的房地产开发公司。房地产开发是近年来一个热门到极点的行当，能涉足房地产开发的老板当然都不是平庸之辈。

牛笑天是汉京市里谈不上名号最老，却也能在业内常被人称为人物的老板。他旗下的昊天房地产开发公司在经营发展过程中，也算是口碑不错。

不过，牛笑天是个有抱负的人，对自己已经拥有的事业虽也有成就感，但时时又觉得缺少一份能够被公认的杰作。

六十三岁的牛笑天看上去比他实际年龄要略大一些。稍稍有些驼着的背显示出他的身高不足一米七。额头上的发际线已退后了不少，鬓角也依稀染上了白霜。瘦削的脸上凸显一张大嘴，眼睛有些小，但看起来却很精神。此刻，他又习惯性地站在自己二十二层办公室的落地窗前远眺窗外。

一望无际的城区，竖立着数不清的各种水泥建筑。千篇一律的模式、错落无致的搭配，高高低低、粗粗细细，端的就像一片自然生长起来的水泥森林。牛笑天清楚地记得，几十年前他初进汉京城时，最常揽到的活儿就是给人家处理楼顶漏水。火红的太阳、刺鼻的沥青、一顶破草帽、几瓶藿香正气水，是他工作状态的基本元素。也正是因为那个特殊的工种，后来他的腰日常就难以挺直。那个时候，最惬意的事情莫过于完工后站在楼顶，一边欣赏自己的劳动成果，一边居高临下地浏览着城市的风光。在他的眼里，汉京城就是无数个硕大的火柴盒散放在地上，火柴盒之间就是街道和马路，生活在这座城里的人就像蚂蚁一样进进出出，来回走动着。那时候，他还常有一种自豪感，认为自己凭着高空作业的优势，可以得天独厚地从空中参悟这个世界。而今天，牛笑天站得比过去更高，街道上的行人显得比蚂蚁更小，可他再不会花心思去想别人，他现在只想自己，想自己的企业，想自己的事业，想自己的人生。

在牛笑天的心目中，经商做生意的人是不能随便被称为企业家的。他觉得前者是挣钱的，后者虽然也要挣钱，但本质是做事业。可啥叫事业，事业就是能让跟自己没关系的人看着有意思、舒心，甚至还能竖起大拇指的事。小时候爷爷给他讲先人牛举人的事儿，爷爷曾说牛举人的事业可是红火了，远近认识不认识的人提起牛举人，都咂着嘴巴竖起大拇指。牛笑天就梦想有一天也能干出可以跟牛举人一样红火的事业。现如今牛笑天以政协委员身份参加会议的时候，常被人们称为企业家，原先他曾偷偷地乐过一阵子，觉得自己可以算是干事业的。但是，当越来越多的赞助向他发出邀请的时候，他慢慢地明白原来他的企业家称号，包括政协委员在内的荣耀都是靠布施换来的，或者说白一点都是靠能顾住脸面的方式买来的。这无疑跟牛举人有本质差异。所以当再有人称他为企业家的时候，他就暗暗发誓一定要做出一些响当当的事情来。可他是一个搞房地产的，不可能造出电脑、手机，不可能发明改变人类命运的商业体系。他不可能成为比尔·盖茨，他不可能成为马云。他现在不能，他一生永远不能，他只能在建房子上做文章。于是牛笑天就给自己和自己的企业立下了一个目标，建一项能永远被世人，至少是被汉京城的居民们竖起大拇指的大工程。用业内人的话说，就是建一座城市地标性建筑。

新近的一宗商业筹划让牛笑天热血沸腾了好一阵子。位于汉京市南北中轴线上的一处商业旺地即将挂牌出让。这块土地原是市政府二轻局下属一家残疾人福利工厂工业用地。随着经济发展，原先的福利厂产品被市场淘汰，身有残疾的工人们纷纷被那些为了争取优惠政策的企业抢着去装潢门面，福利厂就倒闭了。但福利厂留下来的地产却因为城市的扩张，从早先的市郊成为了城市中心位置。又有新规划的地铁线从这里穿行而过，按照规划局向社会公布的市政规划，这里又被划入商业办公区。诸多利好因素让这块待拍卖的土地成为不少地产商垂涎欲滴的项目。牛笑天是做梦都想拿好项目的人，对这样的良机岂肯坐失？但牛笑天是明白人，他知道自己的公司论实力和背景，在汉京市地产商中，顶多算是中等偏上，在这场商业厮杀中光靠硬打硬拼，折戟沉沙是大概率的事情。要想取胜，他必须剑走偏锋。

牛笑天从窗外收回了目光，坐在老板台前，又翻出了助理给他整理的关于福利厂待拍卖土地的文字资料。他盘算着按照公布的用地面积和规划条件，五十亩的土地、七点五的容积率可以建出二十五万平方米的商业住宅。如果再加上地下三层，那将是一个超大型的商业街区。按照保守的利润率估算，企业的盈利空间怎么说也会超过五个亿。当然最诱人的，是这座建筑无疑会成为汉京市一处标志性工程。

牛笑天甚至给这个尚在酝酿中的商业项目起好了一个响当当

的名字——昊天城。这当然是因了他的昊天公司的字号。说起昊天公司，又有来由。牛笑天这一辈子似乎都把目光锁定在"天"上，最初注册公司名称时，他想把他的名字笑天用个现成，后来有朋友告诉他干企业可得敬天，"笑天"是对天不敬的意思，他就又想起他的乳名"叫天"，又嫌这名字叫起来不雅，遂以意取名"号天"，再经起名大师指点，定为"昊天"。牛笑天后来跟人谈他公司的前景，就忍不住常用公司字号说事。他说做事业要有天大的胸怀。如果这个项目真能拿下来，就以"昊天城"作为项目名号。昊天城里要有大型现代化商业购物城，要集零售、餐饮、娱乐、影视于一体，要有与之匹配的星级酒店，他甚至想将自己一直恨不能把规模做得再大一些的牛文化博物馆也搬进去。总而言之，他要让志在必得的昊天城成为未来汉京市一个令人瞩目的辉煌街区，他要让昊天公司这一骄人业绩载入汉京市的史册，他要让牛笑天这个名字刻在市民的心中。

可是如何能拿到这个项目，牛笑天实在是胸无底气。对昊天公司的实力，他还算有些信心。对昊天公司的外部形象和社会口碑，他也有一定把握。可是，对于有决定因素的官方背景，牛笑天却实在心里发虚。这几年，每一个成功的企业都少不了官场上的大佬站台，而牛笑天除了跟规划局的马副局长算得上私人交情笃厚外，再无更深的背景。这一回单靠马副局长显然有些单薄。

牛笑天忽然觉得应当去一趟牛文化博物馆。牛文化博物馆是牛笑天成功之后自筹资金开办的博物馆，是利用一个在开发项目中完成使命的售楼部改造而成的。一栋小二层的建筑包裹在一大片高层建筑中间，上下也就一千平方米出头，里面集纳了牛笑天二十多年搜罗的各种跟牛有关的陶器、瓷器、铁器、铜器、字画，博物馆中最核心的部分为牛举人事迹展览室，其中陈列着牛举人各类版本的著述，品相或完好或残缺不全的墨迹，墙壁上还有关于牛举人辉煌一生的大型连环画。最显眼的是墙壁上挂着的那幅以牛经理挂帅、以牛举人为核心的家族影儿。

说起牛文化博物馆的由来，也算有些曲折。牛笑天发迹后，少不了跟人显摆他祖上牛举人的了得，就有人把家里不曾丢弃的牛举人墨迹送给牛笑天，牛笑天当然还以厚礼。久而久之，牛笑天愿出资收购祖先遗物的消息就传开了，后来不光是牛举人写的字、作的画，甚至题过字的绢扇，批过注的古籍，满满当当地存了一大屋。牛笑天就动心思，要把这些宝物供起来。有人就给他出主意，何不建个牛举人纪念馆。牛笑天又觉得太过张扬，最后就想出了这么一个"牛文化"的名头。博物馆最后用了一个准备建成小区会所的售楼部，又胡乱地淘来一些牛形的文化真品或赝品。好在政府对私人开办博物馆鼓励支持，牛文化博物馆就挂牌开张了。可在牛笑天邀请的友人们短短的几天捧场后，博物馆就门可罗雀了。别说对外售票，连免费参观也难有客人光顾。博物馆很快就被一把铁将军守了门。牛笑天却不爽性，他原本就没想着让博物馆成为红火的公众场合，在他的内心深处，那就是牛家的祠堂，是牛举人的庙宇，是爷爷、娘、爹的安魂之处。每每遇到事业或生活上的大事，牛笑天就要到陈列着牛举人遗物的屋子里去待一会儿，有时候还会上一炷香。在肃穆的寂静中，他能感受到爷爷对着他说话，娘对着他笑，他甚至能感觉到爷爷背后有个模模糊糊的身影散发着光芒，那就是他无数次想象着其长相的牛举人。多少次重大决策，牛笑天都是独自在这种氛围中一念定乾坤。当下的牛笑天，虽说已打定主意要拼下这个项目，但是他觉得应该去告慰一下先人们。他相信牛举人会保佑他，爷爷和娘会暗中助他。牛笑天不信神、不信鬼，但是他信命。命是哪里来的？是爹娘和先人们给的。他们给了他命，当然也给了他命运。

从牛文化博物馆出来，牛笑天只觉得神清气爽。与先人们一番神会，让他更加信心满满、斗志昂扬。他掏出手机，调出了那个熟悉的号码拨过去，马副局长略显沙哑的声音传过来。牛笑天说想见一面。马副局长问急不急。牛笑天说，急也不急，不急也急。马副局长善解人意，当下就约好下午下班后见面。牛笑天说他订好芙蓉粤菜馆的包间，晚上好好喝一通。马副局长说大餐就免了，饭实在吃腻了，就在粤菜馆隔壁那个小会所喝喝茶，吃点简餐，把事儿说透。牛笑天跟马副局长寻常不客气，也就由着马副局长排布。

马副局长大名马英俊，人如其名，长得气宇轩昂，又加寻常收拾得一丝不苟，宽阔的额头上方，头发一根一根列队似的匍匐着爬向脑后。微微挺起的肚腩显示出几许富态。马副局长在牛笑天涉足房地产时，仅仅是市规划局土地规划处的一个小科员。相互走动时，知道原来是同一个县城走出来的，只不过马科员是通过考大学鲤鱼跳龙门，成了城里人。一来二去，两个人交往就多起来。牛笑天干项目少不了马科员在力所能及的范围内，提供一些打探消息、介绍关系之类的方便。牛笑天是个大气人，不用说投桃报李，马科员自然心里舒坦。后来马科员成了马处长，两个人的关系就更密切了。及至马处长进步副局长之时，牛笑天倾力相助，钱财、字画，任由马处长张口调用，马处长一日飞黄腾达，贵为规划局主管土地规划的副局长，如何能忘了倾力相助的老乡朋友牛笑天。

牛笑天与马英俊在芙蓉会所包间坐定。马英俊随手从包中掏出一包茶说这是今天有人送来的普洱陈茶，起码二十年了。牛笑天接过茶饼，撕开包装的麻纸，拿到鼻下嗅嗅，自信地点点头，说应当不是假货，论价格也应该值个两三万元。马英俊笑着说，没有人敢拿假货在副局长跟前开玩笑。牛笑天戏说自己是个老板，却老是喝吃官饭的兄弟的茶，未免有些不像话。马英俊正色道："这是哪里话？咱们兄弟俩，谁跟谁，你我情同手足。说难听点，我这官儿就是替你当的，对你那企业我也应该有主人翁意识。"牛笑天呵呵笑着点头表示认可。

"福利厂的项目，我说什么也要拿下来的。"牛笑天郑重其事地清了清嗓子，"昊天公司到目前为止，虽说干了几个项目，可是没一个能摆到台面上的。我就指望在福利厂项目上让昊天公司打个翻身仗。"

马英俊半晌没有说话，若有所思地仰头看着天花板。牛笑天是个急性子，寻常最不喜欢别人卖关子，一看马副局长的架势，就把喝水的杯子故意重重地放在茶台上。

"不是我给你泼冷水，"马英俊把目光从天花板上转到了牛笑天脸上，"这个项目手太稠了，我只怕昊天公司的手太细、太弱。"

牛笑天瞪着眼睛有些困惑地盯着马英俊。

马英俊脸上显出一丝不解："汉京市那么多的项目，老兄，为啥偏偏要跟人杠劲在这个项目上拼个头破血流？"

牛笑天让马副局长给他说得明白些。马英俊一番话像兜头泼了一瓢冷水。马英俊说："福利厂拆迁后留下的土地已成为汉京市的白菜心，但凡搞开发的都会惦记这块地。但谁又敢保证拿下这块地的主家能把项目按政府的要求建好建完？万一因为实力问题把一个好端端的楼盘搞成烂尾项目，可就给汉京市的市政形象留下大麻烦了。出于谨慎考虑，市长前几天放话，说这个项目不打算让民营企业沾边，要交给国有企业来干，听说已内定交给市政开发建设公司。"

听完马英俊的话，牛笑天却并不甘心。他认为政府的担心说到底还是对民营企业的歧视。他对马英俊说自己还想搏一把。

"你若想火中取栗，"马英俊笑了笑，"恐怕得做通乌书记的工作。"

马英俊说的乌书记是汉京市一把手市委书记。牛笑天在社会上闯荡了多年，对政界也略知一二。以他的判断，市委书记虽比市长位高权重，可除了官员提拔这种大权牢牢地把握在书记手里之外，有关市政建设工作似乎都是市长治下的事情。

当牛笑天说出自己疑惑的时候，马英俊却另有高论："一般情况下，该市长敲定的事，市长大笔一挥也就一锤定音了，但书记若想过问，市长总还得揣摩书记的意思。再说，书记也可以直接绕过市长听取部门的工作，规划局长、土地局长、建委主任、土地储备中心主任，哪个敢不唯书记马首是瞻？"

牛笑天坚信办法总比困难多。他常跟手下人讲一句话，有条件上，没有条件创造条件也要上！这句话是他小时候看一部电影记下来的台词，他甚至把这句话当成了他励志的座右铭。马英俊的话，让他立马又精神起来。

牛笑天给马英俊递上一根烟，替马英俊点上。虽说没有烟瘾，自己却也咂上了一根，狠狠地吸了几口。两个人都沉默着，好像各自开动脑筋，分别打开搜索引擎，寻找破解难题的钥匙。

"不管多大成本，在所不惜。"牛笑天表示了志在必得的决心。

"关键是要找到能跟乌书记搭上话的渠道。"马英俊说。

牛笑天突然想起来一件事，上个月市政协开会的时候，他跟那个同是政协委员的王老板王永春深聊过一场。那王老板是个开商场的，寻常包里老是装着一沓一沓的购物卡，见人总会发一两张面值不等的卡片。嘴上说着有机会光顾，实际让人感觉就是显摆炫耀。王老板貌似无意中曾跟牛笑天透露过，他跟市委乌书记常在一起打网球。待牛笑天显出兴趣时，王老板竟然随口答应有机会带牛笑天一起跟乌书记照照面。本是信口一句话，这会儿牛笑天却不由得认真地掂量起这层关系。当下牛笑天和马英俊达成共识，无妨就由牛笑天试探着通过王老板去套套磁。马英俊还特意交代牛笑天在走上层路线的同时，莫忘了打好基础工作。土地局副局长兼土地储备中心主任那里，也是不敢马虎的。

临分手时，牛笑天免不了又叮咛马副局长要把握好一切机会，尽快把职务前的"副"字去掉。马英俊说若能通过昊天公司这个项目跟乌书记搭上线，自己也能沾上点光。牛笑天表示既如此，则更有必要搏一把，一举两得的事情，没有理由不下势去拼。牛笑天拍着马英俊的肩膀，发自内心地叹道："兄弟，人生一世，草木一秋，时光虽短，却也实在不敢荒废。我在商场打拼，你在官场打拼，都是想把自己的价值实现，皇天不负有心人。"

　　牛笑天随后开启了一场公关攻坚战。几十天的时间，一场完胜的漂亮战役让牛笑天感到陶醉。

　　说来有趣，牛笑天对乌书记的公关，是在大力推进体育事业的背景下进行的。

　　当牛笑天找到王老板，拐弯抹角地说出自己想攀上乌书记的意思时，王老板倒是很爽快地答应了。但王老板只说可以想方子引荐牛笑天，却不敢保证牛笑天的愿望能得到满足，这就叫师傅领进门，修行在自身。牛笑天是个聪明人，如何不懂得这个道理？便只说能搭上桥就好。牛笑天详细询问了乌书记的性格爱好，打算给乌书记置办一件合适的见面礼。王老板说乌书记是个网球运动爱好者，建议先买一件好的体育用品。随后，牛笑天亲自到汉京市的奥林匹克体育商城转了一圈，重点看了网球器械，问了营业员一些品牌常识。接着让属下和香港的一家经销商联系，只说是要采买一副世界顶级的网球拍。香港的经销商问要多少钱价位的。牛笑天着手下人回复不论价位，只要高档就行。经销商说没有价位不行，都是定制版。牛笑天这才知道，天下之大，富无止境，便一跺脚说要一副价值三十万元的球拍，不过时间要快。三天以后，香港方面派专人把定制球拍送到汉京市。送货人当着牛笑天的面，打开精美的包装，小心翼翼地用戴着手套的双手将两只球拍呈递给牛笑天。牛笑天对网球运动本就一窍不通，把球拍接过来，半天没看出个所以然来。送货人介绍说这副球拍是全手工制作，用料集世界各地之精华，关键是两只手柄的豪华程度，手柄上下两端是两圈稀世的羊脂玉，光是手柄上镶的几十颗钻石，价值就超过十万港币。牛笑天就让送货人当着他的面，又把球拍按原来的样子再细细地包装好。

　　那天，牛笑天随王老板去参加网球运动，那网球场馆不接待外部人员，牛笑天以会员王老板的随员身份进得场馆。偌大的场馆内，一圈阻球的铁丝网围着几个球场，稀稀拉拉的十几个人一律着黑色运动装，大多懒洋洋坐在凳子上休息，为数不多的几个人挥着球拍在场中蹦蹦跳跳。牛笑天触景生情，突然就想起了动物园中的猩猩馆，这样的笼子，这样的色调，这样的状态，何其相似。王老板有一搭没一搭地与熟识的人打招呼，随性地下场挥着拍子打了几轮，就和牛笑天坐在一起聊天。忽然间，笼子中的人不约而同站了起来，且朝向一个共同的方向。牛笑天随着大家的目光望去，只见一个也是穿着黑色运动装的人气宇轩昂地走进了笼子。牛笑天就猜想着该是乌书记到了。等到来人走到跟前，牛笑天看清楚果然是乌书记。乌书记是汉京市的头号人物，汉京电视台几乎天天都有乌书记的身影。牛笑天在几次重大社会活动现场也目睹过乌书记的尊容，但在这种非公务场合近距离接触乌书记，还是第一次。乌书记进了笼子，笼子里立马换了气象，所有的人都进入生龙活虎的状态。以乌书记所处位置为核心的几个球场同时展开酣战，拳头大的网球像流星一样翻来覆去地划过一道道弧线，网球砰砰落地的声音不绝于耳。乌书记进场的时候，身后还远远地跟着三五个随员，也是清一色运动装束，进笼后却一直站在乌书记活动的球场边上。上场的乌书记球打到酣处，其他球场上的人就都放下拍子，齐刷刷围到乌书记这边。乌书记左挡右突往来几个回合后，四周不断地响起掌声。牛笑天看不懂网球，但他觉得乌书记球打得很好，一招一式很有派头，别人鼓掌的时候他也鼓掌，而且鼓得很起劲，那一刻，他甚至也产生了学打网球的想法。乌书记在笼子里活动了大约两个小时就离开了。临离开时，王老板把牛笑天带来的网球拍双手递给了乌书记，嘴里说着话，又远远地指了一下牛笑天。牛笑天离乌书记大约有二十米远，这个距离是王老板叮咛过的，因为王老板说，乌书记是不会轻易和陌生人搭腔的。当王老板给乌书记递球拍说话的时候，牛笑天听不见王老板说了啥，但是他看见乌书记稍停顿了一下，顺着王老板的手指朝他这边看了一眼。让牛笑天欣慰的是那装着两只球拍的袋子被乌书记接了过去，随手又递给了一个随员，显然乌书记已经收下了礼物。观察王老板和乌书记的交流过程，牛笑天相信乌书记已经把礼物和他这个远远站着的人联系起来。不过三十万元的支出就换来了乌书记对他这么远远的一瞥，多少还是让他心里有些空落落的。送走了乌书记，王老板跟牛笑天说他的任务完成了。牛笑天虽心里仍不踏实，但嘴上还是千恩万谢。乌书记一走，笼子里的人纷纷作鸟兽散。牛笑天心里就有些明白，先前笼子里的那些人，大约都是和他一样的心态。

过了几天，王老板给牛笑天带来了让他大喜过望的消息。王老板说，乌书记问这个送球拍的公司是搞啥行业的，老板是不是热爱体育事业，会不会打网球。乌书记能问这么多问题，说明对昊天公司以及昊天公司的老板产生了兴趣，说明乌书记对牛笑天送去的礼物领了美意。牛笑天趁热打铁，向王老板讨教进一步和乌书记接近的办法。那王老板看到乌书记有接纳牛笑天的意思，也乐得做个顺水人情，就又把牛笑天介绍给汉京市奥林匹克网球协会的秘书长。王老板开导牛笑天说，与这位秘书长接上头，就算是进了乌书记的人脉圈子。牛笑天起初不知道这个奥林匹克网球协会是个什么机构，经王老板点拨才明白，这个协会其实就是围绕乌书记成立的一个私密小团体，所谓网球协会不过是掩人耳目，之所以冠以奥林匹克的字号，就是怕在社会上让老百姓误以为是官方机构。网球协会的秘书长其实就是乌书记的心腹和白手套。牛笑天与那位秘书长见上面，秘书长就问牛笑天愿不愿意为汉京市的网球事业做贡献。牛笑天心领神会，当然显出些迫不及待的样子。秘书长就说网球协会拟办一个会员网球年度大赛，正在找赞助商，可以在会员知晓的圈子里拉个冠名。牛笑天一口答应由昊天公司提供赞助。当下敲定昊天公司出资三百万元。末了，秘书长问牛笑天有没有让他帮忙的事情。牛笑天吞吞吐吐说出了昊天公司想竞标福利厂地产项目的事。秘书长把胸脯一拍，说这件事由他向乌书记陈情。

不待网球协会的秘书长传来准信，马英俊副局长就给牛笑天传达了市土地局和市规划局关于福利厂原有土地的开发精神。马英俊在电话里告诉牛笑天，说市委乌书记特别关心老旧市区的建设规划，专门听取了市土地局有关福利厂地段的土地利用情况。当听到该块土地拟交由市政建设公司实施改造时，乌书记连说土地局故步自封、一叶障目，放着那么多富有活力的民营企业，为什么不让他们八仙过海、各显神通。乌书记既有旨意，市土地局、市规划局立即召开联席会议，决定把福利厂原有土地公开向社会招标，欢迎有实力、有魄力的民营企业踊跃参与，大展宏图。马英俊提供的信息，让牛笑天明白他的公关已经奏效，心说这书记果然是一言定乾坤。但短暂的兴奋之后，牛笑天却又陷入惆怅，乌书记为这块地钦定的调子很快会通过各种渠道传播开来，这汉京市里藏龙卧虎，比昊天公司有实力、有背景的企业多了去了，一旦各方强手蜂拥而至，很难说昊天公司会胜出。如果竞争起来，自己前期的公关支出莫不是打了水漂？难不成一番劳心伤神，最后竟为他人做了嫁衣？

就在牛笑天纠结之际，那位秘书长却主动约见牛笑天。两人在秘书长办公室见面后，秘书长直言，受人之托、忠人之事，经他努力周旋，现已取得乌书记同意，昊天公司可以参与竞买福利厂那块土地。牛笑天嘴上说着感谢的话，脸上的表情却透着苦楚。秘书长问牛笑天缘故时，牛笑天直接把心中的担忧和盘托出。秘书长显得很吃惊："难道你让乌书记把那块地指名道姓地卖给你昊天公司，卖给你牛老板？"

看着牛笑天没精打采的样子，秘书长点起了一根比指头粗得多的雪茄，狠抽了两口，又把雪茄拿在手上，像是观赏一件艺术品一样，慢条斯理地说道："同样是抽烟，大部分人抽的是卷烟，还有人抽旱烟、抽水烟，而我平时只抽雪茄。这雪茄烟有两个特点：一是劲爆，没有点能耐，就会一口把你呛死呛活；二是品位，吸雪茄最讲究正宗，全世界最有品位的也就只有古巴雪茄了。我每天抽两根雪茄，一根雪茄五千块，一天的烟钱就得一万块。这品位也得靠着实力来撑着。"

牛笑天听着秘书长的话，品味着话里话外的意思。他知道秘书长说的"能耐"指的是啥意思，秘书长对自己消费的雪茄价位的强调，无非就是强调自己的身价。牛笑天也抽烟，但烟瘾并不大，一条高档的七八百元的卷烟也够他消费五六天的时间。而这位秘书长每天两支雪茄能买至少半箱高档卷烟。看来，不得不承认差距。

见牛笑天没有接他的话茬，秘书长又道："我拿抽烟说事，就是想讲明白一个道理：这做企业也跟抽烟一样，大家都在做买卖，只有极少数的人把买卖做成了大气候，做得有了品位，就像抽雪茄一样。但是你知道不知道，你要抽雪茄，你得有钱，而且还得肯花钱。"

牛笑天揣摩着秘书长的言下之意，一时间依然沉默着没有说话。秘书长突然眼睛直直地看着牛笑天说："牛总，我看你是个直性子人，我来帮你搞定这个事情，让你美美地抽上雪茄咋样？"

牛笑天来了精神，立马摆出一副洗耳恭听的姿态。

秘书长说："我给你出面运作这件事儿，保证把这宗大买卖揽到昊天公司名下。"

牛笑天急忙问秘书长有啥好法子，他直言自己的担心："我怕在拍卖场上跟别人你死我活地叫价，最后拼出个无利可图的成本。"

秘书长露出狡黠的笑容："那样的话，傻子也能拿到项目。我就是要让你成为独一无二的竞买人，最好在起拍价基础上拿到项目，大不了为着好看，再找上一家竞买人拍卖时应应景，举上一次牌，你加一次价，也显得咱在竞争中公开公正公平不是？"

谈到具体的操作办法时，秘书长却没有细说，只是给牛笑天扳起指头算开了账："一般的土地竞买起拍价和最后的成交价之间都有幅度，也就看竞买人的数量和竞买态度，一般成交价总会比起拍价高出百分之三十到五十，遇上两个狠主，互不相让，喊价喊红了眼,最后把价格叫得翻了番是常有的事。"

牛笑天明白,秘书长说的是实情。自从二级土地市场实行招拍挂政策以后,林林总总的政府供地项目都是在拍卖中完成交易的。多少宗土地被竞买者拍出令人瞠目结舌的天价。但因为这种供地方式增加了政府的财政收入,政府也就任由一宗又一宗的地王催生出来。

"我把运作成本给你压到百分之十,"秘书长把两手食指搭在一起,比画了一个"十","保准让你稳稳地低价拿到这个项目。"

牛笑天没太听明白秘书长的意思,他不知道秘书长说的百分之十是以啥为基数,就仍然愣愣地看着秘书长。秘书长把脸转到一边,像是自言自语道:"在起拍价基础上成交,加价百分之十。要按正常叫价,只怕是提高百分之五十也不见得能落槌。"这下牛笑天听得真切,原来这秘书长的运作条件是收取地价百分之十的佣金。牛笑天脑子里飞速地打起了算盘,比照福利厂周边土地的交易价,估计那宗地的评估价咋也在每亩五百万元上下,五十亩用地面积总价应当在两亿五千万左右。这么说,这位秘书长开价索要两千五百万元的回扣。尽管比起项目总体投资规模而言,这点钱算不了什么,但真正作为一笔佣金或回扣支出去,牛笑天还是觉得脊背有些发凉。牛笑天自认为自己还算遵纪守法,给出大数额的好处费,他担心会惹出官司。

看着牛笑天犹犹豫豫的样子,秘书长有些大度地摆了摆手:"牛总,我看你是个规矩人,干脆也别整歪辙,咱就凭实力去拼上一场,也落得挣个心里踏实的钱。"说着话就起身作准备送客的架势。

牛笑天跟着站起来,满脸堆出笑容,嘴里忙不迭地说道:"别别别,秘书长,我寻思这百分之十的运作费实在不算高,肯定比我们竞价划算得多。"随口又冒出一句:"我刚才是考虑支出这么多钱,现金不太好取,还担心税务查账。"

秘书长脸上闪过了一丝不屑:"这种事还要你操心?你养着那

么多的员工，银行、税务、公关能没有专人打理？"过了片刻，秘书长又像善解人意似的说道："牛总想得仔细点总归是好事，要不然我以企业的名义跟你们公司签个专项咨询服务合同，你们把运作费用按佣金方式支付给我们。走银行转账，收款后给你开票，不就把你的麻烦都解决了？"

"这样最好！"毕竟是以企业合作的方式完成大额款项的支付，除了现金支取麻烦和税务风险之外，最关键的是化解了违法因素。牛笑天是会算账的人，他明白以这样的成本拿到这块地，既划得来，又安全可靠。

"佣金要先付，"秘书长说，"不过，若失败了，全额退回。"

牛笑天点头表示同意。

牛笑天和秘书长握着手，在你情我愿中结成了合作关系。

如今该仔细说说这位网球协会的秘书长了。秘书长本姓黄，单名一个"奇"字，外号"补药"。黄奇出生在外省的一个小城市，大学毕业后在体制内干了两年公务员，不甘清贫辞职下海，凭着脑瓜子精明又加了解官场规则，把一溜小生意做得风生水起，再后来就渐渐只做项目买进卖出的生意，也就是从政府机关或国有企业拿到采购或施工项目，再转包或分包给其他商家，从中稳妥获利。不过，黄奇也并非不劳而获，他要把大量的精力用于社交活动，觥筹交错与迎来送往是家常便饭，这当然得花不少的银子。一个偶然的机会，黄奇打听得汉京市政府乌秘书长与自己同乡，就想法子与这位要人拉上了线。偏这乌秘书长喜欢打网球，黄奇就常陪着秘书长去球场活动，秘书长场上缺对手时，黄奇时不常赶鸭子上架勉强顶个缺。一来二去，乌秘书长既常得黄奇好处，自然也投桃报李给黄奇生意上提供不少方便，两人遂成为一对黄金搭档。又过了几年，乌秘书长官运亨通，从秘书长任上调往本省一个大市任市委书记，两年后又回转汉京市，一路高升把原书记取而代之，成了权倾汉京市的一把手。这乌书记一路高升，黄奇的生意跟函数关系一样，也越做越大。慢慢地圈子里都知道黄老板跟书记大人的特殊关系，凡有想求书记关照的主儿，都寻情钻眼找到黄奇。乌秘书长贵为书记后，仍迷恋网球运动，只不过运动方式更为隐秘了一些而已。这黄奇某一日突发奇想，就张罗着拉一帮在球场上结识的老板们成立了一个网球运动促进会。待乌书记知道这桩事后，却对这个"促进会"的名头提出质疑，说感觉像是个拉赞助的扰民单位。后来，乌书记亲自赐名，将促进会改成了奥林匹克网球协会。书记还解释说，用上奥林匹克称号既不会让社会上误解成官方机构，又能体现体育精神。这样，汉京市奥网协会就粉墨登场了。黄奇又自封协会秘书长，也算是袭用乌书记曾经的称谓过了一把官瘾。只是遵从乌书记嘱托，没有在民政局办理登记程序。但汉京大大小小台面上的人物都知道这奥网协会的背景，也就没有人去质疑这个协会的合法性。协会一成立，黄奇就多了一个身份，平日找他的人免不了常把秘书长挂在嘴上，黄奇听着也很受用。又因为黄奇帮人办事的成功率颇高，能力和火候欠缺的人都想求得黄奇助一臂之力。久而久之，黄奇以他名字的谐音"黄芪"，得了个封号"补药"。

黄奇应了牛笑天的差事，又加巨大的利益驱动，自然要耍些手段促成这件事，好在黄奇干这种事经验丰富，很快就酝酿出一个成熟的方案。

黄奇随后在汉京市规划局和土地局频繁穿梭，约见了几位实权人物。这些要害部门的实权人物虽说平日颐指气使，但高度的政治觉悟让他们养成了对书记马首是瞻的自觉性，奥网协会和书记的背景他们都心如明镜。于是，黄奇策划的方案就在土地局和规划局心领神会中得以实施。马英俊副局长是规划局决策人物之一，早已从牛笑天那里了解了事情的原委，当然竭尽全力予以配合。时间不长，有关汉京市福利厂闲置土地挂牌出让的信息就在政府信息平台上以绝对低调的方式发布了。

牛笑天自然在第一时间知道了土地挂牌出让的消息。对于土地的起拍价格，他是基本满意的。每亩地五百一十万元的评估价，加上百分之十的佣金，合计五百六十一万元的地价，这在开发成本上是稳赚不赔的生意。公开信息上对于竞买人的资格作了限制，列明应为在汉京市地方注册的企业、注册资金一亿元以上、开发资质二级以上、已经成功在汉京市开发过两个以上楼盘、累计上缴税款三千万元以上，这简直就是为昊天公司量身定制的。不过有一点让牛笑天有些不解，那就是项目必须按市政规划建成奥林匹克运动广场，且竞买人必须拿到五家以上国家级体育机构落户广场的意向文件。这让牛笑天一下子觉得找不着北了。

一段时间以来，牛笑天已经了解了这位外号"补药"的黄奇秘书长的底细。知道他在汉京市手眼通天的能耐，故而也就对靠着黄奇拿下项目满怀信心。按照黄奇的吩咐，他按部就班地以昊天公司名义向汉京市土地局土地储备中心提出了竞买申报，按要求提供了公司的资质文件和业绩报告，又向专用账户打进了五千万元人民币的竞买保证金。令牛笑天称奇的是，黄奇此后果然拿到了若干份盖有国家级体育机构大印的文件。这些涉及体育事业的五花八门的协会、研究院，或拟在汉京市设立分支机构，或是注册建立训练机构。那些标注为"中华""全国"字样的纸张汇总在一起，让人感觉到奥林匹克运动广场项目已使得汉京市成为仅次于首都的体育中心。

黄奇跟牛笑天解释说，整个竞买条件核心的奥秘就是这些体育机构的站台。单凭昊天公司的实力，十有八九会灰溜溜地败下阵来。牛笑天强调昊天公司过去干过几个地产盘子。黄奇说，站在应有的高度看，这些都是小儿科。牛笑天虽然对黄奇轻贱昊天公司心里有几分不满，但人在屋檐下不得不低头，只好由着黄奇嘴上痛快。

黄奇拿着那一沓唬人的文件，自负地说："这些材料是你能拿到这个项目的护身符。别人没这个，连报名的资格都没有。"

牛笑天这时候才明白那竞买人资格限制中最奥妙的成分："主

要是你把护身符设计得好。"

黄奇嘿嘿一笑:"你付百分之十的佣金实在是占了大便宜。"

牛笑天点着头表示认可的同时,也在心里慨叹着黄奇挣钱的轻松。

虽说心里有底,但在规定的竞买报名期限截止日届满之前,牛笑天总还是有些放不下心。他让助理每小时关注网上公开的报名信息,嘱其出现异常情况随时报告他。谁知道怕啥来啥,在接受报名截止时间前两个小时,网上显示第二家竞买单位足额缴付了竞买保证金。当秘书把信息报告牛笑天时,牛笑天顿时呆若木鸡。第二家单位的报名参与,意味着这个项目必然展开激烈的角逐,也就意味着此前的全部操作效果归零。牛笑天不知道问题出在哪个环节,他为这个项目可能与自己擦肩而过感到伤心,即便佣金返还,他也为此前已经花出去的几百万元感到心疼。

黄奇先把电话打了过来。未等牛笑天开口,黄奇就问牛笑天知不知道有人参与竞买,问牛笑天心里是不是不舒服。牛笑天心说,这不都是废话,我这会儿心里难受,你倒是轻松,实在是崽花爷钱不心疼。但仍是把手机紧贴着耳朵,没有说话。黄奇说话的语气显得不紧不慢:"我就是跟你通个气,有人要跟咱捣蛋,事情可能会稍稍麻烦一些。不过办法总比困难多,大不了再费些神,再花些银子罢了。"

牛笑天心里一颤,黄奇说费神的事,他不大关心,因为那是黄奇的事,既然挣了佣金,有麻烦黄奇就得自己担着。但是再花银子,那可就成了无底洞。牛笑天不会不在意成本。

隔天,牛笑天又接到黄奇的电话。黄奇让牛笑天和他一起去见一个人。牛笑天问是什么人。黄奇说:"是咱们的敌人。"

牛笑天就觉得丈二和尚摸不着头脑。

黄奇说:"就是那个跟咱们捣蛋的人,那个参与竞买福利厂土地的企业老板。"

牛笑天又是一惊,心说这黄奇果然是神通广大,连竞争对手都能约着单刀赴会。犹豫了一下，牛笑天觉得为了项目没有必要顾虑太多，但又觉得这种私下串通竞标的事，毕竟违背法律，自己一个人怕拿不住火候，就提出能不能再带一个人。黄奇说这又不是打架，何况还有他在场，要那么多人干啥，转而又改口说带一个人也没有关系。

牛笑天带着董事长助理小汪赶到了黄奇指定的会面地点，汉京市最豪华的五星级酒店——登喜路大饭店。

进得三楼咖啡厅，牛笑天老远就看见黄奇和另一个人坐在一张台面上。让牛笑天惊诧的是，那个与黄奇相向而坐的竟然是一个女人，一头秀发像瀑布一样散落在肩上。

看见牛笑天，黄奇站了起来，向前挪了几步，一只手伸出去与牛笑天握手，另一只手指向坐着的女人说：“这位是大名鼎鼎的燕总。”被称作燕总的女人站起来，优雅地甩了一下头，把胸前的长发拨到脑后，款款地朝牛笑天伸出了手。牛笑天礼节性地握了一下女人的四根指头，只觉得一阵冰凉。

四个人坐定，牛笑天方才仔细打量起这位不知何方神圣的燕总。只见她皮肤白皙，一双杏眼透出几许妖娆，脸盘是那种营养过剩造就的厚实，下巴上一颗醒目的美人痣衬托出了几分雍容。看起来，燕总的年龄在四十岁上下。牛笑天猜测这个女人应当有强大的背景。

“在汉京市这个地面上，你俩也算是英雄所见略同了。”黄奇率先说道，“福利厂那宗土地看上的人不少，但真正有魄力出手的也就只你俩。你们说这算不算缘分？”

燕总笑着说：“我也就是借着这个机会，向牛总讨教学习。谁不知道大名鼎鼎的牛总可是跺跺脚半边城都晃悠的人。能跟牛总过招，岂不是人生一大幸事？”

听着这个女人半是调侃半是挑衅的话，牛笑天压着心里的怨气。按说在汉京城混了半辈子，牛笑天对商场上的各路人物都略知一二，但从来没有听说过这个燕总。他很想知道这个女人旗下是哪家公司，公司背景如何。

"牛总一定想知道我们公司的一些情况。"燕总像是看穿了牛笑天的心思，"我叫燕一涵，是瑞祥房地产开发有限公司的董事长。"

女人话未落音，牛笑天就吃了一惊。对这个自称燕一涵的燕总，牛笑天虽不熟悉，但对瑞祥公司却不陌生。瑞祥公司的老板姓林，干房地产的时间不算短，但近几年生意做得很吃力，资金链断裂，开发的项目个个进入烂尾状态，手下的人也纷纷跳槽。这样一个日落西山的企业，何以有能力操作这个项目？而这个从未听说过的女魔头缘何能横空出世，撑起那摇摇欲坠的烂摊子？

黄奇接过了燕一涵的话头："燕总是香港人，祖籍本省。前些年一直跟着父亲在国外打拼，积攒了不薄的资产。她父亲想让她到大陆发展事业，为了实现老人家的心愿，燕总就选择了老家汉京市作为开拓基地。几个月前，燕总收购了瑞祥房地产公司，也算是借壳入市。"

"原来是这样。"牛笑天自言自语道。一边又在心里琢磨着，难不成这个燕一涵在外边打拼多年，回来后偏要在他身上小试牛刀？

"我把你二人叫到一块儿，就想看看大家能不能携手干成这件事。"黄奇说，"现如今做生意都讲究一个双赢，相互拼杀会惹人笑话。"

燕一涵若有所思地说道："我在外边待了多年，对国内的游戏规则一时适应不了。黄秘书长让我跟牛总您见面，我心里还有些七上八下。要知道，这要是放在国外，我们两个相互竞价的企业，私底下见面，八成是要被认定为犯罪行为。"

黄奇笑了笑："燕总，你就不要再自己吓唬自己了。常言道，入乡随俗。我们中华民族的传统文明就是大家和睦相处，有福同享，有难同当。这个项目既然最后只有一家能拿得上，不如今天咱们就说定，约好一方退出，省得在拍卖场上白砸钱。"

燕一涵说："这是我归国后的第一个项目，我不愿轻易放弃。

这么着，我给牛总一些补偿，至于金额嘛，牛总你开个价。"

牛笑天说："谢谢燕总，不过我牛笑天从来都是实打实做项目挣钱，靠别人补偿的方式，我过去没干过，现在也不想干。"

燕一涵又甩了一下头，把长发用手捋到肩后，脸上挤出了一丝带有嘲讽的笑意："我敬佩牛总的为人和魄力，做生意嘛，就是要靠实打实的努力。黄秘书长提出让我们见面，我还真担心牛总轻言放弃，我喜欢跟高手过招。看来我和牛总有缘，咱们就以比试的方式合作一场。"

燕一涵又把目光转向黄奇："黄秘书长，谢谢你的美意，相信在我着手实施这个项目之后，我和牛总还会做朋友。"燕一涵说完，又拿起手机拨了一通号码，待电话接通后，燕一涵声音不高，但却是极威严地喝令把车子五分钟内开到酒店门口。电话挂断，燕一涵起身礼节性地跟黄奇和牛笑天分别握了握手，就拿起随身带着的小手包朝酒店大门口走去。

牛笑天的助理小汪起身欲送燕一涵，被燕一涵做了个手势挡住了。

目视着燕一涵的背影，牛笑天一时回不过神来。待他回头再看黄奇，黄奇的脸上也显出无可奈何的神情。看来这回碰上了硬茬。

牛笑天问黄奇怎么会半路杀出个程咬金。黄奇长叹了一声，说原先的计划挺周密，土地储备中心已经劝退了十几家意向竞地的单位，理由就是拿不出国家级体育机构的落户意向书，不能参与竞买。不承想这个燕一涵横空出世，用她收购的瑞祥公司插了一杠子，更没想到她竟然也寻来了几张在京体育机构的文件，这就把问题搞得复杂了。黄奇又强调说今天能把燕一涵约出来，他可是动用了老大的关系。

牛笑天无力地坐在沙发上，心里一阵悲凉。想着从筹划取得项目到交付保证金这一段时间所花的精力，尤其是感觉十拿九稳的事情，竟然被这个女人搅得要泡汤，这让自己情何以堪？牛笑天不是不敢和别人公开拼实力，但他是做事业的，他担心遇上那种钱多不计成本闹着玩儿的主儿，他不忍心一个好端端的项目让一个有钱的二货糟蹋掉。他盘算着如果真和这个女魔头在拍卖场上叫开价，那他就豁出去把价加到百分之三十。然后再让黄奇把佣金都退回来。这样一来，成本仍然在可控范围。如果对方再往上冲，那就只好忍痛割爱了。心里想着事儿，在黄奇起身告辞时，牛笑天依然没有缓过神来。

咖啡桌前只剩下牛笑天和小汪两个人。看着老板惆怅的样子，小汪突然说话："牛总，我咋觉得这事儿有点怪。这燕一涵和黄秘书长到底啥关系？"牛笑天下意识地哼了一声，用询问的眼光盯着小汪。

这小汪名叫汪真真，三十五岁，财经学院毕业的大学生。在昊天公司也有近十年的工龄了。小汪入职后的第三年，突然得了一种怪病，面对着二十万元的天价医疗费，几近放弃之时，被老板牛笑天知晓，遂通知财务，不惜一切代价，挽救员工的生命。小汪病愈，把牛笑天当成赋予她第二次生命的恩人，立誓在昊天公司干一辈子。小汪其后工作中的表现得到了牛笑天的认可，一步一步得到重用，现时身份为昊天公司的董事长助理，事实上也是牛笑天得力的助手。

汪真真说："牛总，您刚才低头想事的时候，我一直注意观察黄秘书长和那个燕总的表情。我感觉他俩的关系不一般，我甚至还看见他俩交换眼神。"

"你是不是有些神经过敏？"牛笑天说，"黄奇可是要挣佣金的，这事儿一黄，他黄奇能不把钱退回来？"

"您相信女人的第六感。"汪真真说，"这个姓燕的女人本身就有一些费思量，她既是从国外回来，为什么不创立自己的品牌，却要收购一家不死不活的本地企业，难道就是为了拿到这个项目？她既声称在国外竞买人私下见面是违法行为，为什么今天能轻率地到这里来？另外，黄秘书长又是通过什么法力让这个女人同意跟咱们见面？"

汪真真的一番话不由得让牛笑天陷入沉思。显而易见，小汪的分析是有道理的。他喃喃地自言自语道："难道是黄奇做局，找这个燕总做托，再敲咱们一把？"

牛笑天若有所思："如果你的感觉正确，过个一半天，黄奇会打电话告诉我，他把那个女人拿下了。"

汪真真点头表示赞许。

牛笑天觉得有些头疼。

汪真真没有看错。第二天，黄奇就打给了牛笑天。黄奇在电话中显出几丝兴奋地告诉牛笑天："那个姓燕的女人知难而退了，这些都是乌书记的牌子起了作用。燕一涵说她初到一个新地方，可不想惹老大生气。不过燕一涵也是有背景的，省上管建设的那个副省长跟燕一涵交往很深，仗着这层关系，燕一涵取得了竞买资格。"

因为已经有思想准备，牛笑天听着黄奇的这番话，既没感觉意外，更没觉得惊喜，他在意的是燕一涵决定退出之后的下文。

黄奇一番絮叨之后，到底说出了让牛笑天最担心的话。黄奇说燕一涵忍痛做出牺牲，还是希望能拿到合理的补偿。燕一涵口张得很大，经自己反复做工作，燕一涵才愿意把补偿款降到成交价的百分之十。

牛笑天倒吸了一口凉气。又是百分之十，这就意味着连同支付给黄奇的佣金，牛笑天要额外拿出五千余万元的费用。他一时觉得口干舌燥，心跳加速，拿着手机的手有些颤抖，半晌说不出话来。电话那头也是一阵沉默，显然，黄奇是在冷静地等待牛笑天的反应。

牛笑天突然意识到，出现这种情况，黄奇应当和他共担责任，就忍着咚咚的心跳，吞吞吐吐地说："黄秘书长，如果数额压不下来，咱们共同担一下。"怕黄奇不明白，他又强调了自己的意见:"我是说能不能你把佣金让出来一些,这样我的负担也能轻一些。"

电话那头的黄奇冷笑一声,接着一阵连珠炮似的质问噎得牛笑天说不出话来。黄奇说:"你以为我黄奇独吞了全部佣金?做通燕一涵的工作,我不提出增加佣金就算好了。至于这桩生意划得来划不来,你牛总现在后悔还来得及。没有人逼着你花钱。"不待牛笑天回话,黄奇就气哼哼地挂断了电话。

牛笑天蒙了,看来摆在自己面前的两条路,他必须干脆利落地选上一条。可冷静地想一想,这种选择又实在不好决定。放弃吧,的确心有不甘,何况巨额的佣金能不能顺利要回来还未可知。咬着牙答应黄奇的条件,他真怕算不过账来。拿不定主意之际,他把汪真真叫到自己的办公室,把黄奇跟他说的话连同自己的纠结一并给汪真真讲了一遍。汪真真没有评说黄奇与燕一涵所作所为的是与非,她建议牛总听听公司其他股东的意见。牛笑天瞪大了眼睛,心说这昊天公司股东三个人除了自己,就是妻子和儿子挂名,妻子从不过问公司事务,儿子大满一直在国外读书,这事指望妻子和儿子拿主意,岂非瞎子点灯白费蜡。看着牛笑天不解的样子,汪真真谈出自己的看法,她认为基于目前的状态,拿不拿项目完全取决于昊天公司,或者说牛总的意愿。既如此,决策也就凭个感觉,老板娘既是股东,让她凭自己的感觉帮牛总参谋一回,也不枉她的股东身份。牛笑天忽然觉得汪真真说得有些道理,自己在商海搏击,妻子做全职太太,外头事儿虽不参与,但说不定能从另一个角度谈一些看法。

牛笑天当年因了那个地质队队长叔叔而改变了命运,那个队长叔叔当了他的干爹。干爹有个独生女儿,患有小儿麻痹后遗症,容貌虽说端庄,走起路来却难掩别扭。牛笑天初进汉京城淘金时,常在干爹家歇脚,一来二去,比牛笑天小五岁的干妹子喜欢上了勤快朴实的农家哥哥。出于很难说得清道得明的心理,牛笑天热情地迎合了干妹子的情感。待到干爹发现两个孩子的恋情出面干预时，牛笑天干脆直挺挺地跪在干爹面前指天发誓，说他是真心爱这个妹妹，如果此生做了对不起妹妹的事儿，愿遭天打五雷轰。干爹早年丧偶，把残疾女儿视若掌上明珠，见干儿子一片真情，再三问清牛笑天本意后，允诺了两个年轻人的婚事。牛笑天感念自己年少时，岳父对他的帮衬，真心把岳父当成了父亲。起初办企业时，他先用妻子的名字办了个体户牌照，后来规模做大了，他仍然让妻子做名义上的股东。他从心底里认为，他现在的一切，不能不归功于当年岳父的相助，故而他认为自己拥有的一切财富也自然而然应由妻子分享。牛笑天的妻子是个聪明人，她知道自己因生理残疾上不了台面，也就从不在牛笑天的生意上抛头露面，更不参与经营活动，她只醉心于丈夫能顾着家，能让她有个幸福的安乐窝。牛笑天只有一个宝贝儿子，起名大满，打小被娘娇惯，就多少养成了一些纨绔子弟的毛病，牛笑天想管教他，扛不住岳父和妻子的合力庇护，也就听之任之。儿子稍大一些，牛笑天干脆把他送到法国去读书，一方面想让儿子学会独立生活，另一方面也想着眼不见心不烦。没想到这宝贝儿子一出国门，在异国他乡竟然如鱼得水，很快适应了洋人的生活，只是海量的花销让牛笑天常感无可奈何。

牛笑天住在省地质勘查大院的破旧的家属楼里，单元房内使用面积不过八十来平方米。谁也不会想到一个身价数亿的房地产老板会栖身堪称贫民窟的老旧大杂院内，但事实又的确如此。说起个中缘由，也是情理所致。当年，牛笑天与妻子成婚后，岳父就让小两口住在单位分给自己的单元房内。反正牛笑天无父无母，视岳父为自己的亲生父亲，也就不在乎入赘的名分。添了儿子后，一家三代其乐融融。牛笑天发达后，自然赶时髦在外头为家里置办了一套高档居室，是那种套内上下两层的复式建筑。精心装修后，牛笑天把一家人接到新屋。谁料岳父恋着自家原来的邻居，在新居住了两个月就坚决搬回了自己熟悉的地方。岳父回去，妻子也就抱上儿子跟着回去了。牛笑天的居室到底没有随着他的富贵而豪华起来。岳父去世后，妻子说什么也不愿意离开留给自己温馨记忆的小屋，儿子出国留学后，这种感情更甚。牛笑天理解妻子，十几年间就一直与妻子窝在那里。牛笑天曾想着为妻子请一个保姆打理家务。妻子说干点儿有限的家务是自己的本分。因为家属院狭小，牛笑天每次回家都在大院门口下车，让司机把车开走。左邻右舍虽知道牛笑天是在外头做生意的人，可没人知道牛笑天是大老板，更没人知道牛笑天是干房地产的。

牛笑天推开屋门，一股炒葱花的香味扑面而来。他不由自主地深深吸了几口气，他知道妻子又给他做了葱花炸酱面。这么多年来，因为生意上的需要，牛笑天几乎吃遍了各家餐馆，但他觉得最亲切最踏实的伙食仍然莫过于炸酱面。吃炸酱面是当年他在建筑工地上干活时养成的习惯。那时候，每到开饭之时，一大群头戴黄色、红色、绿色安全帽的民工，随着哨音，迅速从工地四周的脚手架上、泥沙堆旁聚集在空地上，猴子似的你推我搡，在一口大锅中，各自捞出面条，再由掌勺的人匀着在碗上浇上炸酱。片刻间，吸食面条的呼呼声就淹没了周围的一切。民工们一身的精力就从那碗面中迅速得到恢复，幸福感也从那碗面中得到满足。牛笑天留恋那种感受，陶醉于那种体会，便把炸酱面作为自己永久的保留餐饭。成家后，妻子为牛笑天单做的炸酱面，当然又多了些讲究，面擀得更筋道了，佐料品种更多了，但牛笑天最中意的仍然是葱花和大酱的香味儿。今天回家之前，牛笑天给妻子打了电话，善解人意的妻子自然会珍视丈夫在家中就餐的机会，做碗丈夫最爱的炸酱面是夫妻多年形成的默契。

平日里，牛笑天吃饭的速度很快，今天牛笑天想着心事，饭吃得自然就慢了一些。妻子看出丈夫的惆怅，隔着饭桌打量着丈夫，心疼地唠叨着："这几天你又瘦了，有啥解不开的事儿，放一放就好，钱挣多挣少别太上心就是。"

牛笑天就把福利厂项目前前后后的事情跟妻子说了一遍，其实牛笑天叙述这些时，并没有指望妻子能给他提出什么有价值的意见。妻子不是世故的女人，不大懂得江湖上的事情，也没有经营头脑，但牛笑天想听听妻子的说道，或者说想在妻子的言语中找到灵感。

妻子问燕一涵这一杠子插得还能不能让项目挣到钱。牛笑天说自己倒不太担心项目利润的高与低，因为水涨船高，将来可以尽量想办法把盖成的房子卖得价高一些，他纠结的是自己被人敲了竹杠，心里总觉得有些窝火。同时，他还担心跟黄奇这类人打交道，日后会麻烦不断。

"你不如再去听听爷爷的意见。"

一句话提醒了牛笑天。

妻子的意思是让牛笑天到爷爷的亡灵前去讨个主意。过去在遇事难决的时候，牛笑天就到那间供奉着牛家祖宗牌位，也就是爷爷安魂的房间，默默地与爷爷交流一番，爷爷往往会给他以启示，让他茅塞顿开。今天不正是需要爷爷在天之灵给指点么？

第二天一大早，牛笑天吃过早餐，把胡须刮得干干净净，换上日常不太上身的对襟外套。他要虔诚地去向爷爷讨教，他相信爷爷会给他一个合理的建议。

在牛文化博物馆最核心的那间屋子，牛笑天对着爷爷和列祖列宗的牌位，默默地在心中把自己的纠结叙述了一遍，而后在供奉爷爷的龛台前拿起了一个黄色麻钱。这是一枚铜制的古币，正面的"开元通宝"四个楷体字清晰可见，钱币正上方的"开"字上头还有一处小小的弯月痕迹。这是一个搞收藏的朋友送给牛笑天的，朋友说这叫新月通宝币。相传，唐高祖时期，贵妃某次顺手将呈给皇帝审查造币的钱范拿过去端详，钱币上恰好留下了贵妃指甲的痕迹，于是，普天之下的钱币都出现了一轮小弯月，小弯月钱就被百姓称为新月通宝，后逐渐被视为祈福钱。朋友送牛笑天古币的意思是让他在新项目动土的过程中，多留意地下挖出的东西，谁都知道作为十朝古都的汉京城地下，埋着数不尽的宝物。牛笑天后来把这枚古币置放在供奉爷爷灵位的龛台前，希望爷爷在另一个世界过得滋润快活，也希望爷爷能为自己和家人，还有自己的公司祈福求祥。现在，牛笑天把开元通宝拿在手中，注视着爷爷的灵位，默念着让爷爷替自己拿个主意。若抛出的古币正面朝上，他就毫不犹豫地把项目做下去，反之，他会毅然决然地收手。牛笑天用两只手托住新月通宝，双手向上抛过头顶，通宝在空中划过一道弧线，落地时发出一阵脆亮的声音，弹了几下就静静地躺在地板上。通宝抛出去时，牛笑天闭上了眼睛，待到通宝落地后许久，牛笑天方才慢慢睁眼。

那新月通宝正面朝上，"开元通宝"四个字赫然映入牛笑天的眼帘，连那个小小的弯月牙也看得清清楚楚。

第三章

　　昊天公司终于拿到了福利厂土地项目。在牛笑天的意识中，这是他人生的巅峰之作。

　　燕一涵显得很大度，在牛笑天决定给燕一涵那个瑞祥公司支付补偿款后，燕一涵主动提出让昊天公司先不要付款，待瑞祥公司配合昊天公司把土地竞买成功之后再支付补偿。牛笑天知道，反正燕一涵是替黄奇作托敲自己的竹杠。只要能减轻公司的资金压力，他也就装出高兴的样子，向燕一涵表示感谢。在那天的拍卖会上，瑞祥公司果然只象征性地举了两次牌，最终昊天公司以超过起拍价一百万元竞买胜出。虽说拍价提高了一百万元，但整个拍卖过程却显出了应有的生气，拍卖会的委托方土地储备中心、主办方拍卖公司都表示拍卖取得了圆满成功。

　　按照土地拍卖条件，昊天公司应在成交之日起三十日内将全部的土地出让价款交付土地储备中心。本来，以牛笑天的资金计划，筹足两亿元的土地价款是不成问题的，但因为前期运作过程中的佣金和应支付给燕一涵的补偿款等出现了一些小小的缺口，牛笑天有心让燕一涵把补偿金支付期宽限三五个月，又怕人家说自己事成了翻脸不认人，所以就想找法子再融些资金。前段时间跟建设银行那边已经深层次沟通过，但行长说今年政策对房地产行业贷款卡得很死，几乎一笔不放。牛笑天就琢磨着只有走社会融资这一条路了。

关键时刻，牛笑天又想起了老板王永春。

牛笑天以答谢王老板帮助他拿到项目的借口请王老板吃饭。席间，牛笑天拐弯抹角地提出让王老板在资金上帮他一把。王老板犹豫片刻，给牛笑天提出了一个融资方案。

王老板剔着牙，慢条斯理地说："这阵子做实业的人手头都紧。不瞒你说，我也在想着寻些钱把商场改造一下，可巧就有个朋友想揽我的装修活，人家愿意垫资施工，让我把工程款在一年内分期支付，你说这不恰好瞌睡就遇着个枕头？我觉得你何不照我的做法，把项目找一家施工单位垫资去干？"

牛笑天说："现在不是施工的问题，土地出让金还差一截。"

王老板笑了笑："抬高施工门槛，谁想干咱的活，先交一笔保证金，或者先给咱提供一笔借款。"

王老板的建议，牛笑天不是没有想到。干了半辈子工程，他岂会不懂得拉施工单位垫背的门道？但牛笑天心里明白，吃人家嘴软，拿人家手短，一旦建设单位在开工前拿了施工单位太多好处，后续的取费标准、工程质量考核等，免不了会让施工单位钻空子，牛笑天可不想让这个立志做成精品的工程一起步就先天不足。何况按照现行政策，如此规模的项目必须进行施工招投标手续，建设主管部门一旦发现招标之前发包方与承包方为了特殊目的串通，处罚措施不能不让人忌惮。想到这些，牛笑天委婉地向王老板道出了心中的顾虑。

王老板的笑意中露出了一丝嘲讽："你既能跟燕一涵在土地竞买时合作一把，还在乎施工招投标中跟工程施工方提前商量吗？"

王老板的话戳到了牛笑天的痛处。牛笑天不是不懂串通招投标行为违法，只不过这种在圈子中半公开的秘密大家都心照不宣。牛笑天不是圣人，他不可能在一个大染缸中保持纯洁，但这种搬不上台面的事儿，总归是不能张扬的。王老板的几句话让牛笑天觉得自己所谓的顾虑可笑。

看出牛笑天的尴尬，王老板索性把自己的想法和盘托出。王老板说跟牛笑天打了几回交道，觉得他是个靠谱的义气人。这回为了福利厂土地项目，自己虽没起到出手定乾坤的作用，但毕竟也尽了力，他正想着跟牛老板合作一把，在房地产上碰一碰运气。王老板调侃自己就是个开商场的，挣的钱都是分分厘厘的差价。他提出让牛笑天把这个项目的工程交给他来做，他可以先给昊天公司支付一笔保证金或是提供一笔借款，这样既可以帮着牛老板解决目下燃眉之急的资金问题，又能让他在这个施工项目上挣些钱，岂不两全其美。

王老板的话让牛笑天稍稍有些吃惊。他没有想到一个做商场的老板心血来潮竟要干施工项目。说老实话，牛笑天倒不在乎把施工交给谁去做，他在意的是承包方要具备相应的施工资质和足够的施工能力，且要确定合理的取费标准，而这些条件，做商场的王老板能具备吗？

看穿了牛笑天的心思，王老板又说道："我知道你牛总是担心我的施工能力。不瞒你说，我跟几个施工单位都有关系，就连省上的几家国有建筑公司，我也能拿来他们的委托手续。"

王老板话说到这份上，牛笑天不由得含含糊糊地答应下来。王老板随即承诺给昊天公司先支付一千万元的工程施工保证金，外加两千万元的借款。条件是昊天公司确保他挂靠的建筑公司拿到施工项目。

牛笑天与王老板分手后，又把王老板提出施工的事儿在脑海中翻腾了一阵子。虽说对王老板的施工能力心里没底，但想着他又不是三岁的孩子，这般规模的项目他既敢承接，至少有他的拿法，保不准背后有支持他的实力人物。何况他愿意先拿出三千万元，可以实实在在帮自己缓解一下资金压力。至于后续施工过程中的质量把控，牛笑天想着无非在监督上认真下一番功夫，再精心选一个靠得住的监理公司把关，应该没有大问题。思来想去，牛笑天打定主意把这个施工项目交给王老板来做。

王老板愿意支付三千万元，虽说是一笔不小的钱，但毕竟凑齐土地出让金还有缺口，牛笑天还得想办法。

按照牛笑天过去做事的经验，遇到难关，总有意想不到的幸运，或是贵人出手相助，或是客观情况出现转机。每每如此，他都会归结为爷爷在天之灵的相助。这回资金上的难题，他希望爷爷依旧护佑他。

说灵真灵。就在牛笑天为资金筹措做最后冲刺的时候，黄奇主动给牛笑天打来电话。黄奇问牛笑天是不是资金上遇到小麻烦。牛笑天惊讶黄奇怎么会知道自己正为资金发愁。黄奇笑着提醒牛笑天跟自己是咋认识的，说没有王老板，怕是这个项目早被别人抢跑了。牛笑天这才明白王老板已把一切告诉了黄奇。黄奇说费了这么大劲头把项目争到手了，虽说是牛老板的生意，但自己作为参与的人，不会不关心项目健康运行。黄奇坦言自己愿意帮牛老板一把，在力所能及的范围内给牛老板凑一些资金。

这真是雪中送炭，牛笑天喜出望外。

很快，牛笑天与黄奇见了一面。虽说对黄奇存有高度的戒备心，但饥不择食的牛笑天没有资格在融资时对债主挑三拣四。对昊天公司目前出现的五千万元资金缺口，黄奇表示由自己一笔凑齐，言明利息月息一分五厘。这可比江湖上一般的民间融资利息低多了。不过黄奇很认真地强调了一点，说朋友之间就讲究个诚信二字，这笔资金借款期限不能太长，到时候一定要按时还款付息。如若逾期，那就要加罚利息和违约金了。黄奇解释说，之所以这样，是因为这些钱里有一大部分是官场上朋友们的私房钱，马虎不得。牛笑天心里就明白了，原来黄奇不唯和乌书记，恐怕还和很多自己不知道的实权人物是铁关系，要不然官员们怎肯把自己的灰色收入交由黄奇料理？牛笑天心里盘算，黄奇毕竟在自己跟前挣了佣金，向黄奇融资，万一到期后还不上，黄奇不看僧面看佛面，不会像社会上的债主那样苦逼还债。何况融资成本的确不高，所以对黄奇的要求，牛笑天当然满口答应。随后，昊天公司就和黄奇签了一份借款协议，约定借款金额五千万元，借期半年，利息月息一分五厘，到期后本息一次性返还；若发生逾期，利率翻倍，按月息三分计。

由于奥林匹克运动广场项目的核心位置，加上领导的重视，昊天公司被市政府列入重点保护单位。这也就意味着牛笑天得到了一张护身符。有了这张护身符，理论上项目所在地的工商、税务、公安、城管、环保等部门不能再随意以检查为名进入企业吃拿卡要。通过这次项目土地的竞买以及重点保护单位牌匾的取得，牛笑天越发意识到企业运行中公共关系处理的重要性。为了进一步做好这项工作，牛笑天在公司设立了一个专门机构，取名公关部，并让助理汪真真具体分管。

按照牛笑天的安排，奥林匹克运动广场要在开工前举行一场上档次的奠基仪式，这场活动的策划自然就交由汪真真承办了。所谓的上档次，并非仪式的人员规模有多大，花费标准有多高，而是纯粹决定于参加仪式的领导级别。这年头企业凡搞庆典，请来官员捧场是企业外树形象必不可少的内容，政协主席、人大主任出面是起码的，若能请来市长甚或书记亲自奠基剪彩，企业的背景底蕴定会令同行艳羡。汪真真担纲大任，就想把这次的奠基仪式搞得尽量排场一些。在活动策划书中，她将拟邀请的领导确定为汉京市市委乌书记。这让牛笑天颇感高兴。为了保证汪真真的计划得以实现，牛笑天特别叮嘱公司财务和人事部门要确保汪经理的财务和人事调配。牛笑天又鼓励汪真真说如果真的能让乌书记来一趟，比给企业打一年甚或几年的广告影响大多了。

想跟乌书记搭上线，自然还得依靠黄奇。不过，这回汪真真却对牛笑天说由她直接和黄奇联系。汪真真说上回随牛总跟黄奇和那个燕一涵见面时，她已经领教了黄奇的脾性，她相信黄奇为了自身利益，定会促成乌书记参加典礼。

果不其然，当汪真真按照牛笑天提供的号码打给黄奇，自报家门后，黄奇显得很是热情。待汪真真说出自己的意图后，黄奇一番称赞，连说昊天公司识大体、懂市场。汪真真提出能不能见一面具体商谈，黄奇说事不宜迟，他现在就在办公室，问汪真真在啥地方，他立即赶过去。汪真真说哪能让贵人轻易挪身，还是自己上门拜见黄秘书长。

黄奇的办公室就在汉京市体育场内。对于体育场，汪真真并不陌生，巨大的椭圆形建筑内包裹着一个可举行国际赛事的露天灯光球场，那是体育场的标志性建筑。过去每有群众性的造势会议，或是久违的公捕、公判大会，都是在那个建筑内举行的。椭圆形建筑外围分散坐落着游泳馆、网球馆、篮球馆、乒乓球馆等其他场馆，场馆四周的空地上是郁郁葱葱的树木，高耸挺拔的枝干显现出这方天地历史的久远。离网球馆不远的一丛树林掩映着一座不太起眼的两层小楼，楼门入口处挂着一方"汉京市奥林匹克网球协会"的小木牌。

汪真真没有想到的是，离那栋小楼还有几十米，她一眼就看见了站在楼门口的黄奇。

黄奇显然是有意提前站在楼门口迎接汪真真。看见汪真真，黄奇老远就大步迎上前去，热情地伸出双手。汪真真略显矜持地伸手与黄奇握了一下，只感到黄奇的双手热乎乎的。

汪真真仔细打量黄奇，这是一副标准的南方男人形象，身高一米七左右，身材有些单薄，脸型瘦长，属于那种不太令人讨厌的马脸，细小的眼睛眨巴时透出几分狡黠，白净的面皮配上一张上翘的嘴巴，显得笑容有些夸张。尤其引人注目的是那身打扮，一袭雪白的绸质服装，上身是偏休闲的传统唐装，连对襟纽扣都是人工盘结，灯笼裤子随着主人腿脚的活动随风摇摆。不消说，黄奇追捧的是一种风雅士子的生活方式。汪真真不知道这是黄奇的一贯风格，还是偶尔扎扎势而已。

进了黄奇的办公楼，果然又是一副好雅致。进门迎面一堵影壁，影壁前供奉着一尊关公金身塑像，足有半米高，塑像前摆着蜡制的供果，香炉中一支细香仍然燃着，微微的一股青烟袅袅升起，使得屋内弥漫着庙宇殿堂中的味道。再往里走，一应的古典中式家具让人目不暇接。顺着木楼梯上到二楼，足有三百多平方米的房间，一面墙壁立着十几个博物架，架上摆满了各类文物古玩。博物架对面的墙壁上挂着难以计数的相框，细看大多是黄奇跟政府要员的合影，每张照片下方都有明确的文字标注。汪真真快速地浏览了一下，汉京市的头面人物几乎都上了墙，当然以乌书记的肖像数量为最。让汪真真感到滑稽的是一大片相框上方，是一幅一米见方的孔子标准像，俨然是这方天地所有人物的祖师爷。因为房间非常宽敞，中间的办公桌就显得稍微有些窄小。

黄奇把汪真真引到靠窗的巨型根雕茶海前坐定，招呼一个秘书模样的年轻女子泡好茶水，挥挥手让她离去。茶海前只剩下黄奇和汪真真两个人。

黄奇的脸上始终堆着笑。待到汪真真礼节性地呷了一口茶后，黄奇就娓娓地打开了话匣子。黄奇说，虽然跟汪经理只见过一面，且没有机会说太多的话，但汪经理的不凡气质与聪慧干练，在他的心目中留下了难以磨灭的印象。牛老板身边有汪经理这样的人，事业一定会越干越发达。黄奇甚至说自己之所以全力以赴促成昊天公司拿下这个项目，也是出于对只有一面之交的汪经理的钦敬。

对于黄奇的溢美之词，汪真真自然保持着一定的戒备心。三十五岁的汪真真已经在社会上闯荡数年，对人世间的百态万象也知晓一二，她知道男人们的通病，也明白作为事业型的女人应如何恰到好处地利用性别优势去实现工作目标。此行她要让黄奇帮她跟乌书记搭上线，最好能让她直接跟乌书记见上一面。上一回牛老板通过黄奇让乌书记发话，促成昊天公司拿到了项目，她却觉得牛老板被黄奇敲了一杠子。虽然她把自己的感觉跟牛老板讲过，但牛老板反倒开导她，各算各的账，想开了就好。这一次，为避免黄奇中间水分太大，她希望直接跟乌书记对接。

几杯茶后，两个人聊起了正题。汪真真说对黄秘书长前期在项目中提供的决定性帮助，她心里清清楚楚，也知道黄秘书长为项目慷慨解囊的事，所以只有铆着劲儿把项目做好，才是对黄秘书长的报答。黄奇说，其实大家都不容易，商场如战场，商人如军人，打仗还得有同盟军。再说，他为昊天公司投资毕竟还是有收益的，这就是目下大家推崇的游戏规则，叫作双赢。汪真真连连点头。

没说上几句正事，黄奇话题一转，又赞美起汪真真来。黄奇说他接触过不少女性，但汪经理真的与众不同，在汪经理身上透着知识女性的雅致、事业女性的敏锐、成熟女性的风韵，至于女性的其他魅力，那就更不用说了。黄奇的话一多，汪真真就感觉出对方露骨的讨好，心里思忖着这家伙恐怕也是轻浮之徒。原先洋溢在脸上的笑意，就变得有些不自然。

大概是看穿了汪真真的心思，黄奇变得严肃起来："汪经理，我知道你听着我的话心里或许有些腻。因为你可能把我当成了好色之徒。"

黄奇话一落音，汪真真忽然意识到她还得求着眼前这个人帮忙，这个人暂时不能得罪，便连忙摇摇头，又貌似开心地说道："黄秘书长哪里的话，哪个女人不喜欢听别人夸赞自己？何况黄秘书长评价我的高度和角度，都是我不曾听过的。听着这些让人醉心的话，我只是觉得不好意思，有些消受不起。"

"我干脆把话给你说明了吧！"黄奇的声音稍稍抬高了一些，"我这几年在江湖上闯天下，深知人才的稀缺。不瞒你讲，我们经营的这个网球协会其实也是商业活动的一个平台，网球协会的会员单位都是商海里有头有脸的企业，这个平台太需要集纳人才了。现在协会除了几个低层工作人员之外，就我一个光杆司令。

上次见到汪经理，我就觉得你是咱们协会需要的人才。我后来就琢磨邀请你出任咱们协会的秘书长助理。我相信以你的才能阅历，若能屈身参与，对你、对咱们协会都会大有益处的。"

黄奇一番话让汪真真略微有些吃惊，她没有想到黄奇会拉她入伙，甚至可以说是在策反她。但她一时还不能确定黄奇说的是不是心里话。这世道花言巧语的男人多的是，谁知道这个男人骨子里到底打着啥主意？但不管怎么说，汪真真是昊天公司的管理人员，是牛笑天老板信任的人，她才不会轻易跳槽。汪真真镇静地把头发向脑后拢了一下，眼帘垂下细声细语地说道："感谢黄秘书长对我的看重，不过你的话让我感到很突然。我是牛老板的助手，牛总很信任我，目前正是公司发展的关键时期，我不能对不起牛老板，我不可能离开昊天公司。"

黄奇一阵爽朗的笑："好我的汪经理，谁说让你跳槽了？我们协会的管理人员都是兼职的，工作人员也都是从骨干会员单位临时抽调过来的。我让你到协会任职也是兼职，一方面你可以把富余的精力用在协会的事务上，一方面也可以通过你让昊天公司与协会的关系更密切。这对协会、对你、对昊天公司都是好事，牛老板肯定也会高兴。没什么值得顾虑的。"

汪真真脸上的表情趋于自然，心里虽仍有些疑惑，但却故作轻松地说道："真幸运得到黄秘书长看重，不过我是昊天公司的人，这件事我得跟牛老板汇报一下。"

黄奇的脸上闪过一丝尴尬，但很快又舒心地笑了："谢谢汪经理赏光加盟，我想牛老板也一定会很高兴的。"

汪真真想尽快把此行目的落实到位，就以请教的口吻征询黄奇对项目开工典礼的指导意见。汪真真说，牛老板想着让乌书记在现场闪个面，另外也想听听秘书长的意见，看看还可以请哪些人，关键是不能请来乌书记讨厌的人。

黄奇嘿嘿地笑了几下，自负地说道："牛老板的这些担心实在多余。现如今官场上谁没有基本的政治素养？啥叫政治素养？就是对形势的判断和对自己言行的把握。乌书记贵为一把手，谁敢不敬？谁敢不尊？别说乌书记把话说明，就是一个眼色、一个动作，恐怕每个人都会去揣摩领会。咱的典礼能不能请来乌书记，关键是看乌书记日程的安排。只要不去外地，尤其是去北京参加会议，不接待上级领导或外宾，乌书记就有参加典礼的可能。只要乌书记能来，其他官员都恨不得挤破头在现场露脸，那些自知不受乌书记待见的人自会躲得远远的。"

话说到这里，汪真真也就不再拐弯抹角。她说自己负责筹办这个开工典礼，务必要把事情办得圆满一些。为了稳妥，可否请黄秘书长费心把她引荐给乌书记。

黄奇面上露出难色，喝了一口茶说道："看来汪经理还不了解乌书记，咱大老板管着这上千万人口的城市，有多少事儿等着他安排布置，他最讨厌低效率的论证和商量，也更不愿意把时间花在无关人员的接见上。要不然为什么有人会为了见一面乌书记宁愿花出去上百万元。"黄奇给汪真真的杯子里加了一些水："我们不就是想让乌书记出面捧个场嘛，其实乌书记未见得有真正的自由，他的日常活动都是由秘书安排得满满当当。跟秘书说定了，或许比跟乌书记直接说更管用。"

端起杯子，汪真真咀嚼着黄奇的话，觉得他说的确实有道理，看来诸多的事情还得靠"经纪人"来完成。汪真真抬起头，脸上显出诚恳的神色："我对社会上的事情不太懂，有些想当然。黄秘书长见笑了，这事儿总得您给我撑腰张罗。"

"汪经理聪慧过人，"黄奇笑了笑，"只不过未免着急了一些。"

黄奇的话让汪真真有些不明白，她品味着黄奇话里话外的意思，一时不知道该说啥好。

"会有机会的，"黄奇脸上的表情显得意味深长，"汪经理，如果到了咱们协会，还怕没有机会见到乌书记？我还担心将来你见多了烦都烦不过来。"

三两句话又让汪真真听得似懂非懂。她不明白黄奇的意思，这乌书记到底是难见还是好见？不过当下只要能把乌书记参加典礼的事情敲定了，就算不虚此行。当然，汪真真想和乌书记直接见面，还有另一层意思，那就是尽量减少费用。她担心由黄奇中间拉托，黄奇会狮子大开口，要价太高。

正在汪真真琢磨怎样跟黄奇谈费用时，黄奇却拿出手机，轻轻地点了几下屏幕，然后把手机又放在茶海的台面上。瞬间，清脆的音乐声响了起来，手机显然被黄奇设在了免提状态。短短几秒钟，对方便接听了手机，是一个年轻男子的声音，谦恭地问："黄总有啥事儿？"黄奇说让帮着查一下老板本月十号到十三号的日程安排。对方沉默了一阵，显然是在查阅东西。大约半分钟工夫，对方回话说就在本市，十一号上午主持市委常委会，十三号下午出席省军区预备役建设的会议。黄奇略停了一下，叮嘱对方："你帮我提醒一下老板，说他原本计划出席一个重点项目开工仪式的事儿不要忘了，届时北京的首长可能会来，时间是十二号上午十时。"对方说："黄总，我记下了。您放心，误不了事儿。"

黄奇摁断了电话，看着汪真真没有作声。汪真真不知道黄奇刚才是跟谁通话，不过从说话的口气和通话的内容分析，对方显然跟黄奇很熟，甚至让人感觉黄奇有给对方布置工作的味道。

汪真真注视着黄奇没有说话，眼神里流露出问询。

"汪经理的事情就是我黄奇的事情，"黄奇显出几分自负，"这一个电话，事情就算搞定了。"

待黄奇说出刚才接电话的人是乌书记的秘书，乌书记日常工作行程都是由秘书安排之后，汪真真很是吃惊。原来乌书记和黄奇关系的确了得，她原本想着不知要费多大的劲儿才能办成的事儿，竟然被黄奇轻轻松松一个电话就搞定了。汪真真不由在心里又生出几多感慨。

汪真真心里明白，黄奇干的事儿其实也是经营活动。牛老板把这件事儿交给她来打理，她不能不考虑成本的控制。她觉得跟黄奇这样的人，最好还是把话说到明处，免得将来扯不清。几句感谢的话语之后，她落落大方地问道："黄秘书长，劳烦您费心安排这件事儿，费用大概需要多少，您给个数，我回去好准备。"

黄奇有些诧异："汪经理，你们公司搞庆典活动，费用花销还需要我给你们拿意见吗？"

汪真真搞不清黄奇是故意卖关子，还是真不明白。她就又强调说："我是说跟乌书记那边咋安排，还有黄秘书长您……"

黄奇连连挥手打断了汪真真的话："汪经理，哪里话？我和昊天公司已经是合作关系，昊天公司的事情，牛老板的事情，我当然义不容辞。你汪经理为这件事情忙前忙后，我还得感谢你不是？再说，乌书记也是很清廉的人，我们作为乌书记信得过的人，可千万不能给乌书记脸上抹黑。"

黄奇的话大出汪真真的意料，牛老板给她交办这件事情的时候，已交代财务要全力以赴，在费用上保障到位。她原本想直接见乌书记的意思也是怕黄奇在中间环节要价太高，可没有想到黄奇却是如此大度，她不由得对黄奇生出几许好感。

乌书记出席开工庆典的事情就这样轻松敲定了。汪真真离开黄奇办公室时，黄奇又把他对昊天公司以及这个项目倾注的心血渲染了一番，并对汪真真的工作风格夸赞了几句。临别，他提出让汪经理尽快跟牛老板汇报，早些到协会来履职。

黄奇仗着与乌书记的特殊关系，在这汉京城里可算得上风云人物，他虽无职无权，却是手眼通天，厮混的朋友遍及汉京市各大系统。挂着网球协会秘书长的头衔，冠冕堂皇地游走四方世界，结交八方豪杰。黄奇是乌书记的铁杆心腹，自然要保证乌书记后院殷实，自己混江湖当然也得靠经济支撑。黄奇的经营活动不外乎三种：一是在商场与官场之间，为了商人们力不能及的事情，奔走协调挣些居间费用；二是在瞅准的商事活动中参与股份，当然大部分的参与都属于干股之类；第三类说起来就狠了一些，黄奇给这种经营活动定名为"转盘"，那就是针对操盘能力欠佳的老板，以极低的成本用合适的手段把公司项目接过来。黄奇自诩这样既便于原来的老板解套，又能减少社会资源浪费，还能为自己的经营添彩，是一举三得的事情。

福利厂土地项目作为汉京市地产界公认的一块肥肉，引得多少地产商垂涎，黄奇焉有不关注的道理。但是，基于黄奇惯常的经营模式，他决不会拿钱去和众多的强手们拼争，他当然要利用自己的强项借力发力。那天刚好王老板介绍了牛笑天，他就把牛笑天的背景打探了一番，确定牛笑天是那种没有官场背景的土著老板，虽说不上财力很强，却也积攒了一些家底，这种人正是绝佳的合作伙伴。于是他决定强势出手。虽说小使手段让昊天公司拿下项目不是难事，但在与牛笑天合作的方式上，还是颇让他费了一些思量。以他对这个项目的评估，用三个亿的成本拿到土地算是公道的，他寻思若能让昊天公司用两个亿把土地拿下来，这中间的价差一亿元至少得有一半归他。但他还不至于简单地以佣金方式吞下五千万元的巨额利润，于是就有了牛笑天在支付百分之十的佣金之后又出现了燕一涵突然杀出的状况。燕一涵是黄奇来往多年的异性朋友，算不上情人却也常有一些肌肤之亲，靠着黄奇做一些对缝的小生意。黄奇让燕一涵配合做这单生意，燕一涵当然乐于出面。如此一番神操作，昊天公司如愿以偿拿到了项目，黄奇亦收获不菲。只不过事情到了这里，黄奇的经营活动才算刚开了头。对这么好的项目，除了挣点佣金外，他必须深度耕耘，至于是浅浅的参股，还是相机转盘，那就得看后面的造化了。刚好那天王老板给他提到了牛笑天因为缺资金愿意把施工权交给自己的事儿，他眼睛一亮顺势让王老板把他愿意给牛笑天融资的话传过去。至于资金的来源，这个项目上联手燕一涵挣到的钱，现成就放在那里。这才叫羊毛出在羊身上。

既然黄奇的后台老板是乌书记，那乌书记不可能任由黄奇打着自己的招牌八方挣钱，却独享个中利益。其实这才是乌书记为官的精明之处。乌书记不是圣人，他也喜欢财富，但是他懂得财富既能给人带来快乐，也能给人带来灾难的道理，他才不愿意在自己如日中天的任上为财所累。黄奇既是他的铁杆马仔，那也就是他的管家兼经纪人，这个管家只要驯服得顺溜，那管家名下的财富岂不就也姓乌了？黄奇与乌书记心照不宣的关系，自然也成就了黄奇在汉京市呼风唤雨的能耐。

再说黄奇青睐牛笑天助手汪真真的缘由。黄奇既是乌书记的管家，除了帮乌书记敛财理财之外，当然还要兼顾乌书记的私生活。乌书记在家有老婆保姆照顾，在单位有生活秘书服务，可有些特别的个人嗜好是不便让家人和秘书知晓的，黄奇当然要派上用场。这乌书记虽已五十开外，但似乎荷尔蒙分泌有些旺盛，圈子里的人都知道乌书记喜欢女人。但唯有黄奇懂得乌书记的独特口味，乌书记对年轻未婚女人不感兴趣，却对少妇情有独钟，尤其是那种透着成熟韵味的知识女性。那一日，黄奇与牛笑天见面时，随牛笑天同行的汪真真让黄奇眼睛一亮，这不正是一个标准的尤物？黄奇靠着主子吃香喝辣，自然不会放过任何效忠主子的机会。不过，后来黄奇力邀汪真真加盟网球协会，却是出于新的想法。这汪真真既是昊天公司的核心人物，若能在日后策反她，自己在深度参与项目时就有了内应。再说了，汪真真万一与乌书记混得亲热，他黄奇岂不是又多了一条与乌书记捆绑的纽带？这可是一本万利的事。

拿到了土地，即标志着项目运行已完全进入轨道，一切工作都在有条不紊地推进中。现在，稍稍让牛笑天有些焦虑的是设计方案还没有最后定稿，他务必要保证设计单位在开工之前拿出各方认可的、效益最佳的设计图。俗话说，好马配好鞍，如果说奥林匹克运动广场项目是一匹令人瞩目的骏马，那设计方案就一定是增色提神的鞍具。为了不让项目前期设计出现缺陷，牛笑天拒绝了本省几家设计单位伸出的橄榄枝，花费了高出本地报价一倍有余的价钱，聘请了上海一家有外资背景的某工程设计事务所承揽该项工作。但随着设计工作的推进，牛笑天却发现了一个不大不小的麻烦，设计师拿出的初步方案的确漂亮、新颖、大气，但在建筑面积上却不尽如人意。政府对该项目虽规定了容积率，但牛笑天希望设计时突破容积率限制多建些房子，大不了政府发现后交一笔罚款了事。没想到上海方面拿出的初步方案建筑面积竟低于规划局批准的容积率，房屋面积比昊天公司原计划的目标整整少了五千平方米，这就意味着项目利润至少要减少七千多万元，牛笑天当然不乐意。但反复沟通后设计师仍坚持自己的理念，设计师说不能为了迎合甲方的不合理要求，违背政府的指标规定，不能以这种投机的方式欺骗消费者，更不能让这种缺陷设计砸了设计单位和设计师的牌子。在各方坚持己见的过程中，设计师最后使出杀手锏，说位于巴黎的总部已关注这个项目，如果上海有设计人员胆敢配合建设单位弄虚作假，则立即辞退相关负责人。话说到这份上，牛笑天自知自己又草率了一回。现在要么忍痛按设计单位的方案损失七千万元的净利润，要么换一家设计单位。只是换设计单位时间上会显得太仓促，而且前期已经向设计单位支付的五百万元首付款就会泡汤。另外，与这个设计单位解除合作关系的背景一旦泄露出去，不可能不给项目带来负面影响。项目刚一开始就出现这个让人头痛的事情，牛笑天觉得很是沮丧。

设计方案是设计事务所制作的，但最后的审批通过则是市规划局说了算。一般情况下，设计事务所都会想着法和开发商联手公关规划局，越过红线在设计上为开发商多加些面积。牛笑天原来想着规划局那边有马英俊副局长，一切都会顺风顺水。现在这么一来，马英俊就是想帮忙也使不上劲。牛笑天这会儿就有些后悔当初没听马英俊的话，马英俊原来建议牛笑天在本市找一家设计单位，说是沟通起来容易，费用也低。牛笑天却一门心思要把项目的品质做出来，迷信大地方的和尚会念经，就舍近求远花大价钱定了上海这一家。如今，牛笑天觉得还是要和马英俊见面合计合计。

　　马英俊在牛笑天跟前从不端架子。牛笑天要见马英俊，马英俊立马放下手头的工作，跟牛笑天在经常会面的那个茶秀见面。牛笑天把上海那家设计事务所不肯配合加大设计面积的事跟马英俊讲了一遍。马英俊自然唠叨着牛笑天不听自己的建议，现在花钱请了个大爷。谈到要不要换一家事务所，马英俊说设计市场太小，汉京市巴掌大的地方，奥林匹克运动广场项目在招拍挂时就闹得万人瞩目，原先十几家本市设计单位都盯着想在这个项目上一试身手，没想到花落别处，现在回过头来再在汉京市找设计单位，且不说好马不吃回头草，单单是这些设计单位互相之间说不清道不明的关系，只怕会让新接手的单位也像捧着一个烫手的山芋，深不得浅不得。

　　牛笑天心疼浪费掉的设计面积，毕竟那是七千万元的利润呀！权衡再三，他还是想请马英俊帮忙化解矛盾。马英俊说人家事务所注册地在上海，只怕自己是鞭长莫及。牛笑天说他已经了解过上海这家事务所的背景，他们在汉京市也有几个项目。只要马英俊肯在他们承揽的汉京开发项目设计上做些文章，不怕他们不就范。牛笑天说一物降一物，孙猴子一个筋斗十万八千里，也翻不过如来佛的掌心。马英俊问谁是孙猴子，谁是如来佛。牛笑天说如来佛当然是贤弟掌权的衙门了。

　　三天之后，马英俊打电话给牛笑天，说上海那家设计事务所愿意在可能的范围内通融，让牛笑天再跟那边的负责人联系一下。牛笑天迅即把电话打了过去，对方果然有些松口，只是说具体的细节问题还需要双方碰头研究。牛笑天问是昊天公司的人去上海，还是设计人员来汉京。对方说项目在汉京，还是他们来汉京更顺当一些。牛笑天自然高兴。

　　接下来的事情颇让牛笑天感到欣慰。设计事务所由行政总监带着设计师团队一行五人来到汉京，与昊天公司进行对接。对于昊天公司在规划容积率上突破面积的要求，设计事务所表示理解，但提出了一个风险应对方案。事务所说这种对管理部门弄虚作假的行为过去他们没有干过，一旦让政府揪住，所有的责任应由昊天公司承担，且合同约定的设计费用不能有任何减少。另外，为了体现责权利相统一的原则，事务所让昊天公司支付一笔风险费用五百万元，说未来如果被政府处罚，这是事务所提前收取的声誉损失费。

五百万元的额外费用，颇有些敲诈的意思，但设计事务所愿意担些责增加设计面积。权衡利弊，牛笑天觉得仍然有利可图。为了能保持双方的良好关系，也保证后续工作顺畅，牛笑天还是爽快地答应了设计事务所的要求。

牛笑天立马跟马英俊通电话表示感谢。原来，马英俊从牛笑天大哥处领命后，就把上海这家事务所在汉京市设计的项目全部从规划局内存档案中调了出来，挑了几个大的项目，马英俊通过建设单位策略地给设计事务所漏了口风，希望设计事务所在昊天公司的项目上尽可能地提供支持。设计事务所看重汉京市这个规模不算小的设计市场，知道昊天公司与规划局之间的特殊关系，为了不得罪规划局，就在昊天公司这个项目上罕见地开了绿灯。这件事让牛笑天更深刻领悟了一个道理，在权力大于一切的情况下，任什么原则，任什么外商，不照样也得乖乖地看官员的眼色行事么？

离土地出让金最后的交费期限只剩下一周时间。王老板和黄奇答应出借给昊天公司的资金仍迟迟到不了位，这不免让牛笑天有些心焦。按照土地局和昊天公司土地出让合同的约定，如果土地出让金交付发生逾期，则以应交而未交的金额为基数，按日加罚千分之一的违约金。也就是说针对尾款一亿元，每日会发生十万元的新增费用。而更要命的是若逾期超过六十日，土地局有权解除合同，这也就意味着土地可能被收回。如此性命攸关的大事情，如何不让牛笑天寝食难安。对延迟放款，王老板像是跟黄奇商量过似的，俩人保持着完全一致的步骤。牛笑天跟王老板熟，通电话的次数也就频繁了一些，而王老板每次都是找出各种各样的理由搪塞，要么就是别人还的钱正在转账途中，要么就是办理财务的工作人员出差在外。着急之际，牛笑天便直接给黄奇打电话，可黄奇却劝牛笑天别着急，说凑齐资金的事大家缺一不可，他正在努力，资金到位时间不会晚于王老板。这让牛笑天听出了弦外之音，合着黄奇是要看着王老板，王老板资金不到位他是不会轻易放款的。

牛笑天同汪真真商量王老板和黄奇迟迟不肯转款的事，并说出了黄奇跟着王老板看样学样的感觉。汪真真却是另一种看法，她说依她对黄奇处事说话的风格分析，这王老板和黄奇之间还真是有一种说不清道不明的关系。不过，她敢断定，若说起主次，王老板应当是看黄奇眼色行事的。王老板迟迟不转款，很可能是听命于黄奇。而黄奇所谓的放款时间不晚于王老板的话，或许是要给牛老板一些暗示。

汪真真的话提醒了牛笑天，两个人就琢磨起王老板和黄奇的真实意图。牛老板认为黄奇主动提出借款，似乎没有骗人的必要。现在若有悔意，亦无须遮遮掩掩。合理的解释只有一种，那就是他们在盘算借款条件，说不定是想提高利息！

汪真真建议牛笑天跟黄奇见个面，开诚布公地谈一谈。牛笑天却觉得有借款协议在，过度的催促会适得其反。汪真真提出由她会一会黄奇。因为有上一次黄奇力邀汪真真参与网球协会工作班子的事，牛笑天也觉得借着这个由头策略地探探黄奇的口风，不失为一个好办法。

不出汪真真意料，与黄奇的见面异乎寻常地顺利。当汪真真把电话打给黄奇提出想拜见他时，黄奇连声表示随时恭候汪小姐莅临指导，地点还放在体育场内的办公室。因为是第二次到访，汪真真就显得随意了许多，而黄奇也像对待老朋友一样在客套中亲热有加。只是黄奇与汪真真握手后，似是有意无意地在汪真真肩头拍了一把的动作，让汪真真略感不适。不过汪真真知道自己的使命所在，在本能地皱眉之后迅即绽开了笑容，大方地与黄奇坐在二楼茶海前品茶聊天。

黄奇问汪真真开工典礼筹备会办得如何，说乌书记的工作可是排得满满当当，一旦改期，恐怕就再难安排了。汪真真说有黄秘书长鼎力支持，一切都会顺风顺水。黄奇又问汪真真参加协会的事情考虑得怎么样，汪真真说她把这件事跟牛老板谈了，牛老板说难得黄秘书长看中昊天公司，企业虽说要挣钱，但社会公益事业不能缺位，这就是经济效益和社会效益必须两手同时抓的道理。汪真真还转达了牛老板在同意汪真真参加协会的同时，愿意长期在人力和财力上支持网球协会的想法。

黄奇称赞牛笑天是个有社会担当精神的企业家，说唯有这样，企业才能获得广泛的社会支持，才能做大做强。汪真真顺着黄奇的话头，把黄奇在这次昊天公司竞买项目中提供的支持夸张地赞美了一番。说着说着，话题就转到了为昊天公司借款一事上。

"借款协议都签过了，我不会食言的，只是筹款过程中出了些意外。"黄奇脸上露出无可奈何的神情。

汪真真故作轻快："秘书长的实力让人一百个放心，只是跟土地局签订的出让合同约定的付款期限就要到了，万一出现逾期，滞纳金可是一笔不小的数目。要是超过两个月，土地还有被收回的可能呢。为这事，牛老板心焦得吃不下饭，睡不着觉。"

黄奇脸上露出一丝嘲讽："牛老板也太小心眼了，生意上的事么，由事不由人，出现几天逾期，滞纳金认了不就得了。再说了，我把钱借给牛老板是出于信任，啥保障措施都没有，可我从朋友那里拿钱，人家却提出要担保，我正在为这事儿犯愁呢。"

黄奇话一落音，汪真真的心头就感到一紧。听黄奇的弦外之音，这提供给昊天公司的资金要从第三方拿到，而第三方没取得担保之前，钱是不会轻易放出来的。这也就是说钱能不能按原先的约定借给昊天公司，不单是时间早晚的问题，能不能办到还未可知。汪真真觉得自己和牛老板把事情想得有些简单。

汪真真低头沉思了一会儿说:"人家有担心是正常的。这年头借钱出去是高风险的事。钱借出去了,欠钱的就成了大爷,要账的就成了孙子。要不然为啥电视小品里的杨白劳和黄世仁都大反转了?"顿了一下又说道:"难得您黄秘书长知仁知义,可我们不能要求人家都跟您一样。"

"还是汪小姐明事理,"黄奇说,"可遗憾的是你们牛老板未必知道这个道理。那天王老板跟我说起这事,也是左右为难。"

汪真真心里明白了,看来黄奇与那个王老板之间确实有密切的联系,且在借款一事上无疑保持着高度的一致。所谓的筹集资金难以到位的理由都是托词,真正的原因只有一个,就是昊天公司得拿出让黄奇放心的担保措施来。

"可不可以让昊天公司给您提供有效担保,然后您想法子跟那些给咱筹钱的朋友做好解释工作。"汪真真试探着说,"昊天公司跟您之间签订借款协议,给您提供担保是天经地义的事。"

"汪小姐不怕牛老板多心?"黄奇说,"牛老板要是想不开,说我婆婆妈妈倒还罢了,要是想着我乘人之危、图谋不良,那我可就冤枉大发了。"

汪真真说牛老板是明白人,况且针对借款提供担保,也是正常的游戏规则。两个人就又在担保方式上扯起来。黄奇问汪真真昊天公司有些什么可供担保的资产。汪真真说当然要数刚拍下来的那宗福利厂土地最值钱了。因为昊天公司过去开发的房产基本上都已销售出去,剩下一些边角房不值啥钱。至于股票、基金之类的金融资产,昊天公司都没有涉足。

汪真真向黄奇提出用土地做抵押的想法是在心中盘算一阵后讲出来的。以她对黄奇的判断,没有切实有效的抵押物,黄奇和王老板的借款是不会轻易放出来的。与其跟黄奇绕弯子,还不如直截了当满足黄奇的要求。不过汪真真心里也明白,一旦土地设定了抵押,后续项目再融资就更难了,这无异于耗掉了昊天公司的核心资源。但眼前的坎得过,至于后面的事,走一步看一步。

再说这件事最后拍板权在牛老板，汪真真相信牛老板在大是大非问题上会有正确决断。

让汪真真意外的是黄奇却对用土地担保的方式提出了质疑。黄奇说："地产项目的核心价值就在土地上，如果在动土之前就先把土地抵押出去，肯定会让这个项目先天不足，在社会上形成不良影响，后续企业在银行授信、贷款，在房管局办理预售许可证等方面都会出现麻烦。我既是借款给昊天公司，本意是帮助昊天公司推进项目，如果这种帮助最终给昊天公司运作项目设置了障碍，那岂不是适得其反？这不符合我黄奇做人做事的风格。"

黄奇的一番剖白让汪真真意外之余又有些感动。看来黄奇在这件事情上是经过深思熟虑的。但是若排除了土地的抵押，其他的担保物还真是难以找到。

"换位思考一下，"黄奇显得胸有成竹，"这边出借资金的银主想寻求心里踏实，但我们更应当设身处地替牛老板着想。牛老板借钱就是为了把项目搞好，如果借了钱，反倒把项目给捆住了，那不成了挖肉补疮？我替牛老板想了个法子，让牛老板用他名下持有的昊天公司的股权做个担保就行。"

"股权？"汪真真的脑子里迅速转开了圈子。依她的理解，股权并不像土地和房产那么实在，大多数的情况下，股权是一种流于形式的东西，好多公司的老板都把股权交给自己的马仔持有，自己则躲在幕后操控公司，这才有了老板不当股东、股东不是老板的江湖规则。难道黄奇不懂得这个道理？

黄奇显然看透了汪真真的心思："我就是想用这么一个没有实质意义的概念，让借款担保有个说法。一来让我这边资金的主人有个念想；二来也是让牛老板那边的项目运营不受任何影响。"

黄奇又问了昊天公司目前的股权结构。汪真真说具体的持股比例她说不准，但股东人数是三个自然人，分别是牛老板和他的妻子、儿子。黄奇思索了一阵，说不如简单一些，把牛老板妻子和儿子的股权质押了就行。汪真真说估计牛老板妻子和儿子的股权份额很小，怕股值太低，满足不了抵押需求。黄奇哈哈大笑起来，说这抵押既是概念，何愁价值高与低，抵押的股权比例越小，牛老板心里就越踏实，他黄奇做人不厚道的嫌疑就越小。黄奇的情绪感染了汪真真，汪真真也笑了。

"我还有个让牛老板安心的法子，"黄奇笑眯眯地盯着汪真真，"要说用股权做质押，就得把股权过户到我这边指定的人名下。我想了想，你是最合适的质押股权持有人。"

"我？"汪真真吃了一惊，"黄秘书长的意思是让牛老板把他妻子和儿子的股权过户到我的名下，我替债主把股权管理起来？"

"不可以吗？"黄奇反问道，"汪小姐是我看上的人，我相信汪小姐的人品，何况你已经是咱们网球协会的工作人员，咱们可是一个战壕的战友。另外，由你出面持股，牛老板不会不放心。再说了，以昊天公司现有的股权结构，让人一看就觉得牛老板还是作坊式的经营。都啥年月了，还不懂得现代企业管理机制。老婆孩子居家过日子的模式，咋能用到企业的管理上。"

汪真真这下真有些摸不透黄奇的葫芦里到底卖的是啥药了。平心而论，黄奇对昊天公司家族式的经营结构提出的批评是有道理的。牛老板也曾经在公司的若干次会议上提出了家族企业的弊端，说要对这个历史遗留问题尽快解决。黄奇的这个想法，倒是让昊天公司被动地接受一番改制。只是，黄奇让她汪真真作为代理人持有这个股份，实在让人费解，难不成是黄奇要挑拨她和牛总的关系，或另有所图？

"我寻思我还是不太合适。"汪真真说，"我是牛总的助手，我得一切听从牛总的。你让我持股，我只怕不能尽职尽责。再说了，牛总会怎样看待这件事情？"

"汪小姐错了，我这样做正是出于对昊天公司和牛老板的诚意。牛老板若是信任我，应当知道我这样做的苦心。牛老板若是信任你，也自然会感到高兴。你汪小姐一手托两家，相信不会干出伤害任何一方的事情。"

汪真真觉得再无表白的必要。她现在唯一想的事情，是把借款尽快落实。想想还有王老板那边，她又随口问道："黄秘书长不知道有没有跟王老板商量过，我担心他那边也会提出同样的问题。"

黄奇自信地摇了摇头："汪小姐，不让你再分心了，王老板是我的好朋友，到时候我让他和我保持一致行动，就用你名下代持的股份，对我们的借款共同提供担保就好了。"

看来黄奇对借款担保的事情不但有成熟的思考，而且已经做好了安排。汪真真向黄奇请教具体的工作实施方案。黄奇说关键的问题是要取得牛老板的认可，具体的工作方案可以让律师帮忙，网球协会有专职的律师顾问，回头他把工作安排一下。黄奇又问昊天公司有没有聘请律师做法律顾问。汪真真说原来请过一个，后来因为事情不多，就再未续聘。黄奇说："这样不好，现在经营活动中大家都应该把法律因素考虑得周全一些，避免日后出现麻烦打起官司。"汪真真频频点头。

起身告辞时，汪真真礼节性地伸手与黄奇道别。黄奇抓住汪真真的手，脸上透出一种说不清的表情。汪真真分明感觉到黄奇攥她的手很用力，以至于她稍稍感到一丝痛意。她顾不上探究黄奇行为和表情的意思，用力从黄奇掌心抽出了自己的手，匆匆地离开了。

返回昊天公司，汪真真把与黄奇见面的过程跟牛笑天原原本本地讲了一遍。牛笑天对黄奇提出用股权质押的方式表示理解，但也纳闷黄奇为什么让汪真真作为代理人持有质押的股份。可疑惑归疑惑，出于对汪真真的信任，牛笑天觉得这样做，总比其他人持股对公司的运营要好一些。他坚信与人为善的道理，在没有发现黄奇有不良意图之前，他宁肯相信黄奇这样做是一种善意。

牛笑天说："小汪，咱不做亏心事，不怕鬼敲门。既是黄奇让你代他持股，你就一身二任，把咱的工作做好，顺带替人家黄奇担起责任。等到项目有了回报把钱还给人家，这事也就过去了。"

汪真真喃喃地说:"我咋感觉黄奇有些怪兮兮的。"

牛笑天眉毛一扬:"你是说他……"牛笑天不知道汪真真所谓的"怪兮兮"是指哪个方面。

汪真真说:"跟黄奇见了三次面,凭着女人的直觉,我总觉得他除了唯利是图以外,背后还有令人捉摸不透的东西,他看我的眼神让我有些不舒服。"

牛笑天沉默了。在他内心里,汪真真是个成熟且富有活力的事业型女人。在昊天公司众多的员工中,汪真真的确是他坚实的左右膀,对于汪真真这样的人才,他是既倚重又尊重。汪真真既能说出对黄奇反感的话语,想必不是空穴来风。为了取得黄奇的支持,再大的经济成本他都可以接受,可一旦这种成本换作对员工精神上的伤害,他就不能不慎重考虑了。牛笑天是孤儿出身,他把精神上的创伤看得比天还大。再说了,牛笑天也绝对不能容忍自己手下的女员工以特殊公关的方式去搞经营。

牛笑天神色严肃地问:"小汪,那个黄奇在你跟前有过不规矩吗?"

"也许是我多心了。"汪真真说,"当某个人让人产生心理排斥的时候,他的所有举动都会让人觉得别有用心。我就是觉得黄奇既然已经和咱们签订了借款协议,却又中途变卦提出什么抵押,真是出尔反尔。这回又让我替他持股,免不了让人有些黄鼠狼给鸡拜年没安好心的感觉。"

牛笑天舒了一口气。

"我相信你的定力,我也相信你的应变能力。"牛笑天说,"人在江湖有时身不由己,咱们只需要时时保持高度的警惕就行了。黄奇给咱们放款也不是做啥善事,他的目的还是想挣利息。咱们要保持一个好心态,诚恳待人,不卑不亢。"

牛笑天让汪真真告诉黄奇,自己完全同意黄秘书长提出的借款担保方案,且对黄秘书长让汪真真作为担保股权的持有人表示感谢。汪真真将牛笑天的意思通过电话转达给黄奇。黄奇笑着说:

"如果这样的方案牛老板不能接受的话，那倒真是出了奇了。"

隔天，黄奇让手下人给汪真真发过来一份电子邮件，又打电话告诉汪真真说这是委托律师起草的两份法律文书，让汪真真斟酌一下，如果可以的话拿给牛老板过目。汪真真打开电脑，将两份文件下载后打印出来，拿给了牛笑天。两份文件内容如下：

文件1

股权担保协议书

　　甲方：牛笑天（昊天公司股东代表）

　　乙方：黄奇（为昊天公司提供融资人代表）

　　甲乙双方为乙方向昊天公司提供借款设置担保事宜进行磋商，达成一致意见，订立本协议。

　　一、乙方共计向甲方提供借款七千万元，其中包括王永春提供借款两千万元。

　　二、甲方自愿用其名下昊天公司股份计 ××% 为上述借款提供担保。

　　三、乙方指定汪真真女士作为担保股权持有人。

　　四、担保股权过户登记后，公司股东为牛笑天先生和汪真真女士。

　　五、汪真真女士在持股期间，按照乙方指令妥善管理名下股份。

　　六、本协议一式肆份，甲乙双方各持两份。

　　甲方：

　　乙方：

　　　　　　　　　　　　××年××月××日

文件2

代持股声明书

声明人：汪真真，女，身份证号：××××××××
×××××××××××

声明人自愿代黄奇先生持有昊天公司 ××% 股权。在代持股期间，本人将完全按照黄奇先生的指令针对股权行使权利，该股权所形成的一切法律后果和法律风险概由黄奇承担。

声明人：汪真真
×× 年 ×× 月 ×× 日

牛笑天和汪真真把这两份文件反复琢磨了几遍，感觉没有什么不妥。为了保险起见，牛笑天又让汪真真找个律师，从专业角度把个关。

因为文件篇幅不长，很快拿到了律师的意见。律师说两份文件都比较温和，站在对方的角度只是维护了他们的基本权益，没有对昊天公司或牛总这边形成法律威胁。至于汪女士的声明书，那纯粹是格式化的东西，没有什么实质意义。牛笑天听罢舒了一口气。

接下来的事情办得很顺当，黄奇在汉京市工商局政务大厅隔壁找了一家工商代办中介。中介只是要走了牛老板妻子和儿子以及汪真真的身份证。前后三天时间，昊天公司新的法人营业执照就办下来了。至此，昊天公司的股东成了牛笑天和汪真真两人。

这边工商执照一下来，那边昊天公司账户上就分别收到黄奇和王老板各自转来的全额借款。尽管离最后的交款时间还有几天，牛笑天还是嘱咐财务人员尽快将土地出让金余额打到政府财政专用账户上去。牛笑天认为既已有了钱，就要在履行合同上表现得积极主动一些。

第四章

昊天奥林匹克运动广场项目在牛笑天与他的团队有条不紊的工作中顺利推进。离确定的开工典礼日还剩下三天时间，牛笑天仍然对乌书记能否出席有些担心。因为这场典礼的举办醉翁之意不在酒，牛笑天最大的愿望是通过汉京市一号人物的出场把这个项目高调地宣传一下。他担心日理万机的乌书记临时脱不开身，让这场典礼黯然失色，甚至失去本来的意义。忐忑之际，牛笑天叮嘱汪真真在合适的时间，用合适的方式再跟黄奇确认一下。

没等到汪真真想好提示黄奇的方式，黄奇倒先给汪真真打过来电话了。黄奇问汪真真开工典礼筹备工作干得咋样。汪真真说万事俱备只欠东风，就等着到时候黄秘书长陪同尊贵的乌书记光临指导。黄奇笑着说没有东风，只怕是万事俱备也是白俱备。汪真真闻言心里一紧，半晌没有说话。黄奇在话筒那边连着"喂"了几声，汪真真才又接上了话。黄奇问汪真真今天晚上有没有时间。汪真真问黄秘书长有啥需要效劳的。黄奇说今天晚上确定一下东风准点吹来的可能性。汪真真便明白是要最后敲定乌书记出席一事，就问在哪里，要见谁。黄奇说你过来就好，到时候我把地点发给你，记着不要带别人。黄奇还特意问了汪真真的车牌号。

下午五点左右，汪真真收到了黄奇发来的短信，见面地点为南山平峰峪峪口深处三公里的一处运动会所。平峰峪那个地方汪真真去过几回，是夏天陪孩子避暑游玩时去的。每到夏天的时候那里游人如织，但汪真真过去并没有注意到有个什么会所。她算了一下时间，从汉京城开车过去，大约需要一个小时，刚好在晚饭前到达。看来黄奇是有意识只给她留下路上的工夫。

汪真真驾驶着公司为她配备的 SUV 越野型汽车，离开汉京市区朝南山驶去。

五月的天光确是美不胜收。刚一出城，远远的南山就映入了汪真真的眼帘。南山距汉京城区大约三十公里，因为大气污染，平常在汉京城是看不清晰的。恰好昨夜下了一场透雨，天空像洗过一样，起伏的山峦就如同道具一样，被轻易地搬到了目光所及的跟前。顺着一条新修的旅游大道，驾驶中的汪真真把两侧的车窗玻璃摇下来，欣赏着初夏的景色，呼吸着湿润清新的空气。远处一望无际的麦田像是绿色的海洋，一阵阵的麦浪随风翻滚，金黄的油菜田在其中显得尤为瞩目，空气中弥漫着沁人心脾的油菜花香。旅游大道的两侧，断断续续地摆放着售卖时令水果的小摊，草莓、杏子、樱桃，在科技作用下早早地被采摘上市。

汽车驶入平峰峪口，已是傍晚时分。西边的太阳刚刚落下山头，火红的霞光把半边天照得透亮，天空中波纹般的火烧云透着祥和。一条不太宽阔的公路伴着小溪蜿蜒向大山深处插进去。出山的车辆显然比进山的车辆要多一些，那是游客们结束了一日游玩乘兴而返。出山的路是下坡，对面的车子开得都快。上坡逆行的汪真真小心翼翼地驾车前行。

路边停着一辆车子，尾部的应急灯一明一灭地闪烁着。汪真真下意识地降低了车速，只见停着的车子旁边站着一个男人，正在向她招手示意。她把车子慢慢地滑到男子身边，摇下车窗。车外的男子问："可是汪小姐？"汪真真迟疑地点了点头。男子说他是黄秘书长的司机，专门在此恭候汪小姐，让跟着他的车子走。汪真真这才知道，刚才进山之前她与黄奇通电话时，黄奇为啥要问她的车牌号码。

跟随着那辆引路的车子，大约又前行了五百米，汪真真看见引路车亮起了转向灯。车速慢下来时，很快有人将岔道中央的一个小石墩子挪到一旁。看着这个原始的墩子路障，汪真真心想着应当是峪中的山民为了防止游人随意进入他们的生活区域，自行划定的禁区。

顺着岔道前行，沙石路面上不时扬起阵阵灰尘。正在汪真真心里抱怨路况差劲之际，前头的路却变成了光洁的水泥路。只能容纳单车通行的水泥小径，被两行风景树夹持着，富有诗意地向前延伸去。汪真真透过两边的车窗看去，知道这属于平峰峪中的一条小峪，只不过一般游客到不了这里。汪真真一下子又明白过来，刚才从主道拐进岔道的时候，为什么路中间是一块石墩子作为路障，为什么岔路的开头是一段毫不起眼的沙石路，原来这些都是巧妙的隐蔽手段。

看来如果没有黄奇派来的车子引路，汪真真是咋也寻不到此的。

车子在一道灰色的大门前鸣了几声喇叭，大门徐徐地向两边打开。原来这不起眼的大门竟是电动控制的。大门两侧同样为灰色的砖墙，向两边延伸开来，紧紧咬住了两边的山崖。这个阵势，让初来乍到的汪真真意识到这一方天地人为地与世隔绝着。

一进大门，汪真真眼前一亮，一处约莫有四五百平方米的小广场，正前方是一面巨大的影壁，影壁上用琉璃瓦镶着巨幅图案，好像是傣族泼水节的欢庆场面。天色已暗，几盏射灯从不同的方位打到影壁上，图案上的场面让人有一种身临其境的错觉，似乎刚刚从北国一脚跨进了南方异域。汪真真把目光从影壁上收回来，紧挨着给她引路的车子，将自己的车停在广场一隅。再看看四周，已经停了有五六辆车子，都是各种高档的越野款型。

一声"汪小姐好!"的问候声传过来。汪真真循声望去,只见黄奇从影壁后面转出来,大步流星地走过来。汪真真款款地迎上前去,未待完全把手伸出去,黄奇已经握住了她的右手,边用力摇着边说:"汪小姐赏脸光临,可真是我们这里的福气。"

黄奇寒暄着,不时把赞美的语言送给汪真真。黄奇说汪真真的打扮素雅端庄、落落大方,与这里的山水相映,真的是和谐一体。汪真真仔细打量黄奇,他一身运动装束,在这幽静的山谷中显得有些不伦不类。不过她嘴上仍是礼貌地回应着黄奇的夸赞,说黄秘书长才是天人合一的风范。两个人说着话,黄奇并没有松开汪真真的手,像是老友重逢一样,拉着汪真真朝影壁后面走去。

转过影壁,又给人一种曲径通幽的感觉。一条小径的两边是密密的竹林,一条窄窄的人工水道紧挨小径,灯光下能看见水流清澈透亮,依稀还能觅到小鱼的踪影。三三两两的石刻制品立在路边,貌似那种老旧的拴马桩之类的文物。目光能及的地方坐落着别墅样的建筑物,基本上以两层楼房为主,别墅相互之间似乎还有走廊连接着。黄奇松开汪真真的手,指着四周介绍说,这里原来是一处疗养院,后来废弃了,他盘过来后拆掉了原来的房子,重新进行了规整,现在用作内部会所,供朋友们聚会使用。汪真真这才明白,原来这家会所的主人就是黄奇。

前方隐约出现一片光亮,黄奇抬起胳膊示意汪真真一起过去看看。汪真真猜想在这群山环绕的小天地中,少不了会被黄奇辟出一片露天舞场。但随着那片光亮越来越近,汪真真却看见一圈铁丝网中,五六个人正在东奔西跑地忙活着。待完全看清时才明白这是一个小型的网球场。亮如白昼的灯光下,两个持球拍的人左冲右突,挥杆酣战。其他的人分明是提供服务的,除了捡球外,就是在几个出色的回合之后鼓劲地拍几巴掌,吼一嗓子"好"。

站在铁丝网罩外面,黄奇用下巴向网球场上努了努,问汪真真可认得场中的人。汪真真腼腆地摇了摇头。黄奇指着那个背对着他们正在打球的人说:"难为你汪小姐四处寻着神,真神出现在你面前时，你竟无动于衷。"

一阵惊讶，汪真真不由自主地伸了一下舌头。难道说这个打球的人正是汉京市说一不二的头面人物乌书记？她努力地伸长脖子想看个究竟，无奈打球的人来回奔跑，偶尔回一下首，只能显出模糊的面部轮廓。她根本无法把这个形象跟汉京市电视台上那个常常出镜的人联系在一起。

"您说他是乌书记？"汪真真问道。

黄奇矜持地点了点头，笑眯眯地盯着汪真真。

汪真真心里一阵高兴，看来这黄奇的确有能耐。早前黄奇跟汪真真确定乌书记参加开工典礼，她多少心里有些不踏实。而眼下的这一幕，让她实实在在地吃下了一颗定心丸。她盘算着黄奇会不会安排她和乌书记直接交流。如果真能那样，日后对昊天公司会有很多方便。

"咱们先坐那边聊聊。"黄奇领着汪真真向另一个岔路走去。不多时走到一个小亭子跟前，那亭子跟日常旅游景点供人歇息的亭子没有什么两样，只是亭子的四周，围裹着纱幔。亭子里铺着地毯，地毯中央摆放着考究的茶台和茶具。看见有人过来，老远走过来一个穿着旗袍的年轻女人，毕恭毕敬地朝着黄奇和汪真真鞠了一个九十度的躬，然后撩开纱幔，把黄奇和汪真真让进小亭坐定，又沏上了两杯茶。黄奇轻轻地挥了一下手，年轻女人训练有素地转身出了亭子。

汪真真端起茶杯，一股清香让她不由得深深地吸了一口气，轻轻地啜了一口茶水，她环顾四周。竹林和树木是构成这方天地的主要基调，黑黢黢的山体若隐若现，不远处传来响亮的水流声，不知名的昆虫叫声紧一阵慢一阵。汪真真感觉自己快要融化在这浑然一体的山水意境中。

回过神来，汪真真想寻些合适的话题。她称赞黄秘书长是个会生活的人，懂得回归自然，但又不失现代生活的超然。

黄奇显出几分自得，指点着亭子的外面："人是这个世界的主人，每个人来到这个世界上，都不能枉费了老天爷的一番美意。活着就要享受。就说我们坐在这亭子里面品茗，我们体味着大自然给我们的清新和安静，但我们也不能任由别人对我们打扰。"黄奇说到这里，汪真真听着有些不太明白，她抬起头似有疑惑地看着黄奇。黄奇又顺着刚才的话头说下去："我是说人既是主人，就要主宰世界。一个人活得境界高不高，就要看他主宰的范围大不大。咱们坐在这个亭子里，就不能允许那些讨厌的小飞虫来打扰，外面的那道纱幔就是我们主宰这个亭子的手段。在这个小小的会所，我们既是主人，就不能允许别人随意侵犯。"

汪真真听着黄奇的话，频频地点着头。看着干净的地毯，她问黄奇要是下了雨，怎样做好保洁工作。黄奇笑了笑说："要想主宰这个世界，就需要有主宰的能力。这个会所能给我们提供高档的享受，当然得有巨大的财力支持。每年我花在这个会所的运营维护费用，少说也得二百万元。养着那些服务人员，自然得由他们去解决这些问题。"

看来这个能让乌书记光顾的隐秘会所，的确是耗费了黄奇不少的心思。

汪真真惦记着那边网球场上的乌书记。她问道："乌书记也许该歇下了。您在这里和我喝茶，万一乌书记要找您？"

黄奇拉开袖管，夸张地扬了一下腕上的手表。汪真真偷眼瞄了一下，灯光下的表盘显得很炫目。

"还有十来分钟，乌书记就该下场了。"黄奇说，"不过接下来他还得洗个澡，换身衣服。七点整咱们一起就餐。"

"您是说让我参加乌书记的晚宴？"汪真真问道。

这下轮到黄奇疑惑了："汪小姐，瞧你说的，我大老远把你从汉京城邀请过来，不就是为了让你和乌书记当面交流一下嘛。我总不能就让你隔着铁丝网远远地看一眼乌书记的背影，那样还不如让你坐在家里打开电视，去看汉京市电视台的新闻节目。"

如果说此前对黄奇还有一丝警惕和不信任的话，今天的安排则让汪真真打消了疑虑，看来黄奇真是个说到做到的人。再说了，堂堂的乌书记能和黄奇过从甚密，起码表明黄奇有着非同一般的过人之处。汪真真不由得又觉得自己过去对黄奇的求全责备有些多余。

离七点还有十分钟，黄奇说该去餐厅等乌书记了。汪真真随着黄奇走出了亭子，沿着几级窄窄的石阶下行到一条长廊，顺着长廊进入了一栋两层的别墅建筑。

自动门缓缓打开，汪真真眼前出现了另一番景象。宽敞的接待大厅灯光闪亮，一尊孔雀开屏的黄杨木雕迎门而立，四周的墙壁上挂着尺幅不小的各类油画，厚实的羊毛地毯上摆放着一圈高档真皮沙发。门迎小姐殷勤地弯腰致礼，把黄奇和汪真真引着坐在沙发上，又在茶几上摆放了两杯香茗。

汪真真少不了又夸奖黄奇的品位，说这屋里屋外就是两重天。屋外尽享自然之美，屋内感受人间至尊。

黄奇又有些得意："我把这个地方盘下来，花巨资改造，就是要把人间的精华浓缩在一起。这里自然的山色天光是原本就有的，再因势利导地稍加雕琢，便让人感受到大自然的精华。而那个球场则让有氧运动优势发挥到极致。在运动和欣赏美景之后，还得体验吃住玩乐这些人类最基本的需求。汪小姐感受一下，看看我这里的设施，比起汉京城内那些数得上的地方逊色几分？"

汪真真想着要见乌书记，该去补补妆，从下午驱车过来到现在，一路风尘，她还没来得及顾及自己的容颜呢。她礼貌地询问黄奇洗手间在哪里。黄奇招了招手，服务小姐小跑过来，把汪真真带到拐角一幅贵妃出浴油画前，按动了墙壁上的一个按钮，油画向一边退去。原来这其实是一副电动门，里面是宽大的卫生间。汪真真进到卫生间里面，又感到一阵炫目。她第一次见以金色为主调的卫生间。除了瓷白的墙壁外，洗手池、妆台、马桶均为金黄色。她摸了摸龙头，应该是镀着黄金的那种。汪真真再一次感受到黄奇的奢华。

　　一阵说笑声从门外传来，黄奇迅即站起身朝门口迎去。汪真真也紧随黄奇走过去，立在门迎小姐的身后。待到大厅自动门打开，汪真真一眼看见一个气宇轩昂的人，昂首挺胸站在门外，七八个人如众星捧月般呈扇形站在那人身后。

　　这张熟悉的面孔，汪真真在汉京电视新闻上见过无数次，而真正近距离地看到真面目，这是第一次。汪真真只觉得心跳有些加速，看着黄奇满脸堆笑着迎上去说些讨好的话，一时不知道自己是该躲着还是该往前靠一靠。那乌书记刚从外面走进来，空旷的大厅中站着的汪真真自然轻易地进入乌书记的视线。乌书记看见汪真真，步子移动的速度下意识缓慢下来，又看了一眼黄奇，似乎是用目光询问这个女人是谁。黄奇赶忙向汪真真招了一下手，说："汪小姐你快过来！"

　　汪真真快速挪动碎步，来到乌书记跟前。黄奇看了一眼汪真真，又把头转向乌书记："这是咱网球协会新聘请的秘书长助理汪真真。汪小姐可是女中豪杰。"

　　汪真真略显娇羞地向乌书记伸出了手。而乌书记却站着没有动，把汪真真从头到脚打量了一番，那架势好像一个老师品评刚入学的小学生一般，足足有几秒钟的工夫。汪真真觉得有些尴尬，伸出去的手僵在半空，不知道该不该收回来，直到有些酸困时，才讪讪地缩回手。不想这时候乌书记却是笑眯眯地伸出了手，汪真真才又忙不迭将自己的手送进了乌书记温热的大手中。

　　乌书记握着汪真真的手上下摇了几下。汪真真感觉乌书记握手的劲道比黄奇还要大，她定神大胆地打量起乌书记，他肩头与她头顶齐平，身高少说也有一米八五，适中的身材看起来魁梧却并不臃肿，国字形的脸庞显得棱角分明，连微笑的表情中也透着几许威严。汪真真内心突然生出感叹，就是这张脸，让汉京城多少名流士子、巨贾大亨畏若神明；就是这只手，在偌大的汉京城指点江山，让多少人飞黄腾达，让多少人黯然神伤。现在，这个人就在自己跟前，虽高大伟岸却也普通平常。

"你是那个昊天公司的？"乌书记开了金口。

汪真真一时有些诧异，因为刚才她分明听黄奇介绍她是网球协会的秘书长助理。说实话，对黄奇凭空封给自己的这个官位，她还多少有些难为情，而现在乌书记却一下子道出了她的真实身份，就不由让她犯起了糊涂。

"乌书记真是好记性。"黄奇插嘴说，"前几日我跟乌书记确定后天奥林匹克运动广场项目开业典礼的事，无意间夸赞汪小姐干练潇洒，我把汪小姐同意加盟咱们网球协会的事顺带汇报了，乌书记还问我汪小姐姓'王'还是'汪'。"黄奇又转向汪真真说道："你可要明白，乌书记是咱们网球协会的会长，我们都是沐浴着他的阳光雨露茁壮成长。"

原来是这样，汪真真心里明白了。她忙谦逊地说自己就是个小女子，能有机会在敬爱的乌书记跟前做点事，实在是三生有幸。

乌书记松开了汪真真的手，爽朗地大笑了几声，摆了摆手示意继续往前走。一行人说笑着顺着大厅边上的步梯向二楼走去。汪真真看见乌书记上楼时，一步跨过两个楼梯，她直觉乌书记身体很棒。

金碧辉煌的餐厅用屏风分割成两个区域，一边是餐前的休息区，一圈沙发靠墙放着，茶几上摆着各种各样的水果和小点心。一边是一张不大的餐桌，桌上已经摆上了几道凉菜。汪真真下意识地又朝四周瞅了瞅，心想在这极度隐秘却又无比豪华的场所，也许真应了那句话："只有想不到的，没有见不到的。"

坐在休息区象征性地喝了几口茶，乌书记让大家都上桌。一边说着话一边自顾起身坐在那个主角的位子上。汪真真心里琢磨着现场这几个人的角色，也不知自己该坐到哪儿，正犹豫间乌书记向她招了招手说："小汪，你坐到我跟前来。"汪真真局促着摇摇头说："我哪敢往上坐。"一旁的黄奇不由分说拽着汪真真的胳膊，轻柔地推揉着汪真真笑道："在这里，乌书记的话就是圣旨，难道你敢抗旨不成？"

　　一群人坐定，乌书记说起了话："今天周末活动，本来是一餐简单的便饭，既然增加了一个新成员，又是唯一的一个半边天，那我们就喝点小酒，以示欢迎。"乌书记话音一落，门外的服务员即刻被黄奇招到身边。黄奇问乌书记是喝点洋酒还是白酒。乌书记看了看汪真真，汪真真慌恐地摆了摆手说自己不胜酒力。乌书记就吩咐来点白酒，黄奇转头让服务员拿茅台过来。瞬间服务员端上包装精美的五十年茅台，当着大伙的面撕开包装，小心翼翼地将瓶中的酒分盛在几个玻璃分酒器中。

　　服务员给每个人面前都摆上了斟满酒的小杯子，乌书记率先拿起杯子，其他的人也迅即端起酒杯，一骨碌全都站了起来。待乌书记喝掉杯中酒时，其他人步调一致地扬起脖子，干掉了杯中的酒。汪真真没有酒量，正想找几句合适的托词，替自己打个圆场，看到一桌人那种整齐且带有夸张的喝法，就把嘴边的话咽了回去，挺直了喉咙把一杯酒倒进嘴里。

　　乌书记似乎很在意身边的汪真真，一边动起筷子，一边示意汪真真下筷。此刻的汪真真的确有些受宠若惊，她压根没有想到今天能和堂堂乌书记同桌饮宴，她更没有想到乌书记对她一个名不见经传的小人物如此礼遇有加，本能的怯意让她伸出筷子的手有些微微发抖。乌书记大概看出了汪真真的心态，竟然从碟中夹出一撮菜放到汪真真面前的小吃碟里。汪真真条件反射地站起身，弯腰托起小吃碟，嘴里含糊不清地说着感谢的话。

　　乌书记忽然又恍然大悟似的，指着一圈人说："小汪初来乍到，跟你们大家都不太熟悉，难免紧张。黄奇你就再给小汪介绍一下。"黄奇就笑呵呵地把桌上的人一一介绍给汪真真。每介绍一位，汪真真都很谦恭地点头致意，且用心记下来。原以为这些随员大多数是政府官员，但黄奇概以老板称谓。难道这些人都是商场上的人？汪真真又有些疑惑，既是清一色的商人，为什么她一个也不认识？

　　一桌人吃着饭说着话，话题不外乎谁的球技又提高了很多，乌书记下午弃接的那个球判断很准确之类。汪真真对网球不懂，也不太明白他们说些什么，只好根据感觉调整着自己的表情，在众人的说笑中附和一下。

酒过三巡，汪真真也实实在在喝了不少，桌上已摆上几道热菜，却被冷落着不见人动筷子。直到黄奇指着一道菜，说是前天才收来的熊掌，厨子从昨天就开始加工，让大家趁热吃时，汪真真才定睛细看桌上的盘子。油汪汪酱色的汁液中，浸润着一只硕大的像人手形状的东西。乌书记夹了一块放到汪真真的吃碟中。因为酒精的作用，汪真真对乌书记的恩宠已有些麻木，略略欠身后就将那吃碟中的美味放到嘴中，真可谓糯软爽滑，没来得及仔细品味，那食物已顺着喉咙滑到肚中。再看看周围的人，没有人对这道菜肴表示出稀罕的神情。汪真真心里就明白，原来这熊掌之类的东西，在这里也只是司空见惯的内容。她忽然想起曾有朋友说吃熊掌犯法，因为熊是国家保护动物，就奇怪难道乌书记一帮人不懂这个？转念一想，也许这熊是人工饲养的，但回味着黄奇刚说过的从山里收来的话，仍觉有些疑虑。再注意看看乌书记，一脸的祥和与平静，汪真真就在心里自嘲自己少见多怪。

乌书记好像突然来了兴头，夹着筷子在空中点了两下："今天这酒喝得开心，就是少了酒令。干脆在场的人每人说一个段子，段子说好了大家喝，段子说不好自己喝。"大家齐声叫好。

几轮下来，汪真真已经喝了十来杯酒，明显有些力不能支。通常她是不喝酒的，实在有推不开的场合，她也只是象征性地浅尝一半杯。而今天这个场面，可以说是她记忆中绝无仅有的。

在窘迫与酒精的双重作用下，汪真真的脸变得通红。她站起身来用手背捂着嘴，思索着该说些什么既有趣又与自己身份合适的笑话。

汪真真忽然灵机一动，清了清嗓子说："我一个小女子才疏学浅，孤陋寡闻，实在没有啥好东西值得说出来跟大家分享。要不然我给大家唱一首歌吧。"

乌书记豁达地说："这样也挺好，我们这些男人们粗俗惯了，也该文雅一回。"

乌书记停了一下，用手指敲了敲桌子："不过，得我来点一首歌，小汪你就唱那首，那个什么什么……月亮的心吧。"

黄奇抢着说："乌书记有情调，就唱《月亮代表我的心》。"

汪真真略一思索，压低嗓子唱起来："你问我爱你有多深，我爱你有几分，我的情也真，我的爱也真，月亮代表我的心……"

一曲唱罢，大家又鼓了一阵掌。待汪真真坐下，乌书记打趣地问道："你说你叫汪真真，想必你最懂得什么叫真，你刚才唱到我的情也真，我的爱也真，那你就给咱讲讲什么样的情和爱才是真的。"

汪真真一时愣住了，她没有想到堂堂的乌书记会在此情此景中问她这么缺少格调的问题。她看着乌书记那张阔脸，顿时觉得这个老男人并不怎么高尚。

看着汪真真张口结舌的样子，乌书记又替汪真真解围："小汪，你们女人情感都很复杂，真真假假虚虚实实，男人们根本闹不明白。要不然为什么有人说男人征服了世界，而女人征服了男人。好喽，我也不为难你，咱们俩碰一杯酒吧。"

汪真真端起酒杯，正欲和乌书记碰杯，黄奇却连声喊停，乌书记和汪真真就都放下酒杯。

黄奇说："刚才乌书记问汪小姐啥样的情和爱是真的，人家汪小姐不好意思讲出来，乌书记几句话把问题的实质都说明白了，想必汪小姐也心领神会。今天咱们小范围聚餐就不要说虚的，汪小姐你就和乌书记喝一杯交杯酒。"

汪真真只觉得一股热血冲上脑门，如果说刚才乌书记向她提问，让她觉得这个大人物有失格调的话，那么黄奇的这个提议，则让她彻底小瞧了眼前这一帮人。她看了看乌书记，平静中仍然透着笑意，显然他对黄奇的提议是欣然默许的。看来黄奇并不是心血来潮的胆大妄为，而是在揣摩乌书记心思的情况下，不失时机地献了一媚。

汪真真突然有一种冲动，她想把手中的这杯酒泼到对面黄奇的脸上。三十五岁的汪真真有家有舍，又有一份还算体面的工作，她没有必要接受这种卖笑式的社会交往，哪怕对方是位权高位重招惹不起的人物，大不了自己永远做一个安分小民罢了。但转瞬间，汪真真的脑海中又出现了牛笑天那一张苍老却又时时显出焦虑的脸庞。为了昊天公司，为了奥林匹克运动广场这个项目，牛老板已经有好长时间吃不好饭、睡不好觉了。虽然昊天公司是牛总私人的公司，但汪真真明白，对牛总而言，企业的所有权只是个概念，他所在意的就是一场事业，他的生活水准一点也不比员工奢华多少。牛总是一个值得尊重的人，既然牛总看重她汪真真，对她委以重任，这是一种知遇之恩，她没有任何理由对昊天公司的事业懈怠。今天虽然是一个小小的聚会，但她身负的使命却事关项目的成败，甚至关乎昊天公司的存亡，她绝不能因为自己的任性给公司捅下天大的娄子。想到这里，汪真真深吸了一口气，在心里默默念叨着：镇定！镇定！

汪真真渐渐定住了神，又从桌上拿起了酒杯说："黄秘书长高抬我了，我岂敢在尊敬的乌书记面前造次。乌书记今天这么样看重我一个小女子，我真切地感受到一个可亲可敬的长辈对我的关怀。这么着吧，为了表达我对乌书记的敬意，乌书记喝一杯，我喝两杯。"

听着汪真真的话，乌书记脸上的笑意凝住了，渐渐地又变成了一种讪讪的尴尬。也许在乌书记的饮酒史中，还不曾遇到过这么一个不知深浅的小女人。黄奇脸上露出愠色，目光像利剑一样刺向汪真真："你恐怕还没有喝到位，说起话来让人听着冷冰冰的。"

汪真真把头转向黄奇，一字一板地问："黄秘书长说说，我咋样喝才算到位？"

黄奇把小拇指头朝汪真真伸了一下："你就是有些小家子气。"

面对黄奇侮辱性的动作，汪真真突然喊了一声"服务员"。门口的女服务员小跑过来，汪真真让再拿一瓶酒来。女服务员用眼神征求黄奇的意见，黄奇没有做声。服务员遂拿过来一瓶刚刚开启的酒，汪真真一把夺过来，把瓶口对着自己的嘴巴，一仰脖子咕咚咕咚地全灌进肚子里。

喝完酒，汪真真用手抹了一下嘴，语无伦次地自言自语道："我很小家子气吗？"

汪真真只觉得一阵天旋地转，桌上的一圈人似乎成了一群面目狰狞的牛头马面。身边的乌书记好像还在说话，但她只看见那一张一合的嘴巴，红红的像一张血盆。她听不见他说什么，她只感到自己像是站在一团棉花上。

终于，难以自持的汪真真软绵绵地顺着桌子滑到了地上。

两个服务员跑过来，试图把倒地的汪真真抬起来。但刚把汪真真的头抱住，汪真真一张嘴，一阵翻江倒海的折腾，秽物像喷泉一样从口中吐出来。房间里瞬间弥漫着污浊的气息。

一场本来可以皆大欢喜的酒宴，让汪真真搅得一塌糊涂。

乌书记悻悻地站起身来准备离去。黄奇面有难色地问乌书记昊天公司的开工典礼还要不要参加。乌书记没好气地回了一句："当然参加。"又看了一眼躺在地上的汪真真说道："快些把她抬到房间去休息，难为她还真是个有个性的女人。"

伺候乌书记离开会所，黄奇只觉得心里窝了一团火。对这个汪真真，黄奇用心已经很久了。作为乌书记的心腹干将，他知道乌书记的口味。乌书记身强力壮，跟大多数男人一样喜欢女人，但乌书记爱得不滥，他只钟情于那些潇洒干练、韵味十足的少妇。对于年轻貌美的一般女子，乌书记倒常是紧绷着一张脸，不知情的人会认为乌书记坐怀不乱。以汪真真的年龄与气质，黄奇认为她是不错的人选。今天晚上乌书记对汪真真关爱有加的态度，也证明了黄奇的判断是准确的。本来在这么一个合适的场合，通过酒精的催化，促成乌书记一夜欢愉，他和乌书记之间又会增加一道牢实的纽带。可谁能想到这汪真真竟然是一块臭硬的石头。有多少女人为沾上乌书记挖空心思寻找门路，而这个汪真真却不识好歹，公然冒犯乌书记。还好，今天乌书记虽有些扫兴，却还没有动怒，尤其是乌书记还表示要正常参加昊天公司的开工典礼，多少让黄奇在窝火之际稍感一丝宽慰。不过对这个汪真真，真要让她长点记性。否则的话，自己前面的忙活真的要白劳神了。

问明汪真真歇息的房间，黄奇让服务员打开了房门。

一个套间内，宽敞的席梦思大床上横陈着汪真真的身体。和衣躺着的汪真真上衣被吐出的秽物弄得狼藉不堪，她的头朝一边歪着，嘴角还流着清亮的汁子。黄奇推了推汪真真的肩膀，只觉得软软的几乎没有反应。他大声喊了几遍"汪小姐"，汪真真眼皮动了动却没有睁开眼睛。他把手顺着汪真真的脖子伸下去，摸着汪真真的胸口，能感觉到汪真真的心脏仍然在有力地跳动着。他舒了一口气。

黄奇朝着依然站在门口的服务员说："把她身上的脏衣服都脱下来。"女服务员应声跑过来，站在床边，开始解汪真真的衣服，却突然像是想起什么来着，停下了手，怔怔地看着黄奇。

"脱呀！"黄奇的声音提高了八度。他明白服务员是在顾虑给汪真真脱衣服要不要等到他离开。服务员哪里明白此时此刻他的心理。

在黄奇的指令下，汪真真的衣服被全部扒光。

黄奇指着地上汪真真的脏衣服，让服务员去洗干净，并叮嘱务必在明早八点前烘干叠好送到汪真真床前。随着黄奇的手势，服务员快速捡起衣服，退出门外。

屋里只剩下黄奇和汪真真两个人。确切地讲，只剩下黄奇一个人。床上躺着的汪真真此刻就像是一具尸体、一个橡皮模特，在这方寸之间，黄奇可以随心所欲地干自己想干的任何事情。

一丝不挂的汪真真纤毫毕现。柔软的床上，她的小半个身子陷下去，雪白的胴体在粉色床单的映衬下更显白嫩。散开的头发一半披散在床单上，一半遮盖着脸。往日的干练与自信变成一种傻乎乎的表情，寻常令黄奇有些顾忌的高贵也荡然无存。胸脯上两只耸起的乳房仍然显得饱满，淡淡的乳晕衬托着豆粒大的乳头，醒目地占据着两个制高点。小腹因平躺着稍有些凹陷，两腿之间的私处，一片弯弯曲曲的毛发夺目地宣示着那里的不同凡响。黄奇突然觉得一阵眩晕，这真是一个天生的尤物。他没有想到，已为人妇人母的汪真真竟然有如此美妙的胴体，不知是造物主的青睐，还是汪真真勤于保养？他觉得这样的资源不及时被消费，实在是一种浪费。

黄奇觉得浑身一阵燥热，三下五除二扒开了自己的衣裤。正当他将自己的躯体压到汪真真身上时，突然一阵轻轻的犬吠声，让他打了一个激灵。吠声过后，又是一阵呜呜咽咽的声音从门外传来。

黄奇知道，这是他圈养的宠物狗赛虎在呼唤他。赛虎是一只纯种的德国黑贝，体高近一米，威风凛凛。在这会所里，赛虎既是黄奇贴身的伙伴，又是会所忠诚的卫士。平常，训练有素的赛虎会安静地待在自己舒适的犬舍；有需要时，赛虎会不离左右地伴着黄奇。有一次，黄奇在会所院子草丛中散步，赛虎突然从斜刺里冲过来，伴随着凄厉的几声犬吠，满嘴是血的赛虎依偎在他的脚下。待黄奇细看，一条一米长短的剧毒五步蛇被赛虎活生生咬断头颈，身首异处，长长的蛇身还在蠕动。从那以后，黄奇越发珍爱自己的这条宠物狗，视它为逢凶化吉的神兽。

黄奇是个不怕天不怕地的人，但是他怕神怕鬼。为了给自己祈福保平安，平日里他没少到名刹高寺拜神求仙。在这个会所里，黄奇供奉着各路神仙。就连忠诚的赛虎，他也认为是神仙赐给他保佑福瑞的。现在这个神兽突然循迹来到这里，莫非是在提醒他不可造次？

黄奇再细看一眼床上的汪真真，忽然又想起了赛虎曾咬断脖颈的那条毒蛇。莫非说这汪真真是一条美女蛇，沾不得？黄奇禁不住打了一个激灵，一下子觉得兴趣索然。思索了一阵，他慢吞吞地穿上自己的衣服，一边又回味起和汪真真交往个把月来的点点滴滴，忽然间觉得自己好糊涂，汪真真既然已代表自己持有了昊天公司的股份，又是乌书记已经关注的女人，万一这女人事后真闹腾起来，说不定会坏了大事。他黄奇是有钱有势的人，想要什么样的女人不容易，何必在这个残花败柳身上惹是生非。想到此，他又在心里感激起赛虎来。

门外的呜咽声仍在，黄奇索性打开门，那赛虎一个猛子冲进来扑在黄奇的怀里撒欢。

抱着赛虎，再看看床上的汪真真，黄奇忽然有了灵感。赛虎不是可以咬死毒蛇吗，何不让赛虎帮着克一克汪真真呢？黄奇不禁为他的妙想得意地笑起来。

黄奇指挥着赛虎爬到床上，贴着光溜溜的汪真真卧下来。赛虎喘着气，迷惑地看着主人，长长的舌头吐出来，耷拉在汪真真雪白的大腿上。

黄奇一阵淫笑，用手机从不同的方位，拍下了几张杰作。

第五章

　　一场由乌书记亲自捧场的开工典礼，果然给昊天公司带来了源源不断的甜头。开工典礼的第二天，汉京市最权威的媒体市委机关报《汉京日报》就发了一篇通稿，长篇介绍了奥林匹克运动广场项目的概况和背景，盛赞这个项目在推进地方体育事业、发展汉京市对外交流、丰富百姓文化生活方面所起到的示范作用。昊天公司似乎在一夜之间成了明星企业，牛笑天也成了民营企业的领军人物。新闻媒体的褒誉，又催生了社会各界的支持与关注。先是汉京市政府办公厅为昊天公司颁授了"市政府重点保护单位"的牌匾，接着汉京市公安局宣布昊天公司为警民共建单位，汉京市工商局在昊天公司设立不合理摊派监测点。而最让牛笑天感到兴奋的，是建设银行汉京市分行主动找上门来，表示愿意为昊天公司在政策允许的范围内提供信贷支持。

　　在这些众多的利好因素面前，牛笑天自然把重头戏放在和银行关系的建设上。目前工程已经启动，前期的土地费虽已缴清，但后续建设资金的压力仍然很大。按照牛笑天的资金使用计划，施工单位按合同应当垫资施工到地上三层，而项目可望在施工到正负零时就取得预售许可证。如果不出意外，到应付施工单位工程进度款时，销售回款就基本可以保证支付了。但牛笑天懂得一个基本道理，那就是计划没有变化快，凡事都得宽着计划严着用，万一因为某种原因导致资金链条断裂，仍然会给项目带来致命的麻烦，所以他必须有多手准备。在这种情况下，银行能挺身而上，当然是再好不过的事。另外，牛笑天也有自己的小算盘，如果银行真能放贷，利息要比从黄奇和王老板那里融资的成本低得多，他可以把从银行贷来的钱先还给黄奇和王老板，大不了再支付一些提前还款的违约金，那样也比继续使用高利贷合算得多。

一来二去，建设银行决定给予昊天公司三亿元的授信金额，这让牛笑天相当满意。如果这三个亿的贷款能落地，昊天公司马上可以摆脱沉重的高利贷负担，轻装上阵。但银行的势头好归好，牛笑天却明白，这授信要变成实实在在的贷款，还得费老鼻子的劲。说白了，授信就是针对客户放贷的计划，就好比开发商对一个项目绘制的蓝图，要想把纸上的东西变成漂亮的水泥建筑，不靠拼搏是不行的。现在，市分行那个管信贷的杨行长就成了牛笑天的主要公关对象。

牛笑天请杨行长在豪华的博文酒店吃饭，杨行长很痛快地接受了牛笑天的邀请。博文酒店是韩国人投资建设的，五十二层的酒店大楼是汉京市的标志性建筑。牛笑天吩咐汪真真早早订下了顶层旋转餐厅的小包间。牛笑天事先问过杨行长有无随员，杨行长说八小时之外他没有带随员的习惯。出于礼貌，牛笑天就决定只身与杨行长会面。既是单对单的会面，牛笑天明白自己是不能空着手的。琢磨一阵之后，他让手下人办了一张国际商城两万元的购物卡，打算作为见面礼奉上。

杨行长约莫四十岁左右，一副温文儒雅、风流倜傥的学者模样，油光发亮的头发在三七分处一丝不苟地倒向两边，鼻梁上架着的一副金丝眼镜为主人平添了几分学者气质，中规中矩的西装又衬托出些许严肃。如果不是事先知道他的身份，牛笑天宁肯把眼前这个人当成大学教授或是医院里的主刀大夫。杨行长与牛笑天彬彬有礼地寒暄后，就夸赞起昊天公司的项目和牛笑天的魄力来。

杨行长说他从一开始就关注奥林匹克运动广场项目，对《汉京日报》那篇介绍昊天公司的文章，他也是认认真真地看过几遍，这次与昊天公司银企联手的动议，也是他最初在分行的业务会议上提出来的。牛笑天没想到杨行长是个如此健谈的人，对杨行长夸赞自己公司的话，本想谦逊两句，却又找不到合适的插话由头，索性就做出专注倾听的样子，只是频频地点着头或偶尔谦逊地摇摇头。

杨行长又说建设银行顾名思义就是要在建设领域发挥大用场的，但近些年来建设市场已少见建设银行的影子，除了政府建设项目外，建行时时缺位。杨行长指着窗外尽收眼底的建筑物，说看看那些一望无际的城市建筑，竟不敢肯定地说哪一栋高楼是在建行的扶持下盖起来的，作为一个建设银行的员工，说起这些话来都觉得脸红。

牛笑天让杨行长点餐。杨行长笑笑说他这个人吃饭既讲究也不讲究，就是喜欢吃牛排、喝洋酒，其他基本上都很随性。牛笑天拍了拍脑袋，说要是早知道杨行长喜欢吃西餐，就该另换个地方了。杨行长说下回由他做东再去吃西餐。牛笑天就点了一份龙虾刺身、一份乳鸽、一份西芹百合、一份桃仁木耳、一份葱烧牛柳、一份鲟鱼、一份芥蓝、一份鸡毛菜，外加两份佛跳墙。算起来四凉四热、四荤四素，佛跳墙算是一道硬菜。杨行长说两个人点那么多有些浪费了。牛笑天说头一次跟杨行长吃饭，不丰盛些怕是有些不好意思。杨行长说不是怕牛总花钱多，是怕吃不了剩在桌上有碍观瞻，又说论起高档的西式菜品，一盘法国牛排能顶上这一桌餐费了。一句话把牛笑天噎得半晌做不了声，心里就在琢磨，看来这杨行长不是个容易打发的主儿，兴许他的胃口海着哩。反过来一想那倒也不一定是坏事，越是胃口大越能成事。

几杯酒下肚，那杨行长话语果然就有些露骨起来。他说他愿意为牛老板的项目尽绵薄之力，但他也希望牛老板能把他当成贴心贴肺的自己人。牛笑天当然满嘴应承。

临分手时，杨行长说他最近打算带着妻儿去台湾旅游一趟，是自由行的那种。牛笑天想起自己的堂弟在台北，好像也是经商的，就随口问杨行长需不需要自己在那边找个关系照应照应。杨行长说那倒真是打着灯笼难找的好事，当下就问牛笑天要了台北那边的电话号码。

一顿饭快吃完了，关于三个亿的授信落实问题却没有说出个子丑寅卯来。牛笑天心里着急，干脆就直截了当地问杨行长关于授信贷款一事，还需要企业提供哪些资料，贷款审批周期大约需要多长时间。杨行长有些诧异地看了一眼牛笑天，一边起身整理着衣服，一边说道："牛总看来没太和我们银行打过交道，贷款流程有很严格的程序，企业要申请，要提出资金使用计划、资金归还计划、企业的各项资质、近年来的财务报表。"牛笑天忙不迭地说："这些我们都可以在最短的时间内提供。"杨行长咧着嘴笑了笑："关键是我们内部的审核，信贷员、信贷科、主管行长，最后还有审贷委员会。"牛笑天问按正常的流程需要多长时间。杨行长说那可不好说，快则一两个月，长则半年一年。牛笑天一听泄了气，心想真要等个半年一年，项目也不需要资金了，何须银行耍空头人情。也许是看出了牛笑天的心思，杨行长又说道："牛总你也别太多虑，事在人为嘛。等我从台湾回来，争取在最快的时间内把款给你放下来，环节上是麻烦一些，但我盯着办，情况就不一样了。"

杨行长的话让牛笑天多少听出来一些味道，那就是贷款能不能及时放出来，得看他这个行长愿不愿意努力促成了。牛笑天心里多少有些腻歪，就觉得这杨行长是个势利的人。转念一想，人在屋檐下，岂能不低头，既是想让人家帮忙把贷款办下来，就得顺着人家的意思办事了。所幸今天提前有所准备，就先来个投石问路，至于杨行长的胃口到底有多大，一边走一边看，关键是各算各的账。三个亿的贷款，比起在社会上融资省下来的钱，咋说也在小几千万元，杨行长又能拿得了多少？牛笑天到现在还记得爷爷在他小时候说过的话：只要收成好，鸟儿又能吃多少？

牛笑天从兜里掏出事先准备好的购物卡递给杨行长："初次见面，没备啥礼物，您拿着给家里买点东西，算是我的一点小心意。"杨行长接过那张卡，像把玩一件艺术品一样看了一番问道："这卡里有多少钱？"牛笑天没想到杨行长如此直白地询问，弄得自己倒有些不好意思，有些张口结舌地说："啊，不多……两万块钱，您买件衣服。"

杨行长脸上露出了明显的嘲讽，不无戏谑地说道："牛总太破费了，再说我平常也不太在国内买衣服，真的用不了。"说着就不由分说地把那张卡塞回到牛笑天的口袋里。那架势反倒有些像富翁施舍穷人的模样。

牛笑天一阵尴尬，他可以断定，这个杨行长绝对不是清高，毫无疑问是嫌他的礼物太轻了。他知道此刻再把卡片掏出来与杨行长拉拉扯扯，只会徒增难堪。看来今天的这个会面是失败了，但事已至此，也只好听天由命。看着杨行长自驾的那辆奔驰轿车绝尘而去，牛笑天感到一阵悲凉，自己大半辈子兢兢业业，出生入死，攒下偌大的家业，却是一个子儿恨不得掰成两半花，而吃着官饭的杨行长，一身耀眼的行头让自己相形见绌，光是那种无所顾忌的潇洒就让他望尘莫及，他不知道是自己不懂得生活太小家子气，还是杨行长太懂得生活超凡脱俗，或者是工作状态的不同形成的自然差异。但不管怎么说，他感觉这个杨行长的人品不怎么好。

这天晚上，牛笑天翻来覆去睡不着觉。本来他对今天的公关充满了希望，但却意想不到走了麦城。他一时无法确认到底是自己在送礼的尺度上太保守，还是对方太出格。但不管怎么说，自己得想出一个补救的办法，否则这条路可能就要断了。眼看送到嘴边的肉吃不上，真有些可惜。可问题在于这一个回合没打好基础，难不成再请人家吃一次饭、再送一次礼？他把和杨行长吃饭的过程又仔细地回味了一番，忽然觉得杨行长告诉他要带妻子去台湾观光的事或许是在暗示他，他又想起人家很高兴地问他要了堂弟的电话号码，难道还不能说明问题么？想着想着，牛笑天不禁拍了一下脑门，自责自己当时为什么就没有顺着这个主题再往下走一步呢？

说起牛笑天的这个堂弟，话又多了一些。牛笑天的叔叔在新中国成立前，随着国民党的军队撤退到了台湾，后来与一个台湾女子组成了家庭，育有一子一女。牛笑天的叔叔后来回乡探亲，看到了唯一活在世上的骨肉亲人侄儿牛笑天，已进入老境的叔叔自然伤感，回到台湾后仍然将这个留在故土的侄儿挂在心间，就叮嘱自己的一双儿女要多与堂哥来往。牛笑天的那个堂弟也是个生意人，碍于父亲的情面，就给堂哥写了一封信，牛笑天出于礼貌当然也回了信。但毕竟堂兄弟之间从来没有见过面，难有感情可言，这兄弟情分也就基本停留在概念上。就连这次牛笑天把堂弟的电话号码告诉杨行长，也是话赶话。真要是杨行长去找自己的堂弟，牛笑天还真不敢保证那个堂弟会不会给堂哥这个朋友一个冷脸。

牛笑天忽然又有了一个想法，何不通过这个堂弟来做些文章？杨行长既是举家赴异地观光，当然会乐意有人尽地主之谊，何况以牛笑天对杨行长的接触判断，杨行长高调处事的风格中不乏虚荣心。那个堂弟如果愿意费些神伺候得杨行长一家高兴，杨行长岂不在老婆孩子面前挣足面子。至于堂弟愿不愿意买堂哥的账，牛笑天觉得关键还是看自己和堂弟的合作模式。堂弟既然也是商人，就应当把利益看得很重，委托堂弟接待客人，只要自己肯花银子，堂弟那边权当是接一单旅游行当的地陪生意。这应当是两全其美的营生。

第二天，牛笑天打通了堂弟的电话，开口先是问弟弟、弟妹身体可好，生意可好。堂弟嘴里支吾着，显然是在应付。牛笑天知道堂弟懒于交流，语气就变得严肃了一些："牛祥呀牛祥，哥这一段时间常常做梦，梦见二叔。二叔托梦说好长时间不见有我的音信了，也不见我跟你联系，我这就琢磨着让你帮我在二叔的坟前烧几张纸。"堂弟轻叹了一声说："哥你咋还信梦哩。老人都过世那么多年了，说不定都已经转世了，你别操这闲心。"牛笑天说："牛祥，你这话不对。二叔就算转世了，灵魂还在天国，咱们做小辈的可不能怠慢。"堂弟显得有些不耐烦："得了，笑天哥。我这几天抽空到爹的坟上去一遭，替你烧几张纸告诉他老人家你的孝心。"牛笑天说："这样最好。不过兄弟你一天到晚忙着做生意，也不能耽误你。你给我一个账号，我转点钱给你。不能让你既破费又花时间。"堂弟在电话那头稍稍顿了一下，客套道："哥你这不是又客气了？我替你上个坟咋还能让你付费呢？"牛笑天说："兄弟，这是哥的一片诚心，你就听哥的。"堂弟声音显得稍欢快了一些："哥啊，那我就听你的。"

　　一上班，牛笑天就吩咐手下的财务人员给台湾的一个账号付出去五万元人民币。财务人员说给台湾转账程序上等同于向境外转款，要把人民币兑换成新台币，还有金额限制，不过五万元人民币还未超限。牛笑天不知道给台湾转一笔账还这么麻烦，就觉得自己和堂弟的合作计划有些欠论证。他原来的想法是先让堂弟尝到一些甜头，然后再汇一大笔钱过去，不愁堂弟不唯命是从。看来想汇出多的钱有些不现实，不过他已经跟堂弟把付款的事都说出去了，那就必须做到。再说他给堂弟付点小钱也是分内的事。

　　晚上，牛笑天就接到了堂弟的电话。堂弟说："哥你真是大气，我替你上一趟坟你就给我转过来三十万元的费用。"牛笑天初时一惊，以为财务人员搞错了，瞬间又明白堂弟说的是新台币。既然堂弟已经痛快地收下了他的钱，牛笑天说话也就随意了。他说二叔是他人生转折的恩人，没有二叔当年的回乡，也许就没有他的今天，他一直想着亲自到台湾去祭拜一下二叔，可惜没有个合适的机会。那边的堂弟好像受了些感染，一下子话也多了起来。堂弟说爹一辈子都惦着老家，如果不是为了和早逝的妈咪同穴，爹都会嘱托让在他身后把他的骨灰运到大陆，好落叶归根。牛祥还说小时候爹给他起名叫牛思乡，后来上学时改成牛乡，再后来又叫成了牛祥。堂弟说这些话的时候，牛笑天就想起了二叔几十年前回乡时的情景，眼泪就不由自主地溢出了眼眶。唏嘘了一阵，又跟堂弟说他还是打算有时间尽快去一趟台湾，一来到二叔的坟上拜一拜，了却多年的心愿；二来也看看弟弟、弟妹还有妹妹、妹夫两家人的生活。堂弟说那就盼着这一天快些到来。牛笑天顿了一下，又说刚好这几天有一个银行的朋友要到台湾去旅游，他托朋友打个前站去看看弟弟。堂弟说那他就抽空招待一下人家。牛笑天说不是招待，如果方便的话陪朋友转一转，他随后再把费用给堂弟付过去。牛笑天说只愁往台湾转钱有限额。堂弟好像又犹豫了一阵，说哥要是真想转钱过来，由他来想办法好了。牛笑天随口问有啥办法。堂弟说他有好多朋友在大陆做生意，赚了钱的人不少都是通过地下钱庄把钱转回去，其实也很方便，只需要把钱转到一个大陆人的账户上就行了。牛笑天表示这样最好。

跟堂弟这边说好，牛笑天又跟杨行长打了个电话。杨行长仍然是一副拿腔拿调的语气，好像把那天吃饭的事情忘得干干净净。牛笑天说他堂弟已经把台湾的一切接待工作都准备好了，就等着行长光临哩。

杨行长说他在台湾有朋友，不愁没人接待他。牛笑天说多一个朋友多一条路子，保不准堂弟能帮上忙。杨行长笑嘻嘻地问牛笑天能给他提供些啥条件。牛笑天夸口说自己那个堂弟是土生土长的台湾人，又是做生意的，可以陪着行长吃到正宗的风味，去一般游客去不了的地方。杨行长说要真是那样，就有劳牛老板了。当下牛笑天又问了杨行长一家人的具体行程，说他堂弟会在台北桃园机场准时接机，在台湾岛上的全部行程就不用行长费心了。

吸取前次吃饭的教训，牛笑天这回打算在杨行长身上下点大注。他又给堂弟打了电话，开门见山说让堂弟费点神，把这个大陆过去的朋友照顾仔细点，送别时再给备一些高档礼物。堂弟说送啥东西。牛笑天说他给堂弟随后转上五十万元人民币，让堂弟看着把这些钱花完就是了。堂弟显然吃了一惊，电话里显得有些语无伦次："哥呀，你，你这是中了哪门子邪，一个啥样的人让你破费这、这老多的钱？"牛笑天说："哥有的是钱，这次就当哥委托你花钱，花不够了哥再补给你，省下了归你，但省得太多可就别怨哥心里不痛快。"

跟堂弟通完电话，牛笑天仍觉不放心，他对这个堂弟的人品并不了解，谁敢保证他不会是那种吃昧心食的主儿。万一堂弟贪着他的钱，在接待上抠抠唆唆，岂不是赔钱办坏事。干脆，要做就做得扎实点，派自己一个机灵的手下，先到台湾打前站跟堂弟接上头，再随堂弟全程陪同杨行长，不愁掌握不到堂弟招呼的深浅。派个先行的人，估计堂弟不会在意。

牛笑天随即又安排自认为还算忠诚精明的司机去一趟台湾。司机乐得有一趟老板掏钱的旅游行程。牛笑天跟司机交代了此行的使命，嘱咐司机快些去办理一应审批手续。待司机告诉他一切就绪后，他方才放下心来。

这天一大早，牛笑天就接到了王老板的电话，说施工现场出了麻烦，让牛老板赶快出面解决一下。牛笑天一惊，问出了啥麻烦。王老板说好像有一大群人把工地堵了，施工被迫停了下来。王老板又故作轻松地说，按施工合同约定，甲方要保证乙方的施工环境，非因乙方原因造成的误工，乙方会向甲方索赔的。又强调说工程现在正是挖地基的关键时刻，可不敢掉链子。

前面交代过，王老板本是开商场的，早前因为牛笑天贪着王老板肯融资给昊天公司，就答应王老板在提供符合条件的资质手续后把工程交给他施工。王老板最后以在本市有些名气的大华建筑公司之名与昊天公司签了施工总承包合同。当然，签合同之前，昊天公司和大华公司还像模像样地在汉京市招投标管理办公室办了个招标程序。至于王老板跟大华公司的关系，不用说就是个单纯的挂靠，王老板只需要付上一个点位的管理费就行了。王老板现已成为真正施工的人，自然要在遇到麻烦的第一时间跟牛笑天通气了。

牛笑天又给汪真真和负责工地现场的人员打了电话，吩咐他们一起赶到工地。

待牛笑天赶到工地时，汪真真已经先到了。牛笑天老远看见黑压压的一群人坐在施工现场，汪真真正站在那群人面前比画着说些什么，有几个人激动地舞着胳膊好像跟汪真真在争执。牛笑天赶到人群跟前时，不知谁喊了一声"法人来了"，坐着的人就都呼啦啦站起来，呈扇形把牛笑天包围起来。

牛笑天仔细看了看现场这些人，他们年龄都是六十岁左右，有男的、有女的，穿着打扮显然已经落伍。他判断这些人应当是退休职工。让他感到惊异的是人群中竟然有不少跛脚的人。

从七嘴八舌的吵嚷声中，牛笑天弄明白了事情的大概。原来，这是一群原汉京市福利厂的退休职工，因为退休待遇落实不好，今天集体到福利厂旧址讨说法。

一个口齿伶俐的大妈对牛笑天说："我们退休了，下岗了，凭什么你们官商勾结把我们的土地拿去发大财？你们盖房子卖大价钱，为什么不给我们安置？你们的良心让狗吃了。"大妈说话的时候，由于激动，把攥着的拳头不由自主地伸向空中，那动作就像是带头呼口号。后边的人群见状，果然都集体喊起了口号，只不过声音杂乱无章。仔细分辨，能听出来"还我家园""不准官商勾结"等内容。

牛笑天觉得有些啼笑皆非，奥林匹克运动广场项目的土地是昊天公司以招拍挂方式从土地管理部门受让取得的，受让环节根本不涉及对土地原有住户的拆迁安置事项。再说即使该宗土地在征用环节存在遗留问题，也轮不着由受让人昊天公司出面解决呀。

想着这些，牛笑天伸出胳膊往下压了压，示意大家蹲下或坐下听他说话，但现场群情激愤的人们似乎根本不把牛笑天放在眼里，闹哄哄的声音把牛笑天说话的声音完全淹没了。

汪真真从工地值勤的办公室搬来一张凳子，牛笑天就势站在凳子上。因为这种醒目的落差，人群终于静下来。牛笑天清了清嗓子，提高了声音说道："师傅们，你们有困难，有要求，我们理解，但凡事得有个章法，谁当初从工厂征了地，你们就去找谁。我们昊天公司是通过正常程序受让的土地，我们没有义务面对你们。"

牛笑天刚开了个头，底下就有人大喊了一声"别听他放屁！"，一下子人群又炸开了锅。本来，牛笑天还想先阐述昊天公司不负有安置的义务，引导这些人去民政部门或土地部门上访，但人群一闹腾，他的话讲不成了。站在凳子上的牛笑天，居高临下看着那一条条伸出来指着他的胳膊，听着那如潮的怒吼声，倏地打了一个寒战。几十年前，村里的社员们给他母亲斗破鞋的情景，不就跟眼前这一幕一模一样吗？牛笑天的脸上不知不觉渗出了汗珠。

不知从什么地方扔过来一只破鞋，不偏不倚正好砸在牛笑天的额头上。牛笑天一个踉跄，重重地从凳子上摔了下来，顿时眼冒金星。公司员工小吴急忙把牛笑天从地上扶起来。那些闹事的人一看这阵势，更像是添了动力，叱骂的声音更高了，不时有口水喷射到牛笑天的脸上。

正值牛笑天被围在人群中央脱不开身之际，一阵警笛声由远而近，人群随后被撕开一个豁口。谢天谢地，在牛笑天面前，出现了四个戴着大檐帽的警察。

报警的人是汪真真。看到牛总被一伙不讲道理的人围攻，汪真真担心会出乱子，就打了110电话。警察出警的速度算是比较快，不到十分钟就到了现场。

到底是黑色的警服有威慑力，警察喊了几声，人群立时安静下来。警察问明大概情况后，就先陪着牛笑天坐到了工地临时办公的活动板房里。

牛笑天对警察的到来表示感谢。对于这群人对他的无礼，牛笑天说他能理解，但阻止施工的行为是很严重的，他希望警察能立即驱散这些人，以保证工地正常的生产秩序。

几个警察轮番跟那群人做工作，但最后无一例外地跟牛笑天摇着头表示爱莫能助。牛笑天心里升起了一股无名之火，心想警察是吃干饭的，为什么就不能动用强硬手段维护正常的秩序呢？正想对警察发几句牢骚，忽然想起前一阵市政府颁发的那块"重点保护单位"的牌子，就跟警察中那头儿模样的人说："奥林匹克运动广场工程是市上重点保护的项目，乌书记亲自参加了开工典礼，市政府发了重点保护的牌子。那天授牌时，办公厅秘书长还说凭着那块牌子，有人敢来企业吃拿卡要，纪检、督查、公安、工商就跟他没完。"

几个警察互相看了看，会心地露出笑意。那个头儿说："昊天公司受重点保护的事，我们派出所早已收到了上头的通知，也正是因为有这档子事，我们接警后才不敢怠慢。可话又说回来，现在是稳定压倒一切，我们公安要带头构建和谐社会，这些人都是退休的老大爷、老大妈，更有不少残疾人，难不成你让我们都给他们戴上铐子不成？"

警察的一席话，听起来似乎也有道理，可问题在于工地上十台施工机械、上百个民工不能因为这帮老人的闹腾，就这么一直停下去。牛笑天搓着双手叹气。警察看牛笑天着急的样子，又说："牛老板你不能一根筋想问题，事情不解决总归有麻烦，还不如让外面的群众派两个代表来谈判，听听群众有些啥样的具体诉求。能解决了，皆大欢喜。实在解决不了，你们可以向政府反映嘛。"牛笑天心想，这会儿同意谈判，不就意味着认可了这群人的无理要求？但转念一想，现在是秀才遇到兵，有理说不清，当下也只能按警察说的办法试一试。想着刚才在外面的难堪，他就让汪真真出面和这群人交涉。

在警察的协调下，福利厂退休职工选出了三名谈判代表，活动板房的另一间屋子兼做了谈判室。牛笑天所处的房间正好与谈判室隔壁，由于隔音效果不强，谈判室吵吵嚷嚷的声音不时传入他的耳朵。顺着窗户望出去，那激愤的人群又集中在活动板房外，大有不达目的决不罢休的气势。牛笑天心里觉得苦楚，天底下最难过的事情莫过于受到侵犯，却还得赔着笑脸压抑自己的愤怒。

约莫有一个小时，汪真真走进牛笑天的房间，无可奈何地摇头叹气。牛笑天问汪真真能不能谈下来。汪真真说："他们狮子大开口，提出的条件根本不靠谱。"牛笑天细问究竟。汪真真说福利厂历年退休职工加起来有近二百人，原来的家属楼已失修漏雨，他们要求在奥林匹克项目上无偿安置住宅。听罢汪真真的话，牛笑天不禁浑身一个激灵。无偿安置，也就是说给他们白白拿出二百套房子。不用细算，就是把项目的全部利润都拿出来，也消化不了这二百套安置房。牛笑天只觉得一腔怒火冲上头顶，怒不可遏地骂了一句脏话。

汪真真又反过来劝牛笑天："牛总您也别太上火，看这帮人的情形也着实可怜。尤其是那些残疾人，他们都是社会底层的人，享受不到温暖，又找不到解决问题的渠道，就只好跑到他们原来的家园来讨说法。再说这些人也不了解咱们的苦衷，我跟他们说咱们的用地是通过受让方式取得的，不负有安置义务。您猜猜他们怎么说？他们说土地是他们的，谁占着他们的土地，他们就找谁说事，这叫认奸认双，认贼认赃。"

既然谈判无望，就只能指望政府了。牛笑天让汪真真给市长热线打个电话。打了有十几分钟，一直处于占线状态。好不容易接通了电话，汪真真简单讲了现场情况，接线员建议拨打110电话报警。汪真真说警察已经到现场好长时间了，问题解决不了才打市长热线的。接线员又建议向民政局反映一下。汪真真有些来气，高声说："我们要是能找到解决问题的渠道，干吗还给你们打这个电话？你们政府平时都爱搞花架子，真遇到麻烦时就开始踢皮球。我就想问一句，你们市政府前一段时间给我们发的‘重点保护单位’的牌子还算不算数？我们不求重点保护，基本的保护还有没有？”这边汪真真虽是情绪激动，语调高昂，那边接线员却仍然不温不火。末了，接线员平静地跟汪真真说会把问题向有关方面反映一下。汪真真问有关方面是哪个方面，多长时间能等到回音？接线员说根据政府的职能会通报给合适的部门。至于时间，需要有一个流程，请耐心等待。不待汪真真继续说话，电话里传来了挂机的声音。

汪真真跟牛笑天说，指望这帮说好听话不干实事的人出面解决问题，只怕会把事情耽误了。看着窗外黑压压的人群，汪真真说看来还得另想办法。

站在窗户前，目光掠过闹事的人群，牛笑天能看见工地上坐着的那些工人们正在三五成群地抽烟聊天，他们像看戏一样饶有兴味地看着事态的发展。牛笑天心里明白，那些工人们巴不得天天碰上这样的事，既能够歇息又能解闷，工资一分也不会少拿。牛笑天又想到了王老板，遇到这么大的事情，他也只是打个电话而已，因为一旦窝工，王老板不会受损失，昊天公司要承担全部责任。牛笑天心里不免窝火。

想过王老板，牛笑天又想起了黄奇。那黄奇毕竟现在也是公司名义上的股东，虽说汪真真代他持股只是为了保证他的借款安全，但公司的业绩也和他的利益息息相关，再说黄奇作为公司的债主，享受着公司支付的利息收益，他自然有义务在力所能及的范围内为公司排忧解难，对今天的事情，想必他不会袖手旁观吧。

牛笑天把他的想法说给汪真真，他想让汪真真给黄奇打个电话。毕竟现在的汪真真形式上有双重身份，既是牛笑天的助理，又是黄奇的股权代持人。

一提起黄奇，汪真真僵住了，半个多月以前的那一幕，又浮现在她的眼前。那一次，她平生第一回近距离地接触了寻常百姓遥不可及的大人物。但那个汉京市百姓中如雷贯耳的头面人物在酒宴上的做派，让他的光辉形象在汪真真心中荡然无存，汪真真甚至觉得他连正派人物的标准都达不到。那天晚上，她在万般无奈的情况下灌了一整瓶白酒，而后不省人事。当她醒来的时候，已经是第二天的清晨。而让她惊讶到极点的是自己竟然赤身裸体地躺在被窝里。忍着欲裂的头疼，她下床去找自己的衣服，却没有找着。她努力地回忆着，却实在想不起来是怎么到了这间房子，怎么被人剥去衣服。情急之下，她拨打黄奇的电话，却始终处于关机状态。好容易挨到天亮，一个女服务员敲门后走进房间，手里拿着给她熨烫过的衣服。她发疯地质问服务员有什么权利脱下她的衣服。服务员说她刚上班，听前一班的服务员说小姐昨晚喝得太多了，把身上的衣服全吐脏了，没有办法才脱下来熨洗干净的。汪真真像一头暴怒的狮子挥起拳头照着自己的脑袋狠狠砸起来，好长时间才慢慢平静下来。当她恢复理智的时候，仔仔细细地把自己的身体和床上的卧具检查了一遍，又在房间四周搜寻了一通，没有发现什么异常的情形，心里才稍稍得到一些宽慰。穿好衣服后，她匆匆到停车场开上自己的车子，也不想再和黄奇打招呼，就逃也似的离开了那个带有几分神秘色彩的会所。她甚至有些后悔只身赴会黄奇。可事已至此，她又能说些什么呢？出于深深的羞耻感，她只跟牛老板汇报了会所之行与乌书记见面的过程，却隐瞒了那难以启齿的经历。故而，牛笑天对汪真真受辱的根根节节浑然不知。

汪真真隐忍着心里的厌恶说："董事长，给黄奇的电话还是你来打吧，我不想让黄奇把我当成他手下的人，我压根儿也不想成为他手下的人。"

牛笑天觉得汪真真有些较真，但想想这么重要的事情，他亲自打个电话也显得重视一些。待黄奇接通电话，牛笑天就把现场发生的事情跟黄奇说了一遍。黄奇听后连说奇了怪了，这法制社会还能无法无天。牛笑天说公安局的人也都顺着闹事的人说话哩。黄奇沉默了一会儿说："牛总你先稳住场面，我这里想想办法。"

跟黄奇通完电话约有半个小时，又是一阵警笛由远而近。牛笑天循声望去，两辆汽车驶进了工地，头前的车子是一辆闪烁着警灯的警务车，后面一辆黑色奥迪车显然是政府公务用车。

两辆车子的车门几乎同时打开，几个人分别从两辆车子中走下来。先前来到工地上的警察迅速迎上去，简短的交谈后，就一起走进了牛笑天待着的活动板房。

一名警察给牛笑天和汪真真介绍说来人是市政府的副秘书长和市公安局分管治安的副局长，又把牛笑天和汪真真介绍给进来的人。牛笑天就在心里琢磨着是谁驱动了这两尊大神，快速地亲临现场解决问题。

副秘书长说："今天这事我们已经知道了来龙去脉。作为一个受到重点保护的企业尚且如此，说明我们这个城市的营商环境实在是到了非整治不可的地步。"

副秘书长几句方向性的表态，让牛笑天心里一阵感激。不管这起事件给企业带来多大的负面影响，给牛笑天带来多大的不快，只要政府能秉公办事，总归能得到妥善解决。不过，牛笑天还是纳闷这副秘书长和副局长一到现场就晾着百十号讨说法的群众不管，先来对他进行安慰，这多少有些不符合政府的办事风格。

待到副秘书长话说得再透一些，牛笑天就知道了副秘书长和副局长出马的原因。副秘书长说："今天这事情把乌书记都惊动了，乌书记亲自打电话给主管城建的副市长，严令把这件事情作为一个典型，好好整肃一下营商环境。乌书记的指示也引起了公安局领导的重视。这不，管治安的副局长也亲自来现场了。"牛笑天一下子明白过来，原来还是黄奇的作用。看来，就是把市长热线打上一百遍，也赶不上黄奇跟乌书记一个电话来得有劲，来得快当。联想到这个项目在竞买过程中黄奇不凡的身手表现，牛笑天心里有一种说不出的滋味。

副秘书长出面跟外面那群人沟通，不承想他们根本不买这位副秘书长的账。副秘书长寥寥几句开场白后，又收获了一浪高过一浪的斥骂声。

副秘书长无奈之下又退回房间，问副局长能不能加派一些警力过来，现场抓捕几个领头闹事的，把其他人全部驱离。副局长连连摇头："我们搞公安的，遇到这种事，不到万不得已不敢轻易下硬手，那样做往往会火上浇油，把小麻烦酿成大灾难。何况这些人都是退休人员，还有很多残疾人，一旦让好事的记者捅出去，再让别有用心的人利用起来做文章，可就给政府抹黑了。"副秘书长想想也觉得副局长说得有道理，就挠挠头问副局长该咋办。副局长把嘴朝牛笑天努了努："平事端，两头摁，外边工作难做，我们就给这边公司做做工作，让他们破费一些，把群众的情绪平息一下。"副秘书长一听，把头摇成了拨浪鼓，连声说"不可"，他说如果那样就和今天来现场的初衷背道而驰了，乌书记要是怪罪下来，吃不了兜着走。

但问题总得解决，来硬的不行，那就再尝试来软的。副局长建议由副秘书长和自己一起主持昊天公司和群众代表开个小型协商会，也算是三方谈判会，以因势利导的方式寻求解决问题的途径。副秘书长采纳了副局长的建议。

在临时谈判室里，副秘书长用相对和缓的口气先是对退休职工安抚了几句，接着又从维护汉京市外部形象角度，对今天发生的事情不痛不痒地表示了几句惋惜，就让牛笑天先说话。牛笑天不外乎又强调了昊天公司是个遵纪守法的房地产企业，昊天公司的项目用地是全款从政府手中受让取得的，昊天公司没有义务解决原拆迁户遗留问题。同时又对强行阻止施工的行为表示气愤，说这是破坏生产，要求将带头闹事的人绳之以法。

牛笑天话还没有落音，一个谈判代表指着牛笑天的鼻子吼道："你就是奸商，还官商勾结，骗走了我们的地，这会儿倒是拿公安局吓唬我们，干脆你让警察把我们都逮了，刚好给我们找个吃饭的地方，我们省力，你们省心。"

副秘书长用手势打断了那个人，把声音稍稍提高了一点说：

"不要激动嘛，有话好说，要相信政府，相信组织嘛。"

另一个谈判代表站了起来，清了清嗓子说他来说几句话，他自我介绍说他是原来福利厂的办公室主任，已退休多年。副秘书长不失时机地赞扬了一句："这就好，老主任是党的领导干部，觉悟高，虽然退休了，也还要发挥余热，关心群众生活，做好基层稳定工作。"退休主任没理会副秘书长的话，自顾自地说了下去："我们这些人是吃了大半辈子苦的人，好多人还是残疾人，但都身残志坚，靠着自己的一双手吃饭，还在力所能及的范围内为国家作出了贡献。前几年，政府说是转产改制，让我们响应国家号召，买断工龄，回家二次创业。政府的人说的比唱的还好听，他们说买断工龄给我们一大笔钱，我们再创业时政府还给提供各项优惠政策，说这是给我们提供好机会，让我们都要成为大款哩。我们听了政府的话，每个人拿两三万回家。谁知道，二次创业是个鬼话，早先还有几个人在外头摆地摊，后来被城管撵得只能在家守着，我们住的那个院子，楼房还是五十年代盖的筒子楼，家家厕所漏水，冬天没有暖气，夏天不能洗澡，政府谁到我们那里去看过一次？"

牛笑天是苦出身，听不得别人说难处，退休主任寥寥几句，就让他忘了这伙人的角色，也同情起这些人来。

退休主任说到动情之处，忍不住就红了眼圈。他说有个退休职工，因为孩子得了白血病，把家当折腾空了，平常买不起菜，就在菜市场捡烂菜叶子吃。他指着牛笑天："你拍着自己的胸脯想一想，把我们骗出家园，然后在我们的家园上盖房子发大财，你们就不怕天打五雷轰?!"

牛笑天不知道该咋解释，嘴巴嗫嚅着说不出话来。副秘书长适时地引导着这帮人的情绪，问道："你们为什么不去有关部门反映困难呢？比如房子年久失修的问题，可以找找上级嘛。"

"上级?"退休主任鼻子哼了一下，"我们现在哪里还能找到上级，谁又会把我们当成下级？当初我们是手工业联社的企业，现在手工联社早解散了。我们去找信访办，信访办让我们去找民政局，民政局又说土地的事要找土地局。合着是欺负我们这些小老百姓。我们除了再到土地上来，还能到哪里去？"

副秘书长问退休主任具体的诉求是什么。退休主任说要求改善居住条件，每一个福利厂职工分一套单元房，具体的面积和位置可以商量。

虽说牛笑天已经开始同情起这些处于社会底层的弱势群体，但听着他们的诉求，还是觉得荒唐到极点。他扭头看了看副秘书长和副局长，他们俩正在对视着，脸上露出苦笑。显而易见，他们也认为这些人是在大白天说梦话。

副秘书长沉思了一会儿说："老主任，凡事总得有个解决的过程，今天大家来表达了心愿，政府已经关注了这件事，最好先让大伙儿离开这儿，后面再慢慢商量。不管怎么说，影响了正常的建设总是不好的。"

退休主任问副秘书长多长时间能给职工们一个确切的交代。副秘书长说："我不敢给你保证三天五天，但我以市人民政府的名义向你们做出承诺，一定在最快的时间内拿出合理方案。如果一个月内没有结果，大家就到市政府去找我。"副秘书长说到最后，站起身来，还用手掌拍了拍自己的胸脯。退休主任被副秘书长的语气和行为打动了，像是对另外的两个代表，又像是自言自语地说道："难为人家政府的秘书长给咱们拍了胸脯，我们信不过这些奸商王八蛋，总还得相信政府的领导吧。"

退休主任对副秘书长说："这是大家伙的事，我们几个人也随便做不得主，容我们出去跟大家商量商量。"副秘书长说那是应该的。几个谈判代表鱼贯而出。屋子里只剩下副秘书长、副局长、牛笑天、汪真真四个人。

牛笑天担心副秘书长让昊天公司承担责任，惶恐地站起来说："副秘书长，我们拿地的时候可没有附加任何条件。再说了，如果安置这二百户老员工，只怕是这个项目我们就做不成了。"

　　副秘书长笑了笑反问道："我说让你们安置了吗？"他看了看窗外的人群又说："党中央号召我们构建和谐社会，啥叫和谐？就是要让不同阶层、不同身份的人反复磨合，通过时间实现和谐。"牛笑天这下子心里明白了，副秘书长用的是缓兵之计。

　　可牛笑天还是有些不明白，虽说这些老职工到工地现场闹事不对，但这也是他们求告无门的无奈之举。说到底，这事还是政府做得不到位，当初以低廉的价格买断了职工工龄，总不能让他们成为社会的弃儿呀？何况政府把他们生存的土地以那么高的价格卖给企业，难道就不能拿出一部分安慰一下老职工？牛笑天心里想着，就忍不住问副秘书长："秘书长，能不能把情况跟财政局或民政局协调一下，这些人挺可怜的，政府适当给补贴一些？"

　　副秘书长诧异地睁大了眼睛："哟呵，牛总怎么替闹事的人说起话来？我要是能调出钱来，还用得着今天费这番口舌？那财政局、民政局是我家的？我说了能算？牛总你真要有这份心，你拿出钱来安置倒是最简单、最顺当的了。"看牛笑天张口结舌的样子，副秘书长大概觉得自己的语气有些生硬，就稍缓和了一下口气说道："牛总，你可能不清楚我们政府里边的工作体系。我一个副秘书长无职无权，就是一个上下传话、挨训受骂的出气筒。就说今天这事，你们企业一个反映电话，让乌书记发了火。市长给我下了死命令，无论如何要保证企业的生产经营秩序。所以我今天来的任务只有一个，就是把这些人安安生生地请出场地。我手里没有钱，又不能动粗，你说让我怎么办？"

　　听着副秘书长既像撒气又像辩白的话，牛笑天做声不得。

　　不大会儿，那退休主任又带着两个代表进了房间。退休主任一脸诚恳地对副秘书长说："大伙儿都是讲道理的人，我把您的话给大家伙儿说了，还说您当面拍了胸脯，大家都挺高兴，我们这就都回家去。恳求您一定快点把事情落实了，早早给我们一个回音。"

　　副秘书长显得很高兴，握住退休主任的手，连声说："这样最好，这样最好！"副秘书长又让几个代表都留下姓名和联系方式，说一有消息会马上通知他们。几个代表高兴地在副秘书长递过来的小本上写下了自己的姓名、住址、电话。

临离开房间时，几个谈判代表又转身握了握副秘书长和副局长的手表示道谢，却把牛笑天和汪真真晾在一边，那架势恰似正义的群众把一帮坏人扭送到公安局，办完交接时的情景。牛笑天和汪真真就如同被扭送的案犯。

副秘书长、副局长随同退休主任一行走出了房间，那退休主任朝场地上的人挥了挥胳膊，一群人立马随着退休主任向马路上走去。副秘书长还向人群摇手致意，仿佛结束盛大的集会后领导向参会群众挥手告别。

看着远去的一群人，副秘书长长出了一口气，跟副局长相视着点了点头，欲起身离去时，又像是想起了什么，转身回到房间，对仍然呆坐着的牛笑天说："今天这事告一段落了，你快去招呼工地上的人干活吧。记着跟乌书记那边通个气，说事情已经解决了，让领导别再费心分神。"

牛笑天品着副秘书长的话，知道副秘书长把自己当成了乌书记的关系户。不用说，副秘书长今天的行动很大程度上是做给自己看的。副秘书长对自己今天的工作结果似乎很满意，可牛笑天心里却结下了两个大疙瘩，一是副秘书长并没有实实在在拿出解决这帮可怜人实际困难的方案，甚至连解决矛盾的渠道也懒得开通。二是日后矛盾解决不了时，这帮人再来闹事，难不成还得再找黄奇去打扰乌书记？牛笑天忧心忡忡地问副秘书长能不能想一个根本的解决方案，因为他担心这帮人随后还会再来。副秘书长脱口说道："总不能让我天天到你这儿来值班吧？"话一出口，副秘书长似乎又觉得有些失口，用商量的口气说："还真得想想办法。"又停了一会儿，副秘书长说："我给你出个主意，你们公司把这个情况详细地写一个书面汇报材料，抬头就直接写给乌书记，乌书记会批给相关部门，最后会有处理结果回复乌书记，也省得乌书记反复过问。"

一场突发的矛盾暂时化解了，但却在牛笑天的心里种下了不安的种子。

不管怎么说，总归是黄奇的面子才让堂堂的市政府副秘书长和公安局副局长亲临现场化解矛盾的。牛笑天又给黄奇打了个电话，把处理结果告诉黄奇，在对黄奇表示衷心感谢的同时，又强调了自己的担心。他说躲得过初一，躲不过十五，那些人问题得不到解决，肯定还会再来找麻烦的。黄奇在电话那头沉默了一会儿后，叮嘱牛笑天先按副秘书长的意见安排人写一个情况汇报，其他的事情容他再想想。

第二天，黄奇给牛笑天打来电话，问牛笑天材料写得怎么样，牛笑天回说已经写好了。黄奇说这件事办起来的确有些棘手，关键是面对一帮子老弱病残，搞不好怕引起社会矛盾。不过办法总比困难多，需要多费些神。牛笑天惦着那些人，寻思着花点小钱帮那些人修缮一下破旧的楼房总还是可以的，就顺口跟黄奇说昊天公司愿意出些费用。黄奇接过话头，说费用是得有一点，不过不会太多。牛笑天说费用的事情由黄总看着办，在这方面公司挤出点钱来是应该的。黄奇说大约需要一百万元。牛笑天不假思索地连声答应。黄奇说需要现金。牛笑天答应随后就让财务人员去准备。黄奇让牛笑天把写好的材料盖上公章，连同一百万元现金，一并给他送去。牛笑天又想着也许需要一些工匠之类的人，工地上现成就可以调出来，就问黄奇要不要安排人力听候调遣。黄奇说不劳牛总操心，把反映材料和钱带去就行了。

第六章

　　杨行长一家人去台湾已经有一个礼拜，按原计划，行程也快结束了。牛笑天派过去照应杨行长的司机每天都会给牛笑天打电话，报告杨行长的活动内容，尤其是杨行长的心情。从司机反映的情况分析，牛笑天认为这次的安排相当成功。牛笑天的堂弟确实尽到了无可挑剔的地主之谊，尤其是堂弟的儿子，也就是牛笑天的堂侄儿，小伙子聪明伶俐，一直扮演着向导兼司机的角色。他们一行人除了光顾一般大陆观光团必去的景点外，又把杨行长喜欢的本地小景、乡野民居想看尽看。住宿上更不用说，大多是五星级的酒店，饮食上也极尽奢华。这一切自然换来了杨行长一家的欢喜，司机说杨行长老婆常把乐不思蜀挂在嘴边。牛笑天听着自是高兴，又叮咛司机务必在杨行长一家离台时去一趟奢侈品商店，给杨行长的老婆买一款诸如爱马仕或香奈儿的包，给杨行长买一款百达翡丽的手表。司机问价钱控制在多少。牛笑天说就随杨行长的意，他若是选好款型，照单付钱就行了。说这话时，牛笑天心里有底，那杨行长敢要，他就敢给，毕竟这也算是正常的商业投资。至于现钱的支付，这一次他除了给堂弟指定的账户上转了五十万元人民币外，又让司机随身携带了一张限额五十万元的信用卡，且是随时可以升限提额的那一种。不管咋说，在花钱上不会发生冷场的尴尬。

在杨行长返程的头一天，牛笑天接到了堂弟牛祥打来的电话。不等堂弟说话，牛笑天先是跟堂弟一通感谢，说这次朋友的台湾之行给堂弟一家添了不少麻烦，生意上肯定有耽误。堂弟说哥哥见外了，这么多年哥哥从来没去过台湾，现在好朋友过去，带去了哥哥的看望和问候，弟弟一家人高兴都高兴不过来呢，怎么能说得上"麻烦"两个字。几句客套话之后，堂弟语气严肃地说想跟哥哥商量个事。牛笑天说他们两人虽然是堂兄弟，但也是唯一的骨肉兄弟，不是亲生，堪比亲生，有啥事让堂弟尽管说。

牛祥说："哥啊，我和你弟妹在台北开了一家小酒馆，生意不大，马马虎虎还算是说得过去，我的一双儿女现在都大了，女儿已经嫁人，算是不用我操心了，唯有这儿子小祥让我不省心，去年大学毕业，跟我闹腾着要去美国，我寻思着我和你弟妹年龄都大了，身边总还得有人，想让他把家里的酒馆接管下来，可这小子偏说好男儿志在四方，死活要出去。这一次他跟你的朋友待了几天，又对大陆产生了兴趣，想到大陆去谋求发展。我想大陆总比美国离我们近一些，何况那边有你帮衬，我也能放下心。"

牛祥一口气说了很多，牛笑天听着听着，脑子里就浮现出当年叔叔从天而降出现在老家的那个场景。说到底，牛笑天这一辈子感激改变了他命运的叔叔。今天叔叔的孙子又要投奔他这个伯伯，莫非这是命运的安排？牛笑天又想着自己的宝贝儿子到国外求学一去难归，自己和老婆守着空屋子无情无趣，若是这堂侄子是个聪明懂事的孩子，让他到大陆来发展岂不是两全其美的事。

牛笑天接住堂弟的话："牛祥，你这就对了。孩子年轻，要在更大的天地里折腾，你不能光想着把他拴在你的裤腰带上，他有心去美国，那是好事，他决定来大陆，那是更好的事。大陆这些年发展真的快，我就认识好几个台商，他们在大陆的生意都做得很好。再说咱牛家的根原本就在大陆扎着，让侄儿回来，也算是报效故乡，叔叔在天之灵也会感到高兴的。"

堂哥的表态，显然让堂弟很高兴。牛祥说："哥哥，你要是欢迎你那侄儿，我可就把人交给你了。待他到了你那边，你就把他当成你的亲儿子，要打要骂随你便，客气了反倒是生分。"

当下牛笑天和牛祥兄弟二人说定，让牛祥的儿子牛小祥随同杨行长一行一同回大陆。牛祥问堂哥还需要给小祥准备些什么东西，生活费用得带多少。牛笑天说带上一张身份证明和一张嘴就行了。牛祥也笑着说这些都是现成的。

不出牛笑天所料，杨行长一家去了台北一家免税店。不过，杨行长只给夫人选了一款中档的坤式积家手表外加一个意大利皮包，合计也就是十几万元。牛笑天觉得这位杨行长还算能把住分寸，同时，多少有些失落。

为了给杨行长台湾之旅不留下任何遗憾，又加堂侄儿牛小祥第一次投奔伯父，牛笑天亲自驾车去汉京机场接机。在接机大厅，牛笑天心里稍稍还有些激动，毕竟小祥是叔叔唯一的孙儿，他觉得自己有责任让远在天国的叔叔看着骨肉至亲和睦共济。

从台北桃园机场直飞汉京的航班落地了。不大会儿，牛笑天就看见自己的司机随着杨行长走出来，杨行长和司机手里都提着行李，随行的一个个头超过杨行长的年轻人却空着手，若无其事地一边走着，一边东张西望。牛笑天心里一惊，这就是自己的侄儿牛小祥，一个不懂得基本礼貌的年轻人？

看见牛笑天，杨行长快步走过来，握着牛笑天的手连声表示感谢，又把他的夫人和儿子介绍给牛笑天。杨行长让儿子问伯伯好，那儿子撇了撇嘴没有做声。牛笑天这才知道这个让他见了第一面就有些反感的年轻人是杨行长的儿子，心里想着有其父必有其子。牛笑天不见自己的侄儿牛小祥，就下意识地又四处张望。牛笑天的司机说牛小祥在行李出口处等行李，晚出来一会儿。

正说话间，杨行长的身边围上来一群人。杨行长便跟牛笑天招招手说:"回头见。"牛笑天说自己的车子停在外边,等侄儿出来后一同先去吃个饭,给他们一行人洗个尘。杨行长说不用了,单位的同事已经准备好了。看着杨行长身边那一群堆着灿烂笑容的男女们,牛笑天方才意识到由他来给杨行长接机实在有些多余了。看来他的机场之行,倒真的成了为首次见面的侄儿而举行的仪式。

当一个拖着拉杆箱的小伙子闯入牛笑天视线的时候,牛笑天只觉得眼前一亮。这是何等熟悉的一副模样,接近一米八的个头,国字形的脸庞棱角分明,一边倒的发型下,一双大眼炯炯有神,高挺的鼻梁衬托出几分英气,米色的夹克上衣配着深蓝色的西裤,显示出不俗的品位,尤其是走路的身姿,充满了青春的活力。这无疑就是自己亲生儿子牛大满的再版。牛笑天相信自己的眼力,他满脸幸福地注视着这个朝他走来的年轻人。果不其然,当牛笑天的司机跟年轻人介绍说这就是牛总时,年轻人只是稍稍怔了一下,就热情洋溢地伸开手臂与牛笑天紧紧地拥抱,一边嘴里"伯伯"喊个不停。牛笑天一阵激动,眼眶中不由自主地涌出了泪花。

感受着侄儿对他的亲热,牛笑天倍感欣慰,怪道是人说再亲莫过骨肉亲,打断骨头连着筋。自己这个从来没见过面的侄儿,除了长相亲切外,连情分都是如此真切。他突然有了一种慰藉,自己已渐近老境,亲生儿子久居国外,一年难得见上一面,偌大的事业也愁着无人接力,这个从天而降的侄儿莫非就是老天爷有意成全他?

拉着侄儿的手,牛笑天慈祥地把侄儿从头到脚看了一番,又是问他的年龄,又是问他在学校学习的专业,小祥一一作答。牛笑天越发觉得这个侄儿乖巧可爱,知书达礼。一时高兴,就打电话在博文酒店订了一个包间,打算庆贺一下他们伯侄二人的团聚。

上次在博文酒店用餐,也就是招呼杨行长的那一次,对牛笑天而言,纯粹是一次应酬,其间多有让他觉得别扭和不爽的过程。而今天来这个地方,牛笑天是在完全放松的状态下享受着一种惬意。他让侄儿点爱吃的菜，小祥说他随性惯了，饮食上没有什么讲究，伯伯喜欢吃什么，就点什么好了。牛笑天当然不愿意怠慢了头回见面的侄儿，就点得丰盛了一些，侄儿连说不要太浪费，能吃饱就好，牛笑天越发喜欢起侄儿来。

席间，牛笑天又详细问了堂弟一家的具体情况，侄儿说父母亲都是老实巴交做小买卖的，父亲从爷爷那里继承了厚道诚实的品质，在经营上从不要奸，小酒馆通常都是满客。牛笑天问侄儿对爷爷的印象深不深。小祥说爷爷去世时他已经上完高小，小时候他是在爷爷的怀抱里长大的。牛笑天一下子想起了自己小时候在爷爷怀里，爷爷指着天上的星星给他讲古经的事。原来这牛家人都是隔代亲，牛笑天不由得又觉得和侄儿亲近了不少。

牛笑天问侄儿这回到大陆来有啥想法。侄儿说他初来乍到，对大陆一无所知，虽说两岸都是汉民族文化，但毕竟因为体制不同，差异很大，既是来投奔伯伯，就全凭伯伯安排，只要能多见识，多学习，就挺好的。牛笑天心里就拿定了主意，要把侄儿放在昊天公司好好地培养一番。

吃完饭，牛笑天又把侄儿带回家里，跟老婆见了面。牛夫人是个贤惠之人，见丈夫多了一个骨肉亲人，当然欢喜不尽。那牛小祥遂把给伯伯和伯母备好的礼物一一拿出来奉上，直乐得牛笑天夫妻二人眉开眼笑。

牛笑天把自己闲着的那套复式住宅中的一间房整理了一下，让侄儿先安顿下来。看着房间的宽敞与奢华，牛小祥脸上露出惊叹。牛小祥问伯伯为什么放着这么好的地方闲着，却要挤在那个大杂院的小房子。牛笑天说那个小房子拴着伯母的魂。牛笑天问侄儿会不会自己做饭吃。小祥说他小时候父母做生意忙活的时候，爷爷给他做饭吃，他跟着爷爷学了不少厨房的本领。牛笑天说这就省心了，又叮嘱侄儿这几天好好休息一下，他随后安排人陪侄儿看看汉京城，过几天就让侄儿到公司去上班。小祥说以后有的是时间，慢慢地熟悉汉京城不迟，他想快点进入工作状态。牛笑天赞许地点了点头。

第二天，牛笑天跟汪真真交代让自己的侄儿做汪真真的助手。汪真真说近来公司外联事务不少，实在缺人手，既是牛总的亲侄儿，那再好不过，一方面做起事来放心，另一方面也能好好锻炼一下年轻人。

牛笑天跟汪真真强调说最近公司两件大事马虎不得。一件事是杨行长那边放贷的事，要趁着杨行长的兴头，把工作推进一下，争取贷款早日落地。另一件事就是关注福利厂那帮退休职工闹事的事，这事情虽已交给黄奇，但不能掉以轻心，再闹腾起来，只怕是收不了场。汪真真说刚好这些事可以让牛小祥参与一下。

话分两头，如今再说黄奇这边是如何平息福利厂退休职工群体事件的。黄奇既已作为奥林匹克运动广场项目的利害关系人，当然对项目的安全运行操些心。虽然前期跟牛笑天动了不少心眼儿，但说一千道一万，项目要干好还是基本前提。所以当牛笑天告诉他福利厂退休职工闹事时，他还是心甘情愿地给乌书记打了电话，又免不了强调一下事情的严重性，这才有了副秘书长拉着公安局副局长去现场那档事儿。

当牛笑天把现场情况再次通报给黄奇，要求黄奇想个彻底解决的办法时，黄奇深以为然。黄奇知道官员们的做事风格，那副秘书长临时领旨，只要现场把人清出去就算万事大吉，至于接下来的事情，他既不想管也管不了，这事还得自己动脑子。可巧跟副秘书长一起到现场的那个管治安的副局长跟黄奇也有些交往，那副局长知道黄奇手眼通天，寻常少不了找由头讨好黄奇，黄奇就又给那个副局长打了电话。副局长一听这奥林匹克运动广场有黄秘书长的股份，连说："黄秘书长真是太不把朋友当朋友了，这老大的事情都不招呼一声，少了弟兄们提供关爱的机会。"那副局长一听黄奇让他想办法从根本上解决问题，挠了一阵头，最后还是在电话中夸下海口："这虽是难事，但再难的事，为了朋友咱还是得两肋插刀。"不过，他也坦率地说让黄奇准备个十万八万的工作费用。黄奇大方地表示先拿出二十万。随后黄奇又通知牛笑天准备一百万元现金。

待黄奇收到牛笑天送来的反映材料和现金后，就立马约副局长见了一面。一番切磋后，副局长让黄奇从乌书记那里讨一份手令，最好是乌书记直接批给公安局，这事自然就归他这个管治安的副局长料理，接下来的事情就由他想法解决。黄奇说乌书记批示的事情好办，需要写什么样的话就写什么样的话。当下两人计议已定，黄奇将二十万元现金交给副局长，说不够的话再追加。副局长说有黄秘书长的后勤保障，工作没成果不好意思交代。

两天之后，副局长给黄奇打电话说经由乌书记批示的那一份反映材料已转到他手里，他把这事安顿好了，不过还得黄秘书长派几个人配合一下。黄奇说就叫昊天公司的员工出面。副局长说这配合工作可是技巧活儿，怕搞不好把戏演砸了。黄奇说在些意就行了。

黄奇给牛笑天打电话，让公司派个精明的员工协助公安局处理一下福利厂的风波。牛笑天就把这事安排给汪真真，汪真真不想和黄奇再打照面，就派了一个干练的员工去联系黄奇，又安排新上班的牛小祥一起跟着锻炼锻炼。

这天早上，几个年轻人揣着公文包，像模像样地进了破败凌乱的福利厂家属院。一个老职工问他们找谁。回说是受政府指派，针对福利厂职工住房困难一事，前来实地调查。老职工殷勤地带着这几个人在院子前后转了一圈，又爬上楼顶，居高临下地把大杂院用手机录下了视频。这福利厂家属院是个早已被社会遗弃的角落，难得能有上头的人下来访贫问苦，不一会儿工夫，院子里的住户就把这几个人围拢起来，七嘴八舌、争先恐后地诉说起日子的艰难来。听着众多的抱怨声，几个人频频点头，表示会尽快把这里的问题反映上去。其后，内中有一个人掏出本子向大家打听那本子上记录的几个人在不在家。立马就有人说这不是咱们的谈判代表么。拿本子的人自称是政府的通讯员，他说："为了能早日妥善解决大家的困难，拟开一个座谈会，协商一下改善大家居住条件的具体方案。"住户们就响起了一阵欢呼声。可巧那个老办公室主任就在人群中，忙自报家门，又张罗人去喊来其他几个代表。老主任说："自从上次市政府的领导拍了胸脯说要解决问题后，大家伙都特别高兴，都盼着政府能早一点兑现诺言哩。既是要开座谈会，那就宜早不宜迟，什么时间，在什么地方，我们这些人可都闲着，随时听候安排。"通讯员说今天就是专程过来请各位的，地点在市政府招待所，车子已经备好了，就在大门外等着。老主任听罢，毫不犹豫地挥了挥手，示意几个代表跟着一块去。在一群人充满希望的目光中，几个谈判代表上了一辆商务车。

市政府招待所是个经营性酒店，虽说挂着政府的招牌，但除了承揽一些政府的接待活动外，跟政府没有任何关系。而一帮早已退休、几乎与世隔绝的老工人们岂知这个道理，他们如同进到政府机关大院一样虔诚，随着领路的人进了一间小型会议室。会议室圆形的桌子上早已摆上了各色时令水果，待客人们落座后，早有服务员端上飘香的清茶。这种温馨的招待，让这些老工人们受宠若惊，一个个反倒有些拘束。其间那个通讯员把桌上的水果分递到代表手中，见代表们不好意思享用，就又抓起香蕉剥开皮递到代表的嘴边。老主任惦记着正经事，问今天跟哪个领导会面。通讯员说领导正在忙着开一个重要的会议，就烦请各位先坐着聊聊天。老主任说："不打紧，领导事多，日理万机，比不得我们这些在家吃闲饭的人，只要能跟领导商量出个好办法，别说是让我们等一会儿，就是等一天，也不打紧。"

一直等到快吃午饭时，仍然不见领导的踪影。老主任和代表们就不免有些着急。那通讯员出出进进，也是一脸焦急的样子。待到整十二点，通讯员说领导今天参加的会议上有外宾，原定的会议时间延长了，领导中午还得陪外宾就餐，只好把跟大家座谈的时间改在下午。老主任一帮人听了，顿觉释然，原来领导有外事活动，那改个时间也是情理之中的事。通讯员说领导让给大家致个歉，又特意安排让大家中午吃个工作餐，就在招待所内部餐厅。老主任与几个代表相互交换了一下眼神，摇摇头委婉地推辞道："哪里能劳烦领导关心我们吃饭哩，我们早上吃得迟，肚子不饿，何况这儿还有水果，饭就不吃了。"通讯员说："那怎么成，领导常跟我们说，政府就是为群众服务的，哪有群众到了政府院子饿肚子的道理。再说了，大家若是不肯吃饭，免不了事后领导又要训我，大家还是给我个面子。"通讯员话说到这个份上，不由得老主任一帮人抬起屁股跟着去了餐厅。

餐桌上早已摆上了凉菜，老主任和几个代表诚惶诚恐地坐在被安排的席位上。除去通讯员外，又有四五个作陪的，殷勤备至地为代表们挂上脱下的衣帽。这些平日里没见过世面的老工人何时享受过这种待遇？一时有些不知所措。而更让他们眼睛发直的是，那餐桌中央竟然放着寻常只在商场柜台里看到过的茅台酒。

老工人们都有喝酒的嗜好，退休以后这种习惯尤甚。通常三五个老哥儿们就着一盘花生米，端着酒杯"五魁首、六六顺"的场面在破旧的院子里堪称一景。不过那杯中酒大多都是几块钱一瓶的玉米烧或老白干，茅台酒只是他们偶尔在戏谑中提到的概念而已，而今天这种传说中的尤物竟然就实实在在地摆在他们面前，心里的滋味真是一言难尽。待到那茅台酒启开盖子倒入分酒器中，透过玻璃，微微发黄的液体让他们不由得神情迷离，瞬间弥漫开来的香味让他们不由自主地抽动着鼻子。接下来，在通讯员为首的一干人热情洋溢的劝导下，老工人们终于端起了杯子，享用起对自己堪称人生里程碑的消费来。这是多么美妙的感觉啊，喉咙间那种滋润、那种绵甜，真的是平生从来没有体验过。老主任不由自主地闭上眼睛，随着那美妙的感觉从喉咙一直缓缓地延伸到腹腔，长长地舒了一口气。

老工人们的表现，当然没能逃过那通讯员机灵的眼睛，他因势利导，撺掇得他们开开心心地每人喝了五六杯。看着气氛渐浓，通讯员竟端起杯子提议和老主任划几拳。老主任没想到现在的年轻人还好这一手，心说我们这些老家伙别的事比不过年轻人，但玩了一辈子的猜拳行酒令游戏，不见得会输给你们，也就大度地伸出拳头和通讯员对叫起来。这边老主任和通讯员一对阵，很快其他几个老工人也都有了各自的对手，一时间"你好""我好""哥俩好"的声音把小小的包间吵翻了天。酣畅淋漓之际，老主任一行人早把此行的使命忘到了九霄云外。

谁也不知道自己喝了多少酒。当桌上的饭菜早已凉透的时候，老工人们依然眯着眼睛，嘴里喃喃地念叨着好酒。

几个老工人分别被搀扶到客房休息。蒙蒙眬眬中，有人帮他们宽衣解带，柔软的席梦思床上，他们酣畅地打着呼噜，在娇柔的问候声中，他们依稀回到了年轻的岁月，仿佛又进了花烛洞房。

当几个身着制服的警察破门而入的时候，老主任咋也没想到，自己会干下如此丢人丧德的事。看见警察，眉毛和嘴唇画得像妖精一样的女人从容地穿起衣服，推醒了依然呼呼大睡的老主任。老主任盯着警察正在拍照的手机，摸着自己光溜溜的身子，叫苦不迭。在警察的厉声呵斥中，老主任手忙脚乱地把衣服穿在身上，抖抖索索地站在地上等待发落。

与老主任同样遭遇的几个老工人被集中在一所房间，警察用极尽挖苦的口气嘲弄着这几个颜面丢尽的老男人。警察说："接到群众举报，说大白天有人公然嫖娼，想没想过你们可以给她们当爹了？你们在家的时候人模人样，咋背着家人把脸蛋当屁股呢？说你们老不要脸都有点高抬你们了。"警察又指着两个老工人训斥道："你们两个更绝，竟然在一个房间集体嫖娼。"

老主任一脸委屈，嗫嚅着嘴巴分辩道："我可是啥也没干。"

警察咧着嘴，似笑非笑地问道："你啥也没干，是我脱了你的衣服？"警察指着另外一个人说："你问问他是不是从小姐的肚皮上被拽下来的？"被指的人恨不得把头低得塞到裤裆里去。显然他是被抓了个"正在进行时"。

警察给几个人戴上了铐子。可怜这些开了半天洋荤的半老头一转眼成了罪犯，一溜儿蹲在墙脚，纵是把肠子悔青了也是白搭。老主任抬头想找寻领他们过来的那个通讯员，却哪里还有他的影子？想站起身朝窗外看个究竟，却被一声炸雷似的呵斥声压得乖乖低下了头。

警察挨个儿问了每个人的身份信息，又要了各自家庭成员的姓名。随后宣布对每个人拟处十日的拘留，要求各违法人员立即通知家人送铺盖来。老主任想起了自己出嫁的女儿和过门的儿媳妇，心想这等丢人的事情让他如何解释，一旦传出去，他还有何颜面再活在世上？他抬起被铐的双手，不太方便地左右扇起了自己的嘴巴子，他自责自己的贪杯。如今闯下大祸，怎好收场？

看着几个人的窘态，警察似乎又开了恩，态度有些和缓地说："你们都不愿意让家人知道你们所做的丑事，是吧？那就通知你们单位来办手续吧。"老主任摇了摇已被自己打得眼冒金星的头，问能不能找带他们到这里的人过来办手续。警察问带他们过来的人是谁，老主任说是中午请他们吃饭和带他们开房间的人。警察让查一下开房的登记卡。

时间不长，那个通讯员火急火燎地跑进房间。当看到老主任一干人被铐着蹲在地上时，顿时大惊失色，连说："怎么能这样？怎么能这样？"他说下午领导好不容易腾出时间来和大家见面，却想不到出了这样的事。通讯员问那个看守的警察到底是咋回事。警察说一帮职业卖淫的女人与这帮人现场交易时被抓获了。通讯员遗憾地回过头盯着老主任等人说："现在的小姐们也太胆大了，大白天竟然在市政府招待所卖淫。只可惜老家伙们也太扛不住诱惑了，老大不小的爷们怎么还能沾惹婊子？"

看着通讯员，老主任忽然心生疑惑，莫非是中了人家的圈套，难道堂堂的政府工作人员竟然会下作到用这种手段去整治人？他又很快否定了自己的想法。他想起了几天前在那个工地现场堂堂市政府副秘书长拍胸脯的情景，那么大的领导岂能安排这样下流的局？怪只怪自己这帮人定力太差，既不该醉酒，更不该醉酒后乱性。想到这里，老主任用眼神恳求着通讯员能为自己开脱。

通讯员对警察说："这几个老同志是市上的领导请来的客人，今天的事情，肯定事出有因。你们如果小题大做，岂不是给政府、给领导脸上抹黑？再说了，这些老同志年岁也都大了，就是犯点小错误，也得给他们留些面子不是？"

警察不以为然，声音提高了八度："你莫要拿政府、拿领导吓唬人！法律面前人人平等。要是领导觉得丢人，你就让领导跟上边说话，把他们放了！"

通讯员搓着手不知所措，无奈地看了看那几个龟孙般的老工人，转身走出了房间。

一辆内置铁栏杆的警用囚车停在招待所院子中央，老主任一行五人依然戴着铐子，鱼贯从楼上被押到院子的囚车上。警笛鸣响，警灯闪烁，汽车缓缓启动。就在汽车刚刚挪动几十米时，车前方有人扬手挡住了囚车。押车的警察把头探出去大声吼道："警车也敢挡，你吃了豹子胆！"挡车人递给警察一张便条，那警察接过后看了一眼，愣了愣，让司机把车停在路边。

坐在后部囚室的老主任透过铁栏杆车窗看得真切，拦车的人是那位通讯员。

押车警察下车掏出手机，打了一通电话，一阵"啊啊喂喂"之后，朝那个通讯员点了点头，就打开了囚车的后门。通讯员指着老主任说："让这个老同志先下来。"警察示意让老主任下车，又掏出钥匙打开了老主任的铐子，随后"咣当"一声又关了车门。老主任疑惑中又被带回刚才的房间。囚车上剩下的几个人眼巴巴地盯着远去的老主任，相互交换着复杂的眼神，等待着未知的命运。

警察、老主任、通讯员一行三人进到房间，警察的态度稍显和缓了一些，对老主任说道："我们办案也得听领导的。既然领导已经发了话，那还得法外开恩，但你要明白，你们有案在身，这事不可能不了了之。"说完话转身离去，剩下老主任和通讯员两个人留在房间。

通讯员抓住老主任的手，连说："老人家受委屈了！"老主任想着不明不白地受了这一场侮辱，只觉得气不打一处来，狠狠地把脸别到一边。通讯员说："怪只怪现在这社会风气太坏了，政府招待所竟然都混进了卖淫女，也不知保安是咋做的工作。"话锋一转，通讯员又数落起老主任来："话又说回来，你们几个老同志也太没有定力了，怎么能轻而易举地接受那些小姐的服务呢？"老主任一脸委屈："谁接受她们服务了？我酒醉了啥也不知道。"通讯员嘲讽地笑了笑说："好我的老主任哩，你们那人在警察进门时跟小姐干得正火热，那能不叫主动？"老主任无助地叹了口气，低下了头。

通讯员继续说道："我把你们的情况汇报给了领导，领导吃惊极了，说咋也想不到你们这些一辈子勤勤恳恳的老工人会干这种见不得人的事，传出去社会影响该有多坏？不过，领导还是从大局出发，认为这种事发生在政府组织座谈会的过程中，不能给政府抹黑，就给公安局的领导打了个电话，这才把那辆车挡住了。"

一听说领导发话让公安局化解这场难堪，老主任心里一阵感动："那就赶快把车上那几个老弟兄们都放出来，可千万别耽搁了跟领导见面协商问题的大事。"

通讯员一愣，睁大了眼睛："你还想着跟领导见面？"看着老主任不解的神色，通讯员又补了一句："你是要让领导担一个直接发话把嫖娼人员放出来，再与嫖娼犯会面压惊慰问的恶名？"

老主任嘴巴动了动，终于没能说出话来。

"一会儿你们每人写一份悔过书，交给警察。我这边再想些办法，争取把这件事不了了之。"通讯员说，"能不能完全平息结案，我还得让领导再费神过问公安局。"

"那我们福利厂职工住房的事……"老主任不忘自己的使命，

哆哆嗦嗦地说了半句话。

通讯员打断了老主任:"今天因为你们的糊涂,把正常的工作计划全打乱了,领导近期也不可能再见你们。这事情就得先放下,过个半年一年再说。不过,你们也要相信党和政府,不会把群众的疾苦放任不管,到时候,政府会找你们的。"

"那我们……这几个人回去,咋跟百十号职工们……交代?"老主任怯怯地问。

"那是你们自己的事情。"通讯员说,"你们惹了这么大的麻烦,领导顶着别人说闲话的压力给你们擦屁股,难道你们就不能给政府和领导分担一些压力?"

看着老主任一筹莫展的样子,通讯员又显出通情达理的神情:"老主任,我知道你们为难,不过我给你透个底,今天的座谈会本来也是要让大家充分了解政府的难处,耐着性子等一等。政府已经把福利厂职工家属院列入拆迁范围,要不了多久,大家就能住上宽敞的安置房。你们就把这个消息说给大家。"

随后,警察把车上的人都吆喝下来,统一卸了铐子,让每个人写一份具结悔过书。此刻,这些人哪里还有讨价还价的底气,一个个唯唯诺诺地按照警察要求写了书面悔过书,捺上了手印。在警察发出可以离开的指令后,一个个逃也似的离开了这个给他们留下噩梦般记忆的政府招待所。

原来,是黄奇要求市公安局副局长替他摆平福利厂职工的闹事。副局长明知用专政手段对付上访群众无异于火上浇油,但一心想通过黄奇攀上高枝的他有心讨好黄奇,也就勉为其难地应承下这件事。苦思冥想后,就设计了这么一出戏。至于那个所谓的市政府通讯员,本就是黄奇手下一名喽啰,名叫丁冬。所谓的领导安排洽谈以及一直未出面的那位领导,不用说都是虚构的,就连演戏的地方设在政府招待所,也是因为招待所头前冠了政府的名头。虽说是小儿科,但糊弄那些没见过世面的大老粗还是挺灵的。而那些出警的警察，也是在完全不知情的情况下按领导的分派现场扫黄。按副局长的分析，这些视脸面如性命的老家伙们经过这么一番折腾，说啥也不会再出头上访讨说法了。几个出头鸟一收拾，那些群龙无首的大老粗们还不成了一盘散沙？事到如今，这副局长也算是给黄奇圆满交了差，黄奇当然也自认为在奥林匹克运动广场项目功劳簿上应当为自己大大地记上一功。

跟随假通讯员一起做戏的人员中就有牛笑天的侄子牛小祥。此前，黄奇让昊天公司派员参与这场活动的实施，也是做了多手准备，毕竟是为了昊天公司的项目，如果真有什么麻烦事，他才不愿落下个冒名顶替的嫌疑。而牛小祥被汪真真指派着稀里糊涂地参加了这场活动，第一次见识这种场面，有诸多的不解和疑惑。他在开眼界的同时，也有了一种新奇感和刺激感。

当黄奇通报牛笑天福利厂职工风波基本平息时，牛笑天颇感几分意外。以他那天与那帮老职工现场接触的感受，这件事在不拿出实实在在解决方案的前提下，职工们是不会善罢甘休的。虽说这事情论起责任与昊天公司无关，但牛笑天知道政府内部扯起皮来最终企业还是少不了遭殃，他已经做好了适当牺牲一些利益的准备。因而在黄奇提出一百万元费用的时候，他毫不犹豫地答应了，他明白靠这点小钱用于福利厂家属楼房的改造，无异于杯水车薪，但也只能走一步看一步。而黄奇如今在未提出增加费用的情况下告知他问题已经得到解决，如何不令他喜出望外？

听说自己的侄子小祥也参加了跟福利厂职工的谈判，牛笑天就把小祥叫到办公室，问小祥那场谈判的过程。牛小祥就把事情的根根节节给伯伯详细地讲了一遍。小祥对吃完饭以后发生的事情不太清楚，他按人家的交代一直在招待所等着，他说看见警察给那几个人戴上了手铐，但不知道后来为什么又放了。小祥跟伯伯说没想到大陆的警察这么牛气。

听罢牛小祥的叙述，牛笑天大吃一惊。他只道黄奇会通过政府的协调与福利厂的职工达成共识，却咋也想不到会有警察出面给那些人戴上铐子。听小祥的说法，那些人最后服服帖帖地回家了。他虽然一时无法弄清真实的原因，但可以断定，黄奇一定是串通公安人员干了不可告人的事情。想着黄奇从公司拿去的一百万元现金，原来并不是用在福利厂职工身上，不免就在心里咒骂黄奇有些不地道。但转念一想，说一千道一万，只要这件事真的平息了，缺德的事是黄奇干的，自己也就没必要背太重的思想包袱。不过，看着牛小祥说话时那激动兴奋的样子，牛笑天又多少有些担心，这侄儿刚从"另一个世界"过来，他本想把侄儿培养成自己的左膀右臂的，可千万不能让他掉进一个大染缸学坏了。

牛笑天跟汪真真交代对牛小祥多加关照，帮助他多学些本领，还要适时提醒他注意防范社会上的坏人坏事。牛笑天又叮咛把建行贷款的事情抓紧些，必要时可以让牛小祥多跑跑腿，毕竟杨行长在台湾的时候就跟牛小祥熟悉了。

贷款的基础性文件早在杨行长从台湾返回不久后就交给了建行负责信贷的信贷员。由于汪真真到位的公关工作，信贷员倒还算卖力地为昊天公司做着各类辅导工作，帮助完善各类申请文件。依着信贷员的预估，行内的各项工作全部完成，贷款划付到昊天公司账户上的时间不会超过一个半月。牛笑天掐指一算，项目后续的用款压力会完全化解。没有了高利贷负担，公司运营会轻松得多。

这天，马英俊给牛笑天打电话说有个事情想跟牛大哥商量一番。牛笑天笑问是自己的事还是马英俊的事。马英俊说既找老兄商量，肯定就是共同的事情。牛笑天又问是好事还是坏事。马英俊说办好了是好事，办砸了是坏事。牛笑天再问究竟时，马英俊说事关紧要，必须见一面。当下两个人便约着晚饭后在常碰面的那家茶秀见面。

牛笑天赶到茶秀的时候，马英俊已经先到了。半个月没见面，马英俊显得更加意气风发，精心修整过的头发明显抹过发胶，红润的脸庞泛着光泽。牛笑天惊讶地发现马英俊抽起了烟，以前马英俊是不沾香烟的，甚至别人抽烟时马英俊还会有几分排斥。牛笑天笑问马英俊咋也不怕尼古丁伤肺了。马英俊说最近应酬多了一些，慢慢地适应了。

待牛笑天一落座，两个人就开始扯起正题。马英俊说最近市上班子大调整，自己面对重大的人生机遇，拿不准主意，想跟大哥商量商量。牛笑天问马英俊有没有目标。马英俊说他有一个要好的朋友是市委组织部的，给他传递了小道消息，说规划局的局长可能要提拔到市人大去任副职，这规划局的一把手位子就空下来了。牛笑天说那就抓住这个机会拼上一把，人生就是那么几个关键节点，机会可遇不可求，抓住了机会，步步高升，抓不住机会，一步赶不上，步步踩空。马英俊说大哥虽然是做生意的，把官场上的事情看得也透。

马英俊把规划局现有的副职跟自己一一作了对比，他说自己虽然在副职中排名第三，但排名第一的梁副局长年龄已经五十八岁，按照体制内"七上八下"不成文的政策，梁副局长肯定不在提拔的范围。排名第二的王副局长年龄虽然占优势，但他是转业军人，学历太低，也缺乏专业知识，估计也会靠边站。而最有上升空间的种子选手应当是他和排他名后的张副局长，那张副局长仗着自己年轻，脑瓜子活，这几年没少出风头，搞不好人家这回会把脚踩到他的头上。牛笑天问张副局长的工作能力咋样，在单位的群众基础如何。马英俊说人家脑瓜子活、会来事，至于工作能力和人缘关系不就是靠要些小手段么。

马英俊和牛笑天虽然是同乡，但毕竟是两条道上的人。牛笑天是靠着一点一滴的打拼在汉京市争得了自己的一方天地，而马英俊却完全是靠着自己的聪敏和机遇成为汉京市数得上的人物。马英俊大学一毕业就分配到政府一个要害的机关，风生水起地干到副局长。按说不同的生活轨迹不会让两个人有太多的共同语言，但从另一个角度讲，正是因为这两个人相互之间文化和身份的差异，才缺少了人际交往中最大的障碍——猜疑和防范。牛笑天是生意场上的人，他知道拜官拜权对自己的价值，没有官员做后台的，老板生意做不大不说，还时时受人欺负，投告无门吃哑巴亏的多得去了，这也就是他把马英俊巴得比较紧的原因。再说马英俊，论能力论胆识也算是人中翘楚，虽身居要职，却也不愿与商人有太多来往，因为他知道江湖险恶、无商不奸的道理，过分地和那些商人保持密切关系，只怕是难免有一日会遭算计，给自己带来大麻烦。他之所以愿意和牛笑天称兄道弟，正是看中了牛笑天那种商人身上少有的厚道和本分，那一层老乡关系也是一道保险绳。至于马英俊与牛笑天保持往来的缘由，不用说是图个经济上的支持。这不正好到了用钱的节骨眼吗，找牛笑天商量是借口，让牛笑天鼎力出手保障供应，那才是根本目的。

牛笑天心里明白，论年龄、论势头，马英俊正是官场上锐气日盛的时候，这一关键的环节赶上了，以后前途不可限量。作为马英俊的铁杆兄弟，在这个时候助他一臂之力，无疑是一种稳健的投资。他禁不住在充满豪气的马英俊肩膀上拍了一把："兄弟，这事情有啥商量的，有条件上，没有条件创造条件也要上。要相信功夫不负有心人。"

"拼一下那是自然的，可就是拿不下决心该下咋样的势。"马英俊说，"也就是级别上半格，劳太大的神怕划不来。"

牛笑天问："兄弟，此话怎讲？"

马英俊叹了一口气说："大哥我也不瞒你，规划局长这个肥缺有不少人盯着，谁也不敢说哪个人就是最合适的人选，这就只能看谁使的银子多。我估摸着这事要想办成，没有个三五百万拿不下来。"

牛笑天虽不太知道官场上的行情，但据他在江湖上耳濡目染的小道消息，这样的花费估计是靠谱的。而最为关键的是，费用输送渠道不能有差错，否则钱花得再多，也可能掉到黑洞中，于事无益。

牛笑天问马英俊可有合适的关系运作这件事情。马英俊说："这需要在两个环节把工作做扎实，一个是市委组织部那边，一个是市委一把手乌书记那边。当然最关键的还是乌书记。"

一提起乌书记，牛笑天又想起了黄奇，黄奇最近干了几件事情，结果都还算不错，凭感觉他和乌书记的确关系不一般，但黄奇的做派又让牛笑天多多少少对他产生了一些看法。另外，若真要通过黄奇去运作，不先把黄奇喂饱是不行的。牛笑天本打算自告奋勇去找黄奇，想到黄奇的为人，就把到嘴边的话又咽了回去。心里盘算，自己也就只有出钱的份了。

"兄弟，论起你们官场上的事，我是个外行。"牛笑天说，"可我就知道功夫不负有心人的道理，就拿咱们上次竞买福利厂土地这档事来说，当初有多少人看得眼红，最后还不是让咱拿下了。不是咱比别人有能耐，是咱把功夫下到了。这一回咱就豁出去再跟别人比比功夫。至于花钱的事情，你就不用操心了。"牛笑天边说着话，边用手拍了拍自己的胸脯。

马英俊笑着摇了摇头："哥啊，有你这句话兄弟我心满意足了，让我一下子拿出那么多钱还真是有些困难。我寻思着先跟你借个五百万元，等过上一年半载，我手头宽裕了，再还给你。"

牛笑天心里"咯噔"了一下，他原本想着马英俊好赖也在要害岗位上经营了多年，家底虽说不算太厚实，但筹上个三五百万应当不成问题。若是马英俊不向他开口，他会主动提出给马英俊赞助一百万元，但却没想到马英俊嘴张得如此大。马英俊虽口称借款，但这种钱借出去还能指望着要回来吗？牛笑天又在心里盘算了一下公司账上的资金使用计划，要想挤出五百万现款还真是有些困难，当然如果建行那边的贷款能放下来，这笔钱牛笑天还是甘愿拿出来的。牛笑天调整着自己的情绪，用尽量和缓的口气说："兄弟，要说借钱，就有些生分了。这种事情，倾力支持是哥的本分。不过五百万元数额稍有些多，容我再筹一筹，我想着你也不会一下子就花出去，我这两天先给你提出来一百万元的现金，后边再想办法。"

马英俊脸上显出一丝不快，但却稍纵即逝。其实，他在跟牛笑天张嘴之前，就已经作了反复的考量，以他这几年攒下来的灰色收入，吐出来运作这次升迁的事情，应当是绰绰有余的，但他不能这样做。官场也是经营，也得讲究借鸡下蛋，这种堪比赌博的游戏，尽管看着胜券在握，但绝不能把老本都赌上去。他得适当地把这种风险甩出去，当然风险也是机会，他相信他会给投资人带回数倍的投资回报。从这一点上讲，他选定了牛笑天这个投资人，既是一份信任，也可以看作是一份青睐。区区五百万元，对一个动辄投资数亿元的地产老板而言，算得了什么？故而牛笑天的表态，稍稍让他有些意外。转念一想，这种筹款的事，既已向牛笑天张了嘴，绝不能轻言自己另想办法，否则与牛笑天多年培养的情感可能会毁于一旦。想到这里，马英俊又以善解人意的口吻说道："大哥，你让兄弟咋感谢你哩，雪中送炭的情谊，兄弟会牢牢记在心间。五百万元也的确不是小数字，你那边方便时回头再帮衬一把。我思量着想买几件东西送出去，我跟卖家说说，可以先少给点钱，余款赊着，晚些时日把余款补上。"

一听说要买东西，牛笑天有些纳闷，忙问马英俊是怎么回事。马英俊嘿嘿地笑着说："大哥你不知道现在的行情，办事送礼也有章法。有时候拿上钱，还真没人敢收。现在领导们讲策略了，收礼都收雅致的东西，像字画、文物等。我就是准备买两件古董送出去。"

牛笑天突然眼睛一亮，他想起自己家里存放的一堆古玩。那是早些年前，他给一个商人干了一项工程，活干完了，工程款迟迟结不了，那商人是一个经营珠宝的，后来就用一批所谓的文物抵了账，牛笑天虽然心里明白那些东西价格严重虚高，但无可奈何之际也就只好拿回去。现在马英俊要掏钱买古董，何不现成地让他去淘一下，说不定还有像样的东西。

　　等牛笑天把他的意思说给马英俊后，马英俊"扑哧"一声，把含在嘴里的半口茶水吐了出来。牛笑天怔怔看着马英俊，显出几分尴尬。马英俊意识到自己失态，抽出纸巾擦了擦嘴说道："大哥，我把意思没给你说清楚。现如今送礼虽说是送东西，但那东西都是有讲究的。领导愿意收的东西，必然是特定的地方买出来的货。而领导收下来的货物，要不了多长时间，还会再回到那特定的地方等待下一个买主。"

　　牛笑天听出名堂来了，原来出售礼品的场所本就是行贿的中转场所，那些被当成商品买来卖去的东西，不过就是掩人耳目的道具而已。他脱口问道："这么说那些卖货的人其实就是领导的经纪人？"

　　马英俊朝着牛笑天伸了一下拇指："大哥就是明白人。时下那些大领导身价个个都不比你们这些老板低，人家创造财富的方法其实也很艺术，他们不会笨到去直接收别人的现金，那得担多大的风险？"马英俊又给牛笑天举了个例子，说去年市上一个副局级领导在升正职时，花三百万元买了一个瓷瓶送给上头的领导，当时因为这仁兄手头不宽裕，就给那古董商付了一百万元，言明三个月内把余款付清，可谁知在他送完礼，如愿以偿升职以后，却觉得老板卖给他的瓷瓶价格有些虚高，就有些赖账的念头。那卖出古董的老板几次催款无望后，放言说让他尝尝不守信用的滋味。没过几天，原先提拔他的那位领导把他送的瓷瓶给他退了回去，又过了几天，纪委就给他立了案子，查出来一大堆问题，把职务一撸到底。当马英俊说出这个人的名字时，牛笑天如梦方醒。这个被查处的官员，坊间只是流传着他上任后没有忠实地按领导意图办事，惹了上级被摘掉帽子，谁能知道他竟是因为这么一档子事在阴沟里翻了船。

　　马英俊说他已经跟一个古玩商牵上了线，这古玩商其实就是市委乌书记的一个管家。只要他肯把古玩商建议的东西买下，这事保准成功。难能可贵的是，介绍他跟古玩商认识的朋友说那古玩商人品很好，有人作保时，价款可以适当延期支付。

牛笑天听着只感到好笑，这种模式，岂不是卖官的过程中还可以搞赊销么？大千世界，真是无奇不有。他自嘲地开玩笑道："赶明儿你成了气候，我也干这一行，专门给客户销售送给你的礼品，刚好我家还有一堆现成的东西。"

马英俊又找到了话题："大哥，你想不想把你的那堆东西派上点用场？"

牛笑天不解地问："你是说别人给我顶账的那堆古玩？那能派上什么用场？"

马英俊说："我估摸着你那些东西十有八九都是些不值钱的破烂玩意，说不准还有赝品，放在家里堆着都是垃圾，还不如把它们包装一下，在你的日常交往中当礼品哄一哄外行人。"

牛笑天问怎么个包装法。马英俊说他这回跟朋友聊得多了，才知道各个行当都有学问，原来这古玩文物的价格也是靠人运作出来的，只要把手头的东西找一家拍卖行在拍卖会上亮个相，搞几次假叫价，最后自己左手倒右手成交，成交价就成了这个拍卖品的市场价，想送人时，这个拍卖价格就是价签，作为货物的主人，这一套运作的成本也就是支付给拍卖行一定比例的佣金。

马英俊的一席话让牛笑天听得目瞪口呆。

跟马英俊的一番沟通，让牛笑天长了些见识，也增加了几许惆怅。维系与马英俊的关系，搞情感投资，对经济上压力山大的昊天公司，真有些勉为其难。可权衡再三，牛笑天还得铆着劲，打肿脸充胖子。毕竟培养这层关系耗费了多年心血，而要毁弃这层关系就是分分秒秒的事，牛笑天得想尽办法维护好自己的人脉。看来，现在必须把工作重点放在促成建设银行尽快放贷上。

第七章

一大早，牛笑天接到市政协办公室打来的电话，问牛委员走到什么地方了。牛笑天不禁拍了一下脑袋，连声表示歉意，说自己昨晚不舒服，早上醒来迟了，这就立即赶过去。原来，市政协要召开一个企业家委员座谈会，共商本市营商环境改善工作的大计，顺便收集一下各委员本年度议案的题目，为即将召开的两会做好准备。会议通知早前已发给牛笑天，手头事情一多，牛笑天竟然忘到脑后。牛笑天看了一下手表，通知开会的时间已超过了五分钟，他招呼司机快些备车，然后匆匆上了电梯。

参加会议的委员都是本市的民营企业老板，也就三十多号人，王永春王老板也在其中。牛笑天走进会议室，抱歉地跟大家点了点头，就坐到写有自己桌签的位子上。

一位副主席正在讲话。他说汉京市这几年的市政建设可以用日新月异来形容，以至于他作为地道的汉京市老住民，现在出门动不动就迷路。照这势头发展下去，要不了几年时间，汉京市就可望成为国际化大都市。这骄人的业绩首先要归功于党的政策好，其次要感谢汉京市党政领导班子。当然，功劳簿上还要重重地书写上那些奋战在各条战线上的领军人物。副主席又说在座的各位就功不可没，大家在经营中既装扮了城市，又解决了就业，更增加了税收。副主席说完了优势，话锋一转，说在大好形势下，仍然有很多不尽如人意的地方，集中表现在企业经营环境欠佳，政府对企业的干预过多，部门对企业的摊派屡禁不止。这些方面仍要大力整治。

副主席一提到营商环境问题，会议室立马响起了一片嗡嗡声，相互间交头接耳的声音淹没了副主席的讲话。副主席适时提高了声调，宣布他是抛砖引玉，既然大家发言的积极性已经调动起来，下面就由大伙围绕经营环境的改善问题各自发表意见。

委员们一说起话，似乎就成了诉苦会议。这个说现在的政策好是好，可惜都让下面的歪嘴和尚把经念歪了。那个说也不能一味地怪罪基层那些干活的人，政策制度上也有漏洞，旨在保护劳动者利益的用工政策就把工人们教唆成了懒汉。还有人说现在这社会上动不动就讲弱势群体，实际民营企业家们才是实实在在的弱势群体，他们既被当成唐僧肉谁都想啃一口，又承担了奸商的骂名。

对大家发出的牢骚，牛笑天何尝不是感同身受？想想为了推进项目良性运行，自己经受的那些酸甜苦辣，实在是三天三夜也说不完。不过牛笑天心里明白，政协组织的这个座谈会，也不过就是应个景而已，指望在这个场合发声革除那些社会顽疾，只怕是太过天真了。但作为委员，总得积极建言献策，以体现基本的政治觉悟。他就想起了最近急切想获得贷款的事。

轮到牛笑天发言，他就把希望对民营企业在信贷服务上与国有企业一视同仁作为主题。他说民营企业和国有企业同样为社会做贡献，为什么银行对民营企业的贷款上卡得那么紧，难道这民营企业真的是后娘养的？说到动情之处，牛笑天就不由得拿昊天公司说事。他说昊天公司迄今为止，一直都是在社会上融资，融资成本几乎是银行贷款的三倍，最近好不容易争取了银行的授信额度，但真正操作起来，才知道那授信要变成贷款有多难。说起原因，倒很简单，就因为昊天公司是民营企业。

牛笑天只顾着自己说话痛快，却没有想到在场的王老板听得不是滋味。这王老板当初伙着黄奇把钱借给牛笑天，那可是在牛笑天千恩万谢中做的手续，如今听牛笑天这一席话，大有谴责像他这样放高利贷的人。不过牛笑天无意中提到的银行授信的事，倒是引起了他的注意，毕竟牛笑天跟他有着合作关系，昊天公司的财务状况不可能不影响到他的经营。

吵吵嚷嚷的座谈会在副主席总结发言中进入尾声。副主席的总结言简意赅，不外乎今天的会议上大家都能畅所欲言，摆了问题，提了建议，体现了委员们参政议政的责任心，也给汉京市未来的经济建设开出了良方，会后将把大家的意见认真整理，送交相关部门，争取尽快落实到实际工作中去，云云。正当与会人员收拾东西准备散会时，副主席面露喜色，说还有个好消息要跟大家通报一下。

副主席说："汉京市电视台要搞一场汉京市民营经济领军人物评选活动。汉京市政协作为本次活动的支持单位，当然要心系各位委员，在座的都是民营企业家，当然也都是政治上可靠的红色商人。我们准备以政协的名义推选出一批优秀企业家委员参评。如果能够取得这个荣誉，那对获选者以及所在企业的宣传，无疑会起到广告所达不到的作用，当然对我们政协也是一份难得的荣誉。"副主席又不无自嘲地说："近年来，由于政协委员的成分问题，社会上对政协的负面评价时有耳闻，竟然有人把政协说成是上流社会俱乐部。要改善这种局面，就要让政协委员多参与社会活动，多担当社会责任，多出现在公众面前。"

参会的人员又是一阵叽叽喳喳。有人问副主席有没有具体的评选条件，政协有没有内定人员。副主席说这次的评选范围很宽，只要是民营企业家都可参与，当然还是比业绩，比贡献。至于政协将来推荐的人选，绝对没有内定。组织上希望大家积极参选，最后根据报送材料筛选候选人。

在牛笑天的记忆里，这种林林总总的评选活动似乎遇到过不少次，诸如"十大诚信企业家""某某年度感动汉京市先进人物"，最搞笑的是"汉京好人"。而这些活动大抵都会在短暂的闹哄哄之后被人忘得一干二净。牛笑天现在正焦心着公司的融资问题，当然不会有心思去留意副主席宣布的这个好消息。因而，在别人情绪高涨跃跃欲试时，他却是冷漠地自顾想着心里的事。

直到副主席喊了一声"牛总"，牛笑天才回过神来。这副主席跟牛笑天虽谈不上有啥交集，但多次的会议和外出活动，也还算比较熟悉。大概是副主席看出牛笑天的反应不怎么热烈，就想着调动一下牛笑天的情绪。副主席说："牛总，我看你就是挺合适的人选。"牛笑天连连挥手说自己小打小闹，一个小小的公司老板，连企业家的称谓都有些勉强，哪里还敢当什么领军人物？副主席神情变得有些严肃，把手指在桌上弹了一下说："牛总，这就是你的不对了。我们作为企业家委员，首先要正视自己的社会价值，连我们都瞧不起自己，何谈让别人瞧得起我们？再说你现在做的那个地产项目，也算是咱汉京市一个重点工程，不是领军人物，能拿到这个项目吗？"

牛笑天不明白副主席怎么也会关注起自己的企业来。他站起来把双手合到胸前说："主席，想不到您对我们企业这么关心，连项目都了解，真的是太……"牛笑天突然想不出合适的词语来表达自己的意思，他本想说副主席太能掌握委员们的疾苦了，但又觉得有些词不达意。

副主席接过牛笑天的话继续说道："你为汉京市的建设做贡献，汉京市的人民自然不会忘记你和你的企业。你忘了，你们那个奥林匹克运动广场开工典礼时，连乌书记都亲临现场剪彩了，汉京电视台和《汉京日报》也都报道过。那些报纸和电视视频都作为资料存在咱们政协的档案里。"

原来是这样，牛笑天心里明白了。原来引起政协关注的不是他牛笑天和他牛笑天的项目，而是乌书记的行踪。他又一次体味到当初让汪真真策划请乌书记出席开工典礼的广告意义。

副主席又半开玩笑半认真地说道："牛总，我郑重地跟你说，这回评选活动你不能消极，一定要积极参加。这不是单纯的你个人的问题，而是你给汉京市人民的一张答卷，也是对心系企业的乌书记的回报。"

副主席的话引起了其他委员们稀稀拉拉的掌声。牛笑天不知道这掌声是对自己的鼓励，还是别人的戏谑。但副主席话既然已经说到这个份上，他再推辞就显得有些做作。他只好机械地朝着副主席点了点头，又看了看大家，讪讪地笑了笑。

副主席鼓励大家都要踊跃参与，又特意把目光锁定在牛笑天的脸上说："回去先组织人员写一个自我评价材料，上报到政协后，再由政协工作人员优化材料。"

牛笑天是个明白人，他知道副主席的关照是有心成全他。尽管副主席的动力在于看重他和乌书记那一层说不清的关系，但他却不能拂了副主席的好意。

与牛笑天同为政协委员的王老板王永春也算是商界一哥，他早年只身从老家温州来到汉京市闯天下，十几年间从倒腾小电器开始，财富像滚雪球一样越滚越多，门店越开越大，再后来经营领域也越来越宽。用王老板自己的话说，早年是自己四处寻着挣钱，后来是钱四处寻着让他挣。由于某个机缘，他和黄奇搭上了手，相互利用，让他们走得越来越近。在奥林匹克运动广场项目上，共同的利益又让他们密切合作了一把。现在，他既是昊天公司建设项目的实际施工人，又是昊天公司的债权人，昊天公司的财务状况当然牢牢牵挂着他的神经。今天的座谈会上，他无意间听到牛笑天在银行贷款的事，对牛笑天言语中针砭高利贷的情形虽心有不爽，但对牛笑天贷款的事仍觉得一喜一忧。喜的是若能贷到款，自己的工程款就不会发生拖欠；忧的是牛笑天资金宽裕给他还钱后，他可能就会失去债权人的控制身份，进而影响自己的施工利润。但不管怎么说，这样重大的商业情报，他应当及时掌握并设计好对策。既然自己和黄奇已经成为利益共同体，他当然要把这件事跟黄奇沟通一下。

王老板把电话打给黄奇，说了牛笑天正在银行贷款的事，并提议要及时掌控昊天公司的用款方案，必要时采取手段清收债权。黄奇听完后却是另一番见解。他说据他了解，银行在办理贷款手续时需要由借款单位的股东会出具股东会决议，而昊天公司现在有一部分股权质押在他手里，由那个汪真真代持股份，汪真真若要在股东会决议上签字，就得征求他的同意。若这汪真真不给他打招呼就私自签字，可就有点欠修理了。王老板说人家那个汪真真本就是牛笑天手下的人，咋会不听牛笑天的话，当初让汪真真制约牛笑天，是不是有些异想天开。黄奇说这你不懂，借力发力的方式，效果是最好的。王老板问黄奇打算怎么办。黄奇不假思索地回说不能让牛笑天的贷款办成。王老板问黄奇难道不想让奥林匹克运动广场项目正常推进。黄奇说贷款不贷款那是牛笑天的事儿，是昊天公司的事，不是奥林匹克运动广场项目的事。王老板听得有些糊涂，说那还不是一回事儿？黄奇说有些事儿电话中一句两句说不清楚，既然已经知道这件事，就不能放任不管，容他再想想。

这边黄奇放下电话，心里就开始琢磨起来。对于跟牛笑天的合作关系，其实黄奇心中的格局要比王老板大得多。王老板承揽了这个施工项目，说到底还是把着眼点放在施工利润上，他给昊天公司借钱除了追求利息收益外，还想通过债权人身份保障施工。而他黄奇岂是满足于那点蝇头利息的主儿，他要让这个项目成为他商业生涯中的经典之作。如果牛笑天有能耐把项目撑下去，他会以后台支持人的身份名利双收；如果牛笑天无力维系，那就让牛笑天让位，自己把盘子接过来。他已经布好了一局妙棋：自己的债权人地位，汪真真的代持股身份，王老板的施工人权利，这些全方位立体式的管控，足以让他顺水推舟地实现自己的宏伟蓝图。而牛笑天在银行融资的计划一旦成功，毫无疑问地会影响到自己的全盘计划。牛笑天若拿着低成本的银行贷款，不可能不向他提前偿还借款，自己总不能拒绝别人还债吧？这样一来，苦苦设计的运作方案岂不泡汤？在利益攸关的大是大非面前，他当然不能犹豫，他得想办法切断牛笑天与银行的贷款通道。如何搅黄这件事情，黄奇又在心里琢磨起来。按说他完全有权利以委托人的身份指令汪真真拒绝在贷款相关的股东会决议上签字，可那样一来势必和牛笑天产生公开的矛盾，这种低级的行事方式显然是不可取的，他得另想招数。他又想起了汪真真上一回在会所里的表现，他感觉这个女人与凡人有些不同之处，她似乎不是那种轻易屈服于利益和权势的女人，对付一般女人用的那些手段，在汪真真身上有些不大灵。而那一次乌书记的表现，也多少让他有些意外。向来不能容忍别人违逆自己的乌书记那次对汪真真表现出来的宽容和大度，在黄奇的记忆里是极为罕见的。乌书记后来在黄奇跟前还无意中提到过汪真真，这说明汪真真显然已经引起了乌书记浓厚的兴趣。对这个女人，他还得审时度势地加以利用。

忽然，黄奇想起一件事来。这几天市上正在组团赴加吉利尔进行友好访问，预定的五十人访问团队可谓阵容庞大，带队的乌书记已经告知黄奇随团。这加吉利尔是欧盟某国一个中型规模的城市，前些年与汉京市结为姊妹城后，两市之间便开启了频繁的官方与民间互访，只不过这一次汉京市代表团的出行是史上规格最高、规模最大的一次。市委一把手乌书记亲自带队，成员囊括官员大佬、商界巨贾、文化名流等。乌书记告知黄奇参团的身份为奥林匹克网球协会的秘书长，也算是体育界的文化人。想起这事，黄奇突然来了灵感，何不促成汪真真一起去一趟加吉利尔，这样既可以提供一个乌书记与汪真真较长时间接触的机会，让乌书记遂心遂意地调教这个女人，又可以相机牢牢地把汪真真拴在自己的战车上。至于乌书记到底对这个女人有没有兴趣，只需要看看乌书记对吸收这个女人参团出行的反应就行了。至于能否让汪真真参团，黄奇相信不用他作难，乌书记一个表情就能确定下来。

想好就做。黄奇拿起手机拨通了乌书记秘书的电话，说关于出访加吉利尔的事，网球协会想增加一个团员，是协会的秘书长助理汪真真，乌书记也认识。乌书记秘书说这次出访团员虽多，却都是乌书记在各部门报送的人员中圈定的。黄奇顿了一下说烦请跟乌书记汇报一声。

不大会儿，乌书记的秘书就回过来电话，说乌书记同意这个叫汪真真的人随团出访。秘书还特意说乌书记觉得访问团中适当增加女性角色更能保障与加吉利尔相关部门沟通上的便利。黄奇一听心知自己的判断没错，此举果然遂了乌书记的心思。

黄奇放下电话，又琢磨着如何把这个多少人求之不得的好消息告诉汪真真。忽然间他心里又一阵阵打鼓，想着汪真真只是牛笑天手下的一个马仔，随同乌书记一同出访的这种机会对老板牛笑天来讲或许喜出望外，但对仅仅拿别人薪水的汪真真来说，未必能有太大的吸引力。况且，这个女人前番的表现已显示出她并不是个热衷攀附的人，万一汪真真对他争取的这个机会不愿领情，拒绝参与，他热脸蹭个冷屁股不说，乌书记那边可就没法交代了。看来这件事情还得想个法子促成得漂亮一些。

黄奇把电话打给牛笑天，先是把这回平息福利厂风波的难度渲染了一番。牛笑天因为对公安局派人出面的事心存芥蒂，也就不想打问具体的细节，只是含含糊糊地说些感谢的话。黄奇话头一转，说他现在作为昊天公司的成员，无时无刻不把企业兴衰放在心上，这不正遇上一个千载难逢的机会，他又给公司争取来了。牛笑天不想听黄奇卖关子，问除了给企业借款和争取些减免税费的政策外，企业还能有啥机会。黄奇说牛笑天干企业，目光不能太短浅，企业发展除了硬利益外，还得注重软利益。牛笑天听不明白，黄奇说软利益就是为实现硬利益打基础、创造条件的内容，软利益是可持续性的利益，比硬利益更为重要。说着就把乌书记率团出访加吉利尔，随团成员非富即贵、一票难求的事说了一通。黄奇说可想而知，能有资格派出访问代表的企业会享有什么样的社会评价，这样的活动又会给企业带来多少潜在利益，为了给昊天公司争取到这个机会，他可是费神了。牛笑天听明白黄奇是在为自己给昊天公司争取了一个跟书记出访的名额而表功，虽说对黄奇的做派有些腻味，但心里还是有一些激动，毕竟作为一个城市的代表，跟着书记出国访问，也可以在自己的生涯中留下一段引以为豪的资本，说不定还能在这场活动中寻求一些商机，把昊天公司的经营再推上一个新台阶。牛笑天说这当然是打着灯笼都难找的好事，只是不知道需要多少赞助。黄奇说这回全部费用由市财政承担，要不然为什么名额那么紧张。

待牛笑天再问需要他做些什么准备工作时，黄奇却说："按照访问团内部结构安排，昊天公司需要派一名女性代表参团，好在乌书记对汪真真印象不错，亲自点了将，你就让汪真真作下准备，等着市里的通知吧。"

牛笑天瞬间有些失落。作为一个民营企业，别人随意点名让自己的属下去参加代表企业的外事活动，多多少少让老板有些丢面子。加之黄奇又说乌书记钦点汪真真参团，不由得让他听着心里有些异样。不过出于对汪真真在工作上的负责与忠诚，他还是挺乐意让这个得力的助手出行，再怎么说汪真真是代表了昊天公司的。

让牛笑天略略有点意外的是，当牛笑天把消息告诉汪真真时，汪真真却表现出了极大的冷淡。汪真真说她跟家人出过几次国，坐长途飞机的感觉很难受，同时也对如此重要的活动董事长不参加，却让她一个助手在外面抛头露面，有些不理解。牛笑天解释说政府搞这样的形式再正常不过，人大代表、政协委员中都讲究女性成员要占到多大比例，这种在国际上展示汉京市形象的活动当然也会注意这个因素了。牛笑天开导汪真真，说这个出行说到底还是工作，希望汪真真能够克服困难，为了企业的长远发展，圆满完成此次随乌书记参团出访的任务。

其实汪真真心里的酸甜苦辣牛笑天并不知晓。作为一个职业女性，汪真真何尝不想有更多的机会扩展自己的视野、提高自己的见识，但一场不为人知的酒宴，让她对官场产生了心理排斥，甚至对那些道貌岸然的大人物产生了严重的怀疑。自己代表黄奇持有质押股权的局面，让她有一种隐隐的恐惧，她一度萌生出跟牛董事长辞职的念头，但这种想法一闪即逝。在昊天公司干了多少年，董事长没有把她当外人，当年董事长出资为她看病的事，让她一辈子都难以忘怀。她也从心底里敬佩牛笑天这个一心扑在事业上的人。这个人虽然精明但却厚道，拥有亿万财富却低调朴实，纵有再大的困难都是默默地扛着。汪真真也有几个职场的闺蜜，在不经意的交流对比间，她庆幸自己遇到了一个好老板，她没有理由不珍惜命运给她的机会。所以即便是工作中遇到不开心的事儿，她也都尽可能自己想办法化解。现在，这个在董事长看来不可多得的机会，在她心中却实在是一份负担，虽然她不想在那个圈子中周旋，但是为了工作，思前想后，她只有把个人的好恶放到一边。

汪真真担心她外出会耽搁手头的工作，尤其是怕建行那笔贷款出问题。牛笑天说公司里还有别的员工，银行那边让牛小祥跑勤些，好在牛小祥跟杨行长在台湾也混熟了。再说去一趟欧洲来回也就十天左右，误不了事儿。

在汪真真参团出行这件事情上，有关方面的工作效率堪称一流，前后三天时间，汪真真就拿到了寻常一个月也未必能办完的各类手续，紧接着就是去那个国家驻北京的领事馆办理了签证。几天后，汪真真随着浩大的团队，在乌书记的率领下，飞往欧洲。

这边按下汪真真赴欧洲出访的事情暂且不表，却说牛笑天那天从政协开完座谈会之后，第二天又接到政协办公室工作人员打来的电话，说是受领导指派，特意督促牛笑天抓紧时间撰写有关参评民营经济十大领军人物的材料。牛笑天正着急着融资的事情，哪能静下心去张罗这事，就随口说他自己正头疼没有笔杆子组织材料，实在不行就放弃算了。那工作人员不大会儿又把电话打了过来，说领导已经放话，政协就是要做好委员们的后勤工作，为了能让牛总参评工作顺当一些，由政协派人帮牛总组织材料，到时会有人和牛总对接。牛笑天只好顺口表示谢意。

汪真真出行欧洲的当天下午，昊天公司来了两位文质彬彬的人找到牛笑天。一个年岁大点的人说他姓金，是市政协机关刊物《汉京政协》的编辑，按领导的要求，对牛笑天进行采访。又介绍那个年轻人，说是《人民之声》的记者，随同一并采访。牛笑天知道是政协领导派来帮他写参评材料的，就热情地让座敬茶。

那金编辑说副主席已跟他简单介绍了牛笑天和昊天公司的业绩，以他的分析预测，只要材料搞得扎实过硬，这次牛总胜出的概率还是蛮高的，再说有同来的这位圣手书生萧记者，经他的生花妙笔没人不服气。那个被称为萧记者的年轻人接过话头，说这年头凡事都得靠笔杆子说事，要不然为啥说先进人物不是干出来的，而是写出来的。他让牛总放心，既然老金让他帮这个忙，他就不会让大家失望的。

牛笑天一时不知该咋接话，看了看萧记者，欲言又止。金编辑大概看穿了牛笑天的疑惑，就解释说这回领导把撰写牛总事迹的材料当成政治任务布置下来，他担心自己能力欠缺，求助了萧记者。别看萧记者年轻，可算得上汉京市新闻界的青年才俊。要知道萧记者愿意出面，可真是给了老大的面子。

萧记者说："既然领导能把这件事当成政治任务，那我们就要从应有的高度上来操作，我们可不能仅仅写一篇材料了事。我设想要在三个方面下大力气：一方面是把材料写得棒棒的，这一点咱应当有信心；第二方面嘛，老金你要让领导多关照，在内部报送环节上不出漏洞……"

金编辑说："领导这次是铁着心推牛总哩！估摸着这回政协口也就只有牛总一个参评人选。"

萧记者继续说："关键是第三个方面。按过去的惯例，对众多候选人会征集社会评价意见，那些受邀发表意见的人还不就是凭感觉打分，这就要求咱们想办法在宣传上下功夫。我计划在撰写牛总参评材料时，再在《人民之声》上发一篇通讯稿。如果需要，还可以让同行们一并捧捧场，形成一场强大的舆论风暴，不愁不成功。"

萧记者和金编辑一唱一和的叙述，牛笑天听明白了一个大概，那就是既然领导有心扶持他牛笑天，这两个人会在各自的能力范围不遗余力，保证他斩获这份荣誉。牛笑天是个低调的人，闯荡江湖几十年，他见惯了那种满嘴跑火车、说话云里雾中的商人，他也曾接触过几个招摇撞骗的不安分生意人最后把自己安顿到监狱里的实例。他知道树大招风、枪打出头鸟的道理，所以一直秉持着低调干事的原则，默默干事业，闷声挣银子。上一次请乌书记参加开工典礼，算是高调了一回，但那是为了项目建设的需要。如今搞这一出，实在不符合他的处事风格，多少有些被赶鸭子上架的感觉。

牛笑天咧着嘴笑了一下，说道："难为领导这么看重我，难为你二人辛辛苦苦跑过来。我就是怕自己不够格，人家比咱干得好的多了去了。万一这事闹到半道，跟别人一比咱差一大截子，我丢人败兴也就那么回事了，让领导丢面子，让你们二位白忙活，那多不好。"

金编辑脸色变得严肃了许多："牛总，这就是你的不对了，你咋能这样自轻自贱哩？任再平凡的人都有闪光的地方，任再光辉的人也都有不足之处。我们就是要把你身上的闪光点发掘出来，在众多的参评人员中起到夺目的效果。再说了，你毕竟是实打实地撑着一个企业，一不偷，二不抢，解决着就业，贡献着税收，这不都是可以大书特书的事么？"

牛笑天仍然笑眯眯:"金同志,你说的这些是一个企业能活下去的基本条件。"

金编辑说:"牛总你说得没错,只有具备了基本条件,才有拔高的可能。如何拔高,你要相信我们的能力嘛。你刚才担心的那些问题,与其说是你对自己没信心,倒不如说是对我们两个人的工作能力存在怀疑,更不如说是对领导的眼光产生质疑。"

牛笑天连连摆着手说:"金同志言重了,言重了!我只是担心为了我的事,让大家脸上不好看。"

金编辑用手掌拍了一下膝盖,看了看萧记者,语气坚定地说:"这事情就这么定了!我受领导之托也算是代表组织,大家齐心协力把工作做好,权当是为政协工作增色添彩。"

金编辑一锤定音,牛笑天也只有点头了。当下金编辑让牛笑天把自己和昊天公司历年来获得的匾牌以及荣誉称号都说一说。牛笑天挠了挠头,说还真是没有获得过啥奖牌和荣誉。金编辑就有些失望,说那就把企业历年来的总结材料找出来。没想到一旁的萧记者却一拍巴掌,连说:"有了,有了!"牛笑天和金编辑都把目光转向了萧记者。

萧记者一阵眉飞色舞:"老金刚才不是说找闪光的地方么,牛总几十年踏踏实实做实业,竟然没有获得过一次奖励,这太不可思议了!你现在去别的民营企业看看,哪一家会议室不是整面墙挂满了各类奖状和锦旗。而在牛总这里,那些虚头巴脑的东西一件也没有,这说明了什么?说明牛总是个务实的人,是个低调的实干家!我们这次就从这个点切入,我临时想好了一个通讯稿的题目:《一个从未获得过荣誉的低调企业家》。要知道,现在的各类荣誉头衔,已经让老百姓反感生腻,大家已习惯于逆向思维,获得诚信企业家称号的老板说不定就是制假售假的惯犯,授予纳税模范称号的老板保不准就是偷税高手,获得慈善公益先进称号的老板恰恰是坑蒙拐骗的行家里手。而我们的牛总啥荣誉也没有,不正说明他本色厚重,不需要任何包装吗?我们如果在这方面动动脑子，保证可以达到事半功倍的效果。"

真的是隔行如隔山。原来在文人的笔下，优势能作短板，劣势竟成了长项。看着萧记者胸有成竹的样子，牛笑天只觉得啼笑皆非。

话题又转到了昊天公司的企业知名度上。萧记者说："一个企业要实现可持续发展，就需要做好企业的文化建设，从形象、理念、人文等各个角度对企业进行包装。"

金编辑接过萧记者的话头："虽说牛总是低调务实的企业家，但不注重文化建设总是会制约企业的提升，以后萧记者可以和咱们牛总结成对子，帮助牛总顺应时势，做好宣传，争取让昊天公司和牛总早日成为汉京市家喻户晓的明星企业和明星人物，让昊天公司和牛总成为汉京市的两张名片。"

萧记者又把话接回来："老金咱俩想到一处了。我这个人平常轻易不出手，一旦出手就要出彩。牛总若不嫌弃，我就给牛总做个文化顾问，我想牛总在这方面应该注重投入。"

萧记者话说到这里，牛笑天本能地有了一丝警惕。这年头假记者满天飞，不说骗钱骗物，单单是那些招摇撞骗混吃混喝的人，就够让人生厌了。牛笑天心里打定主意，如果这两个人再提出费用的事，他会委婉谢绝他们的帮助。

萧记者又问了一些公司经营上的事情，牛笑天一一作答。直到金编辑和萧记者表示今天暂时交流到此时，依然没有提到费用的问题。牛笑天忍不住问了一句："需要我在费用上咋表示？"

"牛总何出此言？"萧记者说，"我们《人民之声》是咱们政协的对口协作单位，协助政协宣传企业委员是我们做记者的责任，也是我的荣耀，怎么能谈费用？"

金编辑附和着说："要是提费用的话，那倒是把咱圣手书生的名声传坏了。"

听了萧记者和金编辑的话，牛笑天一下子又觉得不好意思起来，他不禁为自己的小肚鸡肠有些自责。抬头看了看墙上的挂钟，该是吃晚饭的时候了。他向两位贵人抱歉地表示只顾着说话，把招呼人的礼数都忘了，一边拿起电话张罗着酒店订餐。萧记者却用手势阻挡了牛笑天，说他平常不太吃晚饭。金编辑与萧记者交换了一下眼神，挥了挥手说："牛总的诚意我们领了，后续还有很多工作，咱们来日方长，以后有的是吃饭机会。"

送走了萧记者和金编辑，牛笑天陷入了沉思。这两个不速之客总结他的风格为低调务实，的确符合实情，他向来就讨厌那些拉大旗做虎皮的人。但是，自从接手奥林匹克运动广场项目之后，尤其是通过黄奇与乌书记搭上线后，他却能感觉出有一种无形的力量把他推向了一个众人瞩目的高台上。在这种前所未有的状态中，他体味出了一些被关注的得意，却也平添了几分遭人嫉妒的担心。现在这几个人力推他参加评选活动，一旦这个光环真的罩在他头上，到底是福是祸，他实在心里没底。然而，想想政协副主席那天座谈会上的态度，看着这两个接受领导指派来为他编织光环的人的钻研精神，他似乎根本没有回绝的机会，只有顺水推舟了。牛笑天这回体味到了人在江湖，身不由己的滋味。他在心里告诫自己，既是要把企业做大做强，就得顺应时势，只是需要时时保持头脑清醒，别一时昏头，让人家涮上一把。

汪真真随同乌书记出访加吉利尔的代表团超过了五十人。出行前，乌书记专门给大家讲话。乌书记说："这么多人在学校算是一个大班了。这回远涉重洋，大家都是友谊的使者。在异国他乡，大家的一举一动都代表着国家的形象，代表着汉京市的形象。代表团的任务是去学习交流，既要把自己的文化素养展示给人家，又要多看多听，把人家的长处虚心地记下来，带回来发扬光大。"乌书记最后强调出门在外，一定要注意工作纪律。汪真真印象很深的是乌书记在说这番话的时候，还一度把目光在她的脸上停留了一阵，关切之情很明显地流露出来。

随团的女性除汪真真之外还有三个，一个是略上些年岁的市妇联主任，一个是市政府办公厅外联处的女处长，还有一个是号称本市女强人的钢材商人。汪真真是四个女性中最年轻的，团里就安排汪真真兼做内勤，协助女处长负责团员的饮食起居。汪真真是个勤快人，在这个人人身价不菲的特殊组合中，她本就觉得自己人微位卑，想着能为大家做点事情，就高兴地应承下来。

原来想着考察访问期间会紧张地穿梭于各类联谊交流与商事谈判中，但几个日程过后，汪真真才知道这样的访问实在是剃头挑子一头热。受访的东道城市加吉利尔除了市政府几个说不出什么职务的官员象征性地来到代表团下榻的酒店看望了一番，再未见到有任何官方组织的活动。更为可笑的是，负责接待代表团的机构竟然是一家旅行社，代表团在当地的全部食宿费用甚至连同那家旅行社的工作费用都是代表团自行负担。对此，外联处的处长跟汪真真解释说这是国情的不同，也正是值得国人好好学习的地方，体现了政府在使用纳税人税款上的高度自律。虽说公务活动几乎没有，但其他活动倒是安排得满满当当，白天看风景，晚上观节目，其间也参观了几家工厂和研究机构，不过都是付费的。汪真真心里明白，原来这个在国内造势造得像模像样的盛大出访，其实就是一场公费旅游。

在加吉利尔逗留的第三天，那家负责接待的旅行社组织了一场项目恳谈会，地点就在代表团住宿的酒店。来了十多个高鼻子的男女老外，溜达耸肩之际，各自在几份文件上签了名字后扬长而去。汪真真不知道这些洋人是哪些行业的，也不知道他们签署的文件具体内容是什么。但她隐隐感觉到，那些人是为了出场费用而受邀前来应景的。她又想起了乌书记临行前告诉大家多看多听注意纪律的嘱托，她不知道那是乌书记早已预知此行的状态提前给大家打的预防针，还是现实对乌书记的嘲弄。

汪真真抽空给牛笑天打了个电话，准备把自己的行程给董事长汇报一下。没等汪真真开口，牛笑天却连说了几句"了不起"。汪真真诧异之际，牛笑天说："你们的访问取得了意想不到的重大收获，汉京电视台和《汉京日报》都宣传疯了，你们的访问不仅引起了当地的轰动，而且也为引进外资立下了汗马功劳，竟然签约几十项，引进意向投资二百亿欧元。"牛笑天话音一落，汪真真顿时起了一身鸡皮疙瘩，她就知道代表团离开汉京的这一段时间，那些马屁精们是咋开动宣传机器的。本来她想在电话中把自己的所见所闻简略地汇报给董事长，又觉得兴味索然，便改口说自己操心工作上的事情，有些不安，打个电话问问。牛笑天说既出了门，就不要操那没用的心。

好在这种旅行的日子过起来并不单调，汪真真只想着开开眼界，就当是又一场人生经历，却没想到一直担心的事情还是来了。

这天晚上，代表团部分成员要观看据说是世界顶级艺术团表演的歌剧，汪真真有幸被通知观看演出。不知是有意还是无意，汪真真被安置在乌书记的身旁。由于缺少汉语翻译，对台上恢宏的场面，汪真真除了感叹其壮观之外，完全无法进入剧情。就在台上一对男女翩翩共舞、台下观众掌声雷动之际，汪真真放在膝盖上的手被另一只大手压住了。汪真真一个激灵，这是乌书记的手。长久以来，她对这个位高权重、道貌岸然的男人的判断，现在得到印证了。

汪真真本能地缩了一下手，却分明感觉到那只压住她的手力道不小。她偷眼看了一下乌书记，舞台上反射过来的暗光仍能清晰地映衬出那张阔脸，表情缺少生气，双眼却仍然装模作样盯着变幻多端的舞台。她忽然想着也许乌书记随着舞台上剧情的深入，进入了忘我的状态，但这种念头一闪即逝。她敢断定，这个和她一样对异国语言一窍不通的男人文化修养高不到哪里去，他所能看懂的恐怕也只是演员的形体语言，他根本不会深入到剧情中去。答案只有一个，这老男人的骚性发作了。

汪真真内心像烧开的水一样上下翻滚。她不明白这个坐在身边的男人为什么如此不检点。他位高权重，身份显赫，在那个近千万人的大都市里，他具备着不逊于皇帝一般的权力与威严，有多少女人投怀送抱，希望得到临幸般的恩宠，再则，若是他想得到的女人，只要他稍作些流露，就会有人舍身就范，没有人敢轻易违背他的意志，除非不想在那一方天地中正常生存。然而这样一个权势遮天的人，现在却把骚性释放在她的身上，她不知道这是自己的幸运，还是自己的悲哀。

汪真真思想斗争了一番，但还是趁着那只大手稍稍松劲的当口，坚决地抽回了自己的手。那边乌书记似乎稍有感觉，身体微微地扭动了一下，但仍然把目光聚焦在舞台上，估计乌书记还在意他这个特殊观众的形象。汪真真随即把两只手交叉起来，紧紧地夹在两腿中间。台上的表演仍在继续，但局促不安的汪真真却感觉度时如年。好不容易挨到表演结束，剧场内灯光亮起来时，汪真真才如释重负地松了一口气。偷眼再看乌书记，他仍然是那副不苟言笑的表情，仿佛什么事也没有发生过。汪真真瞬间又有了一些轻松感，也许这乌书记只是在荷尔蒙的刺激下，放任了一把男人的丑陋，只要自己保持定力，一切都会相安无事。

黄奇也是随团成员，但与汪真真没有过多的接触。这天代表团参观完一处古城堡建筑之后，被安排在城堡内就餐。据说这是一幢已有四百年历史的王宫，建筑内部的陈设，典雅中透着高贵的豪华，接待人说只有尊贵的客人才能享受在城堡内就餐的待遇。几天来的西餐已让汪真真胃口全无，自助式就餐时，汪真真端了一杯咖啡，独自坐在餐厅的一个角落，一边品着咖啡，一边想象着四百年前这里发生的人间悲喜剧。没有料到，此时黄奇却飘然而至，也是手里端着一杯咖啡，落落大方地坐在了她的对面。

自从上次在那个会所不欢而散后，汪真真就对这个人产生了一种强烈的排斥心理，尽管那次她赴会的目的也在乌书记如期参加开工典礼中得以实现，但她内心却对黄奇毫无感激之情。她觉得黄奇就是那种扯大旗作虎皮的小人，尽管他头上有一顶网球协会秘书长的光环，但她敢肯定那是专门用来唬人的。她曾在内心告诫自己不要再和这个男人来往，也正是基于黄奇的同行，甚至连这次的随团出行也让她心有忧虑。现在，看见黄奇在对面落座，汪真真压抑着内心的厌恶，虽下意识地皱了一下眉头，但还是勉强点了一下头，算是跟黄奇打了招呼。

"我得恭喜你了，汪小姐。"黄奇说。

"一个打工的，有什么值得恭喜的。"汪真真的表情很冷淡。

黄奇用鼻子"哼"了一声，阴阳怪气地说："如今的汪小姐可真是鸿运高照了，这派头可跟当初来找我引见乌书记时大不一样了，要知道没有我牵线，恐怕到现在汪小姐还只能在电视上见见乌书记吧！"

汪真真看了一眼黄奇，想不温不火地怼他一下。但一时却想不出合适的用语，嘴巴张了张又合上了。

黄奇又说道："我也看出来了，老板挺赏识你的。但我也有些纳闷，老板在你跟前，真是少有地宽容。"

汪真真眉头皱了一下："我跟着牛老板干了十多年，牛老板信得过我，我干得也舒心，至于宽容嘛……"汪真真话没说完，却见黄奇用手势挡住了她。

"你可别寒碜我，那牛笑天在我眼里也算是老板？"黄奇说，"我是说乌老板。就是你当初求着我千方百计见上一面，而今却成了你靠山的乌书记。"

汪真真心里一阵气愤。她不能容忍别人在她的面前对自己的董事长表示轻蔑。她沉下脸，把脸别到一边。

黄奇脸上有些愠色。他压低了嗓子但却一字一顿地从牙缝中挤出声音："汪小姐，别忘了你是我指定的股权代持人，在那个昊天公司，你得向我负责。"

汪真真一脸严肃："十几年前我就跟着牛总干了，那时候你在哪里？我怎么就成了对你负责？话又说回来，你不就借给牛总一点钱吗？等昊天公司从银行贷出款来，还了你的借款，你跟昊天公司还有关系吗？"

黄奇冷笑了一声："就指望牛笑天那点能耐，他能从银行贷出款来？我倒要看看牛笑天能让哪位神仙帮着他把贷款搞出来。"

看着黄奇那一脸痞相，汪真真突然觉得跟他说话有些浪费时间。

黄奇停顿了一小会儿，又把语气放得和缓些："汪小姐，你能对你的老板忠心耿耿，我还是很佩服你的，但你要懂得游戏规则。既然当初你同意作为我的代理人，你就应当负起代理人的责任来。当然，我不会白白让你替我操心，你会得到回报的。远的不说，就说这次出访，你一个名不见经传的女人能享受参团的荣誉，还不是我使出了浑身的解数。"

看着汪真真不动声色，黄奇又继续说道："汪小姐，人常说，跟着狼吃肉，跟着狗吃屎。我给你提供了一个平台，只要你肯抓住机会，也许你以后就是汉京市混得最好的女人，那时候只怕是牛笑天想见你一面都得等上几天哩。我只是希望你能记着今天的一切，吃水不忘挖井人，幸福不忘引路人。"

汪真真不想听黄奇再啰嗦下去，索性站起身来，走到餐台前往杯中加了一些咖啡，端着杯子，站在墙壁前的一幅油画前，自顾欣赏起来，那边留下黄奇一个人孤零零地坐着。

看着汪真真的背影，黄奇只觉得有一股无名怒火冲向头顶，他觉得这个女人真是不识抬举。现如今在汉京市，再怎么说他也算得上是个跺跺脚半个城晃悠的人物，有多少人为了巴结他奴颜婢膝，有多少女人为了取悦他风骚卖尽，而这个汪真真竟敢如此不把他放在眼里。由着他的脾气和风格，对于这种不识抬举的女人，只要稍耍手段，就足以让她身败名裂。但他有些想不明白，那本来视女人如过眼云烟的乌书记却似乎对这个汪真真来了大兴趣，尤其不能让黄奇理解的是乌书记对汪真真那种执拗性子的宽容。现在这女人既然已入了乌书记的法眼，在没有结果之前，他黄奇当然还得约束住自己。黄奇跟乌书记混了多少年，他深知这仁兄在女色中的口味，就好着少妇那一调。这在一定程度上少不了让做小弟的黄奇多费些心思，年轻未婚的女人好找，真要寻来漂亮风雅且愿意献身的已婚女人，还真不是件容易的事。汪真真第一次出现，就让黄奇眼睛一亮，他断定这个女人正是乌书记欣赏的类型。这几年，他一直想培养一个能够在枕边拴住乌书记的心腹，这不正是一个踏破铁鞋无觅处的绝佳猎物么。但现在看来，自己当初想把汪真真培养成心腹的算盘打错了。黄奇突然有一种偷鸡不成蚀把米的感觉。

这天，代表团又是大半天的奔波。待回到酒店时，汪真真感觉有些累，在卫生间胡乱地洗了一把脸，就倒头和衣卧在床上，直到房间的电话铃声响起来时，汪真真才醒过来，一看墙上的挂钟，已经是当地时间晚上八点钟，晚饭的时间早已过去了。汪真真接通电话，是黄奇打来的，汪真真冷冷地问黄奇有什么事。黄奇说："本人的事不敢劳烦贵小姐，乌老板要召见你。晚间吃饭时没有见到你，他让我通知你，让你过他那边谈谈。"汪真真心里一紧，但还是压住瞬间怦怦的心跳，问乌书记找她什么事，她什么时候见书记。黄奇说："我又不是老板肚子里的蛔虫，老板找你做啥事我咋能知道，至于时间嘛，老板让你吃完饭去。"见汪真真没有做声，黄奇又补了一句："汪小姐，我只是负责通知你，去与不去，你自己拿主意。"说着又把乌书记的房间号码叮咛了一遍，就挂上了电话。

汪真真坐在床沿上，一时六神无主，她能想象到乌书记找她干什么，她也打定主意要让乌书记断了歪心思。她汪真真虽是小人物，却绝不会卖身投靠求取富贵。但问题在于通过何种方式让乌书记明白她的态度，毕竟她面对的是一个可以随随便便决定她命运、决定牛老板命运、决定昊天公司命运的大人物，稍有不慎，将会给自己、给老板、给公司带来致命的灾难。汪真真是个有良心、负责任的人，在坚持自己做人原则的同时，她还得考虑大局，不能太过任性。但现在若去赴约，她害怕掉进陷阱任人宰割；若不去赴约，其后的麻烦可想而知。这一困局该如何破解，汪真真陷入两难中。

汪真真忽然想起了几个同行的女人，要不然求她们中间的某个人和她一起去见乌书记？但很快她又把自己这种幼稚的想法否定了。这不是职场，更不是世俗场，别人岂能在未被召见的情况下不知轻重地跟她一起去朝见乌书记？就是有人脑子缺根弦愿意跟她去，她的这种做法也无疑会激怒乌书记，把事情搞得更糟。

反复权衡掂量，汪真真觉得，还是应该硬着头皮去见乌书记一趟，窗户纸总有捅破的那一刻，当她毫无保留地表示自己的态度时，乌书记也许会因为感觉索然而放她一马，毕竟乌书记还得注重自己的形象。何况这里不是汉京市，甚至不是国内，想来乌书记也不敢为所欲为，说不定在这里了断她和乌书记、黄奇的瓜葛，正好是个机会。思前想后，汪真真打定主意，索性就去见上乌书记一遭。

汪真真拖着灌了铅似的双腿，慢慢腾腾地挪到了黄奇告诉她的那间房子门外。她努力地控制着自己的情绪，深深地吸了几口气，反复在心里默念着"冷静！冷静"。随着门铃声响，房门打开，一个年轻人站在门里，躬身作出请她进门的动作，汪真真认出这是乌书记的随行秘书。

汪真真随着秘书进了房间，这是一个超大的套间，外间的客厅布置得像一个小型会议室。秘书让汪真真坐在客厅，独自进里间待了一小会儿，出来跟汪真真说书记正在里面接听一个重要电话，让汪真真再待一会儿。汪真真正庆幸这个秘书在场，却不料秘书给她泡好了一杯茶，向她点点头，彬彬有礼地带上房门出去了。

未几，乌书记从里面走了出来。汪真真看见乌书记穿着睡衣，不由得心慌意乱，条件反射地低下了头。乌书记笑眯眯地走到汪真真跟前，用两只手托起汪真真涨红的脸蛋，像欣赏一件艺术品一样看了半天说道："哎呀，小汪，你这副模样可真是把人的魂都能看丢。"

汪真真觉得一股热血像是要把脑袋冲破，她本能地把头扭向一边，想用手拨开那端着她脸蛋的两只大手，怎奈她的手劲，根本奈何不了那一双熊掌般的爪子。

进房间之前汪真真设想过几种可能，她在内心里已经准备了几套说辞，她觉得有信心用自己的胆识和智慧争取主动。可她根本没想到这家伙竟然在没有任何语言交流的情况下就直接动起了手脚。

乌书记终于松开了手。汪真真的胸脯剧烈地起伏着，眼睛盯着乌书记那一张色眯眯的脸，一字一顿地说道："乌书记，您是书记，是汉京市至高无上的人，我很尊敬您。"

"哈哈……"乌书记声音不高但却是开心地笑起来，"我是书记不假，但我更是男人。你不知道，我第一次在山里见到你就动心了，可惜那一次你醉成一堆烂泥。我有心抬举你，才参加了你们的那个开工典礼，这一点难道你不明白？"

"我以为是书记您重视企业发展，深入一线……"汪真真喘着气说道。

"笑话！"乌书记说，"汉京市那么多的项目，你们那么个小企业，也值得我去站台捧场？难不成你把我一腔好意都当成顺理成章的事？"

"可我……"汪真真哆嗦着嘴唇说，"我不能这样……"

"什么？"乌书记眉头一皱，"你不肯给我面子，这么说你是不想在汉京市混出个模样来？"

汪真真依然笔直地站着，脸上透出了倔强的神气。

瞬间，乌书记又哈哈大笑起来，笑毕又换了一副和颜悦色的面孔："小汪，我没有想到你竟然是这样的性格，这倒真让我对你多了几分敬重。要知道，多少女人一见到我，不等我有任何要求，就扑到我怀里。你是我见到的唯一敢在我面前使性子的女人，好了好了，坐下来，我们慢慢地聊聊天。"乌书记说着话，就压着汪真真的肩膀让汪真真坐了下来，自己也就势紧挨着汪真真坐下。

乌书记问汪真真老家在哪里，上过哪个学校，喜欢做什么事。

汪真真一一做了回答。乌书记开导汪真真要学会生活，要热爱生活，尤其要学会利用资源。乌书记现身说法，他说他深知铁打的衙门流水的官这个道理，今朝有权今朝一定要充分用好。汪真真挪揄道："您在日常开会时也这么说吗？"乌书记嘿嘿一笑："其实你问的问题，也是我常常思考的问题。我为什么在台上要说那些鬼都不信的话？想明白了，官服其实就是戏装，穿上戏装，我就得说戏词。可演戏也是一件挺累的事儿呀，我总得给自己留下点卸妆的时间吧，就像现在这样。"

汪真真打起精神说道："乌书记，我就是一个已经养过孩子的女人，真不值得您这样，您可以找年轻漂亮的女人侍奉您，再说我真的不习惯这样。"

"你这个傻女人，"乌书记说，"你既然知道自己已经不年轻了，为什么还不懂得抓住机会？只要我稍稍关照一下，你马上就可以变得富贵起来，会成为人人羡慕的女人。"

乌书记说着话，就把胳膊搭在汪真真的肩膀上，又使点劲把汪真真揽在怀里。

一股热烘烘的酸臭味儿从乌书记嘴里喷出来，直冲汪真真的鼻腔。汪真真有一种想吐的感觉。看着那张淫笑的脸，汪真真真想赏他一记耳光，她强压住自己的冲动。

乌书记一只毛茸茸的大手伸进了汪真真的衣领。情急之中，汪真真抓住那只手说："乌书记，您能给我一点尊严不？我实在没有一点心理准备，再说我确实太累了，这几天正来例假，浑身疼。"

汪真真说的是实话，这几天正是每月都难熬的那几天，说出这种女人难以启齿的事，也实属无奈。

乌书记停住了手，脸上显出了扫兴的神色，沉默了一阵，起身走过去坐到对面的沙发上。

过了一会儿，乌书记平静地说："汪真真，我知道你并不看重我的器重，现如今，你这样的女人也不多见。我送你一句忠告，识时务者为俊杰。你记着，汉京市的最高长官喜欢你，你如果珍惜这个机会，你以后会飞黄腾达；你如果丧失这个机会，你会后悔一辈子。今天我不强迫你，你回房间休息去吧。"

汪真真像听到大赦令一样，慌不择路地逃出了乌书记的房间。

这乌书记原名乌春林，本是农家子弟，家境虽不甚贫穷却也并不富裕。乌春林自幼聪敏，一家大小也就对其呵护有加。也可能是小时候在母亲怀里待得太久，乌春林老大不小的时候还爱在姨姨、婶婶身上蹭亲热。再后来他迷上了听房根。乌春林听房根上了瘾，对那男女之事就早早地开了窍。邻居家的堂哥人有些木讷，父母花大钱从后山娶回来一个姑娘做儿媳。那新堂嫂虽说土气，但长得倒挺标致。乌春林几次房根听下来，没听出堂哥与堂嫂所以然来，却把自己听得有些神魂颠倒，白天黑夜眼前尽是那堂嫂的影子。终于有一天，趁着堂哥外出之际，十六岁的乌春林使些手段钻进堂嫂的屋子。那堂嫂从小在山里长大，没见过世面，面对壮如牛犊的乌春林，吓得只剩下哆嗦的份儿。乌春林虽说人小胆子大，毕竟是平生头一回经历，面对着堂嫂一团雪白的肉身，除了眼馋却难有其他举动。一阵僵持之后，乌春林夺门而逃。这件事后来成为乌春林人生中深刻的记忆。再后来，乌春林靠着自己的脑瓜子聪明考上了大学，一步一步走向人生巅峰。但少年时的经历，却让乌春林结下了不解的少妇情缘。面对如云美色，乌春林只对美貌的少妇情有独钟。让黄奇没有料到的是，这乌书记一见汪真真，却似看到了当年那个堂嫂。汪真真委实长得与记忆深处的堂嫂有几分相似。这次在异国他乡，乌书记想着体味一下牵挂了半辈子的滋味，汪真真的表现意外地让他感到扫兴。不过真正让他扫兴的不是汪真真的拒绝，而是汪真真的生理原因。乌书记有点迷信，他听人说沾惹带血的女人会给男人带来霉运，他才不会为了一时之欢拿自己的命运开玩笑。

且说汪真真侥幸逃过一劫，又提心吊胆地随考察团转了几天，终于等到行程结束。飞机降落在汉京机场的时候，汪真真长出了一口气。她先是给家人打电话报平安，又给牛笑天汇报说自己行程结束已回到汉京。牛笑天说回来了好，这几天正需要人手。汪真真问有什么紧要事，牛笑天显得情绪低落，说建行那笔贷款可能要黄了。

在汪真真随团出国访问期间，牛笑天丝毫没有放松和杨行长那边的沟通。除了让牛小祥多跟杨行长进行情感联络，自己也不时地打个电话，催问一下进度。突然有一天，杨行长主动打过来电话，说在贷款的最后审批环节出了问题，有些事电话上不好说。情急之下，牛笑天立马驱车赶到杨行长的办公室。杨行长愁眉苦脸地跟牛笑天说有人向行里举报，说给昊天公司这笔贷款是人情贷款，行里的纪检部门已经介入调查，事情有些麻烦，这笔款可能一时贷不出来，连他本人可能也会受到牵连。

牛笑天多少有些怀疑杨行长是为了拿捏昊天公司故意卖关子。他说这笔贷款最初是银行方面提出的动议，昊天公司项目运行正常，报送的材料也都真实规范，别人的举报缺乏证据，再说银行也不至于因为一份举报就把正常的业务停下来。杨行长苦笑着给牛笑天解释，说这银行性质是国有的，也算是体制内的机构，体制内讲究政治挂帅，银行的贷款对象若是国有企业，不管贷款用途如何，政治上是没有风险的。至于贷款回收风险，往政治因素上一推，一切了事。但若贷款对象是民营企业，那说头可就多了，贷款中有无利益输送，企业有无既往失信记录，企业实际控制人有无违法史，想找毛病那真叫欲加之罪何患无辞。何况现如今信贷政策是限制对房地产行业开放的，事情到这一步，恐怕难办了。不过杨行长也闹不明白是谁举报的，他说举报材料是从市银监局转到建行的，他怀疑是牛总手下的人吃里扒外，故意坏牛总的大事。牛笑天在心里把公司内部人员梳理了一遍，断然予以否认。

不管咋讲，贷款成功拿到才是硬道理，牛笑天关心的是可以做些什么补救工作，让贷款审批早日通过。杨行长的一番话却让牛笑天彻底泄了气。杨行长说纪委的人跟他建议最好把这笔贷款业务叫停，否则的话，真要有个闪失，自己吃不了兜着走。牛笑天想起为这件事情付出的心血，只觉得窝火，问杨行长这件事就这么搁置了不成。杨行长叹口气，说暂时搁置，从长计议。

贷款落空，让牛笑天的全盘计划陷入死局。按照合同约定，施工方垫资施工到地上三层后，建设方就要以百分之八十的比例对已完工程量支付进度款，现在距离付款节点越来越近，而公司账面上可支配资金根本不能满足需要。一旦工程款支付发生逾期，施工方完全可以采取停工手段，昊天公司还要承担逾期支付违约金，停窝工损失更是难以估算。现在，牛笑天必须寻求其他的融资渠道。

牛笑天又想起了马英俊为升职找他借款的事，原来他想着等贷款下来，这笔名借实送的赞助款还是要花出去的。现在也成了心有余而力不足的事。想想维系了多年的关系，一旦为了这么一件事闹下别扭，还真是心有不忍。再说以后的生意，还少不了跟这个官场上势头正劲的人发生关系，买得下好买不下好不说，得罪是万万不能的。琢磨一阵，觉得还是应该跟马英俊主动沟通一下，说说企业的难处。正好前一段时间牛笑天托马英俊跟房地局那边走关系给奥林匹克运动广场项目申办预售许可证。按照政策，项目建到正负零时，就可以申领预售证，一旦预售证拿到手，就可以通过销售实现回报。牛笑天想着通过催问预售证的事顺便告知马英俊企业资金吃紧的事。马英俊是聪明人，总不至于一点都不明白老朋友的苦衷吧。

没想到马英俊带给牛笑天的信息让牛笑天更觉雪上加霜。牛笑天把电话打给马英俊说清自己的意图后，马英俊说他正要给牛笑天通报一个消息。因为本市房地产市场供应过剩，政府有意打压开发商，把预售许可证的门槛提高了。原来项目进度到正负零时就可以申领预售许可证，从现在开始，进度达不到封顶，预售许可证一律不发。牛笑天听完，犹如一瓢凉水从头顶泼下，瞬间凉到了脚跟。依照他原来的计划，正负零时拿到预售证，只要在销售中下些功夫做好文章，销售回款可以在一定程度上满足工程进度款的支付，当初昊天公司跟施工方签署的施工合同中，对工程进度款的支付约定也是以这个因素为基础的。如今这政策一变，意味着从正负零到封顶期间全部的施工用款都得靠昊天公司来筹措了。屈指粗算，仅此一项至少又会有七八千万元的资金缺口，这让本就被资金链吃紧压得喘不过气来的牛笑天情何以堪？

牛笑天跟归国后没来得及好好休息的汪真真商议。得知建行那边是因为有人举报而导致工作搁置，汪真真眼前立刻浮现出黄奇那张令人生厌的脸，那天在城堡进餐时黄奇说他倒要看看哪路神仙帮牛笑天倒腾贷款的话还在耳边，她隐约感觉这件事是黄奇耍的手脚。汪真真把自己的猜测说给牛笑天。牛笑天却觉得汪真真的判断不合情理，因为黄奇已经跟项目发生了经济上的牵连，只有项目健康运行，他的利益才能得到保障，破坏项目意味着伤害自己的利益。汪真真也觉得没有充分的理由自圆其说，就淡淡地跟牛笑天解释说害人之心不可有，防人之心不可无。

正在牛笑天无计可施的时候，杨行长却又打来电话。杨行长一大堆道歉的话说完之后，又一再对牛笑天在他台湾之行中给予的关照表示感谢，并称赞牛小祥这孩子是个有出息的好苗子。牛笑天已无心和杨行长再有这些虚头巴脑的周旋，不冷不热地应付了几句想挂断电话，没想到杨行长的一句话又让他来了精神，杨行长说贷款的事情没办成，他心里老大不忍，正在动脑子想别的办法。

像是抓住了一根救命稻草，牛笑天火速奔到建行面见了杨行长。一看见牛笑天，杨行长像弹簧一样从办公桌后弹出来，紧紧抓住牛笑天的双手，说又劳驾董事长亲跑一趟。那架势不像是牛笑天求着他办事，反倒像是为了他的利益劳烦了牛笑天。牛笑天顾不上喝一口杨行长递过来的热茶，急切地问杨行长那笔贷款是否还有希望再完善手续。杨行长说公家的事既然拍死了，就难再有回旋余地，不过人不能在一棵树上吊死，融资渠道又不是单单一个建设银行。

杨行长说一场台湾之行让他跟牛老板结下了不解的缘分，牛老板的公司遇到困难，他哪有袖手旁观的道理，这几天他跟好几个方面的朋友说了这件事，希望有人施以援手，这不今天就有人回话愿意帮忙。牛笑天问是哪家银行。杨行长说这回吸取教训，不能再找这些政治上管控严格的国有银行，要把着眼点放到民间资本上。牛笑天想起当初借黄奇资金的事，就问杨行长这民间资金的成本多高。杨行长说放款的是一家小额贷款公司，利息是比银行高一些，但放款的手续简单，公司的老板是他的朋友，只要签订合同，提供担保就行。

常言说饥不择食，慌不择路。事到如今，牛笑天已没有资格再过多地考虑融资成本了，只要能拿到钱，再高的利息也只能在日后的利润中慢慢消化了。他稍稍权衡了一下，就央求杨行长尽快安排他和那家小贷公司的老板见个面。

杨行长跟牛笑天拍着胸脯说，那小贷公司的老板跟他的交情不算浅，再说他也给那小贷公司帮过不少忙，这回难得求他们一回，放贷的事情应当八九不离十。杨行长让牛笑天派一个能干的手下和小贷公司对接就行了。说着话题一转，杨行长打问起牛笑天家里的情况，问孩子在哪里，夫人干什么。牛笑天一一作答。杨行长说："怪道是牛老板把侄儿小祥当儿子培养哩，这小祥到底是从台湾回来的，见过大世面，人长得帅气，聪明能干，人见人爱。你让他好好锻炼锻炼，早早接了你的班，将来你儿子从国外回来，让这兄弟俩联手打造一个立足汉京、辐射海外的跨国公司。"牛笑天纳闷杨行长为何对自己的侄儿生起兴趣，心想也可能这小祥在台湾把杨行长照顾得周到，又突发奇想这杨行长会不会家中或亲友中有剩女姻缘，杨行长欲做月老，就哈哈笑着说："我除了老婆孩子，就跟侄子小祥亲，他这回能从台湾回来跟我干，也是我很欣慰的一件事，难得杨行长看重他，就请你多指教。"杨行长脸上挤出了一丝不尴不尬的笑："哪里哪里，你牛家的人才，值得我学习，值得我学习。"牛笑天听着杨行长说话的口气有些不是味道，想再问问究竟，却想不出合适的话来。就跟杨行长问了那个贷款公司的放贷规模、贷款周期、担保条件、联系方式等。杨行长说他会尽快安排借贷双方见面洽谈。

牛笑天离开杨行长办公室，心里打起了鼓。他对杨行长突然表现出的热情有些费解，尤其是杨行长对侄儿牛小祥的那些评价乍一听平常，仔细琢磨却觉得话里有话。按说堂堂的杨行长不会把太多的注意力放到客户一个小小的跑腿身上，除非真的是热了心要说媒拉纤，但听着又好像不对。不管咋说，杨行长这回能拉一家小贷公司给企业放款，也算是雪中送炭，看来这一切还得归功于堂弟连同侄儿在台湾对杨行长的招呼了。

既然杨行长如此看重牛小祥，牛笑天就想着让牛小祥参与跟那家小贷公司的业务合作。牛笑天把侄儿叫到自己的办公室，跟他说了杨行长牵线帮助贷款的事。牛小祥回大陆也有一段时间了，看样子浑身充满了活力，无疑他已经完全适应了这边的生活状态和工作节奏。牛笑天看在眼里，喜在心里。牛笑天对侄儿说："那建行的杨行长在我跟前一直夸你哩。"牛小祥脸上闪过一丝不屑的笑："那种人就是贱货。"牛笑天被侄儿的话吓得一惊，问侄儿为啥说这样的话。牛小祥方才慢慢地说出原委。

原来杨行长在台湾旅行期间，牛小祥正待在家中无事可干，父亲给他安排了一个接待大陆朋友的差事。牛小祥本就好动，加之接待中有使不完的钱，如何不乐哉悠哉。年轻人腿脚快，脑瓜子灵，嘴巴甜，几天下来把客人伺候得心清气爽。牛小祥来大陆后又觉得眼前是一个神奇的新鲜世界，尤其是那次参加平息福利厂职工群体事件，让他大开眼界，原来大陆的人办事这么用心眼儿。这一次，伯父让他参与为公司在银行借钱的事，眼见得在最后关头前功尽弃，伯父急火攻心的状态让他意识到这件事对公司的分量。但看着杨行长若无其事的样子，牛小祥心里又有些不忿，心想着你杨行长在台湾时花了牛家那么多钱，为什么你就不能想些办法帮助伯父解解忧呢？小祥也是初生牛犊不怕虎，自认为反正跟杨行长也混得熟了，那一日私下跑到杨行长办公室，问杨行长为啥不想些法子给昊天公司把钱贷出来。杨行长未料到这乳臭未干的小子竟敢在自己面前指手画脚，当然是开导加斥责给了牛小祥一番抢白。哪知这牛小祥却不似杨行长眼中原本那个乖巧的样子，几句不投机的对话之后，牛小祥说杨行长只顾享受，在台湾时花了牛家的，吃了牛家的，这会儿翻脸不认人。牛小祥还说出了一堆杨行长听着陌生的词，什么公职徇私、伺机图利等。尤其让杨行长头皮发麻的是牛小祥声称他要向警察告发杨行长在台湾的所作所为。杨行长呆若木鸡，他没想到自己遇上了这么一个愣头青。一番快速的思想斗争之后，他换了一副笑脸，说小祥这小伙子不愧是在文明社会长大的，见识就是高。其实他哪里会对昊天公司的困难袖手旁观，何况他和牛总是知心朋友，正为着牛总的事在苦寻对策哩。只不过这件事确有些困难，在没有眉目之前，他不能在牛老板跟前放空炮。杨行长的态度让牛小祥有些摸不着虚实，不过他隐隐感觉还是自己那句告发警察的话镇住了杨行长，不免在心里又有了几分得意。

听完牛小祥的话，牛笑天解开了谜底，但却不由得心里打了一个寒战。他没想到自己这个见面不久的侄儿是这么一个狠角色，他也无法理解这个涉世不深的后生为什么能把杨行长台湾之行和贷款的事情联系起来，他更弄不懂牛小祥何以能想起用报警抓住杨行长的软肋。眼下，小祥的行为的确给他带来了转机，但该对小祥的行为表示赞许，还是该提出批评，他一时竟没了主意。想想小祥刚到公司，就让这孩子参加了黄奇组织的那场不算光彩的活动，他心里有了一丝悔意。

牛小祥见伯父若有所思、沉默不语的样子，问伯父自己是不是做错了什么。牛笑天答非所问地说那杨行长也实在不容易。牛小祥说要是容易的话，还劳烦伯父花那么大的代价在台湾招呼他。牛笑天惊问牛小祥，为什么说他为了贷款才招呼杨行长。牛小祥嗫嚅着没有答话。牛笑天再问牛小祥为什么能想起报警的事。牛小祥说他觉得大陆的人怕警察。牛笑天听着心里又是一个激灵。

既然杨行长已经寻下了借款渠道，牛笑天当然要牢牢抓住这个机会。他把工作布置给汪真真，又特别叮咛汪真真在使用牛小祥时长些心眼，指导这孩子把心思用在正常工作上。

《人民之声》刊发了一篇长篇通讯，题目是《一个头顶没有光环的企业家》，副标题是"记低调务实的实业人士牛笑天"。文章把一个从改革开放后在建筑工地当小工起步的农家子弟牛笑天，如何顺应时势，一步一步从包工头发展到建筑商，再到问鼎地产开发，成为汉京市业界翘楚的创业经历作了恢宏的展示。塑造了一个鲜为人知、少有荣誉头衔、不张扬却又连番干出骄人事业的企业家形象，以独到的笔触揭开了一个成功人士的心路历程。这《人民之声》虽然发行量不甚大，但因为与人大、政协等系统有一定的背景联系，又辐射了汉京市众多的群众团体、各类协会、联合会、商会等，尤其是刊物曾因对多位商界名流的推介而令其与商场交集颇为深厚，故而刊物在社会上仍有一定的影响力。汉京市大小政府机关和数得上的企业都能收到赠刊。文章见报的当天，牛笑天就接听了几十个熟人打来的电话，还接收了更多记得起来或记不起来的曾发生交往的人发在手机上的信息。内容不外乎对牛笑天成为新闻人物表示祝贺，当然也少不了有一些调侃。

牛笑天把那篇文章认认真真地看了两遍，不觉对那位萧记者玩笔杆子的水平心生惊叹，文中把他过去经历的那些碎片串联起来，添油加醋地注入了一些背景、过程、收获，显得他果断、聪敏、耐劳、朴实。看着看着，连牛笑天自己都感动起来了。

《汉京政协》的那位金编辑也打来电话，问牛笑天可看见了那篇通讯，感觉如何。牛笑天一时不知道该对金编辑和萧记者表示感谢，还是谦逊自己愧不敢当，哼哈了半天没说出个所以然来。金编辑倒是很爽朗，说领导给他布置的任务眼见得成功在望，

《人民之声》上发表这么一篇文章，要是再有几个刊物跟着走一下，牛总这回的参评就该是十拿九稳了。牛笑天这下自是要表示感谢，说自己其实也就是个再平常不过的人，难为金编辑和萧记者把他包装成这么光辉的形象。金编辑说："牛总这话算是说到点子上了，现代企业光靠实干是不行的，可不能低估宣传的价值，要不然为什么做大做强的企业都把最大的投入用到广告上。萧记者的这篇文章虽然赞扬你低调务实，但实际上也是从另一个侧面鞭策你哩。"牛笑天说："这我明白。"金编辑又意味深长地强调了一句："牛总，你这回可算是明白了笔杆子的能耐，这才是个开头，后边还得使劲，可不能让萧记者泄了气。"牛笑天听得心里有些异样，想再和金编辑聊个究竟时，那金编辑却说他手头有个稿子要处理，回头再聊。

牛笑天把金编辑的话反复咀嚼一阵，只觉得话中有话，又把那天金编辑和萧记者登门造访的过程回忆了一番，总感到这两个人在工作之外有些没说出来的话，想着想着就有一些惆怅。再联想到目前为融资焦头烂额，多少有些后悔沾惹这些难摸透底细的社会人，为了个劳什子的评选活动耗费自己的精力。

《人民之声》的报道果然像萧记者预想的那样，一时间形成连锁反应，没几天工夫，大大小小有近十家省市媒体的记者要求深度采访牛笑天。牛笑天哪有精力和时间应对这些事情，先头还好言感谢再委婉拒绝，再后来干脆一听对方是记者就立马挂断电话。

偏有一日，那萧记者打电话给牛笑天，说是上次新闻报道之后还有些后续工作要做。牛笑天对别的记者可以冷落，对萧记者当然还是礼貌有加，就跟萧记者约下了见面时间。哪承想，那萧记者如约登门时，又带了几个生面孔，摄像机、照相机如长枪短炮扛来一大堆。萧记者说这些人是汉京电视台《都市新气象》栏目的同仁，为了把牛老板的宣传力度更上一层楼，专门到昊天公司录制节目。萧记者还强调说现如今影视传媒比纸媒力度可要大得多。牛笑天就在心里埋怨着萧记者给自己连声招呼都不打就把这些神仙请进了门，但嘴上却言不由衷地说着感谢的话。记者们有一搭没一搭地跟牛笑天聊了些闲话，就拿出了事先打印好的稿子，让牛笑天按照上面的文字内容，在摄像机前说了一通话。牛笑天头一次对着正规的摄像机说话，不觉有些心慌气短，效果自然让记者们感觉不佳。几番折腾后，方才收场。

采访结束，牛笑天礼节性地招呼记者们吃饭。萧记者说饭就不吃了，牛老板若是有心，可以给大家一些伙食补贴，毕竟电视台的同仁们扛着这些家伙都是要下力气的。牛笑天急忙出门跟财务人员交代，让准备几个红包，每个红包中装上一千元现金。待牛笑天把财务人员送来的红包分发给记者后，其中一个年岁稍大的人对着萧记者问台里的费用怎么办。萧记者又转过身对牛笑天说："牛总，按照惯例，上屏宣传的项目因为要占用播放时间，需要向电视台支付一些费用，不过数额不大。干脆随后让人把正式发票送给您，您用转账方式把款付过去。"牛笑天没想到会突然提到费用问题，心里顿觉不爽。但方才那一阵其乐融融的气氛，又实在令他无法说出败兴的话来。有心想问一下费用是多少，又想着既是堂堂正正的市电视台，尚且还开具发票，估计数额能接受得了，就含含糊糊地点了点头。

采访后的第二天晚上，汉京电视台《都市新气象》栏目播放了牛笑天的采访实况。因为萧记者事先做了通知，牛笑天还专门采纳萧记者的建议，通知公司的员工观看了电视内容。不管节目精彩与否，毕竟昊天公司和牛笑天董事长头一次正儿八经上了电视，在昊天公司的员工中，还是提振了信心。不过也有好事的人说，那《都市新气象》栏目其实就是电视台承包给外头的一个创收平台，那上面的内容都是软广告，只要花钱都能上。这话传到牛笑天耳朵，牛笑天心里多少有了些底。

节目播出的第二天，牛笑天收到电视台送来的发票，金额五十万元，收费科目是"赞助费"。尽管已有心理准备，但对收费的名目和数额还是小有疑问，就忍不住在心里又骂了一阵。但事已至此，牛笑天知道这钱是非掏不可，也只有忍下不忿束手就范了。牛笑天倒不是太在意五十万元的支出，他只是觉得自己像猴子一样被人小涮了一把，以前听人说过"防火防盗防记者"的笑话，这回的亲身体验，让他明白那些段子真是对现状实打实的高度总结。

要说那金编辑和萧记者的前番作为，也无可厚非。金编辑算是体制内的人，接受了领导分派的任务，自然也想完成得出色一些，就与同行萧记者联上了手。萧记者是社会人，少不了会把经营意识引入工作机制，而萧记者有自己的联动体系，那电视台《都市新气象》栏目本就是一个内设的经营性机构，萧记者因为跟经营者的合作关系，也算是编外人员。针对牛笑天的一单收入，自然少不了萧记者的份额，当然那金编辑又会从萧记者那里收取点小意思。要说这样的流程，若发生在那些财大气粗又喜欢扯大旗作虎皮的土豪身上，往往是各方共赢，彼此快活。而牛笑天不好这一口，才有了心生闷气一节。倘若萧记者一帮人知道牛笑天属于那种怜惜小钱不识人捧的主儿，说不定还会后悔为牛笑天抬这一程轿子呢。在萧记者的心目中，能享受到他这种全方位服务的人算是幸运的，这也就是他在未征得牛笑天同意的情况下直接把电视台的工作人员带到牛笑天办公室的原因。但萧记者没有想到，这事后来还给他提供了大商机，而牛笑天自然又得大出一次血。

杨行长介绍的那家小额贷款公司到底是民营企业，工作效率甚是了得，从收到昊天公司递交的全部资料到委托财务人员和法务人员尽职调查，前后用时不过三天，就正式通知昊天公司同意放款。放款的额度初步确定为三千万元，放款时间一年，利息月息一分八厘。对这些条件，牛笑天基本满意，只是觉得三千万元的额度稍小了一些。小贷公司说按照银监会的监管政策，他们的单笔放款限额一般控制在二百万元以内，三千万元本就需要变通操作，不过考察了昊天公司的整体实力，可以考虑在后续往来中追加贷款。牛笑天觉得这样也好，逐步获得贷款，可以避免闲置资金躺在账户上白白地损失利息，就指示汪真真抓紧时间和小贷公司签订合同，越早拿到贷款越好。

贷款合同签订得很顺利，但在贷款担保问题上却卡了壳。按照小贷公司的要求，昊天公司作为借款人，昊天公司的股东必须以股权进行质押担保，这跟当初牛笑天向黄奇借钱时采用的模式差不多。现在公司的登记股东是牛笑天和汪真真二人，而汪真真的股份是为黄奇代持的，为了不惹麻烦，牛笑天就提出用自己名下股份单独作保的方案。但小贷公司予以否定。小贷公司给出的理由是贷款发放给公司，全体股东应当共同承担责任，所以每个股东应当同比例出质股权，否则可能出现放贷后个别股东对贷款拒绝承担责任，导致贷款清收出现障碍。小贷公司的要求显然是合理的，但对昊天公司汪真真代持股份这一特殊情况而言，就有些小麻烦了。

牛笑天心里明白，登记在汪真真名下的股份，实际是对黄奇和王永春那笔借款的担保，如果现在把汪真真名下的股份再作为小贷公司贷款的担保转让出去，于情于理都说不过去，但如果不满足小贷公司的要求，这笔贷款可能就黄了。左右为难之际，牛笑天找汪真真商量这件事。牛笑天问汪真真可不可以开诚布公地跟黄奇说，反正贷款也是要用到项目上，总归是为了保证大家的利益。汪真真沉默了半晌，还是坚决地摇了摇头。

汪真真说："董事长，我一直怀疑上回建行未能放款的事是黄奇在背后捣的鬼。也许我过分敏感，但是我敢肯定黄奇绝对不愿意看到咱们从其他地方借来资金。所以只要这件事跟黄奇通气，也就基本没戏了。"

一筹莫展的牛笑天皱着眉头，思索了半晌，还是想不出一个万全之策。

"我豁出去了。"汪真真说，"当初黄奇要把股份放到我名下，那可是他坚持要做的，我从来都不认为是他的代理人，我就是昊天公司的员工。为了昊天公司的利益，我也顾不上别的了。反正小贷公司又不知道我的股份是代持的，我就索性按小贷公司的要求背着黄奇把股份转到人家名下做质押担保，待黄奇知道的时候，生米已做成熟饭，谅他黄奇也咋不了。"

牛笑天沉默了。汪真真说出的话，其实跟他的想法不谋而合。这种做法是对黄奇的背约，但这一点还不是牛笑天最在意的，牛笑天最难堪的，是面对一场无法化解的矛盾时，让一个女下属担上了全部责任。汪真真不愧是既忠诚可靠又敢于担当的女人。牛笑天感叹之余，心里又是一番深深的感动。

两相不利取其轻，在失去贷款和失信黄奇的二难选择中，牛笑天还是决定选择后者。牛笑天对汪真真说："我们这样做的目的，还是要让项目良性推进，最终让包括黄奇在内的各方利益都得到保护。再说，如果项目运作得好，早早实现回报，尽快把小贷公司的贷款还上，那一切矛盾就都不会暴露了。"

汪真真咬了咬嘴唇苦笑着说："董事长，这事儿跟你无关。我既是做了就不怕黄奇找我说事，你只需计划着用好资金就行了。"

昊天公司有几十号员工，每月仅工资开销就要小几十万。尽管员工一个萝卜一个坑，但牛笑天心里明白，绝大多数的雇员都是做一天和尚撞一天钟，虽不能说和老板离心离德，但绝少有视公司为家的主人翁精神。汪真真一个女流之辈，却在关键时刻，甘愿冒着风险挺身而出，如何不让牛笑天在感动之余多了一丝愧疚。汪真真说话的时候，牛笑天把脸转到一边，他不愿意让汪真真看到他已经潮红的眼睛。这一刻，他真正领会了那句话："关键之时见真情。"

等到牛笑天和汪真真按说定的股份比例，把各自名下的股权过户到小贷公司指定的人员名下的第二天，小贷公司就如约将贷款划转到昊天公司账上。资金充裕了，牛笑天就觉得腰板硬了许多。权衡了好长一阵子，他还是把答应赞助的钱付给了马英俊。

心疼归心疼，但牛笑天还是安慰自己，这其实也是投资行为，只不过投资的方式不同，未见得回报会低。马英俊接到牛笑天的电话后显得有些意外，马英俊说这么长时间没见大哥言语，还以为大哥实在有难处，他还正愁着去别处想办法呢。牛笑天说难得兄弟理解当哥的，难是难了一些，但凡事得分个轻重缓急，兄弟的事在他当哥的这里就是头等大事，容不得马虎。马英俊少不了把他与牛笑天的深厚情谊又大肆渲染了一番。

第八章

　　汉京市民营经济十大领军人物评选活动在社会各界的参与下，历经行业推荐、网络投票、社会公示等环节，终于隆重揭晓。牛笑天果然成功胜出。获选的十名民营企业家中，有矿老板、商场老板、物流业老板，地产界中仅牛笑天一人。论起业绩和实力，汉京市林林总总搞地产开发的商人超过百人，牛笑天咋也算不上业界翘楚。有人说牛笑天之所以获选，正是得益于他一直以来的低调。那些赚得盆满钵满的地产大佬们，大多因为和政界人员尽人皆知的龌龊关系而声名狼藉，一旦参选，只怕给自己带来难堪。按这种说法，牛笑天应当属于捡漏。但不管怎么说，在社会大众的心目中，这是含金量不算低的光环。

　　由中共汉京市委、汉京市人民政府共同举办的"汉京市民营经济十大领军人物"颁奖仪式以少有的高规格在汉京宾馆举行。汉京市委、市政府、人大、政协四大班子一把手集体亮相，省市电视台、电台、报纸等各路媒体无一缺席，在镁光灯耀眼的闪烁中，牛笑天与其他九位男女肩披硕大的红花，出尽风头。市委乌书记代表市委市政府向每个获选人物授牌，轮到牛笑天时，他双手接过牌匾，忙不迭腾出一只手与乌书记握了一下。第一回如此近距离地与这位父母官照面，牛笑天分明看见那一张虽保养得不错的脸庞也透出倦气，他忽然就想起了当初通过黄奇利用乌书记的神力才拿下福利厂项目的事，一时竟百感交集、五味杂陈，喉咙里像堵上了什么东西，想对乌书记说一声谢谢，但喉结上下滚动了几下，却愣是没有发出声来。

授牌仪式结束，又是一轮铺天盖地的宣传活动。电视台搞了几期人物专访，牛笑天被特意安排了一期，向来不善宣讲的牛笑天在聚光灯下如受刑般按照事先的彩排内容当了一回演员。报纸上牛笑天的名字频频出现，就连矗立在市中心硕大的广告牌上，也不时滚动着牛笑天的巨幅头像。一时间牛笑天成了妇孺皆知的明星人物，牛笑天也第一次尝到了出名的烦恼，那些毫无意义的祝贺电话让他感到头疼。

这天牛笑天又接到一个电话。一看手机屏幕上显示的电话号码，牛笑天笑了，原来是老家张胜儿打来的电话。这张胜儿不是别人，正是恩人张老师的儿子。话说张老师也是个受尽命运捉弄的人。他当年高中毕业回乡务农，第二年碰上牛家庄小学一个女老师休产假，幸得公社的文教专干请他当了一个月代课老师，后来转为民办教师，再后来成了民办公助教师，说起来算是比同龄起早贪黑修理地球的人幸运得多。谁料想张老师儿子五岁时，妻子得了出血热，医生说是因为在野外拔草的时候被黑线鼠咬伤所致。在医院住了半个月，还是丢下了丈夫和儿子撒手西去。张老师拉扯着一个孩子，既要忙学校的事，又得经管自留地里的作物，就有些难怅。好在很快有人牵媒拉线，为张老师介绍了个离异的单身女人，一来二往结了婚。谁承想这后房为人不厚道，对前房的孩子胜儿百般虐待。张老师虽有所察觉，但也是为了多一事不如少一事，一直将就着，直到有一天张老师回家看到胜儿趴在地上起不来，询问究竟时，方才知道那恶女人竟然嫌弃胜儿淘气，常常把胜儿关在十几米深的红薯窖中，长时间的潮湿环境让胜儿

关节发软。盛怒之下，张老师将那女人拳打一顿赶出了家门。谁
知那女人的娘家哥有些背景，找人在县文教局告了张老师的黑状，
说张老师在学校误人子弟不说，还在家殴打老婆，实在是教育战
线上的败类。可怜张老师一个本本分分的教书匠，就这样被人敲
了饭碗。张老师回家务农，拉扯孩子，也算是一心专用，没料想
孩子胜儿却是三天两头浑身疼痛，苦不堪言，去县医院就诊后才
知道患上了严重的风湿性关节炎。张老师情知是那恶女人把孩子
关在地窖中留下的后遗症，虽悔不当初却也只能强咽苦果。胜儿
好一阵坏一阵，苦了当爹又当娘的张老师。一朝遭蛇咬，十年怕
井绳，张老师再也不敢张罗续弦的事。胜儿成年了，身体出奇地
差，张老师万般央人，好不容易才给胜儿找了个脑子不太灵光的
姑娘做媳妇。牛笑天发达后，偶有机会上门拜访自己的恩人张老
师，张家的悲情苦景让牛笑天潸然落泪，后来牛笑天就每月给张
老师寄去不菲的生活费。胜儿突然空降了个富翁哥哥，当然喜不
自胜，也就把笑天哥当成了自己的主心骨，时不常打个电话跟牛
笑天汇报一下父亲的情况。今天牛笑天接到胜儿的电话，按他这
几天的惯性思维，心说现如今真成了信息发达的社会，连胜儿都
知道他成了名人。

电话一接通，胜儿先是问笑天哥最近生意挣钱了没有。尽管
这种问话方式听着别扭，但牛笑天知道乡下人的问候就是这样直
白，就像是迟早见面先问吃饭了没有。牛笑天嘴里含混地应了几
声，问张老师身体咋样。胜儿说他打电话正是为了这件事，父亲
卧床已经有好长时间了，这几天嘴里老是念叨着笑天哥的名字。
胜儿问笑天哥最近能不能抽空回去一趟。

自从负担张老师的生活费用起，牛笑天每年都会到张老师家
去上一趟。因为老家已无牵无挂，张老师似乎成了牛笑天唯一的
亲人。每次探望，张老师都会拉着牛笑天的手问一些牛笑天明白
或不明白的问题，临别时又会叮咛一些让牛笑天既感温暖又时觉
可笑的话语，那情形俨然慈父与游子一般。牛笑天在这种氛围中

常常回味起和爷爷相处的时光。挂了胜儿的电话，牛笑天把近期的工作内容在心里梳理了一遍，盘算着刚好有些空余时间，不妨回去走一遭。张老师年岁大了，看一回少一回，可别因为工作忙，日后留下遗憾。忽然又想起侄儿牛小祥从台湾回来就一直忙活工作，应该把孩子带回老家去看看，一来让孩子认认祖宗当年栖息的地方，二来告慰一下爷爷的在天之灵。当下就把牛小祥唤过来说了自己的意思。那小祥一听要到老家去转悠，当然高兴得眉飞色舞，说他替爹和爷爷给太爷爷和太太爷爷上坟敬香，太爷爷和太太爷爷一定会高兴的。

牛笑天和牛小祥伯侄二人第二天驱车回老家，一路上爷儿俩唠着嗑。小祥驾着车，恨不得把车外的景色尽收眼底，一肚子的新奇，问这问那。牛笑天不由得把小祥和自己在国外上学的儿子又在心里比对一番。这小祥机灵，外向，快言快语，浑身洋溢着年轻人的活力。而儿子却恰恰相反，年轻轻的沉默寡言，老气横秋，跟人交流时那种费劲让牛笑天常常气不打一处来。牛笑天就在心里感叹，这一根藤上结出的瓜，咋就差别那么大。

侄儿牛小祥的优点，牛笑天都看在眼里，可这孩子过分的精明也让牛笑天有一丝隐隐的担心。他又想起了小祥这次促成杨行长协调贷款的过程。虽说小祥的行为对促成贷款起了决定性的作用，但他却总觉得小祥的处事风格有些不符合爷爷传承下来的精神。牛笑天此行还有一层意思，就是让小祥实地缅怀爷爷的修身治家风格，在修为上与人为善。一路上小祥的兴趣尽在各色农作物和农人的作务上，牛笑天趁机给小祥回忆着当年太爷爷的勤奋和善良。

行至张老师的村子张家湾，恰好是午饭时分。从村口一眼望去，街道上冷寂寂的缺少生气。在牛笑天的记忆里，往日村庄里这个时候，街道两边总是蹲着三五成群端着饭碗的乡亲，大家伙儿端着大同小异的饭食，相聚着在你吞我咽的呼噜声中一边打发着肚子，一边交流感情。而现在一波高过一波的打工潮已淘空了村子里的青壮男女，为数不多的留守老人，也仅仅维持着村子里的烟火。各家门前已没有牲畜的踪迹，低矮的猪圈和羊舍大部分都已坍塌，萋萋荒草苫住了原本应当光溜溜的地面，一群长尾灰雀在散落的柴垛间呼啦啦飞来飞去。所有这些迹象无不展示着无可奈何的没落。因为街道上胡乱堆放的砖瓦和草垛阻塞了道路，牛笑天就让小祥把车子停放在村口，伯侄二人步行进了村子。

接近张老师的家，牛笑天远远感觉出一些异样。一阵隐隐的啼哭声传来，几个进出大门的人显得匆匆忙忙。待加快脚步走近时，牛笑天分明看见有人正在给大门上糊白纸。

张老师谢世了。

张老师的遗体摆在院子中央几块木板临时支起的床上，脸上罩着一张麻纸，身上盖着一床脏兮兮的被子。牛笑天腿脚不听使唤地歪歪斜斜小跑到灵床跟前，情不自禁地揭开那张薄薄的盖脸麻纸。呈现在他面前的是一张既熟悉又陌生且带些恐怖的脸庞，原本刀子刻就的皱纹现在鼓胀着，额头上一大团黑色的晕圈有如涂上了墨汁，头发凌乱着像是刚刚被拼命地抓挠过。牛笑天双眼一阵模糊，双膝一软，"扑通"一声跪在了张老师的灵前。

胜儿说父亲身体不爽已经有个把月了。前几天送到乡上的卫生院去看了大夫，大夫让父亲到县上的医院再好好查一下。父亲死活犟着不去，就在乡卫生院开了些药回家歇着。谁知昨天晚上又难受，就打算今天再去趟卫生院。不承想他一早去看父亲时，人已没气了。牛笑天问胜儿张老师有病的时候为什么不打电话告诉他一声，胜儿说父亲不让他打扰笑天哥，昨天还是他背着父亲悄悄打的电话。牛笑天就在心里责怪自己工作上的事情一多，竟然小半年没顾上问候一下张老师。

有人走过来问牛笑天可是老张的干儿子。牛笑天迷迷瞪瞪地点了点头。那人说他是村长，让牛笑天到房子里跟他说事。

牛笑天发达后接济张老师的事情在张家湾妇孺皆知，牛笑天到张老师家里走动得多了，村人半是羡慕半是戏谑地说张老师强似收了一个干儿。因为胜儿体弱多病，张老师本就心有戚戚，村人们称牛笑天为自己的干儿子，当然也乐于接受。牛笑天和张老师的关系在村人们的聊天中固定下来。有一年春节，牛笑天上门拜年，有邻居打招呼说干儿子来了，牛笑天临走时索性双膝跪地，正式地管张老师喊了一声"干爸"。

村长年龄约莫有五十岁，黝黑的脸上写满了沧桑。村长说话慢条斯理，但言语间却钉是钉铆是铆，句句实锤。当着胜儿和牛笑天的面，村长说老张一辈子老实本分，勤俭持家，对张家不敢说功劳，苦劳可是村上人都能看得到的。难为他有病了竟然不能到大医院去瞧一瞧，就连闭眼的时候都没有一个亲人在跟前。村长把脚在地上跺了跺说："儿子不是白当的，人在做天在看！"村长说话的时候，胜儿低着头抹眼泪。牛笑天知道那些夹枪带棒的话大部分是冲着他这个干儿子来的，但他哪有分辩的份儿。其实他心里明白，自己这几年没少给张老师补贴，但绝大多数的补贴又让张老师转身补贴给了他在城里打工的孙儿，也就是胜儿的儿子。但不管怎么说，在张老师去世之前的这几个月，他没能尽些孝道，甚至连最后一面都没见上，实在是难以原谅。他泪眼冲着村长，频频地点着头。

村长说过去的事情就过去了，现在还是要想法子让老张走得体面一些。村长把困难摆了一大堆，他说现如今这村子都成了空心村，壮年劳力都进城打工去了，村子里就剩下一些老弱病残，他这个村长实际上是个维持会长，手底下能支使的人也就那么几个，况且多是些能喘气不能干活的人。老张家的事需要的人手多，在坟地打墓的人得七八个，屋里招呼客人得十好几个，还得着人去买棺材、衣服，只怕是到了抬棺出殡时想找几个小伙子做杠头都难怅。胜儿搓着手双眼迷茫地四处张望着。牛笑天恳切地跟村长说这事还得劳村长费心，毕竟他在外头多年，对村里的情况也不太熟悉，至于经济上的花费一概由他来承担。

一听牛笑天说到承担费用的事，村长似乎来了些精神头。村长说现在是商品社会，农村也跟上时代潮流了，只要肯掏钱，啥样的东西都能买来。县城里有个专业办丧事的班子，名字叫作白喜事理事会，内中有厨师、泥水匠、木匠、乐队、阴阳师，还有年轻漂亮的女服务员。花钱把他们请来，一切事情都搞定了。村长说老张若是走得风光，他这个村长脸上也会有面子的。

牛笑天没想到竟然有这样的机构，真的是柳暗花明，当下给村长表态说就请这个理事会来办，一切花销不在话下。

诸事安排妥当，牛笑天给自己头上扎起了长长的孝布。按着本地的规矩，这应当是丧属中最需要担责的人，通常由死者的儿子承担。牛笑天想着既已在张老师生前有过跪拜干爹的仪式，张老师身后他以儿子的身份为其送葬，也是顺理成章的事。既然他是为干爹送行，那同来的小祥自然就是张老师的孙儿了。小祥倒也入乡随俗，来来回回几遭下来，也俨然主人一般里外忙活了。

下午，一阵喧天锣鼓从村口传来，村子里不多的留守人员都齐刷刷地跑到村口瞧热闹。原来是村长联络的白喜事理事会如约而至。牛笑天也以主人的身份赶到村口迎接。让牛笑天意外的是，这理事会的阵仗着实了得，连见过世面的牛笑天也不禁吃了一惊。五辆汽车一字儿排开停在村口的路边，计有大卡车三辆、大轿车两辆，车上下来的男女统一着三种服装，组成三个方队，前为演职人员，中为工作人员，后为工程人员，阵容竟超过百人。那演职方队一律绿色军乐服着装，头戴大檐帽，帽檐上一个硕大的像是国徽、细看却又不是国徽的帽徽，礼服上均配置着金黄色的绶带。随着鼓乐的吹弹与敲击，百十号人踩着鼓点，如接受检阅般从村口向村子中央移动。张湾村也许是头一次迎来如此豪华的阵营，瞧稀罕的村民竟有不少人鼓起掌来。在这个极尽表演之能事的队伍行进中，奈何煞风景的是街道上随意堆放的柴垛和粪堆，而这些训练有素的人竟也能在灵活的队形变换中巧妙地避过障碍，甚或把穿越障碍的动作演绎成艺术操练。不用说，这是一支对类似地形适应能力极强的队伍。

当这支队伍到达张老师家门前时，有人飞快地在院子里外踏勘了一番，接着全部人员集合立正，由头儿模样的人物训示讲话，那架势宛若作战的士兵接受战前动员一般。头儿讲话一毕，不消一刻钟工夫，停在村口卡车上的各类工具器物被搬过来，瞬间那三种着装人员个个忙碌，很快张家门里门外变戏法似的装扮停当，一个七八米见方的小型舞台矗立在张家对门的当街上，大门头前撑起了灵棚，沿街一长溜摆上了十来个餐桌，七八口移动锅灶也安置停当。随着一声吆喝，那管乐、弦乐、打击乐一齐作响，加上刚刚架起的高音喇叭助威，响彻云霄的声音立时让这个沉寂的村庄沸腾起来。

牛笑天对这个团队的工作效率大为惊讶，他没有想到一个专事为别人送葬的草台班子竟然有如此高超的管理水准，他想起自己在昊天公司管理手段上没少费脑筋却收效甚微，不由得感叹高手在民间。

有理事会张罗一应事务，牛笑天和张家一帮主人仿佛成了看客。由于牛笑天众所周知的身份，大事小情少不了要向他做个请示报告的样子，牛笑天也就扮演起甩手掌柜的角色，只是不时被当作演员，按理事会要求在灵堂前做一些表演性的动作。

阴阳先生拿着罗盘在张家湾村公墓用地上折腾了一个时辰，方才给张老师定下了一块美穴地，又在穴位上念念有词地掐指算了好一阵，说下葬的时间应当放在五天之后的巳时。又掏出一张黄表纸，用随身带着的秃笔和墨盒写字，不承想那墨盒已干涸，阴阳先生往墨盒里吐了些口水，润了润笔，在黄裱纸上写了几行鬼符般的文字，嘱咐贴在张家设置的灵堂前，说这是丧事办理的进程表，时间上不能违拗了天意。

牛笑天问主事的村长为啥把丧事拖这么长时间。依着他的想法，快快地让张老师入土为安，也算是对逝者的敬意，他说汉京城里有人去世时，至迟也是第三天火化。村长诡诈地笑了笑，说这该感谢有个肯卖力的干儿子，若是没有钱撑持，估计阴阳师顶多让老汉的尸体摆上两个对时。牛笑天问尸体放久了会不会有异味。村长说这不用担心，现在都有冰棺了，既能保鲜，又方便亲友隔着玻璃看见遗容。牛笑天心里就有些明白，原来这丧葬在家乡也成了一项产业，既是有他这个看着有钱的老板做雇主，那不把经营活动做到最大限度似乎浪费了资源。牛笑天忽然觉得自己犹如被强行推上磨道的驴，鞍眼蒙上双眼，任由鞭子和吆喝声驱使着在碾子周围瞎转悠。

因为丧礼冗长的节奏，理事会又安排了几场演出，请了邻县小有名气的剧团演了三本挂衣戏。一时间张家湾村热闹得像逢乡会一般，四邻八乡的人都来瞧西洋景儿，尤其那挂衣戏似乎唤起了农家人久违的戏瘾，都说原来坐在炕头上天天看电视，到底还是没有坐在戏台子下看着、听着、品着过瘾。

中午时分，灵棚前来了一个衣着光鲜的放铳人，引起了众人的围观。原来这放铳的行当本属乞丐，只不过乞讨的方式独特一些，每遇有人家办理红白喜事，就拿上铳子到事主家门口，"嗵嗵"地放上一阵，再说上几句祝福的话，讨上三块两块的喜钱。遇上主家心情好时，还能被邀上桌吃一顿席口，只不过这几年农村光景好过了，放铳的行当也慢慢消亡了。所以当这个放铳的出现在张家门前，就更让人感到稀罕，尤其是那个放铳的穿着一身显然是刚上身的新衣服，更是吊起了大家的胃口。

几声冲天铳响，震得大伙耳朵发麻，响声过后，硝烟在放铳人头顶结成了一大团乌蓝的雾。放铳人清了清嗓子高声唱起来：

张家老汉活得长，
养了个干儿比人强。
生前为人把福享，
身后走得真风光。
为人要学这干儿样，
日后积德当宰相。

一通唱罢，又是"嗵嗵"朝天放了几声，放铳人就自顾坐在灵棚前的凳子上，从烟盒中掏出一根烟叼在嘴上，跷起了二郎腿，悠闲地抽起烟来。

这时有人喊着让主家快些出来打发添彩的。添彩是对乞丐的雅称，往好了说是行乞者给主家增了光，往坏了说是给主家添麻烦来了。但对于行乞人来说，添彩的称谓总比叫花子、乞丐听着要受用一些。而每每遇到红白喜事中的添彩人，那得主家亲自出面打发。胜儿听到喊叫声，忙赶到灵棚前，先是给那放铳的口袋里塞上了一包纸烟，又从一盒拆开的烟中抽出一支递到放铳人手中。那放铳人嘴里还噙着燃了半截的烟屁股，把胜儿递过来的那支烟夹到了耳朵上方，笑眯眯地盯着胜儿。胜儿从上衣口袋中掏出一张十元的票子递过去，却不承想放铳人脸上顿时露出不屑，摆了摆手，把架着的二郎腿就势抖了起来。胜儿大概是觉得这乞丐有些不知天高地厚，就把那一张票子硬塞进放铳人的口袋，两只手推着放铳人后背想让他腾开凳子。不想动作稍猛了一些，那放铳人竟然一屁股坐在地上，偏巧刚刚有人把一杯喝剩的茶水泼到地上，放铳人站起身时，原本簇新的裤子屁股后面就印上了一个盆大的泥印。面对着周围的一片哄笑声，放铳人不急不恼，从容地把铳子又装上火药，点着捻子又冲天响了几声，复又唱道：

> 大户人家实可笑，
> 啬皮小气没料到。
> 亲儿干儿乱号叫，
> 日子眼看就烂包。

这放铳人玩起了"脏口"的狠招。上了年岁的人兴许知道，"脏口"是乞丐行当里古老的恶行，即遇到不肯布施的主儿时，乞丐会以恶语咒骂的方式强行索要，更有甚者会就地取材用瓦片砖块之类的东西弄破自己的身体，再设法将流出的鲜血溅到乞讨对象身上，不讨到东西绝不罢休。张家湾村的人没想到横空来了这么一个难缠的添彩人，围观的兴致更高了。

村长及时赶到，分开人群，威严地站在放铳人面前，说这个添彩的好不晓事理，人家家里大大小小忙活着事务，不能在这里给人家找麻烦。放铳人说他是来给主家送福气的。村长说福气送到人就该走了。放铳人说他得要点跑路钱。一旁的胜儿气咻咻地说送了烟，还给了十块钱。放铳人说他给张家的干儿子送福，得见这个干儿子一面。村长说自己是这里的村长，这里由他说了算，添彩的人得离开。放铳人说他不是这个村子的人，村长管不了他。

屋里的牛笑天到底还是被惊动了。当他出门走到灵棚跟前的时候，那放铳的立马撇下村长，扬手朝着牛笑天大呼小叫，连声喊着"真神来了！真神来了"！不待牛笑天做声，放铳的绕着牛笑天躬身转了一圈，一双骨碌碌的眼睛把牛笑天前后左右浑身上下仔仔细细看了一遍，末了两个拇指竖起来冲着牛笑天的脸，足足静止了有半分钟，突然间"扑通"一声双膝跪地。闹得牛笑天丈二和尚摸不着头脑。

"你是我上辈子的老爷。"放铳人说。

牛笑天抓着放铳人的肩膀想让他站起来，放铳人却一把鼻涕一把泪地哭着说："我跟着老爷您鞍前马后地跑了一辈子腿，人都说转世能转运，老爷您转世了还是老爷，我转世了咋连给您牵马的事都干不上呢？昨天晚上我做了个梦，梦见老爷您让我到张家湾村来哩，这来了没想到就遇上您了。"说着话就把脸贴到牛笑天的胳膊上，鼻涕眼泪弄湿了牛笑天的衣袖。

牛笑天说："你不要胡扯八道，你想干啥你说。"说着话就想甩开抓着他袖子的放铳人。放铳人却不肯松手。

站在人堆中的牛小祥看到伯父被人拉扯着脱不开身，就走过去抓住放铳人的手想要扳开。那放铳人瞪了一眼小祥："我跟我家老爷亲热，哪里要你这个野崽娃子搅和。"说着又咳嗽了两声，就势吐出一口浓痰，不知是有意无意，那浓痰落在了牛小祥的裤脚上。年轻人火气旺，受了这般侮辱，哪里能控制住情绪，牛小祥一记飞脚出去，放铳人妥妥地被踢倒在地上。

牛笑天狠狠地瞪了侄儿一眼，赶快去扶那放铳人。那放铳人却是双目紧闭，任凭牛笑天推拉呼喊，丝毫没有反应。周围有人说添彩的太赖了，要饭要到这份上，真是开了眼了。牛笑天也是农村长大的人，对乞丐并不陌生，他只说改革开放都几十年了，叫花子都已经绝迹了，没想到今天竟还遇上这么个狠角，一时有些不知所措，就在人群中扫视了一圈，最后把目光定格在村长脸上。

其实村长一直就站在现场，估计也是贪着看热闹，一时忘了自己的身份，这会儿与牛笑天对视方才如梦初醒。他笑了笑，走过来一手搭在牛笑天肩上，一手搭在牛小祥肩上，边把他们推出人群边说：“权当是添彩的人给张家演戏助兴，这里的事情让我来办好了。”

牛笑天回到院子里，找个凳子坐下来，只觉得像吃了苍蝇样犯恶心。他没有想到自己一片好心想把张老师送得体面一些，却把丧礼搞成了冗长的闹剧。他敢肯定，张老师刚刚升天之灵若是有知，一定会不开心的。他又想着刚才牛小祥踢倒放铳人的那一脚，又在心里埋怨这孩子的鲁莽。

稍后，村长过来跟牛笑天说今天可真是遇到难缠的赖子了，要不是为了干儿子的好名声，真得把那货像拖死狗一样拖出村子了事。牛笑天问那人到底想干啥。村长说他狮子大张口，要三千块钱，他说他为了今天添彩专门买了新衣服，没想到上门挨了打，还得到医院去瞧病。村长叹了口气又抒发着感慨：“如今这社会把人都惯瞎了，也拿这些人没办法。添彩人知道你是城里来的有钱人，就敢冲着你上门敲诈。依着我年轻时的脾气，村上就应当有个民兵分队，把这种人一绑，捆到树上去晾他个一天一夜，让他尝尝讹人的滋味。”牛笑天无可奈何地摇摇头说：“就让他敲一回吧，给他三千元让他快些离开。"村长说："我都觉得不好意思，让你这个外乡人回来给张家争光，给村上争光，我这个村长却不能给你营造个好环境。怪只怪社会风气坏了。"

与添彩人一场小小的冲突，给丧事增加了一个插曲，给村民们提供了谈资，却让牛笑天的情绪坏透了。在屋里干坐了好长时间，牛笑天只觉得胸闷气短。为了透透气，他走出了大门外。恰遇舞台上正表演一组节目，一群露出肚脐的年轻女子搔首弄姿摇来摆去，而乐队奏出的音乐竟然是"今天是个好日子"。牛笑天一阵血气上涌，这哪里是在办丧事，分明是拿主家开涮，亵渎张老师在天之灵。他不由自主地张开嘴巴想大声喝止，但就在声音发出之前的一刹那，他分明看见村长正站在台下，眯缝着眼睛，笑嘻嘻地观赏着节目。牛笑天闭上了嘴，轻轻地摇了摇头，感觉一阵心痛。他忽然有些后悔，也许根本不该来到这个张家湾村，即使来了也不该表态承担丧事费用，那样或许能避免这么一场不伦不类的闹剧。

张老师的灵柩终于送进了村外的墓穴中，那被称作理事会的草台班子也在一场完美的经营结束后扬长而去。一场丧事，牛笑天支出了十五万元。牛笑天专门打电话让人从汉京市送来现金。虽然牛笑天觉得自己无意中成就了一场闹剧，但张家湾村的街坊邻居却是羡慕不已，上了年岁的人说张老汉前辈子烧了高香，这辈子捡了个好儿子，风光得没人能比。临别，村长握着牛笑天的手，说牛笑天把文明带到了张家湾村，给张家湾村树立了典范，希望牛笑天在张老汉身后不要忘了干儿身份，张家湾村会把牛笑天当成永久的村民，欢迎牛笑天常回家看看。把牛笑天听得哭笑不得。

办完张老师的丧事，嘱咐了胜儿几句多照顾自己，有事打电话之类，牛笑天就带着牛小祥回牛家祭祖了。

当年牛家庄庄基上的那个老屋早已没了踪影。牛笑天清楚地记得，昔日村子里的房屋千奇百怪，大房、厦房、草房、鞍房错落有致，自家的大房和独有的小门楼在村子里不同凡响。而今，这一户户几乎无差别的红砖瓦房已失去了应有的生气。牛笑天当年成为五保户固定在八婶娘家吃饭后，自家的院子就成了八婶娘家的鸡舍，后来连房子带院子一并壮大了八婶娘家里的财产。那年叔父回家给牛笑天留下一笔款，牛笑天翻新了房子。他离开牛家庄后，房子仍然交由八婶娘经管。他扎根汉京城后，八婶娘捎话征求过他的意思，说是想把那老院子改造一下，给儿子娶媳妇用。牛笑天慨然允诺。现在，这方院子里的主人已经顺理成章地成为八婶娘儿子的大儿子，亦即八婶娘的大孙子。牛笑天成了不折不扣的客人。

牛笑天敲开大门，一个年轻的女人迎上来，把牛笑天端详了半天，方才喊了一声牛叔回来了。牛笑天觉得女人有些脸生，努力地搜寻着脑子中的记忆。女人看出牛笑天疑惑，说她是三味的媳妇。牛笑天明白过来，三味正是八婶娘儿子的大儿子，看来自己还是稍稍上了些年纪，记性太差，前几次回来虽打过照面，却没有把人家记下来。三味的媳妇显得很乖巧，看见牛笑天身后的小祥，夸张地两手合掌，问："这是那个从欧洲回来的兄弟吗？"牛笑天说："这是三味的另一个兄弟，刚从台湾回来。"

牛笑天领着牛小祥在这方说是祖居其实已经算是遗迹的院子转悠。新建的房子淹没不了牛笑天深刻的记忆。他根据距离和方位判断着爷爷的住屋、父亲和母亲的住屋。他甚至能确切地认出母亲离开这个世界时在院子最后躺过的那块地方。多少年来，每次回到这方天地，他都会被伤感和悲痛淹没思绪，他有时恍惚能看见某个熟悉的角落闪过爷爷或母亲的身影，今天这种感觉尤甚。当着侄儿的面，牛笑天努力地控制着自己的情绪，不时给小祥指着某个地方，回忆几十年前的情形。小祥问自己的爷爷当年住在哪里。牛笑天说二叔早年离开家时他还没出生，只是在大陆和台湾关系缓和后，二叔回家省亲时，才和二叔头次见面，难为二叔当时也没能在家住上一天。牛笑天把手搭在牛小祥肩膀上，神色凝重地说："你爷爷是让我人生发生转折的贵人，如果没有他老人家，说不定我现在还留在这个村里种田务农哩。"

三味媳妇招呼牛笑天伯侄喝水。牛笑天接过搪瓷杯，又觉一阵亲切。这是牛笑天儿时再熟悉不过的那种大耳搪瓷杯，通身白色的搪瓷上缀着鲜红的牡丹花朵。因为频繁使用的缘故，杯沿的搪瓷稀稀拉拉地脱落了，露出了一圈不甚规则的黑色铁胎。当年爷爷去大田里干活的时候，裤腰带上常拴着这样的搪瓷杯，那是因为搪瓷杯经摔打。记忆中那只杯子一直用到外表裸露的铁胎超过了搪瓷面积。这会儿喝着水，铁锈味混合着水蒸气直冲鼻翼，让人一阵舒坦。牛笑天轻轻地嘬上一口，却是腻甜。显然是三味媳妇为了表示诚意，放了过量的糖。牛笑天有糖尿病，不能喝糖水，就手把杯子放在院子的窗沿上。那小祥如何能喝得下这样的水？一看伯父放下茶杯，也把手中的杯子放在窗沿上。

牛笑天跟三味媳妇说想去祖坟上走一遭。三味媳妇快步走出院子，一会儿带进来一个十几岁的小孩，说是邻居家的狗蛋。狗蛋显然是乐意当向导，如接受光荣使命一般兴高采烈。牛笑天之所以需要人领着去坟地，是因为当年那片公墓现在已经不再接纳新的逝者，土地的承包让公用墓地已无扩张的条件，原有的墓地已被耕地和果园密密实实地包围起来。没有人领路，外边的人想找到那片墓地，还真不是一件容易的事。

方圆占地三四亩的老坟地已是破败不堪，各类灌木和蒿草之类混杂在一起，足有一人高。几只野兔受到惊吓，从草丛中蹦出来，飞快地朝远方窜去。机灵的狗蛋用随身带着的镰刀为牛笑天叔侄二人砍开一条通道，狗蛋似乎因为通道的难走给两个客人带来麻烦而有些歉意，边忙活着边解释说这里是老坟，因为新坟都在各自的田里，来的人越来越少，坟地就荒了。三个人折腾了一阵子，在一片密密实实的坟头中，好不容易找到了牛笑天爷爷的墓碑。墓碑是牛笑天十来年前竖起来的，那时候牛笑天已经有了些财富，为了祭奠方便，专门请人为爷爷、爹爹、母亲坟头前立了碑，也在这片公墓上开了先河。而今，墓碑已经埋没在荒草中，但也成了找寻坟冢的唯一标志。

牛笑天从狗蛋手中要过镰刀，费劲地割开藤条和杂草，劈出了大约一米见方的空地，摆上随身带来的香蜡、纸钱、贡果，领着小祥双腿跪地。他一边焚化着纸钱，一边告诉爷爷他带着从来没有回过故乡的侄子来看望爷爷了，他念叨说牛家现在虽然不敢说枝繁叶茂，但起码还算兴旺，他希望爷爷多多庇护后人，保佑自己，保佑台湾的弟弟，保佑国外的儿子，保佑回到家乡的侄儿。那小祥接过伯父的话头，像朗诵诗文一般说："太爷爷，我的亲人，我虽然没见过您，但您的模样在我的梦中无数次出现，我要缅怀您的精神，做您的好后人，为您的在天之灵增光，祝您在另一个世界活得开心幸福。"一阵风吹来，竟在刚刚劈出来的小场地上形成一股小旋风，旋风将燃过的纸灰卷上牛笑天的头顶。牛笑天抬起头，感觉那纸灰像是百十只飞舞的黑色蝴蝶。他忽然就想起小时候爷爷抱着他给他说蝴蝶是阳间和阴间的信差，专门经管把阳间人发生的事情告诉死了的亲人。他仿佛看见爷爷那张熟悉的脸，正在空中亲切地望着他。

忽然几声恐怖的叫声惊得牛笑天猛一回头，却看见那狗蛋倒卧在草丛中。他急忙站起来去扶狗蛋，狗蛋的脸色已是煞白，脸上出现了几道血印子，显然是被带刺的荆条划伤的。牛笑天问狗蛋咋回事，狗蛋说他看见了旋风鬼。牛笑天明白了，按老家人的习惯说法，坟头前刮起的旋风是厉鬼要祸害人了，看见了就得躲开，否则碰上就遭殃。小时候常听大人吓唬小孩说"旋风鬼来了"，没想到几十年过去了，这个传说还有这么顽强的生命力。他扶着狗蛋的头，把狗蛋安慰了一番，又掏出纸巾替狗蛋揩去脸上的血迹。

狗蛋显然是受了惊吓，再没了方才来时的那般活力。牛笑天让小祥扶着狗蛋出了坟地，老远地坐在地埂上等他。他独自又在母亲和父亲的坟上祭奠一番，把心里的话跟父母唠叨了一阵。

回到三味家的院子，却看见背已弯得像一张弓似的八婶娘佝偻着坐在院子的马扎凳子上。牛笑天快步赶到八婶娘跟前，抓住八婶娘的手。八婶娘颤颤巍巍地想要站起来，牛笑天急忙扶着她的肩膀又让她坐下。八婶娘大约有八十岁了，看着精神风采也还说得过去。牛笑天说他刚上完坟，正打算去看她老人家哩。八婶娘说她只道是牛笑天忙得到了牛家庄连去看她一眼的时间都没有，所以听孙媳妇一说，自己就急忙赶过来。牛笑天说八婶娘多心了，再怎么着也不会把看望八婶娘的事落下。

说话间大门外进来一个女人，风风火火地跟三味媳妇说话。牛笑天细听，知道那女人是狗蛋的娘，话里话外的意思是抱怨狗蛋受了伤。牛笑天就走过去跟狗蛋娘解释。狗蛋娘脸上虽是挤出了笑，话语中仍是夹枪带棒地说小孩子不懂事，难为大人也不晓得深浅吗。牛笑天从口袋中掏出二百元递给狗蛋娘，说让带着孩子去上点药。狗蛋娘嘴上说哪里能要钱呢，手却伸过去接了那两张钞票。

牛笑天又和八婶娘拉话。八婶娘问牛笑天城里的日子过得舒坦不，说她听别人讲现如今城里人吃的肉都是死猪肉，连呼吸的空气都有毒。牛笑天心说这八婶娘都已进入耄耋之年，年轻时那种见不得别人好的性格愣是改不了，就随口附和说还是这乡村好，空气清新，吃食放心。八婶娘就抱怨三味这些年轻人放着家乡好好的日子不过，偏要到城里去打工，让人不放心。牛笑天说时代变了，年轻人出去开开眼界，兴许能干出大事情。八婶娘说三味没本事，也没吃过苦，出去还不是瞎胡闹，不像笑天一辈子踏踏实实。

跟八婶娘聊了半晌，牛笑天要告辞返城，八婶娘却死活要让牛笑天伯侄二人住上一宿。八婶娘说这牛家庄就是牛笑天的老家，她家就是牛笑天的老屋，笑天可千万不敢把自己当成客人，哪有一年半载回家一趟连一宿都不住的道理。牛笑天说小祥从小在外头长大，怕娃住着不习惯。八婶娘说这叫哪里的话，娃是咱牛家庄这棵大树上结的果子，不把牛家的屋子住一住，果子的色不红味不正。说着话还把手朝着牛小祥招了招，问牛小祥奶奶说得可是道理。牛小祥看了伯父一眼，笑着没有说话。

毕竟在八婶娘的锅里吃过几年饭，八婶娘也算是对牛笑天有过养育之恩，既是八婶娘诚心相留，牛笑天就决定在庄子上留宿一夜。

三味媳妇给牛笑天伯侄备了丰盛的晚餐，小圆桌摆上了几盘炒菜，还烧了一只鸡。牛笑天跟八婶娘说自家人太客气了。三味媳妇说叔才是见外哩，日常难得回来一回，做小辈的理当尽尽孝心。话音未落，却见大门外走进一个汉子来，大着嗓门儿喊："可是笑天回来了？"

牛笑天站起身来，仔细端详，才认清来人是庚利。庚利也姓牛，跟牛笑天是出了五服的同辈兄弟，比牛笑天小三岁，也算是儿时的玩伴。庄稼汉的生活让庚利显得很壮实，面孔黝黑却很精神。庚利把牛笑天的双手抓住使劲地摇了一阵，又在牛笑天的肩膀上捶了一拳。牛笑天问咋着把庚利惊动了。庚利说："你那辆车一进村，把人眼耀的，我能不知道？"三味媳妇说："庚利叔，平常也没见你到我家来访贫问苦，今儿个我笑天叔回来，你这个大村长做样子给人看哩。"庚利说："真个不是一家人，不进一家门。这媳妇就是刀子嘴，敢情跟八婶娘有一拼。"牛笑天听三味媳妇把庚利叫大村长，就问庚利现在当了官了。庚利呵呵地笑着说前一阵子村里换届选举，乡亲们把他推到头前，也是赶鸭子上架难为人哩。

一看饭桌上摆停当的饭菜，庚利说赶早了不如赶巧了，他就在这里陪笑天伯侄吃一顿饭。八婶娘说刚好兄弟两个好好拉话，也别让她坐在桌子上牙口不好白眼馋。庚利说既是陪笑天，没酒不正式，他去拿瓶酒来。说着话就出门去拿酒，也不顾牛笑天阻拦。

庚利拿酒回来，身后又跟着两个人。不待庚利介绍，牛笑天就都认出来是本庄跟自己小时候玩过的人。庚利说他刚才特意叫了这两个人，一是喝酒人少不热闹，二是这两个人都是村委会的委员，今天一起吃饭也算是代表牛家庄父老乡亲对牛笑天的接风欢迎。牛笑天笑着说庚利搞得有些不伦不类。庚利朝老远的三味媳妇喊着让再加几个菜，说今天这顿饭由村委会掏钱，随后让村会计把补助送过来。

这一顿酒喝得倒也酣畅。牛笑天和庚利一帮人举着杯子，聊着过去的困顿，提起某个已经过世的人当年揪着庚利的耳朵为偷刨生产队的红苕自打耳光的情景，庚利就牙齿咬到一起，末了又哈哈大笑起来。牛小祥跟长辈们在一起，就知趣地扮演了看酒的角色。

酒喝得高了，庚利就开始诉起苦来。他说自己当时也是心血来潮，没扛得住大伙的怂恿当了这劳什子的村长，干了一阵子才知道这村长实在不是人干的。过去村上是一个大家庭，村上的大队长是家长，管着大家，现在村民各干各的事，这村长就是个跑腿的，上头只提工作目标，出人出钱的事得靠村长求爷爷告奶奶在村民中化缘，这两头受气的事提起来就窝火。庚利抱怨了一阵又叹气说："不过咱是牛家庄的人，为牛家庄劳点神也是应该的，我就当为后代积福行善，谁叫咱都姓牛哩。"

庚利又谈他的抱负，说要在自己的任上干几件大事：一是要把村子破败不堪的街道收拾一下，把那几条坑坑洼洼的路面实现硬化，力争让牛家庄的人雨天不再非胶鞋出不了门；二是把小学翻盖一新，不能任由外乡人嘲弄牛家庄最差的是教育，最苦的是孩子；三是要建设一个牛家庄村民活动广场，内设一个小型舞台、一个老年活动中心、一个健身广场，让牛家庄人的文化生活提升到应有的高度。庚利说到激动处，站起来拍着胸脯说："要不了三年时间，我庚利会让牛家庄成为方圆几十里的明星村，真正实现社会主义新农村的宏伟目标！"

牛笑天为庚利的激情拍起了巴掌，笑着问庚利在当选村长时有没有发表竞选演说。他说听着庚利的这一番豪言壮语，他一定也会把票投给庚利的。一旁的一个村委接过话头，说庚利哥当时说的还不止这些哩，他还说要给村上通公交车，把牛家庄和县城连成一体，在村上搞一个农副产品交易集散地，把外地的客商都吸引过来，让牛家庄和周边村子的果子和蔬菜不再积压烂掉。牛笑天频频点着头，说这可都是好主意啊。

庚利看着牛笑天，慢慢地脸上却露出苦楚。牛笑天听得正在兴头，就让庚利谈一谈具体的实施方案。庚利却摆摆手说："笑天哥，不怕你笑话，村长当了一年，才知道啥叫想入非非。现如今干事，抬脚动步都要钱。我上任的时候，村里早成了烂摊子。集体提留用光了不说，前任干部留下大量的夹手款，还问我讨要。修路、建校、选广场，钱得花海了。我试着号召村民集资，风声刚放出，就招来一片骂声。有人说我一上台就起了歪心思，想在村民身上揩油。可我总不能自己掏腰包去干公家的事吧？再说就是把我一家人骨头榨干，只怕是连一件事儿也干不成。"牛笑天问"夹手款"是咋回事。庚利说"夹手款"每个村子都有，就是乡上各类摊派收缴的时候，因为村民的款实在收不上来，为了赶时间完成任务，村干部自己掏腰包或以自己名义借钱先给村里垫上，这些钱一直没有着落，村干部没法收回的垫款就叫"夹手款"。牛笑天听后一阵唏嘘。

庚利突然站起身离开座位，当着那两个村委和八婶娘的面冲着牛笑天双膝跪地，慌得牛笑天连手中的筷子都掉到地上，一边急忙伸手去抓庚利的胳膊，想把他拉起来，一边忙不迭地说庚利这是干啥哩，这是干啥哩。这时候已离开桌子的牛小祥也走了回来，双手去扶庚利的另一只胳膊。庚利使劲地甩开了牛笑天和牛小祥的手，又用手掌在自己脸上使劲地抹了一把，一字一顿地说道："笑天哥，人都说男人膝下有烈火，上跪天，下跪地，中间只能跪父母。可是我庚利今天给你跪了，牛家庄是个穷庄子，要改变面貌太难了，我上任时在村民面前吹了大话，现如今兑现不了，也是给咱牛家的列祖列宗丢人哩。我跪天跪地跪父母都没用，我就给你跪下，我这是代表牛家庄几百口子人给你下跪哩。笑天哥你见过世面，家大业大，你得给咱支持。"

牛笑天有些生气，把脸别到一边说："庚利你这是胡闹哩。有啥想法你好好说，何必要搞这一出。今天这饭难不成是要吃成鸿门宴？你往这里一跪，明日全村都传遍了，我牛笑天里外不是人。我支持了你，别人说我受了你的跪；我不支持你，别人说我无情无义。"又把脸转回来盯着庚利说："干脆我给你也跪下，咱俩扯平。"说着话腿就打了弯。庚利一看这架势，方才站了起来。

庚利重新落座，说话的气氛就有些尴尬起来。其实牛笑天在庚利说出他的施政抱负时，就已经在心里琢磨着村上干这些事情的财政支出问题，也多少能悟出庚利给他大谈特谈这些事情的真实目的。想着与其把大把的钱花在那些冤枉的活动上，他倒更乐意拿出些钱来为家乡的建设作些贡献。不过让庚利这么一闹，他心里就有些不爽，这不就成了赤裸裸的敲诈么？况且也会让他的一腔赤诚在乡亲们眼里成了小人得志。牛笑天觉得一阵窝火。

庚利看出了牛笑天的心思，就又给自己找台阶下。他说大半年过去了自己没弄成一件正经事，心里就有些急火，一看见笑天哥，知己得不行，也就不顾脸面了，谁叫他给笑天哥当兄弟哩。两个村委也一唱一和地替庚利打圆场，说庚利当了村长后，把原来的棱角都磨平了，把自己看得不值钱了，真让人心疼。

窝火归窝火，牛笑天还是觉得要理智地面对这件事。他想了想对庚利和两个村委说："再咋说我也算是牛家庄的人，论本分应该为村上的事业搭把手，论情分应该给咱庚利争面子。庚利话都说到这份上了，我要不表示一下也枉姓牛了。"话音未落，庚利又站了起来，双手抓住牛笑天的左手使劲地摇着说："我就知道咱笑天哥是菩萨的心肠，不会忘了咱牛家庄。"

牛笑天问庚利办成这些事儿大概得花多少钱。庚利扳着指头算了一阵，说紧打紧得要小两百万元。牛笑天顿了一下说："庚利你要是真心想为牛家庄办实事，你就得费些周折，总不能等着别人把事包办了，你这个村长吃现成。你既是说需要两百万元，我就给你支持上一半，剩下的一百万元你自己想办法，也好显你些能耐，再说还得给别人留些贡献的机会。"庚利嘴唇一阵哆嗦："好笑天哥呀，有你这一百万元垫底，庄就坐住了。剩下的钱我带头掏腰包，全村老少爷们总不会袖手旁观吧。"

牛笑天想起自己一方面为了融资到处求爷爷告奶奶，另一方面却又不得不应付这些开销，心里觉得一阵阵悲凉。他端起酒杯对庚利和那两个村委说："我牛笑天从牛家庄出去，也算是尝遍了人间的酸甜苦辣，挣钱确实是一件辛苦的事情。但我愿意把钱花在牛家庄，因为牛家庄是生我养我的地方。其实你们几个村上的领导不也是为了报效村子和村民才费心劳神么？我倒是要谢谢你们，就盼着你们早日让牛家庄焕然一新。"说完一仰脖子把一杯酒灌到肚子里。庚利和两个村委也急忙站起来陪着喝了一杯。

八婶娘突然"哟呵"了一声，说她孙子回来了。牛笑天一帮人转身朝大门口看去，只见一个年轻人风风火火地走进来。庚利说原来是三味回来了。八婶娘抖抖索索地迎上去抓住三味的手，与三味一同走到牛笑天跟前，说娃今天听他媳妇打电话说他笑天叔回来，高兴得不得了，就叮咛媳妇好好招呼，又急急忙忙赶回来见他笑天叔。牛笑天站起来跟三味握了一下手说："这三味到底长大了，连胡茬子都看着密实了。"三味挠着头，有些羞怯地说道："我在汉京城里给人干活，一天到晚忙得顾不上收拾，让笑天叔笑话了。"牛笑天问三味进了汉京城打工咋不跟他联系一下。三味说他不知道笑天叔的公司在哪里，再说也怕打扰笑天叔。八婶娘说："这三味就是嫩，你笑天叔是咱亲亲的亲人，你在汉京城不去投奔他，你笑天叔心里会难受的。"

庚利和那两个村委起身告辞。庚利说："笑天哥劳累忙活了一天，也该早早歇下。三味回来了，把房子好好拾掇一下，让你笑天叔晚上睡得舒服些，赶明儿我再过来给我笑天哥送行。"

牛笑天说："村里的事务忙，你就别管我了，回头我安排人把钱准备好给你送回来。"

庚利说："我到时候召开全村社员大会，把在外头打工的人都通知回来，搞一个隆重的捐赠仪式，把乡长也叫来做个见证。回头再给村口立上一块碑，让庄子里的人世世代代把笑天哥的名字记着。"

牛笑天说："庚利你啥时候也学会这些虚头巴脑的事情了？为庄子做些贡献是咱的义务，你可千万别搞那些形式，要不然真的变味了。"

庚利一走，八婶娘絮絮叨叨地数落起庚利的不是来，说庚利当了个村长，没干几件像样的事情，倒是架子越来越大，可谁能想到他竟然会给笑天下跪哩，真是让人瞧不起，莫非这人一当上官，就不要脸面了。牛笑天说庚利也是为了庄子里乡亲们的日子能过得好一些。八婶娘又自责说自己好心留笑天在家里住一宿，却不想让这庚利得了便宜。牛笑天没有接话。

八婶娘又抓着三味的手说："你去城里不找你笑天叔，难为你笑天叔大老远回到咱庄上。要不是你笑天叔肯听我的话待一个晚上，你哪里能见上他的面哩。"牛笑天当下心里明白，原来八婶娘对自己苦苦相留，用意全在自己孙子三味身上。

牛笑天问三味在城里干啥事。三味说他早先在基建工地上做小工、瓦工、钢筋工、电工都干过，老是结不了工钱，后来就和春亮绑锅自己揽些活路。没想到当了小包工头更麻烦，甲方结不了款，底下的工人工资不能欠，两头受屈。牛笑天问春亮是谁，一旁收拾餐桌上杯盘的三味媳妇抢着说春亮是狗蛋的爹。三味说春亮跟他一般大，算是从小一起耍大的发小，两个人一同高中毕业，高考都没考上，也不想在那些民办大学瞎钱瞎时间，就一起出门闯世界。时间长了，还能合得来，就绑锅一起干了。

八婶娘说："三味这娃自小老实，让他在大城市里溜达，我只怕他啥时候出个闪失。笑天你已经是城里人了，你若能把三味侄儿提携提携，就是给我行孝哩。"

牛笑天说："我是从这个屋子里出去的，三味也是这个屋子的人，我若能帮得了三味侄子，当然会尽心尽力的。"

三味说："笑天叔在城里搞房地产开发，少不了有好多施工项目，随便分出一点活路，就够我的营生了。"

牛笑天说："我们公司的工程都是总包给人家的，你要想分包小项目，得跟人家总包商说。"

三味说："笑天叔把整个工程给了总包单位，不怕总包单位不听您的话。"

一番对话，牛笑天才发现三味果然已经在施工行当里混熟了。三味说的是实情，如果他给施工单位发个话，让三味分包一个小项目是不难的。只不过如此一来，又会让他搭上施工单位的人情。关键的问题是这个三味的能力和人品他并不了解，敢招惹吗？

牛笑天让三味和小祥两个人相互留下电话号码，嘱咐小祥回头牵个线，找机会让三味寻些活干。牛笑天又以长者的口吻开导三味，说在商场上还是要靠诚信和实力做强自己。八婶娘千恩万谢，又不忘叮嘱孙子："今日攀上你笑天叔，以后可千万得卖力些。你笑天叔虽是有情有义，也还得你乖乖地表现。凡事得给你笑天叔挣面子。"听得牛笑天心里不是味道。

入夜，牛笑天和牛小祥在三味媳妇布置的房子里就寝。看得出三味媳妇是极用心的，房子里的陈设虽简单，但一张席梦思大床上干净的铺被让人看着还算舒心。小祥年轻瞌睡多，头碰上枕头就进入了梦乡。牛笑天看着那张充满活力的脸，又想起了久未归家的儿子，也不知道只身在异乡的他会不会孤单。自家的孩子远在异国，身边却又凭空掉下来一个侄儿，这世间的事情真的是光怪陆离。想着想着，又觉得熟睡的小祥就像儿时的自己，那个时候多少次从睡梦中被尿憋醒的时候，爷爷还背靠墙壁半躺着，嘴里吧嗒着旱烟锅子。想起爷爷，心里又是一阵伤感，爷爷早已去了天国，可叹留下的院落却已换了主人，现如今除了脚下的土地外，别的一切都不复存在了。牛笑天突然觉得自己对不起爷爷、爹爹、母亲，连基本的家业都守不住，实在不能算作守孝道的后辈。

无法入睡，牛笑天索性穿上衣服走出房间，抬头看看天上，竟是满天的星星。多年来，或是因为空气污染太重，或是因为城市整夜不息的灯火，天上的繁星已成为遥远的记忆。今晚，这一熟悉的场景又出现在眼前，让牛笑天心里一阵激动。星光下，他寻了一个小马扎凳子，静静地坐下来，任由这方天地融化着自己。他想起爷爷告诉他天上的一颗星星就是地上的一个人，那忽明忽暗眨眼的星星就是死去的人跟活着的亲人打招呼。此时此刻，他倒真的有些相信爷爷的话，说不定爷爷的魂灵就在不远处的空中，默默地注视着他这个不肖之孙。

一声刺耳的婴儿哭啼声从房顶传过来，牛笑天吓了一跳，原来是一只叫春的母猫。不大会儿，又听见一阵窸窸窣窣的响动，一块瓦片竟然咕噜噜地从房上滚下来。牛笑天知道，那是闻声的公猫应约了。他想站起来吆喝一声吓走那两只扫兴的畜生。农村人有一种说法，看见闹春的猫不吉利，尤其是两只猫上房做事，会给主人家带来灾祸的。"春猫上房、万事不祥"是牛笑天小时候虽不甚懂却经常挂在嘴边的儿歌。牛笑天正想张嘴，突然又犹豫了，他知道在这静寂的时刻，他的喊声必然惊动三味夫妻和小祥，如果他们问起，他该怎么解释？兴许三味这一代人早已不晓得那迂腐的传说，何必让自己尴尬呢。

牛家庄是牛笑天的故乡，这里承载了他太多太多的记忆。爷爷逗弄他时喷出的烟雾是那样亲切，妈妈烧出的饭食是那样香甜，吃派饭时面对的白眼是那样令人难堪。那些情景既遥远，又恍如昨天。现在这一切都烟消云散，而他已经是一个纯粹的过客了。可悲的是，这个过客又似乎成了一只猎物，进入了布满陷阱的猎场。三味夫妻、八婶娘、庚利，无一不是冲着利益与自己周旋，甚至连那个可爱的狗蛋都可能被当作猎捕他的工具。这一片原本愚钝古朴的土地，为什么演化为一点也不输大都市的名利场？到底是这个社会进步太快，还是他牛笑天戴着有色眼镜看故乡？一阵伤感涌上牛笑天的心头。

因为晚上睡得迟，第二天醒来时，太阳已透过窗户照在床上。窗外响起一阵麻雀叽叽喳喳的叫声，显示出农家院子特有的生气。小祥已不知去向。牛笑天穿上衣服走出院子，看见小祥手里抓着一把不知从哪里弄来的米粒喂麻雀玩。他一边撒出米粒引来麻雀，一边趁机用短棍甩出去击打麻雀。牛笑天看着心里就有些不爽。三味媳妇看见牛笑天，赶忙把洗脸水端过来招呼牛笑天洗脸，又指着墙角一堆东西说那是村长庚利送过来的土特产，让笑天叔走的时候带上。牛笑天问庚利几时来过，三味媳妇说他一大早过来时看见笑天叔还没醒，就放下东西先走了，说待一会儿再过来给笑天叔送行。牛笑天听着又觉得心里犯腻，一刻也不想再待下去。

三味媳妇已备好了早餐，三味殷勤地招呼牛笑天伯侄吃饭。牛笑天一点胃口也没有，胡乱地吃了几口就放下筷子，说还有急事要尽快返回汉京城。三味说待会儿村长还要过来送行，奶奶还有话要跟笑天叔说哩。牛笑天从包里掏出一个信封递给三味，让三味交给奶奶，说这回走得急，没给八婶娘买礼物，让八婶娘自己买些好吃的。三味推辞，牛笑天说这是他的一份孝心，容不得三味拒绝。三味操心着一会儿庚利还要来。牛笑天说告诉庚利把该干的事儿干好就行了。言毕，招呼着小祥把车子开到门口。待三味把庚利送来的东西搬到车上，牛笑天朝三味夫妻挥了挥手，逃也似的钻进车子，一溜烟离开了牛家庄。

第九章

    没等车进汉京城，牛笑天就接到汪真真电话。汪真真问他什么时候回城。牛笑天说正在回程的路上，看了看表说大约还得几个小时。汪真真说那她就在公司办公室等着。牛笑天问有什么事情。汪真真说有人找麻烦了。牛笑天不由得一个激灵，欲问究竟时，汪真真似乎又显轻松地说董事长回来就知道了，有小人做祟。牛笑天就觉得一阵心烦意乱。

    火急火燎地赶到公司，已是掌灯时分。牛笑天看见汪真真正在电脑前聚精会神地搜着什么。看见牛笑天，汪真真气愤地说："董事长，咱们被小人盯上了！"牛笑天一脸疑惑。汪真真把笔记本电脑屏幕转向牛笑天。

    电脑屏幕上是一篇文章，题目是《起底"领军人物"牛笑天的两面人生》。牛笑天只觉得一阵眩晕，强打精神把那篇文章浏览了一遍。文章大意是说最近获得汉京市民营经济十大领军人物称号的牛笑天是个巧取豪夺、沽名钓誉之徒，该人在干小包工头时靠着投机钻营、掺杂使假完成了原始积累，进入房地产开发行业以后又变本加厉，用血腥的手段进行经营扩张。文中还重点叙述了牛笑天在取得福利厂项目土地过程中，置上百号残疾人及其家属于不顾，靠欺骗、恐吓等手段，强占他人家园，竟致投告无门的老党员职工含恨自尽。文章洋洋洒洒近三千字。读罢，牛笑天浑身直冒冷汗。

牛笑天日常不太使用电脑，对网络知识知之甚少。他问汪真真这到底是怎么回事。汪真真说她今天接到一个闺蜜打来的电话，说有人在网上发帖给牛董事长抹黑，就急忙打开电脑找了一遍，果然发现了这篇王八蛋文章。牛笑天问汪真真文章是谁写的，怎么能出现在网络上。汪真真说网络上的东西大多匿名，只要稍微懂点互联网知识，都可以上传自己写的东西。牛笑天说那天下不就乱套了，人人都可以把胡说八道的话讲给他人。汪真真说这是科技进步带来的副作用。牛笑天问面对这种情况该怎么办。汪真真说公安局有网络警察，可以向那里举报，追查发帖的人。最好先把这个帖子删掉，不能再任由这个东西继续挂在网上。牛笑天有气无力地坐着，心里翻江倒海。

牛笑天让汪真真把那篇文章打印出来，又细细地看了一遍。他的思绪又纠结在有关福利厂的信息上。文章说投告无门的老党员职工含恨自尽，这到底是怎么回事？尽管这篇文章对他极尽诋毁之能事，但涉及有人自杀身亡的情节总不至于凭空捏造吧？他又想起那一次黄奇出面摆平福利厂职工上访风波的事，联想到公安局警察出面的蹊跷细节，难道真的发生了不可告人之事，以致逼死人命？牛笑天一阵心悸。

再仔细琢磨文章中对他几十年人生经历的扭曲，牛笑天觉得除了作者用心险恶外，熟悉他的经历是作者完成这篇文章必不可少的条件。盘点自己周围的熟人，似乎还没有人能全面了解自己半辈子的打拼史，会是谁向自己射出这支黑箭呢？忽然，牛笑天想起了一个人。这个人不是别人，正是一手把自己吹捧包装成领军人物的萧记者，只有萧记者在多次采访他后对他了如指掌。难道这件事情与萧记者有关？牛笑天又觉得不寒而栗。

　　说来也怪，就在牛笑天把萧记者和这件事情的关系在心中苦苦梳理之际，手机响了，牛笑天一看正是萧记者打来的。心里"咯噔"了一下，心想着或许真是念叨鬼鬼就来了。他深深地吸了几口气，镇定了一下，按下了通话键，手机中立时传来那略带点南方口音的公鸭嗓。牛笑天不卑不亢地与萧记者寒暄几句之后，萧记者问牛笑天可曾在网上看过一篇文章。牛笑天说他寻常不上网，也不会上网。萧记者说牛总真是落伍，都啥年代了，还不懂得上网，简直就是新时代的文盲。牛笑天说有机会就去扫盲。萧记者说牛总今天就得尝尝文盲的滋味，有人在网上写文章骂牛总哩。

　　牛笑天故作吃惊，说自己不偷不抢，也没得罪谁，怎会有人骂他，也不知骂了他些什么。萧记者说写文章的人很辣，把牛总的老底儿都扒出来了，牛总在人家笔下成了一个小丑。牛笑天故作轻松地说自己心里没冷病，不怕吃西瓜，没做亏心事，不怕鬼敲门，只怕是别人无中生有，反倒把自己骂成名人了。萧记者说好个牛总，心真大，这么严重的事情还有心嘻嘻哈哈。牛笑天说难不成能被人骂死？萧记者就气咻咻地说出了一番话来。

　　萧记者说："捧你牛总是我包下来的政治任务，我也算是完成了这个艰巨的任务。你这个领军人物，是政协推荐的，是我采访报道的，是市委领导颁奖的。你享受荣誉的时候我也有面子，现在别人把你骂成了一个坏人，一旦这事情坐实，我岂不也成了颠倒黑白的小丑？说不定连记者这个饭碗都保不住了。再说你让政协、市委、市政府领导的面子往哪里放？"

　　牛笑天说没想到一篇文章还这么复杂。他问萧记者这事该咋收场。萧记者说必须不惜代价把这件事情摁死。牛笑天问具体办法，萧记者说容他先想办法把事情摸透。

　　次日，萧记者来到牛笑天的办公室。一见面，萧记者就抱怨牛笑天稳坐钓鱼台，而自己反倒是皇帝不急太监急。萧记者说他从昨天看到这篇文章到现在，脚不点地忙个不停，现在总算基本摸清了。网上那个帖子是从一个自媒体平台上发出来的，作者虽是匿名，但也了解了。说来怪不好意思，竟然是一个记者同行，只不过是个小混混，已经找中间人说话，估计摆平这件事是有可能的。牛笑天问萧记者那个小混混记者姓甚名谁，他要当面论个究竟。萧记者嘴巴一咧，说牛总太外行了，网络是个自由天地，谁都有说话的权利，只要人家没虚构事实，谈观点说看法不犯原则。牛笑天说他已经让人到公安局报警了，想必警察会替他主持公道。萧记者闻言不禁笑出声来，说牛总法律意识挺强的，只不过这事警察未必会受理，就算是警察介入了，也会越查越麻烦。

牛笑天问接下来该怎么办。萧记者说："为今之计，只能是破财消灾，我想那写文章的人也不会跟咱有深仇大恨，拿点封口费打发了算了。这年头多一事不如少一事。"牛笑天问封口费大约需要多少钱。萧记者想了想说："把那个写文章的、平台编辑都打发好，让中间说话人也得些好处，总也得个几十万元。"

一股无名火直冲脑门，牛笑天咬牙切齿地说："这世界没有王法了，我牛笑天偏不信这个邪！我倒要看看这个混混记者有多大能耐。公安局要是不管，我上法院告去，不跟他见个高低我不姓牛。"

牛笑天的态度显然出乎萧记者的意料。萧记者愣了半晌，方才说道："没想到牛总还有这么一股牛劲，不过牛总你任性你痛快，可怜我这个小人物要跟着遭殃了。"

牛笑天坐在凳子上，呼吸有些急促，内心像沸水一样上下翻腾。萧记者的言语让他的怀疑得到了进一步的印证，萧记者是为数不多对他底细了解的人，他能在第一时间告知自己文章的信息，又在不到一天的时间里把文章上网的背景查个水落石出，这会儿又直接提出巨额的封口费，萧记者要和这篇文章没有关系那才叫怪哩。

定睛看看似是无可奈何的萧记者，牛笑天突然又有了一丝悲哀。记者，这是个多么神圣的称谓，想来萧记者能端上这个饭碗，也是经过一番努力拼搏的，可又何至于沦落到玩这种低档的敲诈。

牛笑天有一种冲动，他想把自己的疑问直接提出来，看看这个萧记者作何解释，但理智告诉他不能这么做。他现在面对的是一个正在跟他较量的对手，坦诚只会给自己带来更大的麻烦，他必须讲求策略。

牛笑天定了定神，笑呵呵地说："光顾着说话，连茶水都没给你泡上。"萧记者阴沉着脸，说自己没有品茶的兴头。牛笑天把泡好的茶递给萧记者，一语双关地说："萧大记者侠客一个，我牛笑天吉人天相，咱两个搭上手，你怕谁，我怕谁。"萧记者低头沉默了一会儿，说："牛总既是这样想，那我心里也敞亮了，这事先就由着他去。"又喝了几口闷茶，遂告辞离去。

萧记者离开不久，汪真真回来了。汪真真传递给牛笑天的信息又让牛笑天陷入两难之中。

汪真真是通过一个熟人朋友跟公安局的网络警察联系上的。待汪真真把那篇文章以及可能给公司和牛笑天董事长带来的负面影响说给警察后，警察大致浏览了一下文章的内容，告知汪真真这样的情形构不成犯罪，因为没有形成伤害事实。警察说现如今有关网络管理的法律法规还很不健全，只要不出现公开反党反政府，或者对公民造成严重后果的言论，他们都不能介入。那熟人朋友对公安的管理内幕比较熟悉，他跟汪真真说可以花钱找人把网上的帖子删了，但只怕这东西越删越多，最后愈演愈烈。朋友还说其实这种伎俩，圈子里的人称为放血。通常是盯准一个势头正健的老板，通过狗仔摸清底细，先是在网上发出一篇恶心老板的文章，然后找渠道跟老板要钱。一般情况下，被选作猎物的老板，大抵都会花钱买平安，也就是出血求和。若不识相，最后会遭到围猎，往往身败名裂悔不当初。朋友替汪真真分析一番后，建议汪真真说服老板花钱消灾。

当牛笑天把他对萧记者的怀疑说给汪真真时，汪真真颇以为然。但对处理这件事情的方式，汪真真却与牛笑天持不同的意见。牛笑天觉得自己身正不怕影子斜，索性不用去理他，时间会淡化一切。汪真真却认为不可低估这些无良文人的能耐和无耻程度，他们既已瞅准了猎物，并且放出了第一枪，就绝对不会善罢甘休，谁知道他们后边还会闹什么幺蛾子？若动静再闹大了，会给牛总和公司带来摆脱不了的麻烦。牛笑天没有想到凭空让这些舞文弄墨的人敲上了，总觉心里不忿，花钱让造谣的人不要造谣，掏银子让骂人的人闭上尊口，这简直就是逆天的举动。他坚决不能和这些下三滥的人搞这种没名堂的交易。

不过，那篇文章提到福利厂有人自杀的事，一直让牛笑天有些揪心。牛笑天很想了解这件事情的根由，他跟汪真真说想去福利厂家属院看看。汪真真劝他千万不要蹚那摊浑水，她提醒牛董事长不要忘了那一次在建设工地上被吐口水的事，好不容易这件事情过去了，切不敢提着枣篮子惹鬼，又嫌鬼上门。

解不开心里的疙瘩，牛笑天到底找了个空当，独自一人悄悄地转悠到福利厂家属院。想着上一次在工地上与福利厂职工的冲突，担心有人认出他，他还找了一副平光眼镜戴上。因为习惯了地质队家属院那种底层生活环境，对福利厂家属院的破败，牛笑天也不觉得太过陌生。院子里被星罗棋布的油毛毡棚子塞得犹如迷宫一般，地面上不知从何而来的污水让人无处下脚，自行车横七竖八地或立着，或靠墙倒着。几个女人围在一个水龙头池子四周洗菜洗碗。一方小石桌两边坐着一对六十岁上下的男人，正在对弈，一副超凡脱俗的忘我境界。

牛笑天是个不修边幅的人，所以他的到来并未引起院子里人的注意。他默默地站在石桌旁，静观两个对弈人你来我往的厮杀。看得出来，这两个对手棋艺平平且半斤八两。遵循观棋不语真君子的律条，牛笑天在石桌旁站了大半天没有说话，直到一局棋结束，牛笑天试探着跟输棋的那位说如果刚才那卧槽马及时调出，对方的大车也许不敢贸然杀进。那两个对弈者这才注意起牛笑天这个不速之客。赢棋的人打量了一下牛笑天，说这老哥看着也像高手，不妨讨教一下。输棋的跟着附和。刚才的观战，已让牛笑天对自己的棋技胸有成竹，见两个人诚意相邀，也就抱拳致谢，坐下来摆开架势，牛笑天执红棋，那二人共执黑棋，一来一往相互厮杀起来。

说到牛笑天的棋艺，本是打小受了爷爷老古董的启迪。爷爷当年在村子里可是杀遍天下无敌手的棋圣，爷爷跟别人下棋时，小小的笑天常常蹲在一边看稀罕，也享受着爷爷胜利后的快活，久而久之，自然从爷爷那儿得了一些真传。长大后，虽然因为少有对手，下棋的机会不多，但年少时打下的基础却仍让他深谙其道。今天和这两个充其量算爱好者的人对弈，自然是小菜一碟。不用说，没过十分钟，这两个仁兄就被牛笑天杀得落花流水。

棋逢高手，先前的两个对弈者立马对牛笑天肃然起敬，他们问牛笑天贵姓，从何而来，来干什么。牛笑天说自己姓牛，从乡下来走亲戚，无事闲转。内中一人笑道，原来是一家子，他说他也姓牛，在这院子里下棋没服过谁，不想今天得见本家高手。牛笑天谦逊地说自己也是满瓶子不响，半瓶子晃荡，看见别人摆盘就忍不住瞎掺和。说着说着就亲热起来，那姓牛的非得请牛笑天上家里喝口水不可。牛笑天正想找机会了解底细，稍作推辞，就爽快地随老牛去了他家。

这是一栋老式的筒子楼，牛家住在四楼。从一楼起，那楼梯走道就被纸箱、编织袋、蜂窝煤等塞得满满当当，原本应当是白色的墙壁已经成了乌灰色，纵横交错的蜘蛛网粘满了小甲虫和蚊蝇之类的尸体，厕所与厨房散发的气味混合着弥漫在空中。艰难地上到四楼，姓牛的指着一扇半开的门，谦恭地对牛笑天笑了笑说房子有些挤，将就着坐一会儿。待牛笑天走进门时，尽管已有足够的心理准备，但屋子里的寒酸和脏乱，还是让牛笑天吃了一惊。一个套间把两个大约二十平方米的房子串起来，外间支着一张大床，床头一边摆着像是办公室淘汰的那种五斗书桌，另一边立着一个老式的自制三门立柜，柜面的油漆已有些脱落，门首靠窗户的地方摆着两个小凳子，凳子中间放了一个纸箱，纸箱上搁着一个棋盘，想来应当是主人接待客人或独自研习棋艺的地方。透过套间的小门，可以看见里间的房子陈设稍好一些，因为靠墙放着一台大约十四寸的电视机，电视机旁边立着一架已经有些罕见的缝纫机。老牛招呼牛笑天坐在窗口的小凳子上，用一只搪瓷碗倒了半碗清水，又从角落中寻得一只铁罐子，挖出一小撮茶叶洒在碗中，把茶碗递给牛笑天。牛笑天双手接过茶碗，递到嘴边，轻轻地吹了吹漂浮的茶末，小嘬了一口，把碗放在棋盘上。

牛笑天问老牛家里有几口人。老牛说他有两个孩子，女儿早出嫁了，儿子、儿媳还有孙子和他们老两口就挤在这两间房子里，儿子跟儿媳住在里间，孙子和他们老两口住外间。牛笑天再问家里其他人都干什么去了。老牛说儿媳在一家私人服装厂做活，常把干不完的活儿带回家加班；儿子去年下岗了，跟几个哥们在外面倒腾着干些小生意；小孙子上学去了，估计他奶奶这会儿正在学校门口等着接他哩。牛笑天有意把话题往福利厂上访事件上引，他说看老牛一家人的住房条件真的是有些恓惶，现如今汉京城里到处是高楼，为啥这个地方还不改造起楼呢。老牛说怪只怪原先的厂子倒闭了，工人们老的老、散的散，也没人替大家说话，只能过一天算一天地凑合着。牛笑天说现在上下都讲构建和谐社会哩，政府对老百姓的疾苦，也不能不管不顾，为啥不把难怅跟政府反映反映。老牛咳了一声，说现在谁还能相信政府，政府关心百姓那是骗人的话，不跟那些有钱的人联起手来坑咱百姓都算是好的。牛笑天对老牛的看法表示异议，老牛便从容地跟牛笑天说出一段故事来。

牛笑天终于知道了事件的原委。那一次福利厂职工代表与相关方面的谈判在一场不明不白的交锋中无果而终。当谈判代表返回家属院时，一个个垂头丧气的神情让翘首以待的职工们大惑不解。几天之后，内情才慢慢传开。这丑事一传开，那几个代表在院子里就抬不起头来。更难堪的是代表们的家人也被大家指桑骂槐地抢白。这些家人就自然把一腔怨气带回了家中。原先厂里那个办公室主任是挑头的，他跟儿子儿媳都住在福利厂院子，儿媳见天指桑骂槐，把老头子臊得半个月没出一回门。终于有一天清早，一辆救护车把老主任拉走了。原来半夜里老头子把攒下的一大把"冬眠灵"灌到肚子里，清晨老伴发现后急忙打了120电话。可惜人送到医院后，洗胃、灌肠忙活了一回，老主任还是走了。老主任一死，又有人说那次职工代表在酒店里的遭遇其实是人家政府给挖的坑，目的就是要让这些人乖乖地回家别折腾。也有人说这是那些代表给自己找台阶，政府咋能干那样下作的事情呢？但不管怎么说，这件事儿一出，再也没有人张罗着找政府维护权益了，职工上访的事情就这么塌火了。

牛笑天把原先从黄奇以及牛小祥那里了解的情况和老牛告诉他的这些内容联系起来，就完完全全明白了黄奇是如何设局通过那种恶心的手段了断这桩上访事件的。他忽然有了一种愧疚感，毕竟这一切都源于自己对黄奇的委托，他在咒骂黄奇无良的同时，又不免对自己在大是大非问题面前的耍奸溜滑行为感到自责。

离开福利厂家属院回到办公室，牛笑天唤来汪真真，把自己在福利厂家属院私访的情形说了一遍。汪真真听着倒是平静，她说像黄奇那样的人，比这恶劣几倍的事都能干出来。牛笑天说这件事让他良心上不安，他想找个合适的办法赎罪。汪真真说论罪跟牛总也没有关系，昊天公司是通过正常程序从政府手中买的地皮，本就没有安置补偿职工的义务，要说责任也在政府。再说，当时委托黄奇也没错，至于黄奇用那种下流的手段，跟牛总也没关系。汪真真的核心意思是担心牛总再有善举时惹火烧身。牛笑天听不进汪真真的劝导，他说这件事没有个安排，他会做噩梦的。

就在牛笑天费心思琢磨如何安顿福利厂这件事时，网络上接二连三地又出现了若干篇抹黑牛笑天和昊天公司的文章。这些新出炉的文章和早前的文章内容大同小异，只是标题花样翻新，诸如《一个农民娃在汉京市的淘金史》《建立在侵权与违法基础上的昊天商业帝国》《欺世盗名的领军人物是如何为自己罩上光环的》等等，不一而足。最令牛笑天气愤的是一篇直指汪真真的文章，题目是《领军人物离不了的红颜配角》。文章说牛笑天让自己的情人充当配角，以美色公关，并指名牛笑天的情人为汪某某。稍稍熟悉昊天公司的人，自然都知道这盆脏水泼向了汪真真。

汪真真陷入了极大的痛苦中。这个职场中的女强人遇到了平生少有的挑战。一段时间以来，为了昊天公司的利益，为了看重她、信任她的老板牛笑天的事业，她已经承受了女性羞于启齿的压力，山沟中神秘会所的经历，欧洲考察过程中的遭遇，都已经成为她心中无法排遣的伤痛，而这些伤痛她不能告诉任何人，包括她的家人。汪真真不是个一心逐利的人，如果仅仅是为了昊天公司每年十几万元的薪水，心灵创伤形成之初，她可能就会在权衡得失之后适时跳槽。但她是个有情怀的人，昊天公司是一个规矩的民营公司，牛笑天是一个有着人格魅力的董事长，她忘不了在她身患重疾时牛董事长慷慨的大义之举。她愿意在这个平台上施展自己的抱负，她要对得起牛董事长。然而，她又只是一个弱女子，她不可能无下限地承受重压。网络上的这篇文章对她来讲，好似压垮骆驼的最后一根稻草，不，不是一根，是比之前任何时候都来得猛的一捆稻草，她实在无法承受了。

当红着眼圈的汪真真弱弱地向牛笑天提出辞职时，牛笑天呆若木鸡。牛笑天正在苦苦思索着如何对这场侵害他名誉的无良行为发起反击，甚至他已经打算聘请律师在报纸上发布声明，在法院起诉那些躲在黑暗中放冷箭的人，可他怎么也没有想到汪真真受到的伤害比他更大，对汪真真的抚慰才是最重要的事情。面对汪真真无奈的请求，他低下头，沉默了。

牛笑天心里明白，昊天公司虽说有几十号领工资的人，但真正能为自己分忧解难的，除了汪真真以外，很少再能找出几个像样的。汪真真一旦离开了公司，有些工作肯定会断档。再说，此时汪真真离职，不等于向公司员工、向所有了解公司架构的人承认了那篇胡说八道的文章不是空穴来风么？

沉默良久，牛笑天对一直站着的汪真真说道："小汪，我跟你道歉，为了公司，为了我，让你受委屈了，我会想办法解决好这件事。但是我不会同意你辞职，就算你一直不上班，只要昊天公司在一天，职工花名册上永远不会少了你的名字，工资单上永远不会少了你的工资。"

汪真真的眼眶中溢满了泪水，她想说什么，嘴巴动了动，但还是没有发出声音来。少顷，她挪过身子，转过脸，小跑着离开了牛笑天的办公室。

长叹一声，牛笑天打定了主意。他拿起手机，拨通了萧记者的电话。

牛笑天的猜测没有错，始作俑者不是别人，正是翻手为云覆手为雨的萧记者。

当初，萧记者被自己的江湖朋友金编辑邀请，对牛笑天进行包装吹捧，他高高兴兴揽下了这桩差事。对他一个小记者而言，指望那点可怜的工资和日常采访收取的红包，想过上光鲜的日子是有难度的。能够让他提高兴奋点的活动莫过于傍上大款为其摇旗呐喊，或者参与负面新闻的采访，不求报道成功，只求不菲的封口费。接触了几回牛笑天，他觉得这个老板似乎并不热衷在自己头上编织光环，也绝不是那种肯为宣传出血的主儿。他甚至一度放弃了和牛笑天深度合作的想法，但又觉得食之无味，弃之可惜。后来还是硬着头皮，善始善终地把那出为牛笑天抬轿的戏演完了，最后竟然取得了不错的效果，牛笑天如愿以偿获得了"领军人物"的桂冠。当牛笑天享受鲜花和掌声的时候，萧记者又在心理上产生了巨大的落差，既然牛笑天的荣誉来自自己的劳动，凭什么牛笑天对自己的辛苦不作付出？某日跟一个同是圈内的朋友聊天，谈到他宣传牛笑天的事迹时，那朋友说有小道消息传言牛笑天那个项目曾闹过拆迁户上访，后来领头上访的人服毒自尽了。半是好奇，半是别有用心，萧记者一番探究，知道了事情的梗概，遂决定利用自己的看家本领，小小地使些手段，让这个不懂江湖规矩的牛老板出点血。他利用自己原先采访牛笑天和昊天公司相关人员获取的第一手资料，换了个一百八十度大转弯的角度，写了一篇抹黑牛笑天的文章，尤其把福利厂职工自杀事件作为猛料大加渲染。以萧记者的职业便利，化名将文章上传到互联网上根本不是什么难事。于是乎一篇有分量的揭秘文章像一粒石子投进了平静的水潭。不用说，这种八卦文章当然比那些歌功颂德的文章要吸引人眼球得多。估摸着牛笑天已经见到文章，萧记者拜访了牛笑天。原本想着牛笑天会和大多数的老板一样，乖乖就范拿出钱来，让萧记者消灾，还会对劳心费神的萧记者感恩戴德。孰料这牛笑天像是从外星来的人，竟是软硬不吃，油盐不进。萧记者心里虽窝火，表面上却只能装出遗憾，煞有介事地以对自己职业生涯产生不良影响为借口发发牢骚。窝火归窝火，萧记者当然不会就此罢手，很快他又炮制了几篇内容大同小异的文章，轻车熟路地发到网上。不过这一次他多了一个心眼儿，既然有关福利厂职工上访出了人命的事都不足以引起牛笑天的忌惮，那他就另找突破口。牛笑天不是有个得力干将女助理汪真真吗？就以此为契机，加点桃色佐料，不怕没人感兴趣，不怕牛笑天再无动于衷。

当手机屏幕上显示来电号码为牛笑天时，萧记者颇为自得地笑了，心说这人真是贱，偏偏敬酒不吃吃罚酒，就故意不去接那电话。直到电话连着响了三次后，萧记者才按下了通话键，慢悠悠地问："牛总可有贵干？"牛笑天语气低沉说想见见萧记者。萧记者说自己正在忙着赶一个稿子，现在抽不出身来。牛笑天说就一会儿时间。萧记者说他一个小时以后还要去采访一个重要会议，若牛老板着急，可以现在赶到他办公室来，他给牛老板二十分钟的谈话时间。牛笑天犹豫了一下，说他现在就赶过去。放下电话，萧记者自言自语道："一头犟牛，鞭子挨了，地得照耕。"心中得意，嘴上哼起了小曲。

当牛笑天赶到萧记者办公室的时候，萧记者那架势看着正欲出门，外套已搭在肘沿上，公文包已提在手上。看见牛笑天，萧记者脸上露出些嗔怪的神色，放下公文包和外套，抬起手腕看了看表，嘟囔着说离采访时间还有四十分钟。牛笑天心里窝着火，面色就有些冷峻。

"我还得求你帮忙。"牛笑天说。

"我除了会写文章，还能帮你啥忙？"萧记者说。

"你让那个写文章骂我的人别再写了。"牛笑天说。

萧记者眉毛一扬，故作吃惊地问道："又写文章了吗？上回的事儿闹得不开心，我就再没管这事。这么说人家到底不肯放手，跟你杠上了。"

牛笑天看着萧记者的脸，努力地捕捉着萧记者的每一个表情，因为他断定这件事跟萧记者脱不了干系，按说做贼心虚，萧记者的眼神不可能不暴露自己掩藏在心中的丑恶。但是，牛笑天看到的是萧记者的泰然自若，甚或一些幸灾乐祸，那神情中没有一丝躲闪、怯懦。一瞬间，牛笑天又有些怀疑自己是不是太敏感，冤枉了本来实心帮他的萧记者。

牛笑天如何知道，在江湖上混迹多年的萧记者，干这种敲诈的事情早已是行家里手。几次采访，他早已对牛笑天的为人处世了如指掌。在萧记者眼里，牛笑天貌似与人为善的性格，实质上就是胆小怕事，这种人正是最好的猎物，只是上一次牛笑天对第一篇文章的反应让他稍稍感到意外。既然牛笑天不识相，那就让他尝尝不识相的滋味。原来萧记者只想让牛笑天小出点血，让自己前期为这个傻帽儿付出的劳动获取应有的报偿，事已至此，不妨让果子结得更大一些。早已成竹在胸的萧记者，才不会让牛笑天看出自己内心的秘密。

萧记者把脸转向窗外，略略思考了一下，说如今这事情难办了，上一回事情刚冒头，办起来容易，一旦发酵了，费的神大不说，能不能灭了还在两可之间，这正是小了不补，大了尺五。再说自己当时听了牛老板的话，已经给中间人回话说自己不再沾惹这件事了，现在回过头再去求人家，怎么张得了口呢。萧记者提出了一个判断，他说上一次的文章没能压住，很难说会不会惹起别的笔杆子共同行动，如果这场对牛老板的攻击已有多人参与，那工作的代价就更大了。

"代价不就是钱吗？"牛笑天直截了当地说。虽然他现在对萧记者是否完全自导自演有了一丝疑惑，但萧记者话语中隐含的意思他听得清清楚楚。他不愿意和这个人兜圈子。

萧记者嘴角上扬了一下说道："牛老板是个明白人，话丑理不丑。在经济社会，一切都是用经济手段说话。"

"你想办法把那些文章从网络上清理掉，另外绝对不能再出现新的文章。"牛笑天说。

"我做不到。"萧记者说，"但如果能联系上作者，谈条件让作者自己删除作品，当然更得放下手里的笔。"

"我相信你有这个能力。"牛笑天一语双关地说，"当初你像放风筝一样把我吹上了天，如今这线头还拽在你手里，你就忍心松了手眼见我栽在地上？"

萧记者扑哧一声笑出来："没看出来你牛老板还这么风趣，既然你这么看重我萧某人，这一回不把这忙帮到底算我不够朋友，不过……"萧记者欲言又止。

牛笑天知道萧记者想说什么，接过萧记者的话头说："没有不过一说，我过不去的事情你帮我过，你过不去的事情由我来过。需要多少费用你尽管张嘴。"

"牛总果然是明白人，"萧记者说，"有钱使得鬼推磨。上回跟人家已经搭上话了，只要牛总你这边大方些，没准骂你的人会跟你交朋友哩。这世道，就像人家说的那样，没有永恒的朋友，没有永恒的敌人，只有永恒的利益。"

萧记者转身坐到沙发上，从茶几上拿过两个茶杯，细细地往杯子中捏上茶叶，沏上水，招呼一直站着的牛笑天坐下来。牛笑天揶揄道："萧大记者刚才不是说离采访只剩下四十分钟了吗？"萧记者好像突然回过神来，有些尴尬地笑道："是到时间了。"犹豫了一下，却又像下定决心似的把手在膝盖上使劲拍了一下说："今天的采访就放弃了。"

牛笑天问萧记者不去采访会不会误事。萧记者说他突然觉得自己应当有个合理的取舍，刚才想着采访的事挺重要的，现在觉得其实牛总的事要比那个采访重要得多。

萧记者从茶几下方的小抽屉里取出了一包中华牌香烟，打开来抽出一支递给牛笑天。牛笑天摆摆手说自己不抽烟。萧记者自己叼了一只，打着火点上。那一连串的动作却显得有些拙笨，待一口烟抽进嘴里，忍不住连连咳嗽了几声。牛笑天说从来没见过萧记者抽烟，咋今天冒了起来。萧记者说他没有烟瘾，遇到费脑子的事，就想着抽一根提提神。

吐了几口烟，萧记者与牛笑天中间就出现了一团淡淡的烟雾。透过那团烟雾，萧记者的那张脸在牛笑天的眼里就有些模糊。牛笑天忽然感到自己好似置身于某座庙前，而眼前正是一尊接受香客供奉的獠牙金刚。

"你给我一个卡号，"牛笑天说，"你找人家谈事，我先给你转点费用，先给你转上十万块钱行不行？"

"十万？"萧记者一愣，"牛老板意思让我用十万块钱去摆平这件事？"

牛笑天不明白萧记者是嫌多还是嫌少。他本来的意思是先给萧记者付点钱，等到萧记者把事情摆平后再根据情况付一部分。看着萧记者的神态，牛笑天一时不知道该怎样接话。

"看来牛老板太低估这个圈子了。"萧记者有些自嘲地说，"也许是我跟牛老板打交道，让牛老板以为这帮拿笔杆子的人都跟我一样善良，一样甘于清贫。你知不知道南山里有个汉京文化村，内中的别墅业主，文化人要比商人多得多。据我了解，写你那些文章的作者可能就住在那里面。你说咱好意思揣上十万块钱进那里？"

牛笑天心里明白，这萧记者的胃口不算小，不过事已至此，不挨宰是不行了。他镇静了一下，再问萧记者大概预算多少。

萧记者又吐口烟，抬头看着天花板，像是说给自己听："估摸着得要个百八十万。"

"百八十万？"牛笑天一惊，他没想到萧记者敢这样狮子大张口，他有一种想冲着萧记者那一张脸掴一巴掌的冲动。说心里话，牛笑天在半辈子商海闯荡中，没少给别人塞过黑钱，尤其是为了揽活路，跑手续，给有权有势人的花销，远比他花在自己和家人身上的钱多得多。不说别的，就说上一次给马英俊买官的那五百万元钱，可能就够他牛笑天一个人一生的吃喝拉撒了。但对那些供奉，他感情上能够接受，他认为那是他经营活动中的正常支出。而萧记者索求的数额，在他看来就是一种赤裸裸的敲诈，一个无良的文人给自己泼了脏水，不受到制裁，反倒要让自己出巨资安抚，这跟小偷入室盗窃后主人反倒拿出钱来讨好小偷有什么两样？

牛笑天内心展开了激烈的斗争。答应还是不答应？答应，意味着自己平生第一次在恶人面前成为一个十足的懦夫，不答应，他又实在找不出合适的应对办法。他眼前又浮现出汪真真向他提出辞职的情景。

沉默了几分钟，牛笑天终于打定主意。他慢慢地说："我先付你五十万元，事情摆平后再付五十万元。"

萧记者脸上显出了得意："牛总到底是明白人。赶明儿说不定骂你的人成了你最要好的朋友。"

牛笑天嘴上没有说话，却恨不得把世界上最恶毒的诅咒送给萧记者。

这天，汪真真接到了黄奇的电话。黄奇问汪真真可曾看到网络上那些攻击牛笑天和昊天公司的帖子。汪真真问黄秘书长何以知道这些事情。黄奇提醒汪真真别忘了他也是昊天公司的股东。再说，已经把汪小姐扯进去了，汪小姐可还是网球协会的工作人员，这事情还关乎着网球协会的声誉。汪真真不冷不热地对黄奇的关心表示感谢之后说："身正不怕影子斜，既然有人爱嚼舌根子，也捂不住人家的嘴，干脆就别理他。"黄奇又问牛董事长对这件事是啥态度。汪真真让黄奇自己去跟牛董事长直接交流。黄奇说那些文章他都浏览过了，大都是些胡说八道的内容，他不能容忍这些臭文人坏了昊天公司的形象，坏了网球协会工作人员的名声，他得想办法收拾这些人。话题一转，黄奇又问汪真真最近工作得顺不顺心，说乌书记还几次提到过汪小姐。汪真真说难得人家书记日理万机操心大事情，竟还有心顾得上挂念她这个小人物。黄奇怪腔怪调地说乌书记日理万机不假，但乌书记也是人，是人就会念交情，别忘了汪小姐跟乌书记可算是有交情的人了。汪真真不想在这件事情上和黄奇贫嘴，不咸不淡地扯了几句后就挂上了电话。

这一天，汪真真接到一个陌生电话，对方自称是汉京市公安局治安支队的工作人员。说是接群众举报，有人在网络上从事诽谤他人的违法活动，市局已组织警力进行整治，已了解到汪女士也是受害人之一，想当面了解一下情况。汪真真有些警觉，这年头冒充公检法人员搞诈骗的事儿屡闻不鲜，网上的那篇文章已让汪真真有些神经过敏，她真害怕后边再闹出什么大的动静来。这会儿又冒出来个警察，谁知道是真是假？汪真真整理了一下思绪，平静地说自己就是个普通百姓，也不怕别人诽谤，生活不想再被打扰。对方说警察向公民了解情况，莫说是受害人，就是普通证人，也要承担接受警察询问的义务。汪真真听着对方的话，直觉有些靠谱，就问对方自己可以做些什么。对方说需要汪真真去一趟市公安局作个笔录。汪真真一听对方让自己去市公安局，心中的疑惑顿时消了一大半，就问清了市局的位置、办案人员的姓名、什么时候去合适。对方一一作答。

放下电话，汪真真且喜且忧。喜的是这件事总算有人管了，上一回她托闺蜜去公安局了解情况，人家给她的答复让她感觉这网络世界简直成了法外之地，一个遵纪守法的人在受到伤害之后竟然求告无门，现在看来并不尽然。忧的是一旦这件事情被公安局大张旗鼓地立案侦查，会不会让这桩本来影响范围有限的花边新闻再插上翅膀飞得更快更高？但不管咋说，公安局现已介入，她就希望能尽快找到那只黑手，以解心头之气。

牛笑天得知公安局介入调查网络文章事件后，甚是高兴，他跟汪真真交代让把自己对公安局受理案件的感激之情转达给办案人员，并表示自己随时可以配合调查。

果不其然，在汪真真去市公安局接受询问之后，牛笑天也接到电话通知，让他去市局一趟。

接待牛笑天的两个警官一老一小，老的有五十开外，小的也就二十四五岁的样子。跟牛笑天谈话的时候，老警官问话，小警官认真地做着笔录。老警官跟牛笑天核实那几篇文章中所提到的内容是不是事实，牛笑天说不能说完全没有，但显然是有意抹黑，把芝麻说成西瓜，把正常的行为添油加醋颠倒黑白。老警官问话过程中显得有些焦躁，自言自语说放着那么多大案要案破不了，偏偏要把精力用在这些鸡毛蒜皮的事情上，既然网络是自由的，为什么不让说点过头的话。那年轻警察放下笔，讨教似的跟老警官说看来这种新型的违法乱纪活动还真是让人费脑子，作案的手段不怎么激烈，给社会和当事人造成的危害可真是不能轻视哩。老警官白了年轻警官一眼，没有说话。牛笑天琢磨着这两个人的角色，他判断老警官应当是一个在局里不太得志的老油条，而年轻警官可能是刚大学毕业走上工作岗位不久的新手。但不管怎么说，年轻警官身上的正气给牛笑天留下了好感。

老警官问牛笑天最近有没有人针对网络上的文章跟牛笑天交涉过。牛笑天当然立马想起了萧记者，但他在张嘴之前却犹豫了。

在牛笑天的心目中，萧记者十有八九就是这桩事件的始作俑者，如果警察真的查到他头上，说不定会毁了他。萧记者毕竟只是为了利益，再说牛笑天已经给萧记者付了钱，他们两人之间的这种交易似乎也不能公开。权衡再三，牛笑天还是没有把萧记者讲出来，他只说在文章出笼后，有好多朋友打电话给他，除了表示愤慨让他多加小心之外，再无别的意思。

聊着聊着，老警察却把话题转到了对办案条件的抱怨上。他说这个案子领导让加大力度侦破，可却不能保障有效的后勤服务，没有交通工具，没有办案经费，他让牛笑天不要对案件的侦破抱太大希望。牛笑天很想知道给警察下达任务的领导是谁，就怯怯地说自己可没有向任何部门或领导写过情况反映之类的东西。老警官说有没有情况反映他不了解，他只知道市委很关注这件事，听说连乌书记都发话了。上头一重视，市局领导就给下面压任务，闹得底下办案的人神经分分的。

那老警官忽然稍稍提高了一下语调对牛笑天说："我咋看着你这个人不灵醒呢？"牛笑天有些诧异，抬起头怔怔地看着老警官，用眼神询问对方。老警官顿了一下，慢条斯理地说道："你若想让我们实实在在把案子查个水落石出，你得提供办案经费。"

牛笑天并非榆木疙瘩，他焉能听不明白老警官的弦外之音。几十年游走于商场，少不了和那些有权有势的人周旋，他早就习惯于接受各种或明或暗的吃拿卡要。只不过刚才跟警官说话时，他心里还在纠结着要不要促成警察把这件事查个水落石出。以他的价值观判断，自己在商场上打拼，多一个朋友总比多一个敌人好，能花钱摆平的事，最好不要动蛮，他才不愿意为了伸张正义给自己惹下更大的麻烦。尤其是刚才警察提到市委乌书记过问案子的事，让他有些云里雾里。他虽不明白堂堂的书记怎会关心这些上不了台面的事，但却隐隐感觉到这件事背后一定有玄机。及至这位老警官毫不掩饰地提出费用时，他才回过神来。

依牛笑天的处事风格，在别人为自己办事时，他一般是不会在花销上装聋作哑，即便是那些政府官员正常履职时，牛笑天也常常教导手下的人要适时给人家做些表示。不过今天这个警官的行为，多少让牛笑天有点意外，他过去跟公检法打交道的机会不多，他没想到原来穿着制服的警察做起这种事来也是如此直白。

牛笑天笑了笑对老警官说："您刚才跟我说办案没有交通工具和经费，我正琢磨给您提供一辆临时用车。费用么，您这里需要多少，我来提供保障。"

老警官瞬间眉头舒展开来："牛总只要你能保证后勤，我们打起仗来也能提起精气神。车子你不用管了，我们警车开起来更方便，至于费用么……"老警官看了一眼牛笑天，以商量的口吻说："十万八万你看着办。"

牛笑天心里一阵悲哀。平心而论，老警官提出的金额并不算高，牛笑天平日里给那些权势人物孝敬的红包，这样的标准也就是个见面礼。他只是觉得一个身着警服、重任在肩的执法者觍着脸和他讨价还价，实在是有辱斯文。但他很快调整好情绪，笑了笑淡淡地说："我先给你支取十万元。若不够用，我再追加。"

老警官的脸上现出一丝惊喜："牛总是个爽快人。兵马未到，粮草先行；粮草已到，静候捷报。"

在老警官向牛笑天表达心声的时候，牛笑天分明看见那个做笔录的年轻警官脸上透出不屑与鄙夷。他心里明白，这年轻警官与老警官并不是一类人，也许这个涉世未深的年轻人，还笃信廉洁奉公的信条。牛笑天心里又有了一丝欣慰，他想起曾有人说过，中国的希望寄托在改革开放后出生的一代人身上。看着眼前的一幕，他唯愿这个年轻人能在污泥中永远一尘不染。

牛笑天问老警官是转账方便还是提现金合适。老警官说当然是要现金么。其实牛笑天有些明知故问，他只是想检验一下这个警官是不是真的为了筹措办案费用。显而易见，既是要求牛笑天提供现金，所谓的办案费用纯粹是借口。牛笑天当下打电话给公司财务人员，让提十万元现金送过来。

第十章

　　牛笑天交给汪真真一个任务，让汪真真考虑一个合适的方案，把福利厂职工困难解决一下。这让汪真真颇为头疼。牛笑天福利厂私访之后，心里像压了一块大石头一样透不过气来，他跟汪真真讲了那次的私访过程，他说自己良心上实在过不去，不想个法子让那些可怜的职工安居，晚上睡不好觉。汪真真劝董事长切勿惹火烧身，上一次职工群体事件好不容易平息了，现在再去蹚雷，岂不是自寻麻烦。再说黄奇一帮子人干的那些不上台面的事，那些代表们肯定还是把账记在昊天公司头上，这会儿再去跟人家示好，只怕人家又当是黄鼠狼给鸡拜年——没安好心。牛笑天说这些道理他不是不明白，但做人要有底线，人在做，天在看，该做的事情不做会遭天谴。汪真真问牛董事长有没有初步的想法。牛笑天说自己考虑了很长时间，也觉得苦无良方，帮助院子里的居民翻修房屋是一个浩大的工程，涉及政府的审批手续，不可能一下子办得到。给那些职工们发点生活补助，又少了名头，况且缺少相应的信息，也根本不能保证钱能真正发到职工手里。汪真真无可奈何地把董事长交办的事情应承下来，心说董事长也就是一时迈不过心里的那一道坎，等过一段时间，工作上的事情一多，这事情就会慢慢被淡忘了。但毕竟这是董事长布置的一项工作，就不由得她不去用心琢磨了。

就在牛笑天接受警察询问之际，汪真真又接到了黄奇的电话。黄奇问汪真真是否已有公安人员介入调查网络文章事件，汪真真如实作答。黄奇说这回公安要不把这个案子查个水落石出，只怕是难以交差。汪真真问给谁交差。黄奇说为了汪真真的事情，他去找了乌老板，行前特意把那篇文章打印出来，让乌老板看了。老板看后大发雷霆，立马给公安局长打了电话，限令查出肇事者并予以严惩。汪真真没想到黄奇竟然为这件事情去惊动乌书记大驾，只好随口表示谢意。黄奇却阴阳怪气地说乌老板如此上心，不是他黄奇的面子大，而是文章伤害的对象让乌老板心疼。汪真真明白黄奇的意思，心里顿生腻歪，一时不知道说什么好。黄奇却又慢吞吞说出了更让汪真真不知所措的话，黄奇说乌老板让汪真真这个周末去一趟山里的会所。

放下电话好长一阵子，汪真真仍然回不过神来。当黄奇传达乌书记要她去会所的指令时，她的脑海里立马浮现出第一次在会所发生的那些形形色色的场景，那种尴尬与屈辱。可是，那个让多少人望而生畏、心惊胆战的大人物，又岂是她可以随意违逆的？她记不得是怎样和黄奇结束通话的，但可以肯定的是，她并没有明确表示出拒绝。接下来的事情该怎么办，汪真真又犯难了。

汪真真又一次想到了辞职。为了工作，被人在网络上中伤不算，还要面临如此的身心煎熬，值吗？

敲开董事长办公室的门，汪真真一眼看见牛笑天佝偻着腰蜷缩在沙发上，那瘦小的身躯与宽大的沙发形成了鲜明的对比，身着灰色衬衣的牛笑天深陷在黑色沙发坐垫中，像是一只随意被人搁置的大提包，无足轻重地摆放在那里。看见汪真真，牛笑天欲站起来，却似乎有些艰难。待汪真真走到牛笑天跟前时，却分明看见牛笑天痛苦的脸上已布满了豆大的汗珠。

　　汪真真惊问牛董事长怎么回事。牛笑天咧了咧嘴说肚子有些疼。汪真真说："都这样了还说'有些'疼？"说话间就掏出手机拨打了120急救电话，牛笑天却在一旁极力用手势阻拦。待汪真真放下电话，牛笑天责怪汪真真小题大做，一个肚子疼的毛病闹出这样大的动静。不说别的，让公司的员工人心惶惶就不合适。汪真真说看见董事长疼成这样，没想那么多，一边又去倒了杯热水递给牛笑天，却发现牛笑天身边放着一个小药瓶，汪真真就把那药瓶拿起来，看见药瓶上的标签显示为"消炎利胆片"。她问董事长是胆囊的毛病吗，牛笑天苦笑着说自己胆囊里有个结石，老毛病，疼的时候吃点药就过去了，不碍大事，只是今天发作得稍微有些厉害。汪真真觉得心里一阵阵发酸，哪里还有勇气再跟董事长提辞职的事。

　　不大会儿，120急救车已经赶到楼下，那"呜呜"的鸣笛声自然在公司引起了一阵骚动。医务人员要用担架抬着牛笑天下楼，牛笑天坚决拒绝，强撑着站起来，在医护人员的搀扶下走进电梯。得到消息的牛小祥已飞奔过来，随伯父一并下了楼，以家属身份陪护着伯父上了救护车。

　　救护车一走，汪真真放心不下，也急忙驾车赶到第三人民医院。

　　抽血化验、彩色D超、CT扫描，医生看结果后说牛笑天患有多种疾病，除了高血脂、高血糖、高血压这三种常见病外，胆囊中的结石直径已达到五厘米。医生惊讶病人为什么能有如此的忍耐力，因为一般人不到一厘米时就会不舒服，而五厘米结石的成长时间至少有三五年，难道病人就这么一直忍着。牛笑天说大概在四年前因为腰痛去医院，查出来胆囊结石，这多年来疼的时候就吃点药，心想着等到实在扛不下去再做手术。医生摇了摇头问牛笑天干什么工作。牛笑天说自己是干私营企业，医生说知道个体户做点小生意不容易，但再怎么说身体是本钱，赶明儿真的累趴下起不来了，只怕是连出门的力气都没有了。医生建议牛笑天立即住院，先把炎症消除，再对胆囊做切除处理。牛笑天想起手头一大摊事儿，问医生能不能先吃点药或打点针，说自己还有些事忙不过来。医生提高了声调，气呼呼地问牛笑天是要命还是要钱。他警告牛笑天若不尽快手术，一旦胆囊破裂，将会出现生命危险。牛小祥看了伯父一眼跟医生说，那就快些住院。牛笑天还想再说话，医生转身离去。

从急诊室转入肝胆外科，牛笑天住进了病房。偌大的房间横竖摆着九张病床，空出的十四号床位正由护工打扫收拾被褥，显然是上一个病人刚刚离开。牛笑天和汪真真、牛小祥三人站在床前等待着护工打扫完毕。护工扫床扬起的灰尘和着病房里特有的酸臭味直冲鼻腔。牛笑天忍不住连声咳嗽起来，也许是咳嗽牵动了某一根疼痛神经，牛笑天又觉得腰部一阵剧痛，不由自主地弯下腰蹲在墙脚。

汪真真到医生办公室跟主治大夫商量能否调整一个条件稍好的病房。医生说这一段时间病人太多，一床难求，能安排上床位就已经很不错了。汪真真有心动员董事长换一家医院，又怕耽误了董事长病情，就只好作罢。待回到病房时，看见牛笑天已躺在病床上，牛小祥却不知去向。

当护士给牛笑天挂上吊瓶的时候，却见牛小祥满头大汗地跑进来，兴冲冲地跟牛笑天说已经为伯父联系好了另一间病房，现在就可以转过去。牛笑天诧异小祥如何会有这般能耐。小祥说刚刚跟一个朋友联系过，那朋友跟这家医院管业务的副院长熟悉，打了个电话，就把问题解决了，副院长亲自安排了一间干部病房。小祥又去跟主治大夫打了招呼，不等输液架上的液体打完，拔下针头，牛笑天又转到干部病房。

干部病房掩映在一小片林木中，一栋三层小楼房毫不起眼地缩在视线难及的远处。在人满为患的医院，这里俨然成了一个静寂的孤岛。牛笑天走进小楼，感觉像是到了一家虽上不了星级，却也干净的小型酒店，明显的区别是接待室里坐着穿白色衣服的护士以及空气中弥漫着的来苏味道。护士把牛笑天领到安顿好的病房，竟然是一处大得有些吓人的三套间，里间是支着一张大床、布着各类器械的治疗室；中间摆放着办公桌，电脑、电话一应俱全；外间是会客室，靠墙一溜沙发，茶几上摆着鲜花和时令水果。套房内除两间卫生间外，还隔出一间简易厨房，烤箱、微波炉、咖啡机应有尽有。

老板当了多年，牛笑天住过的酒店、吃过的餐馆不计其数。有时为了彰显诚意，做东的牛笑天不得不追求点豪华，吃过苦的他知道有权有势的人与底层百姓生活的差异，但他以为那些现象只体现在商业消费上，他怎么也没有想到连救死扶伤的医院也在服务对象的待遇上如此天差地别。站在豪华的套间，想着刚才那间大病房里的污浊与拥塞，他心里泛出一阵悲哀。回头看看，汪真真也是一副百感交集的表情，而牛小祥脸上却洋溢着得意的神气。牛笑天不由得又对牛小祥的一番不知底细的操作感到疑惑。

牛小祥从台湾回来入职昊天公司后，在解决福利厂职工上访事件中大开了眼界，那些以前从来不曾看见甚至不曾听说过的事情让他感受到一种神奇的力量。那次事件也让他收获了一个朋友——丁冬，是个比小祥大不了几岁的小伙子。丁冬精明的做事方式和豪气风格一下子让牛小祥受到感染。此后，牛小祥与丁冬多有来往，小祥每托丁冬做点事情，丁冬必求之有应。丁冬也似乎挺喜欢这个来自台湾的朋友，两个人甚至商量起日后翅膀硬起来搭档自立门户成立公司，专做海峡两岸的生意。当然，牛小祥把他和丁冬的交往跟自己的顶头上司汪真真以及伯父牛笑天都隐瞒了。在牛小祥的心目中，年轻人有自己的生活方式，有自己的生活圈子，他必须尽快在汉京城闯出自己的生存平台，这样才不至于成为伯父的累赘，也才能得到伯父以及远在台湾的父母和姐姐的认同。今天，伯父突发病症住院，看到住院病房低劣的条件，面对汪真真经理也是束手无策的状态，牛小祥突然想起了丁冬这个路子很野的哥儿们，也许他能帮上忙，就试探着给丁冬打了个电话。果不其然，十来分钟后丁冬回话说跟第三医院管业务的副院长说好了，让牛小祥直接去找那副院长办手续。当牛小祥顺当地拿着院长签批的入住干部病房通知书时，忍不住心脏剧烈地激荡，第一次在伯父和汪真真经理面前显示了自己的能耐，如何不表现出难以抑制的兴奋和得意。

这丁冬不是别人，正是网球协会秘书长黄奇的贴身马仔，时常不离黄奇左右，由于脑瓜子灵活，身体素质不赖，就兼了黄奇的秘书、保镖、司机等职。因为主人的缘故，丁冬随黄奇结识了一些政商要人，平日里狐假虎威，也能办些小事。牛小祥虽是牛笑天的侄儿，但丁冬看上了牛小祥台籍人员的身份，想着日后给自己多留条道，也愿意和这个朋友保持交往。当牛小祥打电话求他为伯父解决住院床位的事后，他想起第三医院管业务的副院长还是网球协会的会员，也是极力寻梯子往上爬的主儿，时不常还到黄秘书长的办公室来，打着黄奇的旗号给副院长打了个电话，那副院长焉有不像接到圣旨一样极力照办的道理。

牛笑天的夫人闻讯赶到医院时，牛笑天正在接受大夫的术前询问。一听说是病人家属来了，大夫拿出一张手术风险告知单，把上面的文字挑那些用粗体提示的内容跟牛夫人念了一遍。当牛夫人听到手术可能会造成肠粘连、腹腔出血甚至死亡时，一下子惊得哆嗦起来，上下牙齿磕巴着说不出话来。大夫看牛夫人的苦相，又微微笑了一下，说那些提示的风险发生的概率其实特别小，不过是个手续而已。牛夫人说她听过好多病人从手术床上下不来的事，她要大夫给她保证绝对安全。大夫说如果家属拒绝在风险告知单上签字的话，院方将无法进行手术。牛夫人说让她好好想想，又红着眼睛跟丈夫说她心里害怕极了。牛笑天说这世间还有好多事等着他干哩，阎王才不会轻易让他解脱。又笑着让夫人快快签字，别让人家大夫费时间等着。牛夫人抖抖索索地签上了自己的名字，转过身坐在床沿上抹起了眼泪，一边嘴里念叨起儿子来。牛笑天怨妻子想儿子不在家跟儿子通电话却跑到医院来唠叨。

牛夫人说人家生病了儿女都守在跟前，想想自家，有孩子跟没孩子有啥两样，也不知花钱劳神送孩子到国外去为了啥。几句话又说得牛笑天心里不爽。牛夫人抽泣了一会儿，说她想打电话让儿子回来，不管咋说老爸做手术也算是大事，不图着照看，起码图个心安。牛笑天长叹了一口气，说多一事不如少一事，儿子回来也顶不了自己的痛苦，不如就别去打扰他。

牛夫人签完字，一扭一拐地瘸着腿把大夫送到楼道。牛笑天看着妻子的背影，五味杂陈。这个善良的女人，无欲无求，丈夫和儿子就是她的全部，儿子远在异乡，几年难得见上一面，丈夫忙着事业，很少能待在她身边，以至于连跟丈夫、儿子相处都成了奢望。虽说自己是个老板，可妻子除了挣得个虚无的老板娘名号外，难说得到了什么实惠。他又想起了自己的岳父，那个曾经当过自己干爹的恩人，把女儿放手交给了他，可他似乎并没有让干爹的女儿享受到幸福。如果干爹九泉有知，会理解他吗？牛笑天不由自主地轻轻摇着头。

转身回到房间的牛夫人看到丈夫情绪低落，又安慰起丈夫来，说人这一生总躲不过一些灾呀、难呀，能住上这么好条件的医院也是前世修来的福气，虽说儿子不在跟前，总还有个小祥侄儿。牛笑天抓住妻子的手，看着妻子霜染的头发和布满皱纹的脸，不由得想起了几十年前这个还称他为哥哥的小姑娘依偎在他身边的情景，一时百感交集。

"这一辈子苦了你。"牛笑天说。

"你咋说这样的话？"牛夫人说，"我这辈子跟了你，不挨打，不挨骂，不缺吃，不缺穿，我身子残，你也从来没嫌弃我，我幸福都幸福不过来。倒是你一天忙得吃不上喝不上，真让人心疼。"

牛笑天把头抬起来盯着天花板，忍住眼眶中的泪水："我时常想起咱爸，我老觉得他在天上看着我。我一天到晚忙得不着家，让你一个人孤孤单单，咱爸看到这些，说不准心里有多难受哩。"

"那你就不会悠着些，钱挣多少是个够？"牛夫人说。

牛笑天觉得无语，他一时不知道该怎么回答妻子的话。他的确是该悠着点了，可他能悠下来吗？妻子的嗔怪显然是归因于他的贪念，可这个看法对吗？不可否认，他所干的大部分事情都是冲着赚钱的目的，可为什么要去赚钱，赚了钱又能干什么，他真的一下子说不清道不明。

"你说得有道理。"牛笑天说，"我有时真的觉得自己活得越来越糊涂。"牛笑天说话的时候，脑子里翻腾起那些过往的情形。他清楚地记得，在自己意外获得叔父赞助初涉商海后，他曾为自己定下人生目标，此生若能挣下十万元财富，就不枉做了牛家后代。很快，当第一个目标轻易实现后，他又朝着百万元的目标去奋斗，他要效仿自己的祖辈振兴牛家。再后来，打造千万、亿万牛氏商业帝国的梦想顺理成章地成了人生追求。而这些人生理想的更迭递进，他真闹不明白动力来源于何处，似乎冥冥之中有一种神奇的力量推着他，让他根本停不下来。他有时也有歇一歇的念头，但周围的人和事似乎又很快把他的念头击得粉碎。他知道，自己的歇脚可能只会发生在身体倒下去或者生意破产的那一天，他不敢奢望自己的经营能永远红火下去。他常常羡慕那些运动员、演员、画家、作家，他们轻易就能成为人生赢家，而做企业的人却永远不能靠着自己曾经的一次辉煌轻言成功。是商人就得不断地爬坡，任何一次失败都可能使之前的全部成果一步归零。牛笑天生意场上结交过不少合作伙伴和竞争对手，但几十年的光景，如大浪淘沙一般，大部分的昔日同仁已被浪潮卷得无影无踪，和他一般仍然留在岸上的堪称凤毛麟角。那些消失的老板，有人死在了车祸中，有人进了监狱，有人莫名失踪。

牛笑天不是不会想问题。他今年已经六十三岁，按说也过了退休年龄，他也想休息，他也想退居二线，他甚至奢望以甩手掌柜的身份让继任者替他掌舵。可现实根本不容他稍有懈怠，昊天公司是一家地地道道的私营企业，但又并非家族企业，虽说企业归牛家，但里外打拼的却仅他一个光杆司令，妻子本是残疾，不用说对他的事业既无参与能力，也无参与兴趣。儿子照理可以接班扛起大旗，但谁知那小子自小就对经济活动迟钝，偏对涂鸦着迷，高中毕业后跟父母闹着去了艺术之都——巴黎，从此似乎忘了自己的植根之地，跟父亲的交往除了生活费讨要之外，几乎再没有别的内容。牛笑天是明白人，他知道江山易改、本性难移的道理，也就早早地把昊天公司代代传承的念头埋在五行山下。也正是因为觉得后继无人，牛笑天才很乐意地接纳了自己的侄儿牛小祥。小祥来大陆已经有一段时间，牛笑天从侄儿身上看到了精明勤快的修为，可也感觉出一种道不清说不明的秉性，让他不得不提醒自己花心思多观察、多教诲。除了家族成员外，公司里富有主人翁意识的员工实在鲜见，汪真真是可圈可点的管理人员，但人家毕竟只是为了一份薪水而提供劳动，牛笑天不可能寄希望于人家和自己一样为企业的生存和发展劳心伤神。

心力交瘁的时候，牛笑天也想过停下来，大不了退隐江湖与妻子安享晚年。可当他静下心来认真盘算时，却觉得这种想法是不切实际的梦想。昊天公司是一列已经驶入轨道的机车，企业的正常存在堪比机车的飞速运行。一旦刹车，机车上满载的乘客和货物何去何从？昊天公司虽然总资产体量不算大，可以亿计数的负债敢与运营脱钩吗？没有了经营支撑，牛笑天个人有能力偿还这些债务吗？企业在建项目涉及的业主群体、大小施工商、林林总总的供货商，诸多利益谁来协调保障？再说了，牛笑天岂能忍看与自己荣辱与共的员工丢掉饭碗？一切的一切，都像无形的枷锁一样，把牛笑天牢牢地与企业运营捆在一起。牛笑天无异于驾驶着一列高速运行的火车，这列车已经停不下来了。并且，列车似乎只能单程运行，且前路茫茫。

"你歇下来，好好养养身子，你还答应我到法国去跟儿子一起生活一阵子。"牛夫人红着眼圈说。

"我会的。"牛笑天嘴上说着，心里却是一阵酸涩。与晚辈共居一处享受天伦之乐是人之常情，作为地道家庭妇女的妻子，这种念头当然尤甚。过去老两口聊天时，妻子一念叨起儿子，牛笑天就拿陪她去法国看儿子的话安慰她，去法国也就成了妻子人生的重要目标。只是闲下心来琢磨，对普通人或许算是小菜一碟的事，对他牛笑天而言，竟是奢侈之举。

礼拜六的早上，汪真真的手机上收到了一条来自黄奇的短信。内容只有寥寥几个字："今天会所与老板共进晚餐。"尽管早有心理准备，但看到信息时汪真真还是忍不住心里咚咚乱跳。前几日，黄奇已告知她周末聚会的事，从一开始她就打定主意拒绝邀请，但拒绝的方式，她一直没有想好，毕竟她面对的是权势炙人的汉京城土皇帝，更有那作起恶来没有底线的狗腿子黄奇，她不可能随心所欲地简单拒绝了事。这几天董事长牛笑天突然发病住院，一忙起来就把黄奇邀约的事放下了，但该来的总归还是来了。现在，又到了汪真真运用自己的智慧和勇气排解麻烦的时候了。那天曾试图跟牛董事长提出辞职，牛董事长隐忍病痛的场景深深刺痛了她的心。在牛董事长就医的这段时间，她自觉地承担起昊天公司的全盘管控工作，里里外外错综交织的压力，让她真正感知了老板的艰难与苦痛，她忽然觉得原来在称作企业的这个小小天地中，做一个稳拿薪水、干好本职工作的员工是何等幸福的事。回想起几年前企业一度缺钱，牛董事长四处借款为员工筹集工资的事，不由得让人一阵阵心酸。汪真真忽然为自己的怯懦感到一丝羞愧，牛董事长如此看重自己，昊天公司一时也离不开自己，岂能因为一点小小的麻烦，去做一个连自己都瞧不起的逃兵？主意打定，她决定鼓足勇气跟牛董事长把事业做下去。既是继续留在昊天公司，那就还得跟黄奇周旋。

去与不去，对汪真真来讲都有麻烦。硬着头皮赴约，大概率会发生让汪真真情感上无法接受的结局，汪真真的人生观不允许她在预知后果的情况下，甘愿中招成为另类女人；而生硬拒绝，她又无法预估会招来何种报复，报复的对象除了她这个弱女子，甚至会牵连昊天公司或者牛笑天董事长。思来想去，汪真真决定还是不能前往，但务必得寻求一个合理的拒绝方式，事缓则圆，把今天的难关先过去，也许随着时间的推移，乌书记就会把她这个小人物渐渐淡忘。至于黄奇嘛，她相信只要自己心底无私，谅他也不能仗着代持股份的事情把她怎么样。

主意打定，汪真真给黄奇发了一条信息："秘书长好，我们牛董事长因病住院手术，这几天忙得不可开交，今天又恰逢家里有些私事，不能赴约，甚为遗憾，请您代我向首长敬杯酒。改日有机会，我来做东宴请您，首长若能莅临，更是不胜荣幸。"汪真真字斟句酌地把信息反复琢磨了几遍，又改动了几个字，在落款处加上了"汪真真敬上"，遂发了出去。

约莫一刻钟工夫，汪真真收到了黄奇的回复，内容依然很简短："老板指令，排难参加。至于其后的事，那是汪小姐的面子！！！"黄奇的信息最后是一连三个感叹号。

显然，黄奇以通牒的方式给汪真真发出了指令。汪真真既已拿定主意，也就镇定多了。她略微思考了一阵，把牛小祥唤到办公室，只说公司有一桩交际事务，让牛小祥专程去山里边的一家会所送些礼品过去。牛小祥问送什么东西，送给谁。汪真真说礼品是一箱茅台酒，送礼的对象是网球协会的秘书长。牛小祥一下子想起上一次他参与处理福利厂职工代表谈判那件事，他就是在那一次活动中和丁冬拉扯成朋友的。牛小祥问汪经理是不是送给那个姓黄的秘书长。汪真真惊讶牛小祥何以知道那个秘书长姓黄。牛小祥就把前番经历简要说了，并说他和黄奇秘书长的司机丁冬多有来往。汪真真听后若有所思地沉默了一会儿，说既是如此，那就更方便一些。又把那个会所的地址和驾车路线给牛小祥讲了一遍。牛小祥说必要时他会和丁冬联系。

安排完牛小祥，汪真真又给黄奇发了一条信息："黄秘书长，今日实在无法脱身，深表歉意。另派人送去一箱酒，以我的名义，也代表我们牛董事长，祝首长和秘书长周末愉快。"信息发毕，汪真真关掉了手机。

汪真真之所以让牛小祥送去一箱酒，其意还是不愿意激怒黄奇，或者说不敢决绝地得罪乌书记，她只是想弱弱地表示自己无意于深层次与这些权贵们交往的态度。然而刚才牛小祥无意中说出他与黄奇司机交往之事，又让汪真真心里咯噔了一下。牛小祥是董事长的亲侄儿，董事长对他呵护有加，汪真真既受董事长嘱托带引牛小祥，就得负起一份管护的责任。牛小祥从小接受的是另一种熏陶，虽聪明机灵，却难免在新的环境中迷失自我，尤其是面对一时说不清道不明的黄奇一伙人，如何不让人心生担忧。看来自己还需要多和牛小祥交流。

黄奇接到汪真真的信息之后，一时恼羞成怒却也无可奈何。关于这个汪真真，黄奇总觉得在女人中，尤其是在商场和职场女人中有些另类。跟牛笑天初次见面时，汪真真作为随行人员引起了黄奇的注意，个中原因是汪真真相貌、气质、年龄均契合了黄奇心目中乌书记的审美标准。做了乌书记多年的跟班，替书记物色心仪的玩伴当然也成了黄奇的工作内容之一。其后，黄奇小使手段让汪真真成了自己在昊天公司的股份代持股东，按他的如意算盘，给汪真真些甜头，不愁这个女人日后不会成为他控制昊天公司、制约牛笑天、巴结乌书记的一枚棋子。然而在自己的机巧成为现实后，他却发现这个汪真真远非他想象的那种人。他任命汪真真为网球协会秘书长助理，但汪真真并不领情，别说把网球协会当成自己的单位，甚至连协会办公场所也在其后绝无涉足。他曾经让协会财务人员通知汪真真领取工资，汪真真竟也坚决拒绝。至于汪真真代他持有昊天公司股份之后，汪真真也并没有像他所希望的那样经常向他汇报公司的经营管理情况。汪真真不但没有对他的信任表示出丝毫的感恩，反倒流露出勉为其难的意思。这一切倒也罢了，最让黄奇无法理解的是，在乌书记对汪真真明明白白示好的时候，汪真真竟然无动于衷。精心安排的会所宴会，被汪真真搅得一塌糊涂,让乌书记败兴至极。要知道,这汉京市里多少女人做梦都想着贴巴乌书记以求得荣耀,而这个汪真真竟然如此不识好歹。按说,这偌大的汉京城,有色有味的女人多了去了,汪真真既是不识抬举,也就无须再在她身上下功夫,只消用些手段控制好就行了,这才有了那一次汪真真醉酒后黄奇安排照相之事。可谁知那乌书记偏是大白公鸡的冠子,色重一点,那次与汪真真邂逅之后竟然割舍不下。及至乌书记钦点汪真真作为随员出访欧洲,黄奇甚至有些担心,一旦这汪真真受宠于乌书记成为红人,却与自己离心离德,反倒挑唆起乌书记和他的关系,岂不是弄巧成拙?所以他不得不用些心思多想点辙。前几天,乌书记特意叮咛他本周末去山里活动时通知那个小汪一并参加,他就知道乌书记对汪真真的兴趣暂时有些不可逆转,他必须顺势讨得乌书记欢心。然而,汪真真却如此不识相,这让黄奇一时不知如何是好。

汪真真回信息说派人送来一箱酒,不免让黄奇嗤之以鼻。心说这小女子竟然在江湖高手跟前耍起手段,给汪真真发了一条信息:"酒我这里不缺,拿来也占地方。若你不肯前来,不给老板赏光,与我无关。"黄奇的这条信息,明显含着威胁的意思,他相信汪真真自会认真掂量。然而大半天工夫,却未见汪真真再有信息回复过来。到底是惦着要给乌书记有个交代,黄奇只好忍着气给汪真真打电话,心说先好歹把这个娘们哄过来。谁知电话号码拨过,耳机里传来的却是对方关机的提示音。黄奇心里一惊,看来这小娘们还真不是个软柿子,纵使软硬兼施也不肯就范。黄奇一时又有些作难,前几日乌书记看似随意给他安排通知汪真真聚会,他心里明白实则乌书记极其用心,他已经回复乌书记一切安排就绪,而这汪真真不识好歹,乌书记能不在心里迁怒于他吗?黄奇把手机拿起来想给牛笑天拨个电话,让牛笑天把汪真真找来,想想又觉得不合适。一是不知道这不尴不尬的事从何说起,二是这件事似乎还是不让牛笑天知道的好。权衡再三,黄奇觉得也只有跟乌书记实话实说了，强扭的瓜不甜，既然这女人压根儿不珍惜倚靠参天大树的机会，又何必施恩于她呢？天涯何处无芳草。黄奇相信阅尽人间春色的乌书记不会不懂得这个道理。即使一时不开心，过后总会释然。当然，这件事不能善罢甘休，堂堂七尺男儿让一个小女子涮了，得让她尝尝任性的后果。

今天的天气不错，清晨下过一场小雨，到午间天又放晴，山间的树木像是被水洗过一样。不冷不热的气温，正是宜人的运动时光。下午，满面春光的乌书记一身运动装束，驾临黄奇的会所。早已等候在门口的黄奇等人接驾已毕，将乌书记安排着先做挥杆之前的养神品茶。乌书记几口清茶润喉之后，淡淡地问黄奇那个小汪几时过来，黄奇咧了咧嘴苦笑着说汪真真有事来不了。乌书记瞬间一愣，又若无其事地缓缓问有什么事。黄奇说他也不知道有啥事，今天突然给他发信息说要失约。乌书记又显出几许关切，说既是不能赴约，说不定真遇到什么麻烦事，让黄奇务必关心一下。黄奇沉默了一小会儿，对乌书记认真地说了一番话。

"乌书记，恕我直言，这汪真真是个不懂得知遇之恩的女人。您对她那么看重，她好像并不在乎，上一回让她随政府代表团出访，多大的荣誉，她竟然表现得勉为其难。就说今天来会所的事，我几天前就通知过她，可她今天竟然临时变卦。我一再强调首长要来，可她倒好，竟敢给我发完信息后把手机关掉。更可恨的是，她说要让人送来一箱酒，让我替她给首长敬一杯酒。您说这女人还懂点规矩不？抗命拒绝赴约，还敢耍这小花招。"

黄奇一边说着话，一边观察着乌书记的脸色。他分明看见，乌书记那原本自然的笑脸慢慢地变得僵硬，又渐渐地显出愠色。

黄奇趁热打铁："这汪真真现在还兼任着咱们协会秘书长助理的职务，可从挂职到现在，从来没有给协会干过一件事，不管从职责上还是从情分上都难说得过去。看来实在是道不同难以为谋。留人容易留心难，既是离心离德，又何必在意她呢？我正寻思着要不要免去汪真真网球协会秘书长助理的职务呢。"

乌书记没有说话，脸色却一直阴着，又喝了一会儿茶，就上了网球场，先是一阵热身，很快就进入左冲右突的酣战中。

乌书记是个有生活规律的人。两个小时运动结束，准点泡澡后，手法娴熟的女按摩师又是一阵阵地轻柔推拿，把乌书记侍弄得红光满面。待黄奇被唤到休息室时，眼见得乌书记的身躯陷在宽大的沙发中，弥勒佛似的脸庞上挂着几许深邃难判的笑意。

轻吐了一口气，乌书记缓缓地说："以后不要再理那个姓汪的女人，别让她到这个地方来，也别让她知道我们的行踪。"

黄奇心里一阵轻松，看来乌书记到底是明白人。他很想跟乌书记说句天涯何处无芳草之类的话，但到底还是不敢造次。他点着头轻声应道："跟我们相处的福分，她没有了。"

晚宴早已备好，黄奇请乌书记去餐厅用饭。乌书记显然兴致不高，说自己没有胃口，让黄奇给他安排煮一碗稀饭端到休息室来。慌得黄奇立马起身直接去厨房亲自布置。

从厨房出来，黄奇却一眼看见司机丁冬小跑过来。丁冬说有个事情要请示一下，黄奇便立住脚听丁冬说话。丁冬说昊天公司那个牛小祥方才给他打电话，说是他们的汪经理让给秘书长送来一箱酒，现时就在进会所的那个路口等着，因打不通秘书长电话，就把电话打给了自己，这就跟秘书长请示一下。黄奇这才想到刚才跟乌书记说话时他手机一直处于静音状态，就拿起手机看了一下显示屏，果然有几个未接电话。想想汪真真今天演的这一出戏，正觉得气不打一处来，就随口对丁冬说："让他滚远点！"那丁冬听后一愣，不知自己的老板吃错了啥药，一时回不过神来，想再问究竟时又不知道说什么好，嘴巴张了几张没有发出声来，怔怔地看着自顾离去的黄奇的背影发呆。

丁冬方才跟黄奇请示牛小祥造访之事时还想多说几句牛小祥的背景，没想到黄奇一句抢白让丁冬一下子找不到北了。这会儿让丁冬犯难的是他如何跟牛小祥回复黄奇秘书长的旨意。他后悔方才显摆自己就在会所，正跟黄奇秘书长一并接待乌书记，万一牛小祥冲着他要到会所来一趟，他该如何拒绝？正在煎熬之中，又听见手机铃声响了起来，一看正是黄奇，忙不迭接通问秘书长有啥事。黄奇却问起方才丁冬说的那个来送礼的人叫啥名字，丁冬回说叫牛小祥。黄奇又问这牛小祥跟牛笑天是啥关系，丁冬说牛小祥是牛笑天的侄儿。黄奇"唔"一声，顿了一下说："你让那小子进来，你先陪他一会儿。"丁冬一阵轻松，如释重负，连说了几个"明白"。

却说黄奇为何又改变主意让牛小祥进入会所？汪真真的傲慢与无礼让黄奇自尊心大受创伤，所幸乌书记能及时了断对这女人的青睐，黄奇就可以随心所欲地想法子调教她。但黄奇毕竟有巨额借款和可期待的利益拴在昊天公司，对汪真真这个棋子的处置还得讲一些技巧，汪真真对昊天公司和牛笑天的忠诚不能不作为重要的考量因素。刚才丁冬提到的牛小祥，让黄奇本能地和牛笑天联系起来。这一打问，果然牛小祥是牛笑天的亲属，说不定这层关系又是掌控昊天公司的一个好机缘。

乌书记原本是打算在会所度过周末之夜的，也许是因为汪真真的缘故，乌书记有些兴味索然。吃罢简单的晚餐，乌书记提出打道回府，黄奇苦苦相留，说已有人送来新鲜的果子狸和竹鼠，厨师已收拾干净，明日中午请老板品一品。乌书记让黄奇少造些孽，说那些野味又腥又柴，哪有猪肉好吃。黄奇涎着脸说要不然为啥只叫品尝，孔子都说食色性也，不食不色，对不起人生。乌书记瞪了黄奇一眼。黄奇自觉失口，讪讪地把双手在胸前搓着。乌书记也不再多言，通知司机备车回城。黄奇低眉顺眼地又随着乌书记赶到会所门口的停车场，打开那辆专供乌书记出行使用的陆地巡洋舰越野车后门，左手掩住车顶，右手扶着乌书记胳膊，看着乌书记在车座上安顿停当，关上车门，隔着玻璃，作弯腰抱拳状。随着一声轻轻的笛声，陆地巡洋舰屁股后冒出一溜白烟，扬长而去。

待黄奇转身回到会所院落深处，一眼看见丁冬和一个小伙子坐在路边的石凳上聊天。看见黄奇，丁冬小跑过来，跟黄奇说那边坐着的小伙子就是昊天公司的牛小祥。黄奇吩咐丁冬二十分钟后把牛小祥带到自己的办公室来，

再说这牛小祥生在台湾，长在台湾，自幼也算是见过世面，只不过小祥的家庭在台湾充其量算是中等之家。除了感知都市的繁华和城区公益设施的发达之外，小祥对私密的高档社交场所却从未涉足。来大陆一段时间，牛小祥已多少体验出了不同身份之间生活方式的巨大差异，不免时时有些感悟。今天，仅是进入会所的过程，就让他心生感叹，原来这偌大的世外桃源，这一条专用公路，仅仅就是为这家会所的主人服务的。他原以为伯父牛笑天是大老板，看来比起人家会所的老板，真是小巫见大巫。

待牛小祥随着丁冬进入黄奇办公室后，内中的奢华自然又让牛小祥心生震撼。丁冬轻声地跟坐在老板台后面的黄奇报告说昊天公司的小牛来了，黄奇却头也没有抬，继续低头盯着桌面上的一份材料，只是随手指了指对面的沙发。丁冬招呼牛小祥坐下，又给牛小祥倒了一杯水，就退出了房间。偌大的房间就剩下黄奇和牛小祥二人，牛小祥只觉得局促不安，忍不住心脏怦怦地跳动。为了镇定自己的情绪，牛小祥又认真地浏览起房间的陈设，目光最后聚焦在墙壁上挂着的一溜照片上。他惊讶地看见诸多的社会名流与这位老板勾肩搭背，内中竟不乏他苦追的影视明星。

半晌工夫，黄奇方才抬起头来看了一眼牛小祥。见黄奇开始关注自己，牛小祥又诚惶诚恐地站起来。黄奇向牛小祥招了招手，示意牛小祥坐在自己办公桌对面的凳子上。牛小祥手脚不听使唤地挪到黄奇跟前，与黄奇隔着办公桌相向坐下。

仔细打量这个神秘的会所主人，牛小祥只觉得眼前这个人浑身透着一种煞气和豪气，一双眼睛射出犀利的光，不肥不瘦的脸庞显现出富贵与威严。牛小祥不由得把这个形象和自己的伯父牛笑天作着对比，伯父虽然也是有钱人，但却看不出丝毫的伟岸来，甚至在有些场合还显出些许猥琐。

"知道我是谁吗？"黄奇问。

"您是黄秘书长。"牛小祥不知道黄奇为什么问他这么一句话，茫然地回答后，又犹犹豫豫地补了一句，"您是我们汪经理的朋友。"

"错了！我是汪经理的老板，也是你的老板，或者说是昊天公司的老板。"牛小祥愣住了，他怎么也没想到这个从来不涉足昊天公司半步的神奇人物会是昊天公司的老板。这么说自己的伯父竟然是个傀儡，难道汪经理并不听命于伯父？牛小祥觉得自己的血液好像凝固了，这个突如其来的信息让他说不上来是失落还是沮丧。

黄奇显然看穿了牛小祥的心态，又换了平和的口气说道："不管谁是老板，你作为公司的员工，尽职尽责干好工作就行了，跟你无关的事情没必要去操心。"

牛小祥机械地点着头。

黄奇问牛小祥最近公司都忙些啥事，让说来听听。牛小祥不知道黄奇想知道啥事，脑子里就回想着近来公司桩桩件件的事情。忽然，他脑子一动，既然这个人是公司的老板，自然应当对公司的情况了解得清清楚楚，汪经理也会及时给他汇报大事小情，干吗要从一个小员工身上打听情况，难道这黄奇有不可告人的用意？牛小祥不由得又心生一丝警惕，嗫嚅着不知道该说些什么好。

"网络上骂牛老板的事情有着落没？"

原来黄秘书长也关心这件事情，牛小祥心里有了一丝暖意。这一阵子网络上接二连三的文章，牛小祥都看到了，伯父这一次住院，他也认为是伯父怄气的结果。他恨那些造谣生事的人，可他却无能为力。现在黄秘书长问他，他就想着既然黄秘书长自称是昊天公司的老板，就不应当看着伯父和汪真真让人骂而坐视不管。

"这件事真是太可恶了，牛董事长都气病了。"牛小祥说。

"我已经采取措施，相信要不了多久，那个造谣的人就会被揪出来，等着他的肯定是法律的制裁。"黄奇显得很自信。

黄奇的话让牛小祥顿生好感，不管这个角色多难捉摸，但只要能帮助昊天公司，帮着伯父解决麻烦，那肯定是自家人。牛小祥脸上透出兴奋，频频地点着头。

"你和丁冬是好朋友？"黄奇又问道。

牛小祥说："丁冬很能干，他给我帮了不少忙，我们挺合得来。"

"我很喜欢年轻人。"黄奇说，"你也是个很有出息的小伙子，可惜现在昊天公司还需要人，你就在牛老板、汪经理手下好好干。有朝一日，若能在我身边做事，或许有更多的机会。"

黄奇的话，让牛小祥听着心里说不出是什么滋味，他没有料到，原来自己伯父上边还有个太上皇。他宁肯相信眼前这个人是痴人说梦，但丁冬对这个秘书长的敬畏，这个神秘会所的阵势，秘书长对网络谣言事件处理上的自信等，又似乎证明了这一切都是客观存在。一瞬间，他觉得作为牛笑天侄儿的自豪感和优越感被扫荡一空。黄奇又说了一番鼓励的话，无非是年轻人要珍惜机会，勇于吃苦，锻炼自己，云云。牛小祥只是傻傻地点着头，直到黄奇让他回去时，才如梦初醒地起身，弯腰致谢后离开。

看着这个小伙子落寞的背影，黄奇笑了。从今天起，黄奇要调整对昊天公司的工作策略。既然汪真真已经不再被乌书记所看重，使手段调教她是早晚的事。这牛小祥虽说乳臭未干，但他和牛笑天的特殊关系决定了他在昊天公司不是一般人物。他要把牛小祥作为一枚棋子来使用，至少可以通过他知道一些牛笑天和汪真真的内幕。

手术做完已经四天，牛笑天依然不能下床活动，这让牛笑天的主治大夫颇为恼火。按说胆囊切除手术并不复杂，一般的病人术后第二天就下床活动，恢复好的人第三天就出院了，而牛笑天竟然术后四天还在使用止疼棒减轻痛苦。今天早上在护工的搀扶下，牛笑天强撑着把双腿从床上挪到地板上，但没迈出一步，又是一阵撕心裂肺的疼，豆大的汗珠瞬间布满了面颊，无奈何只好又躺回到床上。护工安慰牛笑天说年岁大了恢复得慢一些也在情理之中，可牛笑天觉得自己不过刚刚过了花甲，何以如此弱不禁风？不免在内心抱怨身子太不争气。

虽说不时袭来的疼痛让牛笑天备受折磨，但牛笑天的脑子一刻也没有闲下来，躺在病床上没有人跟他再说工作上的事，手机也一直关机。但项目上的那些事，设计变更、施工进度、销售宣传、回笼资金，这些理不清剪不断的千头万绪仍在他的脑海中翻滚不停。他回忆了一下，入院到现在，唯有那天上手术台之前的十几分钟，他的思维和工作发生了断档。第一次做手术，毕竟还是有些恐惧。因为全身麻醉的需要，从护士在手腕上扎上大号留置针头那一刻起，他就有些担心自己能不能再醒过来。躺在窄窄的手术床上，看着房顶上密密麻麻的无影灯，他突然想起多年前看过的那部反映日本侵华关东军七三一部队的电影，那些面临活体解剖的人不就是躺在这样的台子上么？一阵恐惧让他忽然间颤抖不止。戴着口罩的大夫安慰他说小小的手术，小睡一会儿就过去了。失去知觉的前一刻，他记下了墙上挂钟显示的时间，九点三十五分。直到他迷迷糊糊地觉得有人在呼唤他，那声音像是从一孔幽深的隧道里传过来，他努力地想睁开眼睛，但眼皮却像压着巨石一样抬不起来，直到"干二床"的喊声变得清晰一些的时候，他才猛然醒过来，自己已经从手术台上下来。"干二床"是他住院的床位号。待到他眼睛绽开一条缝，只看见眼前几个晃动的白影，他张张嘴，却不能顺畅地发出声来。有个白影子俯下身问他想说什么。他艰难地吐出几个字"几点钟"。有人回答说"十二点一刻"。他一算时间，自己的手术做了快三个小时。他觉得有些意外，因为大夫早前跟他预估，手术时间不会超过一个小时，莫非术中出现意外或者是麻药使用过量？不过他忽然又有一丝高兴，因为他觉得自己脑子依然很清楚，看来一场全麻手术基本没有破坏他的大脑功能。只要脑子还好，他的事业就不会受到大的影响。

卧病在床，虽然有护工的照料，但老伴依然不离左右。看着老伴拖着残躯在病房中扭来扭去，他心里时时像针扎一样痛，他惭愧只有在自己倒下来的时候才能给这个可怜的女人短暂的陪伴。前两天跟老伴聊天，为了安慰老伴儿，他答应尽快歇下来陪老伴安度晚年。术后的这几天，他又在心中反复琢磨这个问题，看来他真的该筹划自己的晚年人生了。但为难的是，眼下谁能来顶替自己撑起事业？要不然，就硬着头皮，咬着牙把运动广场这个项目作为他人生的收官之作，然后把企业交给汪真真和牛小祥一帮人，让他们按照自己的思路去转型经营吧。不过，在收手之前，他得做到了无挂念，他要把昊天公司的债权债务清理干净，他要把遗留的税务问题处理完毕，甚至，他要把一直以来挂在心上但却苦无良策的福利厂职工困难问题妥善解决。目睹了数不胜数的大小老板为躲麻烦跑路了事的案例，牛笑天告诫自己一定要在引退之前对得起社会，对得起员工，对得起自己。

主治大夫查房时，牛笑天问自己几时可以正常下床，几时可以出院。大夫阴着脸说牛笑天术后恢复极不理想，疑为高血糖等基础病症导致的愈合缓慢，又因为手术部位长期有炎症，加大了病灶修复难度，现在最担心肠道粘连，所以还需要观察一段时间。把牛笑天说得一阵心慌意乱。牛夫人又抹起了眼泪。

事已至此，很难说手术成功与否，牛笑天心里纠结也没有办法。屈指一算，连同术前的消炎治疗，已住院十多天。牛笑天原打算等到可以下地活动、生活自理时再开始工作，所以这一段时间就一直关着手机，现在一听恢复正常状态还遥遥无期，心里不免有些着急。想想公司那一大堆非自己出面难以解决的事务，决定忍着病痛开始工作。他让老伴儿给闲置多日的手机充好电后，打开了手机电源开关。

一阵不绝于耳的提示音响过之后，牛笑天拿过手机，粗粗浏览了一下屏幕，总也有几百条信息。除却天气预报之类的公众信息外，大抵都是"请回电话""有事联系"之类的短信留言。显然，这是那些不知道自己住院手术的人在打不通电话时发出的信息。忽然，萧记者的几条信息引起他的注意，内容虽短却莫名其妙："牛总，急相见。""牛总，抱歉，务请原谅。""牛总，别生气，我会吸取教训。"信息显示为昨天和今天发出。牛笑天有些蒙，他不知道一向趾高气扬的萧记者为何突然一百八十度大转弯，这么说网络上攻击自己的那些文章真的是萧记者自导自演，难道萧记者的恶行已经露馅儿了？牛笑天琢磨着和萧记者最后见面的场景，萧记者那种志得意满的神气犹在眼前。谁能让这种人服软？牛笑天一时找不出合理答案。惦念着那些文章恶心人的影响和自己花出去的五十万元，牛笑天觉得还是应当给萧记者打个电话过去，且看他说些啥再做分晓。

又是一阵剧痛袭来。牛笑天放下手机，心说等疼痛缓解时再给萧记者打过去，没想到手机铃声却一阵紧似一阵地响起来。牛笑天叹了一口气，没接电话，任由那铃声响了下去。一通响罢，短短几分钟后又响起来。牛夫人拿过手机跟丈夫说不如关机了事。牛笑天轻轻摇了摇头，问夫人电话是谁打来的。牛夫人说没有显示名字，是一个陌生号码。牛笑天想着也许是那种搞推销或诈骗的垃圾电话，就让夫人接一下再回绝挂断。没想到夫人接通电话后，脸色却变得严肃起来，毕恭毕敬地应诺之后，方才挂断手机。牛笑天问故，夫人仍显得有些惊慌，说刚才电话那头说是公安局的，问这个号码是不是牛笑天的电话，得到确定后，又问牛笑天在什么地方，知道牛笑天躺在病床上后，对方说就让牛笑天身体方便时回一个电话，因为有一个诈骗案子牵涉了牛笑天。牛笑天听后更是一惊，心想着整日事务缠身，怎么又惹上诈骗案子。在心里把近来公司和个人事务捋了一遍，想不出有什么可能违法乱纪的地方。又灵机一动，莫非这本来就是一个诈骗电话，这年头冒充公检法骗钱骗财的事多得去了，让夫人把电话递给他。一看那号码是个座机电话，前头的几个未接号码与这个号码也是一致，

琢磨一阵，觉得对方大约是公安人员，因为骗子不会用固定电话
骗人，更不会在对方未接电话时接二连三地打过来，看来又有麻
烦了。

　　是福不是祸，是祸躲不过。牛笑天急于知道是什么诈骗案件
跟自己有关，就忍着疼照着那个号码拨了过去，铃声响了好长时
间，才有人拿起听筒。牛笑天自报家门后，那边又让牛笑天等着。
漫长的几分钟后又换了个人拿起话筒说话。牛笑天问对方有什么
事情找他，对方让牛笑天到市公安局刑侦支队去一趟。牛笑天说
自己刚做完手术，现在还躺在病床上。对方沉默了几秒钟，问牛
笑天住在哪个医院、哪个科、哪个床位。牛笑天一一作答。对方
说明白了。牛笑天急于知道自己涉及了啥事，问对方自己可不可
以先派个人过去联系，对方说了声等候通知就挂上了电话。

　　心里没冷病，不怕吃西瓜。牛笑天坚信自己和公司是干净的，
如果要说有不合规的地方，那就是跟马英俊、杨行长等人的来往
中有些摆不上台面的付出。可略懂一些法律常识的牛笑天知道，
这些行为跟诈骗根本搭不上界呀，何况真有这类案子，也轮不上
公安局插手。想着想着，牛笑天又想到了自己身边的人，会不会
是汪真真或者牛小祥干了什么不合适的事。汪真真是个能干且正
派的人，而牛小祥初来乍到，涉世不深，还真得时时提防着点。

　　理不出头绪，牛笑天索性不再去费脑子。又想起萧记者那几
个怪兮兮的信息，牛笑天就把电话给萧记者打过去，没想到却是
关机状态。心说会不会是萧记者正在参加重要采访或手机没电了，
隔了大约半个小时又把电话打过去，仍是关机。一直到下午下班
时分，萧记者的手机依然打不通。牛笑天心里不免有些异样。

　　第二天早上，医生查过房，护士给牛笑天把吊瓶挂上。牛笑
天跟公司相关人员打了一通电话，问了管财务的人有关近期的用
款计划，听取了工地负责人介绍项目进度，让外联人员详细述说
了几个证件的办理情况。在诸多事务中，牛笑天现在最关心的是
销售许可证的办理节奏。到现在为止，除了投入就是投入，无任

何回报，其原因就是五证不全，无法以预售方式自己造血。五证即土地使用证、建设用地许可证、项目规划许可证、施工许可证、销售许可证。现在前四个证已经拿到，唯有销售许可证这个关键环节没有着落。牛笑天已经给外联公关人员下了死命令，不惜一切代价，逢山开路，遇水架桥，尽快把这最后的王牌证件拿下来。工作电话联系已毕，牛笑天又给萧记者打电话，还是关机。牛笑天隐隐有一种感觉，这萧记者大概遇上了麻烦。正寻思间，就看见两个穿制服的警察走进了病房。

看见警察时，牛笑天自是稍稍有些吃惊，不过有昨天通电话和深度思考的分析，牛笑天也还显得镇静。那两个警察跟牛笑天上回见过的警察搭配一样，也是一老一少。老警察进病房后先是把房间的陈设环视了一遍，脸上透出惊讶，显然是对病房里的豪华感到意外。坐在病床前的牛夫人站起身，诚惶诚恐地用目光询问着这两个不速之客。牛笑天用那只没有扎吊瓶的胳膊撑着床，略略抬起肩膀，算是跟警察打了招呼。

警察问明牛笑天的姓名，自称他们是汉京市公安局刑侦支队的办案民警。说话间老警察还向小警察做了个示意的动作，小警察随即从口袋中掏出一个黑色的工作证，握在手中像是宣誓一样给牛笑天展示了一下。牛笑天想着这个小警察可能是警匪片看多了，把警察给罪犯亮明身份时的动作学会了。牛笑天问警察前来是不是为着昨天电话里谈到的诈骗的事。警察说正是因为知道牛笑天做了手术在医院躺着，这才找上门来，要不然牛笑天就得上局里去接受询问。牛笑天说自己是个遵纪守法的人，公安局有什么问题问他，他一定如实回答。

年轻警察就地取材，把病房中给病人家属配备的小凳子搬到床头小柜前，摊开了纸和笔，打开了记录的架势。牛笑天有些反感警察的装腔作势，却也只能耐着性子。待到小警察把牛笑天的姓名、年龄、籍贯，住址、身份、家庭成员信息等内容都记录完毕时，老警察才缓缓地问牛笑天是不是认识一个《人民之声》的记者萧明宣。

牛笑天一阵释然，脑子里飞速地运转起来。从昨天到今天，他一直给萧记者打不通电话，第六感告诉他萧记者可能出事儿了。可当公安局给他打电话说他牵扯上诈骗案件时，他梳理了自己近一年来参加的各类活动，却唯独没有把萧记者和自己的交集关联起来。警察的介入，证实了他此前对萧记者的怀疑并非神经过敏。不过牛笑天有些纳闷，自己上回在公安局已经接受过询问，为何这回又换了新人，难道自己原先给公安局提供的十万元办案经费又白掏了？

不待警察细问，牛笑天就把他当初在政协开会，后经介绍认识萧记者，萧记者为自己写宣传文章，再后来萧记者帮自己消除网络造谣文章不良影响的事，一五一十说了一遍。

小警察的记录速度显然跟不上牛笑天的叙述。勉强记录了几句后干脆把笔放下来专注地听牛笑天说话。

牛笑天说到激动处，忍不住又骂起那个在网络上给他造谣的无良文人。说他这辈子最敬重读书人，却没想到这读书人作起恶来，竟然心比常人还黑。

待牛笑天暂时住口，老警察脸上显出一丝嘲讽的笑："你独独没说你的错。"

牛笑天一惊："我有什么错？"

老警察问："你是不是给这个萧记者送了五十万元的现金？"

牛笑天沉默了。刚才给警察叙述与萧记者的交往时，牛笑天唯独没有讲起这个细节，不是他健忘，而是他不想让警察知道这一点。在牛笑天的做人原则中，给别人好处再以此举报别人，人格和德行都有些欠缺。现在，警察虽然还没有给他透露萧记者的具体案情，但他可以断定，萧记者就是这起网络造谣事件的自导自演者，而萧记者索取费用的行为无疑就是诈骗。送钱给萧记者的事情警察既已知道，想必是萧记者这个软蛋不打自招了。但牛笑天得遵守自己做人的底线，不管萧记者将来受到什么处罚，他牛笑天不能落个送人钱又举报人的恶名。

"我是给了他钱。"牛笑天叹了口气说,"他说他手头紧,希望我能帮他一把。我给他钱的时候,他还说要给我打个借条,我说都是朋友,记着有钱时还上就行了。"牛笑天说话时,脸皮有些微微泛红。

"你的神情已经告诉了我。"老警察一脸揶揄,"萧记者已经交代过了,那笔钱是你贿赂他的。你倒好,拿个借款说事。"

警察的话证实了牛笑天的判断,看来萧记者已经进去了。牛笑天心里又疑惑萧记者为了啥事翻的船,莫非那家伙常干这种敲诈的事,某件事情上失了马脚被公安逮了现行,连带着把跟自己的事情也交代了?不过送钱这件事,想来自己是个受害人,也不会担啥大责任,甚至公安局还应该把这笔钱追回来还给他,只不过自己不能坏了江湖上的游戏规则。想到这里,牛笑天用无可奈何的口气说:"他咋说是他的事,我咋做是我的事。"

到底是在医院的病房里,况且牛笑天还挂着吊瓶,两个警察的态度还算平和。在牛笑天迫切的询问中,老警察告诉牛笑天那个萧记者职业道德败坏,利用记者身份干了多起坏事,典型的手段是串通他人在网络上炮制诋毁名人或商人的文章,又以删帖、消除影响为名诈取他人钱财。在市局领导的直接部署下,萧记者已经归案,正在等候法律的制裁。老警察对案件的介绍,证实了牛笑天一直以来对萧记者品行的判断。不过,此时此刻,牛笑天却觉得有些恨不起萧记者,那个人毕竟在宣传他的过程中费神写了文章,他当选汉京市民营企业十大领军人物,也不能不说有萧记者很大一部分功劳。人都有三昏六迷七十二糊涂的时候,敲诈他的事也可能是鬼迷心窍。如果真的为了这事,让萧记者陷入牢狱之灾,牛笑天还有些于心不忍。

说话间老警察的语气又显得平和了一些。他说牛笑天把送钱的事说成借钱,这个说法能不能成立,得结合案件中其他的材料综合判断,回去他们再研究一下。牛笑天有些纳闷警察把拿钱的性质看得很重，就跟警察说反正自己也是受害人，借了钱咋样，送了钱又能咋样，横竖萧记者不是个好货色。

老警察的脸色严肃起来："萧明宣的这个案子是网络管理部门移交过来的。对于萧明宣行为的性质，现在还有争论。有人说是诈骗，有人认为是敲诈勒索，还有人提出是寻衅滋事。"牛笑天这才知道，原先接待他的那两个警察已经把案子甩出去，自己的十万元费用已经跟现在没有关系了。老警察停顿了一下，盯着牛笑天一字一顿地说："至于你嘛，虽说也是受害人，但不排除商业贿赂的嫌疑。"

牛笑天有些气愤，自己被人在网络上糟践了一回，敲了一把，这公安局还要恶心他一回。明明是案件的受害人，却又被扯上贿赂。激动之下，牛笑天觉得喉咙中像是堵上了棉花，一阵剧烈的咳嗽，脸憋得通红，欠起身子把头伸到病床一侧想去吐痰，身子的扭动又导致伤口撕心地疼，胃里翻江倒海地直往上涌，忍不住一腔苦水，哗哗啦啦地从喉咙中喷射出来。牛夫人急忙把一个洗脸用的盆子伸过去接住呕吐物，又手忙脚乱地替牛笑天捶打着背部。

牛笑天吐出的秽物让病房里瞬间弥漫着又酸又臭的味道，那做记录的年轻警察大概刚上岗不久，估计也是娇生惯养出的独生子女，哪里见过这场面，忍不住喉咙中的涌动，急忙用手捂住嘴巴，站起身走到窗户跟前，把头伸到窗外。老警察倒是若无其事地拿过年轻警察摊在床头柜上的笔录纸，认真地看起了记录内容。

待牛笑天呕吐完毕，牛夫人替牛笑天擦了脸和手，侍弄着牛笑天又平躺到病床上，却突然发现输液架上的液体瓶已经空了，急忙按压了床头的呼叫开关。一个小护士应声而至，一看连输液管中的液体也打完了，赶紧换上新液体。小护士又说病人住院就需要静养，来看病的人说是看望，实是添乱，病房里连带病人八只眼睛竟然都失明了不成。小护士也不在乎听话人的感受，说着说着干脆下起了逐客令，让病房里留下一个陪护人，其他人都离开这里。

年轻警察大概想在小护士跟前显示一下自己的特殊身份，声音不高却故作深沉地说他们是在执行任务。那小护士能在干部病房值班，估计也是家里有些背景见过世面的人，并没被小警察的话吓住，停下手中的活儿，脸上透出倔强说："这里是医院，不是公安局，医院是救死扶伤的地方，不是警察执行公务的地方，再说真有公务，也得先和大夫联系。"那年轻警察欲再理论，却被老警察拦住了。老警察笑笑说："这护士小同志说的也对。今天跟这个病人只是简单地见个面，想着不需要惊动医院的大夫。"

那小护士好像占了上风，又着腰站在病房中不肯离去，那架势像是不把两个警察赶出病房不肯罢休。估计警察该问的话也问完了，老警察问牛笑天能不能在笔录上签个字。牛笑天说当然可以。老警察就让小警察把笔录后边完善了一下，让牛笑天签字画押。牛笑天让牛夫人找来花镜，把三页纸的记录认真看了一遍，在小警察指点的位置上歪歪扭扭地签上了名字，又用指头蘸上小警察递过来的红色印泥，逐页盖上指印。诸事已毕，那年轻警察用挑衅的目光又把小护士看了一眼。那小护士却是一脸得意之色。直到两个警察一前一后离开病房，那小护士忍不住胜利的喜悦，轻快地蹦出病房。

警察一走，牛笑天又陷入惆怅中。今天的情况，让牛笑天一喜一忧，喜的是造谣中伤他的源头找到了，今后网络上不会再出现那些胡说八道的文章，况且他原来对萧记者的怀疑也得到了印证。忧的是公安局却倒过来给他找碴儿，实在是让人窝火。

见丈夫心绪不宁，牛夫人又不免唠叨着嫌丈夫一大把年纪了还整日里劳心伤神，说这大盖帽两头翘，吃了原告吃被告，惹上公安局的人少不得花钱消灾。牛夫人还说前几天在院子里碰到一个老姐们，儿子闹离婚，年轻人火气盛不知为啥事把媳妇打了一顿，没想到公安局来了，也不管人家那些家长里短的事，端直把老姐们的儿子铐走了，那老姐们请了一个律师，花了不少钱，才把儿子从看守所捞出来，现在逢人就骂公安局的人是一帮混账。听夫人讲到律师，牛笑天心中不由一动，既然萧记者这个案子于自己说不清道不明，何不请个律师帮忙处理一下。前几年昊天公司曾经请了一个律师做常年法律顾问，后来因为无事可做就没有续签合同，现在看来这养兵千日用兵一时的道理还是对的。不过不要紧，只要肯掏费用，牛笑天相信有律师愿意为他排忧解难。

原来，萧记者因为不忿牛笑天知恩不报，敬酒不吃吃罚酒，就在网络上使神通攻击牛笑天。初时牛笑天当然蒙在鼓里，在指派汪真真报案未果时，牛笑天和萧记者顺理成章地取得了联系，萧记者如愿以偿地获得了自认为合情合理的回报。本来这件可以到此为止的事情，却不想因为黄奇的介入发生了变化。黄奇知道网络上有人造谣昊天公司和牛笑天、汪真真的时候，半是为了公司的形象，半是为了显摆自己，就给汉京市公安局的哥们儿打了个电话，当然不免又扯大旗作虎皮以乌书记的关注做了渲染。公安局当即表示定会查个水落石出。公安局一上手，技侦、网管全出动，不消几天工夫，那造谣文章发出的终端服务器以及公众账号就被查得清清楚楚，萧记者自然难以遁形。本来公安局也没打算把一个无良书生萧记者从严发落，几番谈话之后，萧记者羞愧难当。在公安局严令其采取积极手段消除影响时，萧记者给牛笑天屡屡打电话希望得到事主谅解，却没想到牛笑天正在医院养病联系不上。不承想黄奇在得知公安局已抓住肇事嫌犯之后，却强烈要求将嫌犯绳之以法。黄奇痛打落水狗的动因，跟最近一次汪真真拒赴山中会所惹得乌书记不快有关。乌书记既已表示不再对昊天公司和汪真真感兴趣，黄奇当然要加大对昊天公司、牛笑天、汪真真的控制力度，他要在这个诈骗案件的处理中给自己立威，顺带也多掌握一些有关昊天公司的信息。这才有了萧记者被收进笼子的结局。

牛笑天在极度沮丧中办了出院手续。因为术后疼痛感一直不能消退，在牛笑天的坚持下，医院又做了全面检查。牛笑天甚至怀疑大夫会不会在手术中因为粗心把某个手术器械或一团纱布缝合在自己肚子中。检查结果一出来，肚子里并无异物，但根据CT影像分析，医生说牛笑天可能在术后愈合中发生了肠粘连。牛笑天问主治大夫为何出现此种情况。大夫苦笑着说是因为手术部位长期炎症，在手术刺激后，人体组织分泌的纤维蛋白和其他细胞因子把本应处于分离状态的器官黏合在一起了。牛笑天问如何解决。大夫说可以保守治疗，用些药物，还可试一试中医疗法，实在不行时考虑二次手术。牛小祥是年轻人，脑瓜子转得快，把医院的检查结果对照大夫的答疑在网上求证一番，遂得出结论是手术失败。他认为医生的那些说辞都是文过饰非，小祥甚至提出要把这个结果当成医疗事故去追究医院的责任。牛笑天思忖良久，坚决地摇了摇头。牛笑天开导小祥说，哪家医院都不想让自己的病人越治越糟，哪个大夫都不愿手术失败，这种事摊到自己头上，也只怨命运弄人，切不可把怨气撒到医院，医闹的事是万万干不得的。牛笑天一锤定音，当下跟医生要求办理出院手续。医院里正对牛笑天的症状束手无策，如今牛笑天自己要出院，犹如甩出烫手的山芋，乐得顺水推舟。好在疼痛毕竟有些缓解，已勉强可以下床活动，牛笑天也就抱着听天由命的态度打道回府。

牛笑天随夫人回到自己那个大杂院里的小家，却一门心思惦着公司里的大小事务。因为工作需要，公司里也有员工不得不上牛总家里汇报事务，听取指示，牛笑天家里的简陋与拥塞自然成了员工们背后窃窃私语的笑柄。挨过几天，到底不方便，牛笑天还是拖着病体去上班，只不过他让人在办公室的角落撑起了一张床铺，闲着的时候，他能躺下来休息一阵。

为着萧记者那个案子的牵连，牛笑天跟曾给公司做过两年法律顾问的梁律师取得了联系。梁律师不到四十岁，前几年还是一家律师事务所的聘用人员，如今已经发达了，自己挂帅成立了一家律师事务所，又在开发区高端楼盘买了半层楼，算是兵强马壮，春风得意。牛笑天跟梁律师打电话时还沿用着过去的习惯，说好久不见面了，自己遇上点麻烦事，请梁律师到自己的办公室来一趟。那梁律师呵呵地笑着说他如今已经很少为客户上门服务，有事都是客户到他的办公室去面谈，且需提前预约。牛笑天立时就觉得有些气短，又解释说自己刚做完手术行动不方便。梁律师犹豫了一下说还是自己应该去看看老朋友，不为工作只为交情。当下说定把手头的事情理一理，随后赶到昊天公司去。

当梁律师出现在牛笑天面前时，那架势着实让牛笑天又吃了一惊。在牛笑天的记忆中，梁律师一年四季一身西装包打天下，面容上永远是一副风尘仆仆的模样，且时时有倦容。而今的梁律师一脸红润，发型从过去的一边倒改成了发丝根根整齐向后倒伏的大背头，鼻梁上架起了金丝眼镜，西装换成了休闲式样，腰间的皮带扣由大号的金黄色 LV 字母组合而成，尤其是左腕上那时隐时现的手表更是引人注目。牛笑天当然认得那表是价格不菲的江诗丹顿。看来这梁律师的确是今非昔比，鸟枪换炮了。梁律师与牛笑天寒暄之后在沙发上分宾主坐定。梁律师说自己自从领头办起律师事务所后，只恨时间太少，好在基本上在办公室不挪窝，时间利用率也能高一些。牛笑天不敢说太多闲话浪费梁律师的时间，就把自己和萧记者的交集以及公安局介入后认为自己可能构成商业贿赂的过程一五一十地说了一遍。梁律师认真地听完，又问了牛笑天几个问题，末了说以现在的情况分析，萧记者已构成敲诈勒索罪无疑，牛笑天就是敲诈勒索的受害人。牛笑天听后觉得释然，问梁律师可不可以不再理会公安局，梁律师却把头摇得像拨浪鼓一样。梁律师说办案机关是公安局，对案件的定性还是由警察说了算，如果警察坚持认为牛笑天构成商业贿赂罪，那程序还得往下走。牛笑天疑惑同样念的都是法律这一本经，为啥公安局就能有那样离奇的看法。梁律师笑笑，说同样一桩地产项目，有人认为是金娃娃，有人认为是鸡肋，不是同样的道理吗？牛笑天无意跟梁律师讨论是非，就直截了当地问梁律师自己该怎么办。

梁律师思考了一会儿，说还是请个律师介入一下比较稳妥。

牛笑天附和着梁律师："我请你过来就是想让你出山帮我哩。你知道我对法律是外行，公安局的人到医院问我时，我都不知道哪些话该说，哪些话不该说。"

梁律师说："术业有专攻，让我们律师去搞开发建房子，不也是赶鸭子上架么？不过怕就怕意识不到这一点，不愿意花成本去打理自己的短板，尤其是在麻烦没出现的时候。"

梁律师的话虽然说得有些隐晦，但牛笑天能听明白。前几年梁律师给牛笑天做法律顾问白白拿了两年顾问费，后来牛笑天实在觉得派不上用场，第三年就没再续约。看来这梁律师心里还结着个疙瘩。

牛笑天问梁律师咋样介入。梁律师说需要牛笑天和律师事务所签个合同，出具一个委托书，当然还得缴一笔费用。牛笑天说这回梁律师大驾出马一定会马到成功。梁律师却笑笑说这丁点个小案子何须自己亲自上手，派个能干的律师，自己在后头指点着效果不会错。梁律师放言自己亲自操办的案子必是有轰动意义的大案要案，否则会惹得圈内人笑话。牛笑天也只好由着梁律师，不再说什么。谈到费用的问题，牛笑天想着过去梁律师一年的律师顾问费不过三万元，这回收个万儿八千的也该差不多了，却没想梁律师开口就说他们的律师事务所现在案件收费起点是十万元。牛笑天当下有些诧异，他不是负担不起这笔费用，只是觉得请个小律师动动腿，磨磨嘴，十万元的价格也太不公道了，就稍稍停顿了一下。

梁律师当然看穿了牛笑天的心思，不无揶揄地说："请律师的费用也可以拿着去打点关系，现在公检法周围可有一群专门等着拉托的人。"

牛笑天脸色变得严肃起来："梁律师，我们做企业的人，少不了寻常求爷爷告奶奶给人家塞钱办事，但我还是相信法律的。让我花钱钻法律的空子，我真干不出来。"

梁律师耸了耸肩膀："其实律师办案也不一定非拿钱不可，律师协会每年还要求我们办一些法律援助案子。法援案子就是对那些掏不起费用的诸如追索赡养费、劳动报酬的案件当事人，由我们律所补贴律师义务代理案件。牛总，咱们之间也算是有多年交情，要不然我把你的案件也纳入法律援助范畴，办个免费手续。"

牛笑天当然能听出梁律师是在讥讽自己，不过他现在没有心思和梁律师论高低。梁律师做人上虽少些义气，但业务水平以牛笑天的判断还是说得过去的。牛笑天也不再理会梁律师的言语方式，轻轻弹了一下沙发扶手，说自己愿意出十万元费用。

说到具体的工作方式，梁律师理解牛笑天的难处。他说牛总刚做完手术，拖着病体四处奔走实在不方便，他随后会让办案律师拿上相关文件来昊天公司让牛总签署，办案过程中也会及时上门向牛总汇报工作进度和结果。梁律师强调说："受人之托，忠人之事，这是律师的执业准则。我为牛总派出的律师也一定是来之能战、战之能胜的干将。"听着梁律师的话，牛笑天心里踏实了下来。

梁律师起身告辞。牛笑天沿袭过去的习惯，张罗着安排车子送他。梁律师说自己有车，司机就在楼下坐着等他。牛笑天嗔怪梁律师没有让司机一同上来喝口水。梁律师说司机是个敬业的小伙子，开着一辆大奔驰，老怕别人把车蹭了，不愿意人车分离。牛笑天不免又在心里慨叹一番，看来这梁律师的确是玩大了。

牛笑天付过律师费后，梁律师派出的办案律师果真是风风火火地做起事来，三两天工夫，就把准信传给了牛笑天。办案律师说公安局对萧记者的犯案性质内部争议很大，但律师介入后，给公安局引经据典地写了一份《法律意见书》，促使上下达成共识。公安局最后以扰乱社会治安行为决定对萧记者处以行政拘留十五日。针对牛笑天给萧记者送钱的事，以萧记者的说法，那是牛笑天为了感谢自己在包装宣传牛笑天、促成牛笑天成功当选感动汉京市十大民营企业领军人物中的贡献而馈赠给他的，萧记者的收受行为虽不合适，但也并不构成犯罪，且牛笑天本人也有过错，故对萧记者的行为不作追究。对这个结果，牛笑天感觉心里不是滋味，对萧记者处行政拘留，他打心眼儿里认可，毕竟萧记者不是十恶不赦的人，教训教训就行了，没必要贴上罪犯的标签。但对于萧记者有关五十万元给付性质的说法，心里不免有些窝火，萧记者显然是在说假话。牛笑天是个知道轻重的人，既然他不愿意让萧记者被重罚，看来只能牙打落了往肚子里吞。好在公安局这种认定似乎没有对自己追责的意思，也就权当自己的营生中多了一段人生体验。

牛笑天问办案律师，萧记者一个犯事的人自说自话公安局信吗？办案律师说关键的证人就是牛笑天本人，牛笑天曾经给公安局办案警官说那笔钱是萧记者借的，这种说法逻辑上和萧记者有关馈赠的说法接近，人家公安局的案卷中也有笔录。

办案律师说警察还要求牛笑天再写个情况说明，把给萧记者送钱的过程真实地写下来。牛笑天问办案律师该咋样写。办案律师分析说如果牛笑天也说成馈赠，案子结起来会快一些，如果牛笑天仍坚称是借款，估计公安局会按照无罪推定的原则认可萧记者的说法。牛笑天问律师啥叫无罪推定。办案律师说在认定犯罪嫌疑人构成犯罪的证据似是而非的情况下，优先考虑有利于犯罪嫌疑人的证据。牛笑天心里明白，若说成借款，那萧记者理论上就该把钱还回来，若说成赠款，那这个哑巴亏就吃定了。虽说五十万元不是多大的数目，但被人敲诈的事情明明白白摆在台面上，自己还要去替敲诈的人打掩护，情何以堪？

看着牛笑天犹豫不定的样子，办案律师说其实公安局也希望牛笑天改口说那钱是赠的，这样案子结起来简单一些。另外，反正这笔钱追回来的希望很渺茫，倒不如送个人情给那萧记者，也好让萧记者在良心上受到谴责。

牛笑天长叹了一口气，取来纸笔，写了一份有关赠钱给萧记者的说明，又按办案律师的要求，强调了自己此前给警察所说的借钱的话是因为粗心记错了。办案律师对牛笑天的豁达表示满意，声称将尽快把牛笑天的情况说明提交给办案人员，案子很快就会完全了结。

牛笑天被萧记者在网上泼了一阵脏水，又被敲诈了五十万元，没承想真相大白后又被警察恶心了一回，到头来还得贴上十万元的律师费，内心当然郁闷到了极点。

其实这个案子幕后还有一些情况牛笑天并不知道。那梁律师如今不但财大气粗，人脉也经营得风生水起。牛笑天求他帮忙时，他敏感地悟出了更大的商机。与牛笑天建立委托关系后，他立马与办案的警官勾上关系。在警官的牵线中，他又与犯事的萧记者家属见上面，又为萧记者安排了律师。那萧记者在号子里见过梁律师安排的另一个律师，已感觉出这个律师在案件中的影响力，当然把律师当成了救命稻草，自然是言听计从。就这样，梁律师一手托两家，一方面让萧记者改口坚称牛笑天支付的那五十万元是对自己辛苦一程的酬谢费，一方面策略地动员牛笑天顺应这个说法。至于公安局那帮办案的，梁律师已视情况分别做过打点，也就顺水推舟与人方便。最后，萧记者的刑事案件降格为治安案件，萧记者的犯罪行为转为轻微的治安违法行为。另外，本当没收的五十万元赃款发还后由梁律师代萧记者领受并自主处置。这样一来，梁律师挣了三笔收入：牛笑天的律师费、萧记者的律师费、改变赃款性质后发还的案款。萧记者逃过一劫，当然千恩万谢；牛笑天摆脱麻烦，也算勉强满意；公安也顺利地结了一桩案子。梁律师可谓八面玲珑，大获全胜。

第十一章

项目运营资金链又处于断裂状态。

按照早前的资金预算，昊天奥林匹克运动广场前期的垫资到项目形象进度达到地面八层时就该有所缓解。依着汉京市早前的地方政策，开发项目施工到正负零时即可申领预售许可证。牛笑天指令手下务必提前确定销售代理公司，提前建好售楼部并配备一流的硬件设施。一旦取得预售许可证，牛笑天相信地段和品质均属上乘的运动广场楼盘销售即便谈不上火爆，也应该会不负众望，回笼的资金必然能满足后期建设需求并陆续偿还高成本的各类融资。但没有想到，随着国家对房地产市场的严格管控，汉京市政府也出台了一系列打压政策，其中对开发商最具杀伤力的一项，就是将预售证申领的门槛从正负零提高到全楼封顶。此举当然导致昊天公司的造血功能严重后延。小贷公司发放的贷款已经用罄，施工单位的进度款已拖欠两期。王老板明确知会昊天公司，若不能解决后续进度款，施工不得不全面叫停，工期延误不说，因停窝工造成的损失索赔将会是一笔不小的数字。

牛笑天深知事态的严重性，但此种情形并非计划不周，而是难以预料的政策性变化。目前唯一的解困手段无非是继续融资，持续输血，直到取得预售证可以回笼资金为止。但问题在于实在难以找到融资对象。银行已经封死了对房地产融资的全部渠道，指望民间借贷吧，汉京城巴掌大的地方，昊天公司债台高筑的消息早已传开，根本找不到愿意放账的主儿。这个坎儿难过了。

在公司董事长办公会上，牛笑天拖着病体，跟同仁们通报严峻的形势，号召大家集思广益出谋划策。有人提出发动公司员工在亲戚朋友中高息集资，但马上有人反对，说可能涉嫌非法集资。有人建议以内部认购方式小规模提前售房，又有人说这样的踩红线行为会招致主管机关的处罚，给后续销售带来灾难。一通激烈的争辩后，未能达成共识。牛笑天最后拍板，办法总比困难多，全公司上下协力，一是大家把自家手头的闲钱都拿出来，公司按每月两分的高利息支付回报，集资的时候不要在社会上大张旗鼓地声张，避免惹麻烦。另外，千方百计寻求社会融资。

牛笑天心里明白，指望公司的员工们拿出令人振奋的解困方案是根本不可能的。民营企业的特点决定了老板和员工之间简单的雇佣关系。老板红火时，应聘企业的人员趋之若鹜。老板倒霉时，树倒猢狲散。目前昊天公司的资金短缺状态，员工们心知肚明，财务已经提出缓发工资的方案。牛笑天觉得应当坦诚地跟大家把形势说清楚，对提倡大家拿闲钱高息借给公司的事，他也没有抱太大指望，但若真的开始欠付工资，他是决定要把欠付的钱当作员工付给公司的借款对待。这样起码也可以让员工和员工的家人们心里舒坦一些。

上回从小贷公司融来的资金有五百万元给了马英俊，后来马英俊如愿以偿地做了汉京市房地产管理局的局长。马英俊在任命书下发后还给牛笑天说自己转行管起了房屋销售，真算得上为昊天公司的项目提供滚动服务，运动广场项目前期报建需要规划服务，他就是规划官员，等到项目销售需要管控服务，他就是管销售的官员。马英俊现在执掌着汉京市房地产管理大权，每一个楼盘的销售证都是由他签批的。可问题是硬杠子卡在那里，形象进度到不了封顶，马英俊也不敢公然违规发证。牛笑天曾经跟马英俊为此事交流过无数次，牛笑天希望马英俊能想办法开个绿灯提前把证发下来，可马英俊说发证的条件没有一丁点弹性，况且现在的操作流程都是在电脑上进行的，真的没有松动空间。牛笑天就不由得常常为自己那五百万元心疼。

当初给马英俊钱的时候，尽管牛笑天本就抱着投资的心态，没打算往回要，可毕竟因为数目太大，马英俊自始至终都声言是借款，现在公司遇到了难关，牛笑天心思就活络起来，何不向马英俊张个口呢。当然牛笑天不会赤裸裸地向马英俊提出还款请求，他可以策略地要求马英俊帮助融资，至于数额自然是要比五百万元更高一些。万一马英俊提出还钱，牛笑天琢磨着还真不能顺着性子去收款，就只能算是借给公司好了。牛笑天现在要解决的问题不是收账，而是筹措流动资金。

主意已定，牛笑天就又约马英俊见面。因为毕竟是老朋友，马英俊一接到牛笑天电话，就呵呵笑着说他本来今天下班后有几个饭局，正在犹豫着该参加哪一个，既然老朋友约见，那干脆就不用再费心思，统统推掉，就和牛大哥单独喝两杯，也好找找过去的感觉。

如今的马英俊比过去看着气色好多了，与一脸病容的牛笑天相比，面色红润，连额头上也都放起光来。还是在两个人常见面的那个小茶馆，先到的牛笑天已经点下几个小菜，一瓶未开启的十五年西凤酒放在桌上。牛笑天还是依着过去的惯例，心思并不放在菜品和酒水的档次上。那马英俊看出牛笑天缺乏活力，问牛笑天可是不舒服。牛笑天说自己刚做完手术不久。马英俊就有些吃惊，怪牛笑天把自己不当兄弟，做手术这么大事情竟然不招呼一声。牛笑天说也是身子发紧，临时决定住院的，再说不是啥大手术，没必要惊动兄弟。

两个人寒暄之后，马英俊从随身带着的小包里掏出了两小瓶包装精美的茅台酒说:"我原是打算和大哥小饮叙旧,没想到大哥刚刚病愈,也好,权当是为大哥祛病壮体做个贺。"牛笑天仔细看了看马英俊手中的酒,是二两装鎏金瓷瓶的五十年茅台。不免就为自己摆到桌上的西凤酒感到寒碜。

见牛笑天关注自己手中的酒,马英俊说:"前几天一个地产老板送了两箱,据说每瓶四千元,合一斤两万元。你说这么高档的酒,我不和大哥享用和谁享用?"马英俊说话的时候,脸上不无得意,而牛笑天听着心里却涌上一种莫名其妙的心酸。

几杯酒下肚,马英俊的谈兴似乎被激发起来,他滔滔不绝地跟牛笑天说起了汉京市的城市发展远景,放言未来地产市场还会有几波不错的行情。看得出,马英俊在新的岗位上已找到感觉。牛笑天虽为马英俊的状态感到高兴,可心里惦着约见马英俊的主题,也就显得对马英俊的神侃海吹欠些应有的回应。马英俊是聪明人,当然看得出牛笑天心绪不宁,他适时止住话题,问牛笑天生意上可还算顺当。

长叹一口气,牛笑天把公司最近资金吃紧的情况跟马英俊讲了一遍。末了,他转弯抹角地提出让马英俊帮助融资的想法。

马英俊把手搭在额头上,似乎是在梳理着自己的思路。跟牛笑天交往了十几年,马英俊也帮过牛笑天好多事情,但不外乎疏通门路、提供信息、出谋划策之类的事务。张口借款的事,这是第一次。按照江湖上的路数,只有官员向商人借款,哪有商人向官员借款之理。马英俊知道牛笑天遇到了过不去的坎,当然他不可能忘记牛笑天给他提供的那五百万元当初是以借款方式说定的,今天牛笑天让他帮忙在外边借款,或许就是策略地催账来了。

良久,马英俊把额头上的手挪下来撑住下巴,眼睛直视着牛笑天问道:"大哥,现在的资金缺口有多大?"牛笑天两只手拨弄着指头,又在心里盘算着资金链接续的必需数额,一时没有回答。

"大哥是不是让我归还那五百万元?"马英俊问道。

牛笑天一愣,脸腾地红了起来。说实话,来找马英俊,动意当然是因为马英俊曾经拿了自己五百万元，可真要赤裸裸地把催账的事提出来，牛笑天却瞬间觉得自己太小家子气了。人家跟自己好了多少年，在仕途上的关键节点，能向他张嘴，足见对他的信任，既是自己心甘情愿为兄弟进步投了资，这会儿再觍着脸往回讨要，岂不是有失体面。

"兄弟，你……"牛笑天有些张口结舌，"你也太小瞧当哥的了。那五百万元是大哥送给你的，你说是借款，那是你的义气，大哥能帮你，那是大哥的本分。难道大哥连这点道理都不明白？"

牛笑天话一说完，连自己都有些意外，他几乎是在本能的状态下说出这些话的。此前，他虽然没打算问马英俊讨账，但对一笔金额不菲的款子，潜意识里还是希望马英俊有朝一日手头宽裕时把钱还回来，而今天这几句话，等于正式宣布了对这笔账款的豁免。君子一言，驷马难追，尽管话说完有些悔意，但也只能牙打落了往肚子里吞。

这边马英俊的脸色却明显好看多了："不管咋说，我欠着大哥的钱。大哥手头紧张，兄弟就有些不好意思，只是我上任时间不长，方方面面花销还有些大，暂时有些腾不出手来。"

"以后你借钱的那档事不要再提了。"牛笑天干脆将错就错，反正那笔钱是肉包子打狗，不如索性做了人情，"你我兄弟之间也别嫌当哥的有麻烦来叨扰你，现在公司等米下锅，要待到收成下来，总还得要凑上个两千来万元，我寻思着兄弟你如今也在要害的位子上，求着你的商人不会少，你看看有没有愿意放账的有钱人给咱帮一把，咱们给人家支付高息。"

马英俊没太听明白："啥收成下来？"

"这还真得问你了。"牛笑天说，"现如今房地产预售证发放门槛从正负零提高到全楼封顶。没有预售证，房子卖不成，回不了款，当然没收成。"末了又强调说，"预售证可是在你们房管局手里攥着。"

马英俊一边听着一边点头。沉思了一会儿，马英俊说："大哥，你的难处我知道了。可你让我在外边张口借钱，莫说是一时找不到合适的主家，就是选好对象，我还真担心别人把我当成贪心索贿的大老虎了。"

牛笑天一阵失望，看来马英俊并不想为自己两肋插刀，他不禁又为自己的慷慨后悔。

"大哥，不能再一味填坑了。"马英俊说，"这个项目从拿地起，就一直见你投资、投资。你何不在项目运作中想些办法？"

"能想啥办法？"牛笑天问。

"别人搞项目，地拿到手，就算万事大吉了。接下来，找联合建设方垫资，销售代理方交付保证金。为啥到了咱这里，都得真米实曲地把钱从头拿到尾？"马英俊根据自己对房地产市场的认识，说着自己的看法。

牛笑天有口难言。倘若早知道项目运行后期市场和政策变化如此之大，莫说他会早早地寻求合作投资人，甚至拿不拿这个项目都在两可之间。至于施工方垫资的事，因为当初王老板提供借款的事，昊天公司作为甲方根本不敢提出苛刻的垫资条件。牛笑天不想多做解释，无可奈何地叹口气说："过去的事情不提了。怨只怨我当初计划不周，现在作难也是情理之中的事。"

其实，马英俊不是不想帮牛笑天，只是他觉得以自己现在的身份和权势充当牛笑天的融资掮客未免有些风险。再说，假如真的融来资金，他岂能好意思不把自己借走的五百万元予以冲减？现在他能做的，最好是利用自己的权力为牛笑天实现一些价值，也好合理地还了那五百万元的人情。可问题在于预售证的签发有严格的条件限制，且由多人参与流程管控，他岂敢给牛笑天单开绿灯。

忽然，一个大胆的想法在马英俊的脑子里冒出来。

"为了大哥的事，我得担点责任了。"马英俊缓缓地说道。

牛笑天眼睛一亮，到底是称兄道弟了多年的哥儿们，数目不菲的投资毕竟没有白费，只要马英俊肯出手，巴结马英俊的人肯定不会少。

在牛笑天期待的目光中，马英俊慢条斯理地说出了自己的想法。他说照目前牛大哥这种一味融资注资的办法，只会使项目负担越来越重，很难说不会发生资源彻底枯竭项目崩盘的局面。与其如此，还不如开动脑筋，创造条件，搏上一把，提前启动造血机能，小规模开展对外销售。

"可现在拿不到预售证，销售属于违法。"牛笑天心存忌惮。

"这就得我罩着大哥了，"马英俊说，"我琢磨了一下，预售证的审批发放需要有个过程，你可以提前安排人员把预售证申请材料报上来，我关照下边的人员，先把材料收下，给你一个受理号。你把这个受理号作为预售依据先行开始售房，反正买房的人也没有几个人能明白这其中的区别，若真遇到较真的人反映上来，我压下去就是了。过上三几个月，楼房一封顶，我签批的预售证马上送到售楼部，岂不是神不知鬼不觉成了大事？"

马英俊的一番话让牛笑天的精神一下子振奋起来。是啊，若能按这样的方案推进，既解决了资金压力，又降低了成本，还能抢占市场先机。当然最担心的是被举报，尤其是市场上那些竞争的同行，当初昊天公司在取得这个项目的时候，就惹得几个败北的地产商牙痒痒。想到这里，牛笑天按不住兴奋中的忧心："万一有人举报，会让兄弟为难吧？"

"说没有麻烦那是假话，"马英俊说，"但谁让你牛笑天是我多年的大哥呢？这事我也豁出去了。毕竟我刚上位，风头还劲着，底下人一般还得看我的眼色，我不发话，谁敢大张旗鼓去查你？再说了，不是头前大哥你支持我，我哪里来的这位子？这就叫投桃报李。"

马英俊的意思无非是他担着风险违规办事，一方面看在与牛笑天的情分上，一方面也是对牛笑天曾经付出五百万元的回报。牛笑天当然能听明白马英俊的双关语。但不管怎么说，马英俊肯出手帮他渡过难关，他还是庆幸当初在马英俊进步时自己忍痛出了血。

"对我这个兄弟你还满意吗？"马英俊问。

牛笑天应声站了起来，忘情地隔着桌子抓住马英俊的手，嘴唇哆嗦着一时说不出话来。突然间腹中又是一阵绞痛，估计是刚才起身时动作过猛。忍着疼，他还是一字一顿地说："大哥离不开你这个靠山。"

汪真真给牛笑天送来一份盖着大红印章的诉讼风险提示函。牛笑天仔细看过，方知小贷公司为了清付利息的问题已经快到翻脸的程度。风险提示函上说，按照贷款合同约定，昊天公司应每月清付利息，现在利息已经拖欠两个月，如昊天公司不能全面履约，贷款方将考虑提前采取措施全额清收货款，且不排除通过法院诉讼程序实现权利。汪真真说小贷公司那边前一阵子催了好几次，因为牛董事长住院养病，也没把这事儿汇报过，现在看来拖不过去了，得赶紧想法子解决。牛笑天问利息欠了多少，汪真真说不到二百万元。牛笑天盘算了一阵，问汪真真公司开过董事长办公会后，大家对内部集资的事反应如何。汪真真说牛董事长多年来把大家都当成一家人，现在公司有困难，大家也都愿意出力，可毕竟都是打工的，能力有限。根据初步摸底，凑上个三二百万元也就封顶了。牛笑天叹了一口气，说能有这样的结果已经很不错了。让汪真真尽快安排财务人员收集内部资金，又强调一定把手续作全，利息不能低于昊天公司对外融资的标准。牛笑天又让汪真真千方百计和小贷公司搞好关系，让人家尽量理解公司的难处，一旦这边集资到位，先安排偿还小贷公司的欠息。担心小贷公司做事过分，牛笑天又叮嘱汪真真跟梁律师那边沟通一下，做好小贷公司诉讼防范准备。

牛笑天问汪真真由谁负责和小贷公司对接工作。汪真真说除了财务人员负责款项往来外，其他工作都是由牛小祥完成的。牛笑天想起当初因为杨行长那边的商业贷款发放前一刻泡了汤，跟杨行长在台湾待过几天的小祥气不忿找杨行长论理，杨行长方才介绍了这家小贷公司，故而小祥就成了中间跑腿的人。牛笑天让汪真真跟小祥商量一下，准备一些烟酒之类的礼品，让小贷公司管事的人抬手放一马，别把事做得过火了。

说到牛小祥，汪真真欲言又止。牛笑天看出汪真真的神情，态度严肃地让汪真真把想说的话说出来。

汪真真说："牛董事长，小祥是您的侄儿，有些话虽不该说，但不说又觉得不行。我觉得他好像在外边有些说不清楚的活动。"

"唔——"，牛笑天眉毛一扬，有些诧异，"你说具体点。"

"也许我太敏感了。"汪真真说，"近一段时间，小祥经常外出，我打电话找他时，他也神神秘秘不肯说在什么地方。还有，他跟那个叫丁冬的年轻人打得火热。"

"丁冬是谁？"牛笑天问。

"那个丁冬常来找他，我有几次碰见，小祥跟我介绍说丁冬是黄奇秘书长的司机，我听着就觉得有些费思量。"

牛笑天闻言也感到有些纳闷。他让汪真真多在工作上指导小祥，说他随后找时间和侄儿认真谈一谈。

昊天公司接到了法院的传票，小贷公司还是把昊天公司告到了法院。法院在发送传票的同时，还发出一份裁定，要求昊天公司在接到裁定十五日内清偿拖欠小贷公司的三千万元借款及欠付利息。

拿着法院的裁定，牛笑天犹如五雷轰顶。资金链几近断裂，小贷公司却又来了这致命的一击。不过他有些不解，不就才拖欠了两个月的利息，贷款时间还没届满，怎么就提前收贷了？而更让他不能理解的是，谁都知道打官司得有个过程，从原告起诉到法院发判决，总也得耗费几个月甚至一年半载，这回法院怎么不分青红皂白就通知还钱呢？前阵子他叮咛汪真真咨询一下梁律师，梁律师也说若能在半年之内还上小贷公司的贷款，就是小贷公司把官司打到法院，拖拉的审判过程也会缓冲还贷压力。可法院的裁定咋就跟梁律师说的不一样呢？

牛笑天又打电话想约见梁律师，梁律师说他手头有些事情走不开，派了一个女律师跟牛笑天见了一面。那女律师把昊天公司跟小贷公司签订的合同以及法院下发的裁定书仔细研判了一番，说法院要求昊天公司十五日内还款的指令没有任何瑕疵。她说根据贷款合同约定，借款人昊天公司若在当期发生任何一笔本金或利息的延迟支付，贷款人小贷公司即有权收回贷款项下的全部贷款余额。而昊天公司已经拖欠利息两个月，小贷公司提前收贷的行为完全符合条件。至于法院裁定要求十五日内还款的事，那是因为贷款合同约定若昊天公司不能还款，小贷公司可以依据公证处的公证文书直接向法院申请强制执行，也就是说小贷公司可以省略到法院打官司的前期过程，直接让法院采取强制手段扣划钱物。牛笑天听闻后如梦初醒，这才明白当初小贷公司放款时已经把局面都布好了，饥不择食的昊天公司哪有能力和机会去在意这些陷阱？

牛笑天问计女律师。女律师说如今只能和小贷公司协商取得人家的谅解。不过在协商过程中，可以争取法院法官的配合支持，如果法官肯替昊天公司着想，能给小贷公司施加些压力，不怕小贷公司不服软，但要做通法官的工作，难度很大。牛笑天请教如果法官不愿配合，与小贷公司又谈不来，会出现什么情况。律师说法院会采取一切手段，包括扣划昊天公司的全部银行存款，追偿昊天公司对外应收账款，极端情况下，会拍卖奥林匹克广场在建项目，同时对昊天公司的董事长及管理人员采取限制高消费手段，禁止乘坐飞机、高铁，入住高档酒店，就食高档餐馆等。牛笑天闻言后倒吸了一口凉气。

遇上这种棘手的事，牛笑天当然还得求助于律师。女律师说这种案子没有太大的技术操作性，主要的工作内容就是公关法官。牛笑天问女律师跟办案的法官能不能说上话，女律师说恰好她跟这个法院执行庭的庭长有些交情，可以试一试，不过这是硬碰硬的事，能不能奏效不敢打保票。女律师的言语犹如溺水时的一根稻草，牛笑天当下要求女律师接手案子。女律师说这事还得跟自己的老板梁律师去谈，因为律师办案要由当事人和律师事务所建立委托关系。

昊天公司其后和梁律师名下的那家律师事务所签了一份委托代理合同。中间又因不菲的律师费让牛笑天为难了一场。律师事务所按涉案标的，确定以百分之三的比例收费，加上律师的车马费，言明收费一百万元。昊天公司财务库存已经见底，实在拿不出现钱。后来还是梁律师看在多年朋友的情分上，让牛笑天先拿出二十万元的前期费用，余款两个月内分期付清，才把律师事务所的大印敲在委托合同上。

女律师一上手，果然小有成效。按照梁律师反馈的信息，执行庭的庭长已经跟办案法官交代过，说案件执行中要注意人性化执法，要适当着力培育债务人的还款能力，避免粗暴采用扣划、冻结、限高等手段。梁律师说估计小贷公司那边会识时务，因为他们得罪不起法院。牛笑天听后稍稍松了一口气。梁律师又强调说这次这个女律师立功不小，前前后后可是花了大代价。牛笑天当然能听明白梁律师的潜台词，那是告诉他后续的律师费用不能马虎，至于女律师花出大代价的程度和方式，其实无须牛笑天关心。

这边法院的事情稍稍按住，牛笑天就布置力量实施核心大事。他让汪真真选上两个精明能干的员工，亲自督促着专跑房管局，务必尽快拿到预售许可证受理号。牛笑天相信，只要销售工作一启动，局面肯定不会差，有了销售回报，其他一切问题都会迎刃而解。

有了马英俊给下属部门的交代，房管局把昊天公司申领预售许可证的工作特事特办。前后不到十天时间，昊天公司神不知鬼不觉地拿到了号码。昊天公司把这个号码与其申领预售许可证的文件放在一起,对外宣传说是预售证号。那购房业主岂能知道这号码只是房管局的一个受理号,也就放心地与昊天公司签订房屋销售合同。售楼部慢慢地红火起来。

牛笑天打电话给马英俊,说了启动销售之后形势不错的消息,感谢马英俊为公司出主意、想办法。马英俊却严肃叮嘱牛笑天,说到底这种行为是在打擦边球,一定要低调低调再低调,万一哪天有人举报上来,是难以收场的麻烦事。牛笑天唯唯诺诺应承着。

这天汪真真接到黄奇的电话,黄奇让汪真真抽时间去一趟自己的办公室。因为已经打定主意不再和黄奇纠缠,汪真真礼貌却又坚决地以自己事务太忙为由拒绝了。黄奇口气变得严肃起来,说因为工作上的事,汪真真务必得过去一趟。汪真真既已横下心来,也不在乎黄奇的权势,分辩说自己没拿过黄奇一分钱的工资,没有工作上的义务。见黄奇还在啰嗦,汪真真索性挂断了电话。

须臾,汪真真的手机上收到一条来自黄奇的信息:

> 汪真真女士,因你对我本人持有的昊天公司股份管控不当,已致本人利益受到侵害,务请对相关事由做出说明,并采取必要措施处理善后,以免引起难以承受的后果。
>
> 黄奇

读罢信息,汪真真稍稍有些吃惊,看来这黄奇开始找碴儿了。当初黄奇坚持把用于还款担保的股权登记在她名下,她本就不情不愿。为了能促成借款的实现,在牛董事长的首肯下,她勉强当了那个挂名股东。黄奇虽然要求她作为代理人及时向自己汇报昊天公司的情形,可她认为自己没拿黄奇的薪水,没必要承担那个义务。加上她在心理上对黄奇强烈的排斥,就把代理持股没太当回事。现在黄奇拿这件事说事,莫非是嫌自己没有及时向他汇报工作，那就真有些欲加之罪何患无辞的意思了。

忽然，汪真真一个激灵，她想起了昊天公司向小额贷款公司担保借款的事。在上一次小额贷款公司放贷过程中，小额贷款公司同样提出了用股份担保的要求，她按照人家的要求把名下的股份过户给小额贷款公司指定的人员，当时对这桩股权的持有背景，她不是没有考虑过，但想着仅仅是临时质押，等钱还上了还会恢复原状，就在和牛董事长合计后把股权过户的手续办了，难道这件事情已经被黄奇知晓？

在汪真真的心目中，黄奇是一个心狠手辣的家伙，加上乌书记的背景，做起恶来没有做不到，只有想不到。再说，当初背着黄奇把股份转出去，在情理上肯定是说不过去的，至于在法律上应当承担什么样的后果，汪真真一时半会儿想不出，只好去找牛董事长商量。

听完汪真真的叙述，看了黄奇的那条信息，牛笑天也判断跟小贷公司过户股份的事有关。不过牛笑天仍然认为，不管是黄奇也好，小贷公司也罢，说到底他们都是借钱给昊天公司，昊天公司也都把钱用在了项目上，现在放着奥林匹克运动广场一堆偌大的资产，不愁还不上他们的钱。至于股份当下押在谁的手里，那都是细节问题。

汪真真说在善良人的眼里，一切都可以理解，而在恶人的眼里，一切都可以追究。那黄奇绝对归不到善人行列，何况背着黄奇把股份转让出去的事，本就有些不太合适，黄奇找碴儿也在情理之中，当务之急是要想办法解决善后问题，或者取得黄奇的谅解，或者尽快把股份从小贷公司那边转回来。

苦笑了一下，牛笑天说小贷公司既然能把昊天公司申请执行到法院，怎么能在收不回款的情况下轻易把担保股权还回来？看来只能跟黄奇掰扯这件事儿了。牛笑天心里明白，黄奇一旦抓着这件事穷追不舍，汪真真少不了要经受一番折腾。作为多年来对公司忠心耿耿的核心员工，牛笑天岂能让汪真真为了自己的事业遭难？可如今千说万说还是资金的问题，只要有钱，不管小贷公司还是黄奇，还上任意一家的债务都可以化解矛盾。但钱从哪里来，牛笑天真是一筹莫展。

思前想后，牛笑天还是觉得应当跟黄奇说清楚原委，要让黄奇知道跟小贷公司不得已而为之的行为本意还是为了把奥林匹克运动广场项目良性推进，这也是为了保障黄奇和王老板等人在这个项目上的投资利益，只要坦诚地敞开心扉，黄奇不应当油盐不进。主意打定，牛笑天跟汪真真说他要亲自拜会一下黄奇。

汪真真却对牛董事长会见黄奇不抱乐观态度。她认为黄奇未必肯谅解这件事，建议牛董事长提前做好谈崩的心理准备。牛笑天也觉得汪真真的想法不无道理，应当从最好处打算，从最坏处着想。当下又决定让汪真真咨询一下梁律师，把来龙去脉说清楚，听听律师的分析意见，提前做个准备。

黄奇的确是知道了牛笑天和汪真真把给自己担保的股权又一女二嫁转给了小贷公司。

说到黄奇了解这件事情的根由，又得说到牛小祥了。小祥自台湾来到大陆后，初时的满腔激情不长时间就消退得差不多了，原以为伯父牛笑天身家亿万，必是前呼后拥，呼风唤雨，但现实却让小祥倍感失落。伯父虽承着个老板的名号，却时时显出卑微和狼狈，伯父放着自家宽敞的大房子不住，挤在那个破败的大杂院小屋中，连个保姆都不请，他甚至认为伯父天生也是贱命一条。时间一长，他对自己跟着伯父混下去出人头地的愿景产生了深深的怀疑。值得庆幸的是，在公司的业务往来中，他见识了网球协会秘书长黄奇的能耐，人家那种左右逢源、意气风发的大家风范才真正算得上有层次的企业家。好在他与黄秘书长的贴身马仔丁冬混成了好朋友。丁冬侠气仗义，脑子好使，尤其是人脉极广，小祥感觉与他志同道合。小祥一个人住着伯父的房子，八小时工作之外无人关注，与丁冬的厮混就成了小祥业余时间的主要内容。

小祥常把自己高兴或者苦闷的事说给丁冬听，连带着把对昊天公司和伯父牛笑天的失望都说了出去。小贷公司申请法院执行债务的事也是牛小祥告诉丁冬的。再说那丁冬和牛小祥的往来，一半是因为年轻人的天性，另一半是秉承了主子黄奇的旨意，目的在于收集昊天公司的信息。昊天公司被法院强制执行的事，当然影响着黄奇的切身利益。黄奇知晓后，小使手段就把法院的执行背景摸得一清二楚，又顺着线索到工商局一查，结果让黄奇大吃一惊。他万万没有想到牛笑天和汪真真竟然胆大包天悄悄地把质押给自己的股份又转给了小贷公司。这让一向威风八面说一不二的黄奇情何以堪。

对这个汪真真，黄奇有些说不上来的滋味。想当初把牛笑天质押给自己的股权登记在汪真真名下，指望汪真真成为自己随意调遣的一枚棋子，也好掌控牛笑天和昊天公司，却不承想聪明反被聪明误。直到前次汪真真公然拒绝乌老板，乌老板一怒之下表示不再搭理这个女人，黄奇才稍有些释然。现在，汪真真与牛笑天合谋干出了侵害自己的事情，不把他们治一治，真个是老虎不发威，让别人当成了病猫。

黄奇不是那种喜怒溢于言表的人，他给汪真真打电话依然是平和的口气。汪真真不冷不热地回应几句并挂断电话的事，也不出他所料，他也根本不生气。他有足够的手段让这个女人就范，包括其后给汪真真发出的那条信息，也是他彰显自己性格的举动。男子汉大丈夫，动手之前先给对方提个醒，正可谓勿谓言之不预也。

依着黄奇的想法，牛笑天和汪真真把本属于他黄奇的股权拿着骗取贷款，其行为肯定构成诈骗犯罪，只要他把这事捅到公安局，再适当让朋友们鼓点劲，不愁不能把牛笑天和汪真真送进去。只不过善后之事一时还想不出好办法，一是小贷公司的借款还不上，属于自己的股权不可能拿回来；二是牛笑天一旦进去了，偌大的昊天公司恐怕会陷入混乱。作为昊天公司的债权人，他不可能直接接管公司。

正在黄奇思谋具体整治牛笑天和汪真真的方案时，手机响了。黄奇一看，却是牛笑天打来的，情知汪真真已经和牛笑天沟通过。

听得出来，牛笑天的口气极其谦恭。一阵殷勤的问候之后，牛笑天说出了想见黄秘书长一面的意思。黄奇不冷不热地打着哈哈，最后商定就在黄奇的办公室见上一面。

虽说业务上存在密切的合作关系，但黄奇与牛笑天照面的次数屈指可数。当牛笑天出现在黄奇面前时，牛笑天的病相倦容还是让黄奇稍稍吃了一惊。黄奇招呼牛笑天坐下，问牛笑天身体可好。牛笑天苦笑着说自己刚做了一场手术，不太成功，落下了肚子痛的毛病，加上血压、血糖高，身子一直不爽快。黄奇不无嘲讽地笑言牛老板顾钱不顾命，说钱挣得再多也是身外之物，唯有身体是自家的本钱，要不然自己为啥把主要精力放在网球运动上。牛笑天无可奈何地点着头，说黄秘书长是生活事业两不误的人生楷模。

闲扯了一阵，黄奇说："牛老板无事不登三宝殿，今日拖着病体上门不知有何贵干？小弟能帮上忙的一定不会推辞。"

牛笑天嗫嚅着："小汪跟我说过了。我过来，就是想跟您解释一下。"

"解释什么？"黄奇说："汪真真这个女人不简单，连鸟书记都奈何不了她。"

"鸟书记？"牛笑天一愣，他不知道汪真真什么时候跟大人物鸟书记竟有交集。

"那些事不提了。你就说说你要解释什么。"

牛笑天整理了一下思路，就把昊天公司推进项目过程中屡屡资金吃紧，不得已又向小贷公司融资，按人家要求把自己和汪真真持有的股份一部分过户作质押的事儿讲了一遍。在言谈中，牛笑天对黄奇在整个项目的取得和运行过程中的支持千恩万谢。

听着牛笑天说话，黄奇紧绷着脸。待牛笑天说完，黄奇冷笑了一声："牛老板，我敬你是个君子，当初才帮你拿下了项目，才借了钱给你，又为了你管理上的方便，才把质押给我的股权登记在汪真真名下。但我没想到你们竟然这样。"

牛笑天只觉得脸皮发烫："不怨汪真真，就是因为项目急等着用钱。"

"这不像正人君子说的话。"黄奇说，"任谁都可以为自己的无耻找到借口。"

黄奇的话让牛笑天血脉偾张。显而易见，黄奇已经对他进行了人身攻击。的确，他背着黄奇把汪真真代持的股份转让他人缺些君子风范，可他的动机却是为了让项目正常运营，为了保障包括黄奇在内的各方利益。当初黄奇在"帮助"自己拿项目的过程中翻手为云、覆手为雨的伎俩，岂是一个"无耻"所能概括。牛笑天有一种冲动，想把长期压在胸中的怨愤一吐而后快。

"这是犯罪，你懂不懂？"黄奇的声音提高了八度。

牛笑天一惊。说实话，当初做这件事的时候，他意识到情理上说不过去，可他从来没想到会和犯罪沾边。黄奇这会儿一提醒，不由得瞬间让他出了一身冷汗。

黄奇继续说道："汪真真把本不属于她的股份质押出去骗贷，不是犯罪是什么？而你牛老板不是共犯又是什么？"

几句话让牛笑天没了底气，黄奇的说法不无道理。牛笑天心里又打起了鼓。人家黄奇再无耻，可似乎都是品行问题，自己也没有十足的证据。可自己干下的这一出，却让人家实实在在地抓了个现行，且性质可以无限上纲。此时，自己哪还有筹码去指责黄奇的不是呢？

"对不起，黄秘书长。我向你保证，我会尽快把股份追回来。"牛笑天说。

"尽快？尽快是多长时间？"黄奇问。

牛笑天沉默了。他心里清楚，在不能筹资清偿小贷公司欠款之前，别说把质押的股份要回来，就是让小贷公司开恩不让法院加大执行力度，也是难上加难。黄奇对这个局面显然也是清清楚楚。

黄奇站起身走到窗户跟前，背对着牛笑天，目光冲着窗外沉思了一会儿，又转回身摸出了一只大号雪茄噙在嘴里，点着后猛吸了几口，在屋子里来回踱了几步，又坐在牛笑天的对面，像是下定了决心，缓缓地说道："牛老板，既然你没有实力把项目干下去，我建议你还是量力而行，把项目转让出去，我可以帮你找一个买家，把债还了，你自己也解脱了。"

"你说什么？"牛笑天一阵战栗，"你让我把在建的项目卖掉？"

"不可以吗？"黄奇说，"变卖产业偿还债务难道不是天经地义的事？"

牛笑天把头摇成了拨浪鼓。让他转让项目，无异于要他的命。奥林匹克运动广场项目可以说是他商业生涯中的巅峰之作，他大半生的心血最后就积聚了这么一个果实。如果在这个项目上半途而废，也就意味着他人生的彻底失败，意味着他毕生辛劳付之东流，甚或欠上累累债务。再说了，让他卖掉在建项目，无异于要他自认无能，这种羞辱对他的伤害甚至远远胜于言语上的人身攻击。他斩钉截铁地说道："黄秘书长，我是遇到了困难，但我还没到山穷水尽的时候。让我卖项目的事，休要再提。"

黄奇发出一阵冷笑。

腹内又是一阵疼痛袭来，脸色惨白的牛笑天起身向黄奇告辞，站起身时，一个趔趄，腿一软，一只膝盖跪在地上。黄奇见状，不无嘲弄地说："牛老板，可别这样，男人膝下有黄金。你这样子，我可是消受不起。"

喉咙里像是堵上了棉花，牛笑天只感到心慌气短。

三天之后，两个着便装的人自称是汉京市公安局经济犯罪侦查支队的警察，在亮出工作证后，从昊天公司带走了汪真真。

警察抓走了公司的副总，这个消息在昊天公司无异于引爆了一颗重磅炸弹。警察上门的时候，牛笑天不在公司，牛小祥立即把电话打给了伯父。牛笑天第一反应是黄奇下手了，没有犹豫，立刻打电话给梁律师，恳请梁律师尽快把汪真真出事的背景情况摸清楚。

几个小时之后，梁律师打来电话，说汪真真被一家民营企业举报，罪名是诈骗他人巨额钱款。梁律师又压低嗓音告诉牛笑天，那家举报的企业把牛老板也连带着牵连上了，只是公安局办案过程中为了保险起见，尚未对牛老板采取措施。梁律师说牛老板已经成了嫌疑人，搞不好连电话都会被监听，务必要花大价钱防患于未然，逃过这一劫。

看来还得麻烦梁律师。牛笑天放下手头一应事务，急急忙忙赶到梁律师的办公室，把昊天公司和黄奇以及小额贷款公司融资担保的事情跟梁律师讲了一遍。末了焦虑地问梁律师这件事情有多严重？汪真真会不会被判刑？

梁律师沉思了一阵，不无忧虑地说道："事情有些麻烦。"

牛笑天说："麻烦是肯定的。我只想知道麻烦有多大，能不能化解？"

梁律师说："股份既然已经质押给黄奇，汪真真只是代持股份，她就肯定没有权利私自把股份转让给第三方。这一方面侵害了黄奇的权利，另一方面又对第三方隐瞒了真相，情理上自然是说不过去，法律上也是不允许的。"

"会判刑么？"牛笑天一阵心悸。

"这还真不好说，"梁律师分析道，"虽然行为上存在违法，但主观上没有非法占有他人财物的故意。从犯罪构成理论上讲，有探讨的空间，这就要看办案机关的态度和工作理念了。"

梁律师的分析牛笑天听不太懂，但有一个意思他听明白了，就是说这个案子可松可紧，可左可右，全凭办案人员的心情了，要关要放就看运气。牛笑天心想，既然有这么大的空间，当然要不惜一切代价为汪真真和自己化解这场牢狱之灾。

牛笑天问梁律师现在可不可以聘请律师辩护。梁律师说:"公安局已经正式讯问汪真真,律师的介入已具备条件,可以派一个能干的律师担任辩护人。"牛笑天说:"这回的案子事关重大,务必得请梁律师亲自出山。"梁律师说杀鸡用不着牛刀。牛笑天当然能听出梁律师话里的意思,连忙表态说律师费用任凭梁律师张口。梁律师随即报价五十万元。牛笑天一口答应,只是希望梁律师在付费时间上给他延迟两个月。梁律师一时面露难色,但迟疑了一下还是同意了。

黄奇在得知汪真真把他委托代持的股份私自过户给别人之后,吃惊不小,当然也恼怒不已。不待他想好整治汪真真的法子,牛笑天登门求见。黄奇心里明白,汪真真的举动必然是与牛笑天合谋的结果,也就对牛笑天少了客套和礼貌。生气归生气,黄奇是商人,毕竟还是把利益放在第一位,当初帮牛笑天拿下这个项目的时候,他内心就萌生了占有的念头,直到给牛笑天借款时要求用昊天公司股权质押,又安排合作伙伴王老板组织施工,他都在做着吞并项目的布局,甚至把股权委托牛笑天的手下汪真真持有,也都是在筹划接管昊天公司的骨干人员。现在出了这一档事,牛笑天和汪真真的命脉就算是掐在了黄奇的手中,索性就以此为要挟让牛笑天拱手让出项目。黄奇当然不会露骨到让牛笑天把项目转让给自己,他策略地提出以帮助牛笑天解套为由,为项目寻求买家。牛笑天在闻言后的激烈反应其实也在黄奇的意料之中,这种事业夭折的事,论利益、论面子都是商人最大的不幸。可谁让他牛笑天倒运了呢?

抄人家的后路,谋人家的产业,常人也许会认为是缺德之举。但黄奇不这样想,他觉得凡事得讲个合理配位,王子娶公主天经地义,金花天生配银花,西葫芦只能配南瓜。在商场上,亦是如此。如今被称为奥林匹克运动广场的项目从当初福利厂闲置用地中脱颖而出,堪称丑小鸭蜕变白天鹅,这个项目占尽天时地利,实属汉京市地产圈中的翘楚。而这个项目如果不是他亲手操刀包装并冠以奥林匹克这个辉煌的名号，牛笑天又何以能蟾宫折桂？所以这个项目也只能由他拥有并驾驭，才能成就最完美的组合。而牛笑天何德何能，一个名不见经传的土包子，论背景没背景，论业绩没业绩，论实力没实力，拿到这个项目也真是癞蛤蟆吃上了天鹅肉。黄奇当初没有直接以自己的名义拿项目，无非是借鸡下蛋，他要用最小的资金，博取最大的利益。先让牛笑天这个土包子投资费神拿下项目，然后自己四两拨千斤轻松定乾坤。在对付牛笑天的过程中，他也想好了自认为仁义的操作模式：在牛笑天出局之前，把牛笑天在项目中的投资和债务进行审计，确认数额后，在项目其后有收益时逐步偿还，可能的情况下，支付一些利息收益，让牛笑天也不至于白忙活一场。这样一来，项目归了黄奇，牛笑天也从困境中解脱出来，岂不两全其美？

牛笑天经王老板认识黄奇，黄奇小使手段，在帮助牛笑天拿项目的过程中赚了一大笔佣金，后来又与燕一涵演双簧拿到不菲的"补偿费"。闲着的资金没用，黄奇又把佣金在牛笑天的感恩戴德中出借给昊天公司，既取得了昊天公司的股权，又稳吃利息，那借出的资金在高息滚动下，体量如雪球一般，愈滚愈大。黄奇也就在这种妙趣横生的游戏中再次策划吞并昊天公司。如若一切成功，黄奇自然可以在自始至终不投资的情况下，实现对这个项目的完美运营。至于牛笑天的投入，可以列入经营成本予以消化，而数以亿计的利润则巧入黄奇囊中。商场就是战场，黄奇是战场上的勇士，是战场上的智士，而且也是战场上的仁士。

坐在公安局审讯室里，面对着一男一女两个警察的厉声斥问，汪真真异常平静，她自认自己平日遵纪守法，就是有不妥的言行，也不至于跟犯罪沾边。公安局的人来找她，她第一反应是黄奇下的黑手，但她相信自己坦坦荡荡，她也不相信警察会偏听偏信黄奇的话。她心里倒是有一点欣慰，能找一个平台，把缠绕在心里头的是非理清楚，也是好事。

男警察问："知道是为什么找你来吗？"

汪真真答："我不知道，但我猜可能跟黄奇的股份有关。"

两个警察相互对视了一下，汪真真从他们的眼神中捕捉到一丝戏谑。

男警察问："为什么？"

汪真真答："因为黄奇给我打过电话，发过信息。"

男警察说："那你就把前前后后的过程叙述一遍。"

汪真真就把当初黄奇让她代持股权，后来因为公司融资需要，她又把股权质押给小贷公司的事情讲了一遍。

男警察问："质押股权的事黄奇知道吗？"

汪真真沉默了。说心里话，当初把名下股权质押给小贷公司，她不是没有考虑过跟黄奇打声招呼，可她和牛董事长商量后，担心黄奇从中作梗，就省略了这个环节，看来也正是这一点给自己惹上了麻烦。

男警察说："把别人的巨额财产随意处置，这是犯罪行为，要判刑的。"

汪真真睁大了惊恐的眼睛。她想不通，为了给公司借钱，为了能让企业的经营活动顺当地开展，她做了这件事，竟然是犯罪？依她的理解，犯罪行为大都是为了自己的利益，可她是一心为了企业呀。法律不可能这样不近人情。

男警察又问："这件事你和牛笑天商量过没有？"

汪真真点了点头："当时事情急，牛董事长让我按小贷公司的要求配合好。"

男警察说："谈谈你和牛笑天的关系。"

汪真真有些不解："他就是我们的董事长，我是雇员，担任董事长助理。"

男警察的嘴角上翘，表情显得意味深长："就没有别的关系吗？比如说异性之间……"

汪真真一阵愤怒，她的心里像开锅的水一样沸腾起来。汪真真在牛笑天手下干了十几年，从初涉职场的大学生，到看尽世相百态精明能干的白领女性，牛笑天董事长给了她最大的信任和成长机遇，她时时庆幸自己遇上了好老板。在她眼里，牛董事长为人善良，任劳任怨，是个宁肯自己吃再大苦也不愿给别人添麻烦的人，当然也有一些致命的缺点，诸如轻信别人、意气用事，等等。这样一个人，如果没有工作上的关系，就是一个值得信赖的长辈，一个值得倾吐心声的忘年交。多年打拼，汪真真见惯了无良的权势人物声色犬马，也常常风闻那些修养欠缺的女性以姿色和青春求取荣华的花边消息。但在昊天公司，因为牛董事长的一身正气，男女职员以工作成绩论职位，那样的工作氛围，那样的职场环境，当然容不得别人玷污。

"请你不要侮辱我，也请你别侮辱我们董事长。"汪真真压着心中的怒火。

男警察说："哟呵，挺清纯的。没有特殊关系，能合谋倒腾别人的财产？"

汪真真再也压抑不住自己的情绪，直直地盯着警察问道："你能不能告诉我，你们两人是什么关系。"

"啪！"的一声，男警察的手掌狠狠地在桌上拍了一下。那做记录的女警察则站起身来，原本缺些血色的脸一下子变得通红。

汪真真显得很镇静："我和牛董事长的关系，应该就和你们两个人一样，是工作关系。"

男警察怒不可遏："你要明白你的身份，你现在是受审的罪犯！"

汪真真说："我没偷没抢，我没有犯罪！"

男警察说："态度恶劣，冥顽不化！"

也许是因为汪真真恶劣的态度，换来了严厉的"待遇"，在汉京市公安局经侦支队大院的留置室待过一夜后，汪真真被转送至汉京市公安局看守所，正式刑事拘留。

讯问过汪真真后，办案的两个警察又传讯了牛笑天。牛笑天如实回答了警察的提问，问讯过程倒也让警察满意。其间牛笑天因为腹痛几次上厕所，警察问牛笑天是不是拉肚子，牛笑天说是胆囊切除术的后遗症。警察讥讽牛笑天挣了钱丢了健康。牛笑天自嘲说自己就是一头驴，忙活着不知给谁挣钱，鞭子倒是挨了不少，到头来皮还得被人剥，肉还得被人吃。

牛笑天问警察什么时候能释放汪真真。警察说汪真真是这桩犯罪行为的主要责任人，加之认罪态度极差，已被正式拘留，一时半会儿怕是出不来。牛笑天大惊，说汪真真不过是个普通职员，千错万错也错不过他这个董事长，不该蒙受这么大冤屈。警察说汪真真身为黄奇的代理人，不尽职尽责履行管理义务，私自处置受托人财产，罪责难逃。至于牛笑天，也是脱不了干系的。多亏了举报人没有把牛笑天一起举报，要不然牛笑天怕也得连坐了。

得知汪真真被正式拘留，牛笑天如泰山压顶，只觉得心神不宁。汪真真作为自己手下的员工，为了公司的利益，执行了他的指令，却遭此大难，如若不能尽快解救出来，且不说良心上的煎熬难以承受，就是回到昊天公司，有何脸面面对全体员工？他要不惜一切代价让汪真真重获自由。接受完警察的盘问，一出经侦支队的大院，他就给梁律师打了个电话，确认梁律师还在律师事务所办公室，二话不说吩咐司机驱车去律师事务所。

梁律师接手案件已经有好几天时间，对案件的背景情况已经掌握得差不多了。梁律师说这个案子最先由举报人反映给市公安局的某位领导，领导作出批示后交由经侦部门作为重大案件组织警力侦办。按照举报信反映的情况，牛笑天其实也是共犯之一，但举报人并没有举报牛笑天，办案机关也似乎无意为难牛笑天。汪真真现在已被采取拘留措施，下一步可能面临着正式逮捕，前途堪忧。

牛笑天急切地问梁律师对案子的分析意见，他现在最关心的是汪真真到底是不是构成犯罪，还能不能尽快获得自由。

梁律师说这个案子的定性还真不好说。就行为表象看，确实侵害了委托人黄奇的利益，但究其实质，汪真真还是为了给公司融资，动机在于改善企业的经营条件，似乎不具备犯罪的主观恶性。他个人倾向于不构成犯罪，但案件的定性权毕竟归属办案机关，如公安局坚持认为其构成犯罪，就只能在检察院侦察监督环节再做努力了。

梁律师说的有关"动机""主观恶意"之类的话，牛笑天听得糊涂，但大意听清了，那就是有罪无罪得看公安局肯不肯高抬贵手。既然还有空间，牛笑天就央求梁律师务必想尽一切办法让公安局改变看法。梁律师思考了一阵，说既然公安局已经拘留了汪真真，怕只怕从上到下不会自我否定，还不如提前把案件向汉京市人民检察院侦察监督处反映。只要检察院那边不批准逮捕，汪真真就可以变更强制措施，以取保候审的方式释放出来。牛笑天问实现这个目标的把握有多大，梁律师说事在人为。牛笑天好似大水没顶前又抓住一根稻草，难以自持地抓住梁律师的手摇着说一切拜托。梁律师笑了笑又说检察院的工作是另一个程序的事情，自然还需要增加一些费用。到了这份上，牛笑天哪里还有心和梁律师讨价还价。他说费用的事，尽凭梁律师开口，和最初商量的费用一并结算。

梁律师抽出被牛笑天紧握着的手，自言自语地说重赏之下必有勇夫。牛笑天听不懂梁律师说的勇夫是指梁律师自己还是指梁律师准备委托的别人，但梁律师显然已经做好了打一场硬仗的准备。牛笑天免不了又是千恩万谢。

再说这回黄奇没把牛笑天一股脑儿举报到公安局，也是他的策略之一。黄奇心里明白，牛笑天串通汪真真把质押给自己的股份转让给小额贷款公司，也是为了昊天公司的利益，客观上他也是受益者，只不过这种公然蔑视他的行为让他无法容忍，既然这个难得的把柄抓到手上，他就要充分利用这个机会，要提前实施针对奥林匹克运动广场的接盘计划。他明白，要想让牛笑天拱手把项目交给他，是万万办不到的，他必须对牛笑天施加极限压力。举报汪真真就是一步狠招。至于为什么不举报牛笑天，那是因为要给牛笑天留下必要的工作空间，就不能让牛笑天失去自由。本来，在黄奇找到市公安局那位掌握实权的哥们儿要求整治汪真真时，那哥们儿还专门把经侦支队的头儿唤过来商议一番，经侦支队的头儿对这个有些特殊的案子构不构成犯罪也有些吃不准，最后就决定先受理再说。反正黄奇本意也并不想置汪真真于死地，只要能给牛笑天施加足够的压力就行。谁知道这汪真真不识时务，竟敢公然挑衅办案人员，那办案警察坚持将汪真真先行拘留。这个结果当然令黄奇满意，现在汪真真在押的事，就是黄奇手中的一张王牌，他不信牛笑天还能守着越来越麻烦的项目死磕到底。

但令黄奇没想到的是，牛笑天的身后杀出了一个梁律师。尽管梁律师的出击动力源于牛笑天的高额费用，但这个雇佣军的能量也足以成为黄奇的劲敌。更何况，黄奇不可能料到梁律师已经悄悄地开辟了另一个战场，梁律师要在黄奇还没有染指的检察院一试身手。未来汪真真的命运如何，就看梁律师和黄奇谁更技高一筹了。

待在办公室度日如年的牛笑天忽然接到夫人的电话，夫人吞吞吐吐地让牛笑天赶紧回家一趟。牛笑天心里烦，怨夫人给他添堵，说自己忙着回不去。电话那头夫人却忍不住抽抽嗒嗒地哭了起来。牛笑天当下心头一惊，问夫人到底出了什么事情。夫人用不太连贯的语言说儿子出事了。

虽说整日忙于事务，不太和儿子联系，但在牛笑天的心灵深处，儿子牛大满仍然是他的精神支柱。多年前送儿子远赴欧洲求学时，他心里虽有一千个不舍，一万个不愿，但扛不住一心向往文明自由的宝贝儿子死磨硬缠，加上牛笑天孤儿经历中积淀的那种好男儿志在自强自立的理念，他最终同意儿子只身前往异域。

本来，夫人也曾有去欧洲陪读的念头，大满却极力反对，加之夫人也担心自己的腿疾给大满在新的环境中丢了面子，大满就在牛笑天夫妻牵肠挂肚中只身去了异域。人家的孩子留学在国外，父母隔三差五地就会去探视一遭，牛笑天却因为烦琐的事务总也抽不出时间去了解儿子的生活环境，夫人又因为生理疾患不能单独成行。大满出国七八年时间，隔个一两年回来一趟，牛笑天也与孩子离多聚少。为此，大满没少抱怨过父亲。唯一让牛笑天聊以自慰的是，在大满留学期间，他没有让大满在经济上困难过，一直到前年大满研究生毕业，找到了一份薪水还算说得过去的工作，牛笑天才减少了对大满的资金支持。本来大满学业结束后可以归国发展，但他似乎已习惯了西方的生活方式，坚持要留在法国构建自己心仪的理想世界，牛笑天只能由着他。现在一听说儿子出事，如何不让牛笑天吓得魂魄出窍。

待牛笑天火急火燎地赶回家，夫人抽泣着讲了原委。几个月前，一直单身的大满谈了一个女朋友，那女娃也是大陆过去的留学生。大满有了伴儿，牛笑天夫妻当然高兴，就给儿子转过去一笔钱，让儿子买了一辆汽车。这大满常和女朋友开车兜风，徜徉在阿尔卑斯山下。大满驾龄不长，开车缺些自我约束，这天跟女朋友正在享受疾驰的快乐，被一辆速度更快的警车追上来逼停在道边，警察出示证件后说大满超速行驶。大满一心想在女朋友面前展示自己，就和警察争辩了几句。本来一起简单的交通违章，到了警局后升格为袭警罪。大满分辩说自己没有任何袭击警察的行为，但警方认定大满在接受警察检查时使用了足以让警察感到恐惧的威胁性语言。大满随即被警方拘押，警方让大满的女朋友为大满雇请律师并筹措一笔保释金。万般无奈，女朋友按照大满的吩咐，把电话打给了牛夫人。

一听不是太大的案子，牛笑天稍稍宽了点心。问夫人那女娃说没说大概需要多少律师费和保释金。夫人说女娃跟她说律师费需要五万欧元，保释金需要十万欧元。牛笑天暗暗叫苦，这又得一百多万元的人民币，自己的钱袋子已经山穷水尽，只有指望夫人拿出体己钱了。虽说如此尽失男子汉大丈夫的颜面，但为了宝贝儿子，也顾不了那么多了。牛笑天问夫人手头能凑出来多少钱。牛夫人用诧异的目光盯了牛笑天一眼，又慢慢地低下头，扳着指头算了一阵，说她还有两张存折，合计六十万元，本来是准备给父亲置办新墓地要用的，现在就先拿出来救个急。置办墓地的事牛笑天知道，岳父十几年前谢世时，骨灰存在火葬场一侧的白鹤公墓，近年来由于城市的大规模扩容，火葬场要搬到离市中心五十公里远的山脚下，白鹤公墓也得整体迁移。牛夫人不愿让九泉之下的父亲当个委屈的拆迁户，就与丈夫四处考察，最后选中了高端大气的圣泉陵园。那圣泉陵园依山傍水，方圆近一平方公里，按照销售部沙盘所示，园区内曲径通幽，莺啼鸟鸣。牛夫人一时心血来潮，要把那高档的家族墓园置上一套，家族墓园可容纳四五个墓穴，且用低矮的围墙围起来自成一体。牛夫人说既是给父亲安置永久的居所，不若连带着把自己和丈夫百年之后的居所也一并规划，好让一家人永久团圆。牛笑天虽觉得夫人迂腐，但感念岳父早先成全自己的大恩大德，就没有极力否定。因为圣泉陵园还在建设中，高端墓位尚未落成，针对可以立即使用的现成墓地而言，称为期墓，夫人就交了期墓的定金。夫人低头说话的时候，牛笑天听着心酸，硬是忍住了夺眶而出的泪水，跟夫人说先把这钱挪用一下，随后再补上，墓园那边可以缓一缓，误不了事的。心里盘算着还差五六十万元，又把周围来往的朋友故交筛了一遍，觉得一时真找不出一个合适的人借钱。找黄奇、王老板吧，这些人现在恨不得把他身上的血汗榨干，哪肯再拿钱给他。向马英俊、杨行长开口，只怕他们立马会像躲瘟疫一样找个借口离他远远的。他甚至想起了远在台湾的堂弟，小祥的爸爸，可似乎又觉得根本讲不清楚。

忽然，牛笑天想起一个人来，几个月前他和朋友吃饭时，结识了一个做珠宝的商人，那珠宝商对牛笑天殷勤备至，说他那里有各类物美价廉的礼品可供有需求的企业公关之用，为了保证货真价实，他还可以先货后款，让买家消费完毕感到满意后再行付款。他跟牛笑天说自己不但做买卖，还经常帮助一些老板解决金额不太大的资金需求。珠宝商说到给别人融资的事，就引起了牛笑天的一些兴趣，留了珠宝商的电话。现在遇到这个小坎，何不打电话给珠宝商试试？

那珠宝商在牛笑天拨通电话后立即接上话，不待牛笑天开口，就如老朋友一般问牛笑天最近可好，生意上又发大财了吧。牛笑天无心侃大山，直截了当地说自己有个小事想请人家帮忙。珠宝商说牛大老板能亲自给他打电话，那可是三生有幸，千万别说是小事，牛老板的事在自己眼里都是大事。牛笑天说自己着急用点钱。珠宝商问金额多少。牛笑天说一百万元。珠宝商哈哈笑起来，说怪道牛老板说是小事，区区一百万元还值得牛老板披挂上阵亲自打电话，当下就让牛老板屈尊到他的珠宝店去一趟。

那珠宝店在城墙下方的一个角落，外表看着极不起眼，进得里间以后，却是别有洞天，约莫五六百个平方的营业卖场隔出了几个区间，分别经营黄金饰品、珠宝玉石、古玩字画。店铺的陈设一尘不染，营业员全是百里挑一的标致女子。牛笑天进门的时候，正好看见一群年龄在五六十岁的男女在一个举着小三角旗的小伙子引领下离开店铺，大部分人手里都提着一个或两个包装好的商品，脸上洋溢着满意的笑容。牛笑天心里明白，原来这珠宝店是专门开给那些来汉京市旅游的外地人的。珠宝商看见牛笑天，迈着碎步小跑过来，抓住牛笑天的手，脸上堆满了笑，连说"贵人驾到""蓬荜生辉"之类的话。

珠宝商把牛笑天招呼到自己的办公室，给牛笑天沏上茶，问牛笑天何以为了区区一百万元亲自奔波。牛笑天不想跟珠宝商说出实情，只说项目资金上有些吃紧，自己私人事务需要救个急。珠宝商说他这里钱倒是有，不过成本稍高一些，月息不能低于五分，还得放款时提前扣息。牛笑天闻言不由得又是一惊，这么多年来他常在外边借钱，但真正像珠宝商这种高得吓人的高利贷，他还从来没染指过。按珠宝商的计息方法，即便是一百万元借用半年，到手的钱也就只有七十万元，一旦逾期还不了，那利息会更高。珠宝商大概看出了牛笑天的迟疑，就解释说放贷的事跟自己的珠宝经营不搭界，放贷的资金是几个道上的朋友把闲钱凑到一块儿委托他找借款人的，利息标准是大家伙一起定的，他一个人无权更改。看牛笑天没有表态，他又跟牛笑天出了一个主意，说牛老板可以用信用卡在他的店里刷卡买货，他把货物的进销差价扣下来，把现款提给牛老板。牛笑天问货物的进销差是多少，珠宝商说不低于百分之二十。牛笑天心里一盘算，这倒是个干净的操作办法，等于借用了珠宝商的平台，利用信用卡从银行借出了钱，只不过给珠宝商支付百分之二十的好处费而已。好在牛笑天有两张信用卡，消费额度都超过五十万元。当下牛笑天让珠宝商找人操作了一番。半个小时后，牛笑天手机上出现了几条信息，显示信用卡消费人民币一百余万元，且有零有整，而储蓄卡进账人民币为八十万元整。珠宝商解释说为了银行那边数字好看，消费金额不能做成整数。

出了珠宝店的大门，一股凉风吹来，牛笑天觉得脖子里冷飕飕的，不禁打了个寒战。他心里明白，今天的事，是绝对不能告诉别人的。堂堂的地产老板，刷信用卡筹措资金，丢面子不说，妥妥的信用卡诈骗，只怕是离犯罪真的不远了。他只希望尽快把信用卡透支的钱还上，权当这件事成为自己深埋心中的一场走麦城。不知不觉间，牛笑天眼眶发潮，鼻子一阵酸楚。

第十二章

　　梁律师那边传来了好消息，说检察院方面对汪真真的犯罪案件提出了几点质疑，针对公安局报送逮捕汪真真的意见，也倾向于否定。这让牛笑天感到莫大的欣慰，他赞扬梁律师亲自出马，战果辉煌。梁律师说只不过案件代理都到了出成果的时候，律师费却还没拿到一分，害得他给一圈帮忙的朋友一直许着空愿。牛笑天又是一阵窘迫，搪塞说约定好的事情绝不会放空炮，一旦手头活络，一定不会亏待梁律师，何况昊天公司毕竟这么大的摊子，律师费总不会黄的。梁律师在嘟嘟囔囔的不满中挂上电话。

　　接听梁律师电话的时候，牛夫人就坐在丈夫的对面。看着丈夫接完电话似喜似忧的样子，牛夫人问丈夫是好事还是坏事。牛笑天苦笑了一下说算是好事吧。牛夫人说既是好事咋还一脸忧愁。牛笑天张了张嘴没有吭声。牛夫人心疼丈夫太累，说时间不早了，该早些歇下。牛笑天点了点头。夫人又趁机劝牛笑天再到医院认真复查一下，说手术做完这么长时间，肚子疼的病根还去不了，总也不是回事。又说这汉京市的医院医术还是比不上大地方，不成的话到北京、上海去找高明的大夫瞧瞧，说不准效果会好一些。

牛笑天不耐烦地摇了摇头。

　　刚刚洗漱完毕躺到床上，手机铃声却一阵紧似一阵响了起来。牛笑天拿起手机一看，是负责奥林匹克运动广场工地甲方代表打来的。牛笑天电话一接通，就听见那边上气不接下气的声音："董事长……出事了……工地死人了……"牛笑天一个激灵坐了起来，让对方说得清楚一些。又是一阵前言不搭后语的表述，牛笑天方才明白了事件的大概：半个小时前，工地上楼房外立面拆除悬空脚手架时，一根钢管滚落下去，砸中了两名地面作业的工人，两人当场死亡。牛笑天责问为什么深夜施工？工地代表说架子工队为了赶进度。又问施工方的负责人到现场没有？工地代表说架子工队好像是昊天公司指令分包给第三方的，施工总包方让甲方出面协调。牛笑天听后又如五雷轰顶，抖抖索索挂断电话，马上开始穿衣服。牛夫人已经在丈夫身旁听出了个大概，慌得也没了神，情急之中提醒丈夫打电话把小祥叫上。牛笑天顾不上打电话让司机过来接他，就顺着夫人的意思把电话打给小祥，让小祥通知司机，一并火速赶到工地现场，说自己这边打车过去。

　　牛笑天不知道，其实这场祸端正是他自己酿成的。

　　那次牛笑天带着牛小祥回乡奔丧并省亲，住在已经易主的昔日祖居，现主人八婶娘的孙媳妇殷勤地招待了他们伯侄二人，八婶娘的孙子又闻讯从汉京城赶回去拜见了自己这位不常露面的本家叔叔。八婶娘的孙子跟人搭伙在外边闯世界，有这么一个做地产老板的本家叔，自然想得些近水楼台的便利，加上八婶娘极力撺掇，牛笑天到底碍于乡情和八婶娘当年的收留之情，把提携八婶娘孙子的事儿应承下来。回汉京城后，牛笑天信守诺言，让牛小祥找汪真真协调奥林匹克运动广场的施工方关照给牛老板的乡党找些活路。施工总包方虽不愿吸收不知底细的务工者，但建设单位的面子总还得给。后来八婶娘的孙子就从施工总包方手里把搭拆脚手架的工程分包下来。因为有牛老板这个背景，八婶娘的孙子在干工程的过程中就有些狐假虎威，也不甚把总包方的施工纪律放在眼里。按照施工规范，这脚手架的搭拆务必在白天进行，偏这八婶娘的孙子为了提高效率，竟在晚间作业，导致这起工亡事件。

要命的是，这两名现场死亡的人中，有一位正是八婶娘孙子的合伙人，牛家庄的后生，那次牛笑天回牛家庄拜谒祖坟时，那个给牛笑天伯侄带路的孩子狗蛋的爹。那狗蛋的娘可不是个省油的灯，狗蛋给牛笑天带了一次路受点轻伤，差点都让牛笑天下不了台面，这回丈夫一命呜呼，岂会轻易善罢甘休？一场疾风暴雨等着牛笑天。

牛笑天赶到工地时，现场外围已被警用隔离带拦起来。灯光下，几个警察正围在尸体旁边照相、做记录。看来警察得到消息的时间比牛笑天还要早。牛笑天心里一喜一忧，喜的是有警察在场，不怕有人起哄闹事；忧的是警察这一掺和，私底下操作的空间就没有了。随着公安的介入，安监局、劳动局、建设局这些部门不会坐视不管，除工亡赔偿外，停工整顿和安全罚款是少不了了。不过这些顾虑现在都还顾不上，牛笑天明白当务之急是妥善解决死亡工人的善后事宜。

一听说是昊天公司的法人代表来了，一个头儿模样的警察指着工地一侧的一间临时工棚，厉声命令牛笑天待在那里别乱走动，那架势活像是牛笑天犯了事儿。牛笑天本意是来现场亲自安排处理事故的，这阵子反倒像投案的犯罪分子。不过他也明白现场由不得他主事，只好在心慌意乱中按警察的要求乖乖待在了工棚。

施工总承包方的工地负责人也到了现场，同样被警察请进了工棚，与牛笑天待在一起。牛笑天问那负责人王老板咋没有来，负责人说王老板外出了，电话打不通，估计是去了香港或者又从香港去了别的国家。牛笑天心里就犯嘀咕，怀疑王永春在事故面前当了缩头乌龟。

待运尸车辆将两具尸体运走，警察进到工棚里，对牛笑天和那个工地负责人问话。警察搞不懂建设单位和施工单位的关系，问牛笑天和那个负责人谁的官职大，谁听谁的话。牛笑天好一阵解释，警察才闹明白，原来牛笑天和那个负责人分属两个单位。但因为牛笑天是企业的法人代表，那种受盘问的规格和待遇就明显要高一些。牛笑天说这项工程虽属昊天公司的建设项目，但是总体施工是由建筑公司实施的，昊天公司无权过多干预，出了事故也应当由建筑公司负责。牛笑天说话的时候，那施工负责人就频频插话，说出了事故的这个班组，本是直接隶属建设方昊天公司的人马。牛笑天责其信口胡说。工地负责人话说得一多，牛笑天多少听明白一些，这些闯祸的工人原来竟是来自牛家庄，心里就暗暗叫苦，只恨自己当初多管闲事，心血来潮替八婶娘孙子揽活儿。真是搬起石头砸了自己的脚。

牛笑天和施工方负责人各持己见，警察按照他们各自的说法给两个人分别做了笔录。做完笔录，警察叮咛牛笑天二十四小时保持手机畅通，保证公安机关随传随到，否则承担一切后果。牛笑天惊问这算不算是对自己采取了取保候审手段。警察说算不上，只是配合调查而已，但下一步会不会有措施，要看分局对案子的定性。牛笑天又问为什么不对施工方采取手段，警察说施工方的法人代表没来，他们不能对一个普通员工进行限制。望着警察扬长而去的背影，牛笑天不禁又有些后悔自己轻率地跑到了这第一线的是非之地。

事已至此，也只好听天由命了。工棚外天已经微微发亮，牛笑天从凳子上站起身，只感觉一阵眩晕，慌忙坐回到凳子上喝了一口水，方才平缓过来。牛小祥看到伯父的异样，说伯父劳累过度撑下去不是个事儿，得赶快回家歇息歇息。牛笑天想想自己已经四十多个小时未合眼。情知自己虽要强，身体却不给力，点点头让小祥吩咐司机把车子开到外面等着。

一阵通天的号哭声从远处传来。牛笑天循声从工棚的窗户望出去，薄暮中一个女人跪在尸体躺过的地方，两只胳膊上下挥舞着。一会儿指着天，一会儿指着地，呼天抢地般号啕着，哭声中夹杂着断断续续的话："狗蛋爹呀……你好狠心呀……可怜我孤儿寡母呀……"几个男人拉扯着女人，想让她站起来，却见那个女人牢牢地抱住一根竖立着的脚手架钢管。此情此景，又让牛笑天叫苦不迭，那死亡工人的家属——难缠的狗蛋娘来得也太快了。

好像有人弯腰在狗蛋娘身旁说了什么，狗蛋娘忽然站起来，转身朝牛笑天待着的工棚疯跑过来。那凌乱的头发在空中扬起来，宛如一头暴怒的狮子。牛笑天明白那狗蛋娘得了指点，冲着他来了。

牛笑天迎出房门，与狗蛋娘打上了照面。那狗蛋娘认出了牛笑天，稍稍怔了一下，一屁股坐在牛笑天脚下，双手把牛笑天的腿抱住，把那满是灰土和鼻涕、泪水的脸在牛笑天的裤子上来回蹭着，仍是大声号啕着，只是嘴里的词有了变化："还我娃他爸呀！""谁来给狗蛋爹抵命呀？"

牛小祥抓住狗蛋娘的手，想把狗蛋娘抱着伯父双腿的手分开，却不想那狗蛋娘两只手死死地交叉在一起，一时间难以扯开。也许是牛小祥使了些劲，弄疼了狗蛋娘，狗蛋娘竟趁牛小祥不备，抽出一只手朝着牛小祥的脸上狠狠地扇了一个巴掌。牛小祥到底是年轻人，一股火气冲上头顶，把狗蛋娘扇他耳光的那只手抓住，狠劲一扭，随着狗蛋娘一声惨叫，那被扭的手无力地耷拉下来。

脱开身子的牛笑天大惊失色，看着狗蛋娘龇牙咧嘴的样子，他明白小祥又闯祸了。看架势狗蛋娘的手腕应该是骨折了，一旁站着的小祥大概也意识到事情不妙，怔怔地不知所措。

不待牛笑天有所作为，跟在狗蛋娘身后的两个民工模样的人冲到牛小祥跟前，一左一右拳头像下雹子一样倾泻在牛小祥的头上和脸上。估计这两个人大约是死者狗蛋爹的工友，一看人死了，家属还被欺负，心里不忿就上了手。

看着侄儿被暴打，牛笑天一个猛子扑过去，用双臂抱住了牛小祥的头。那打人的民工拳脚就又落到了牛笑天的肩上和身上，不过到底挨打的对象发生了变化，那拳头的力度也就轻了。亏得牛笑天的司机和昊天公司的工地驻地人员也都跑过来，一番拉扯后总算把肢体冲突止住了。

天已经大亮，工地上各个班组的工人陆续上岗，喜欢看热闹的工人们都聚集到工棚前。很快，昨晚工地发生事故和死者家属手腕被打骨折的事儿，就被大家知晓了。也是兔死狐悲，这些工友们的怒火瞬间被点燃起来，加之工人们正为日常不能按时拿到工资心怀怨愤，刚好有了这么个发泄的由头，一时间，工棚外聚集了几百号人，叫骂声混成一片海洋，大有把牛笑天几个人一股脑淹没之势。

此情此景，牛笑天好像又回到了几个月前福利厂职工上访讨说法的现场。那时候虽然他也被围攻，但他心里坦坦荡荡，他明白自己只是社会矛盾爆发中被牵连的无辜者。今天围攻他的这些人，激愤之情胜于那一次，可他却很难找出给自己开脱的理由。而最让他无法面对的是，与他冲突的一方事主竟然是生他养他的牛家庄老乡。而今得力干将汪真真身陷囹圄，自己的侄子小祥到底是少智弱谋，把一场小火情激成了漫天大火。思前想后，牛笑天只觉得怎一个难堪了得。

正在牛笑天思忖着如何扑灭这如烈火般蔓延的风波之际，窗外有人大喊："着火了！"牛笑天抬头望去，工地上一股黑黑的烟柱直冲天空，烟柱的下方腾起暗红色的火焰，竟有人朝火堆中央投掷竹板脚手架，隐隐约约还传来叫骂声。牛笑天明白有人纵火。

现场已经失控。现在除了报警，还能做什么？

最先赶到现场的是消防车。所幸着火点与正在使用中的外立面脚手架还有一段距离，先后到达现场的三辆消防车，仅有一辆象征性地对火堆喷了几下水，瞬间灰飞烟灭。不过在消防车离去的时候，却留下了严厉的追责通知。

消防车刚走，110警车鸣着警笛接踵而至。警察分开人群进到工棚，牛笑天一看，出警的还是昨天夜间给他做笔录的那几个人。

警察一进房子，就给牛笑天一个下马威，带头的警察从后腰带上解下一副锃明瓦亮的铐子，"啪"的一声拍在桌子上，把桌面放着的茶杯和烟灰缸震得蹦了起来。警察说："胆子也忒大了，死了人还没采取措施，又敢打架伤人，真的是活腻了！难道想快快地吃牢饭？"

牛笑天说："对不起，警察同志，给你们添麻烦了。"

领头的警察把大盖帽卸下来，照样是重重地拍在桌上："麻烦，这能叫麻烦吗？昨天晚上整夜处理死人的事儿，这刚回到分局，顾不上洗把脸，案情报告也来不及写，你这边又闹腾起来，你当我们是铁人啊！"看得出来，一夜不曾合眼的警察，对这边一波接一波的事情已经怒不可遏。

坐在地上的狗蛋娘也似乎被警察的凶狠吓住了，怔怔看着警察，待明白那些警察无意跟自己为难时，又长号了一声，哭叫起来，一边把头在地板上磕得嘭嘭直响。和着狗蛋娘的哭声，工棚内外的工人齐齐地把手指向牛小祥，叱骂声一浪高过一浪。

一个警察试图去拉坐在地上的狗蛋娘起来，却无意中拉住了狗蛋娘已经骨折的手。杀猪般的号叫声让警察明白了这地上坐着的女人并不是纯粹撒泼，遂让狗蛋娘继续坐着说话。狗蛋娘指着惊魂未定的牛小祥说："这狗娘养的害死了我娃他爹，还打断了我的手。"

牛小祥分辩说："是你先打的我！"

警察问牛小祥："她把你打成什么样了？"

牛笑天插话说："警察同志，你听我说……"

警察厉声斥责："没有问你，轮不到你说话！"

警察问狗蛋娘跟昨晚死在工地上的人是啥关系。狗蛋娘说死的人是娃他爹。警察闻言后把目光转向牛笑天，半是愤怒半是疑惑地说："你这个老板也年岁不小了，你工地上管理不善砸死了人，你不想办法妥善处理后事，咋还敢雇凶殴打死者家属呢？"

牛笑天嚅动着嘴巴，一时不知从何说起。

那警察以为牛笑天理屈词穷，又把声音抬高了八度："将心比心都一理，要是你的妻子、儿子、女儿砸死在这里，凶手再把你揍上一顿，你咋样面对？你的良心让狗吃了。"又把头转向牛小祥："这个二货看着长得人模狗样，咋跟畜生一样？"

牛小祥脸上的肌肉抽搐着，嘴里仍分辩着："不能冤枉我。"

警察从桌上拿起铐子，将两个铐环在牛小祥左右手腕上重重地磕了两下，"咔嚓"两声，牛小祥双手被铐起来。

牛笑天急得用双手抓住警察的胳膊："警察同志，你不能这样！你要把事情的来龙去脉搞清楚。"

警察把牛笑天狠狠地推了一把，牛笑天一个趔趄差点摔倒在地。腹内又一阵疼痛袭来，他使劲抓住桌子的一角，不觉间脸上爬满了汗珠，强撑着还想和警察分辩。

警察说："我们会把事情的来龙去脉搞清楚，只要人是他打的，他就是现行犯，抓他就没错。我劝你识相点，别惹得我们把你一起抓了。"

看着警察替自己出了气，狗蛋娘又得了势，哭号着说："枪毙了这狗娘养的。"警察皱了皱眉头，问狗蛋娘自己能不能活动，狗蛋娘说她疼得站不起来。警察就拿出手机给120急救中心拨了一通电话。

不长时间，外面又传来刺耳的警笛声。牛笑天纳闷着急救中心的车也来得太迅速了，却没想到那鸣着警笛、闪着警灯的车停下来打开车门时，走下来的竟然又是两个戴着大檐帽的人，只不过服装颜色跟警察不同。

新来的大檐帽看着工棚里的一幕，跟警察友善地点了点头，说他们是市安全生产监督局的，来执行任务。领头的警察就跟他们握了握手。那安监局的似乎也不想过多地干扰警察办案，从包里掏出一张公文纸，拿在手中像念经一样宣读了一遍。大意是说奥林匹克运动广场的施工现场管理混乱，造成两人死亡、数人受伤，责令即日起停工整顿，具体复工日期等候通知。念罢又把那张盖着大红印章的纸贴在工棚的门扇上，起到封条的作用。诸事已毕，又跟暂时中断工作的警察挥挥手算是打了招呼，回身几步跨进那辆几乎还没停稳的车子，在一阵警笛声中扬长而去。

一个警察冲着安监局远去的车辆嘟囔了一声："妈的，人家倒是干脆，留下这烂摊子还得咱收拾。"

警察让门外的工人们解散。说安监局已经通知工地停工了，现在大家都回去休息，或者回老家也可以。工人们又像炸了锅，问接下来工资是不是照发。警察说这事得跟老板谈。工人们就又喊着让屋里那个老板出来跟大家说清楚。警察就转身指着牛笑天，让他跟工人们解释。

牛笑天心里的苦楚，只有他自己清楚。按说今天发生的这一系列事情，基本与昊天公司和他牛笑天无关，工程既已承包给施工单位，理应由施工单位承担一切责任。可就是因为自己的善良和责任心，一头扎进这场风波的旋涡，现在又有谁肯听他的分辩，又有谁能听懂他的分辩？此时此刻，他只能打掉了牙朝肚里咽。

牛笑天跟民工们说："今天的事故也是一场意外。安监局既然已经下了停工通知，施工就得停下来，大家也好趁机休息……"又停顿了一会儿，用坚定的语气说："停工跟大家没有关系，对停工期间大家的损失，我跟负责施工的单位商量商量，保证给大家一个说法。"

这些干苦力的民工，大都属于日结工或者是拿计件工资的人，平日里频繁变更工作场所也是家常便饭，一听这老板说话倒还算仁义，就不再聒噪。警察趁机又做了些动员安抚工作，工人们就三三两两地散去了一半。还有些继续待在现场的，显然是要把这场闹剧看到底。

警察跟狗蛋娘说人死不能复生，解决身后问题是要紧事，让狗蛋娘找一个家族中能主事的人跟这边好好谈判，寻衅滋事是犯法的。说话间 120 急救车已经赶过来。

牛笑天一直在现场寻找狗蛋爹的合伙人，也就是八婶娘的孙子三味，可始终找不到他的影子。牛笑天哪里知道，这个真正的惹祸精打一出事起，就吓得远远躲了起来。

　　警察押着上了铐子的牛小祥收兵回营。满面泪水的牛小祥不知是气还是悔，忽然大喊了一声"冤枉啊！"。警察在牛小祥的头顶上拍了一巴掌，训斥说："老实点！"牛小祥最后一次回过头来，把目光锁定在伯父的脸上，却看见伯父一副无可奈何和羞愤难当的神色。情急之中，牛小祥喊道："替我找找丁冬，他的电话在我手机里存着。"

　　显然，牛小祥已经对自己的伯父丧失了信心，他把营救自己的希望寄托在新结交的朋友丁冬身上。

　　从昨晚午夜起，奥林匹克运动广场光是特种汽车就来了几拨：警车、运尸车、消防车、急救车、安监车……牛笑天只觉得欲哭无泪。

　　如今蒙冤被拘的汪真真仍是吉凶难卜，小祥又被铐走，这让牛笑天一时不知如何应对。小祥身份特殊，只身一人从台湾来大陆投靠伯父，牛笑天算是小祥在大陆唯一的亲人。如今小祥出了这档事儿，要不要跟小祥的父母知会一声？牛笑天细一琢磨，小祥的父母就算知道了这件事儿，除了徒增惊慌和恐惧之外，又能做些什么？好在牛小祥犯的也不是什么大罪，相信公安不会太为难他。一场惊吓也能让这个涉世不深的侄子理念发生变化，待到小祥被放出来，他要跟小祥好好谈一谈。如果小祥愿意，就让小祥回台湾去，也许大陆并不适合他的发展。现在当务之急，是想办法让牛小祥尽快出来。

　　既然小祥对那个叫丁冬的人寄予厚望，不妨就跟丁冬联系一下。联想到自己上次住院时小祥为自己联系高干病房的事儿，牛笑天觉得还是不能小瞧了年轻人的能耐，长江后浪推前浪，说不定人家出手后会有意外收获。想想自己也没见过那个丁冬，牛笑天就让司机在小祥的手机中翻出了丁冬的联系方式，以小祥朋友的身份打过去电话，详细说了小祥出事的过程。

　　再说黄奇这几天正为汪真真案子的收官绞尽脑汁。举报汪真真，对黄奇而言仅仅是一种手段，他无非是想通过这种方式让汪真真服服帖帖地听候使唤，也顺带教训一下做事无所顾忌的牛笑天。牛笑天与汪真真私自转让股权的事让他决定提前实施行动计划。他在咨询了律师之后，把汪真真以诈骗罪举报到公安局，但公安局受理后一番分析，认为汪真真的行为够不上诈骗罪，充其量可以认定为职务侵占罪，给黄奇帮忙的市局领导就把案件协调安排到对口的经济犯罪侦查支队。黄奇才不关心他们给汪真真定啥罪名，只要能把刀架到汪真真脖子上让她就范就行。按黄奇事先了解的公安局办案方略，汪真真不会被关起来的，大概率只是取保候审，这也就基本满足了黄奇的需求。没想到汪真真归案后的桀骜不驯，让公安局办案人员恼羞成怒、手段升级，人被关进了看守所。紧接着汪真真聘请的律师又上窜下跳，说公安局办了冤假错案。更麻烦的是公安局传来内部消息，说汪真真的律师已经说通了检察院，检察院认为公安局这个案件是否成立值得商榷。一旦检察院不批准对汪真真的逮捕，汪真真必须立即释放。黄奇对司法机关的办案程序不甚了解，但他明白，一旦汪真真被无罪开释，他想制服牛笑天和汪真真的计划就泡汤了，要想借机从牛笑天手中接盘的可能性就小了很多。

天不绝人。受命跟牛笑天侄子牛小祥密切来往的司机丁冬给黄奇汇报了牛小祥因伤害行为被抓起来的消息，让黄奇一阵高兴。那牛小祥跟黄奇在山里的会所见过一面，牛小祥的身份黄奇已掌握得清清楚楚。牛小祥被抓，够牛笑天喝一壶的。黄奇觉得务必要利用这意外的一张牌制服牛笑天。黄奇小使手段，把牛小祥犯事的过程了解得清清楚楚，又编造了那被牛小祥伤害的女人是自己手下一个员工表姐的鬼话，让公安局务必对凶手牛小祥严加惩处。公安局上上下下遍布黄奇的朋友，这等小事还能驳了黄奇面子？很快，牛小祥伤害一案就定性为刑事案件。在派出所留置室待了一天时间，牛小祥被送进了看守所。

黄奇把电话打给了牛笑天。铃声响过好长时间，电话那头才传来牛笑天低沉无力的声音。黄奇知道因为举报汪真真的事，牛笑天已经对自己咬牙切齿，也就做好了牛笑天夹枪带棒声讨他的心理准备。黄奇先是问候了牛笑天身体恢复的情况，见牛笑天不做声，又解释说对汪真真的举报原不是他的本意，那是手下人做的，不过他后悔自己没有阻挠，毕竟他不能太挫伤手下人的积极性，为了这件事他已经有些吃不下饭睡不着觉，正在想法子撤销举报，让公安局尽快把汪真真放了。

半天没说话的牛笑天冒出一句："你真是那样想的？"

黄奇说："我说了你也不信，你就看我的行动好了。"黄奇话锋一转，又说牛笑天不把他当自家人了，不管咋说昊天公司还跟他黄奇有千丝万缕的利益瓜葛，为啥工地上死了人的大事都不跟他说一声。再说牛小祥他也见过，精明伶俐的一个小伙子，为了公司的利益咋能让人家娃娃被抓起来？公司又给人家父母咋交代呢？黄奇知道牛小祥的身份，当然说出的话都变相扎着牛笑天的心窝子。

牛笑天正一门心思想着怎样让侄儿快些出来，也就病急乱投医，黄奇既提起这事儿，自然希望黄奇能发些善念，合力营救小祥。牛笑天问黄奇咋知道小祥的事，黄奇说他是听自己的司机丁冬说的。

牛笑天说："不瞒你说，牛小祥是我的侄儿。"

黄奇显出几分惊讶："哟，原来是咱自家的孩子。那可得想法子快些让娃出来，在那里面待着少不了要遭些罪。"

牛笑天问："黄秘书长你能不能想些办法？"

黄奇说："瞧你说的，你的侄儿也就是我的侄儿，哪里还有能不能一说？我想，这多年来在社会上的那些朋友，总归还是愿意给面子的。"

牛笑天说："要真能这样子，我牛笑天谢谢你黄秘书长。"

"我上回说给你的话，还记得吗？"黄奇转了话头。

上回黄奇说过的话，牛笑天当然记得。现在黄奇又老调重弹，犹若在牛笑天本已痛楚的伤口上又撒上盐巴，并轻轻地揉搓。不过比起黄奇第一次提出来时的反应，牛笑天已经多少有些麻木了。

见牛笑天没有吭气，黄奇用关切的语调说："牛老板，凡事量力而行。病牛拉大车，车子走不动，牛也累趴下，何苦来着。车子让给别人稳稳当当往前走，弱牛解下套，悠闲地吃草，两全其美的事儿，何乐而不为？"

要是放在往常，这些侮辱性的语言，也许会引起牛笑天一阵针锋相对的反击。尤其是"病牛"这个词，说不定会让牛笑天爆粗口。但此时此刻，牛笑天已丝毫没了争锋的劲头，他忽然轻轻地说了一句连自己都觉得惊讶的话："黄秘书长你说得对，我真得好好想想了。"

手机那端响起了爽朗的笑声："难得呀，牛老板！真的是识时务者为俊杰。"

一大早，自称丁冬的小伙子来到昊天公司求见牛董事长。牛笑天知道丁冬是来告知牛小祥案子的运行情况，急忙把丁冬召进办公室。首次见面，丁冬在牛笑天面前抱拳低头，口称晚辈，一副江湖气息。牛笑天不由得感叹，怪道是小祥把希望寄托给这个年轻人。

招呼丁冬坐下，牛笑天又给丁冬倒了一杯水。

牛笑天说他知道丁冬是小祥的好朋友，也难为丁冬为了小祥的事东奔西走。丁冬说他虽然跟小祥交往时间不长，但两个人相见恨晚，几天不见面聊一聊就闷得慌，真的不是亲兄弟胜似亲兄弟。一听小祥出了事，他晚上连觉都睡不着，他已经跟好几个朋友求了情，大家都在齐心协力地想办法。

牛笑天不无感动地说："小祥能有你这样的好朋友，也算幸运。"

丁冬翕动着嘴欲言又止。

牛笑天脑子里一闪念，知道丁冬是讨费用来了。这几年，牛笑天懂得打官司找人是要花钱的，既然丁冬实实在在为小祥奔走，花些费用是必然的。

牛笑天说："小丁，有啥事你尽管说。小祥是我的侄儿，该花多少钱你告诉我。"

丁冬依然局促不安，嘴里含含糊糊："我实在不知道该咋说……"

牛笑天拿出长辈的口吻："年轻人，说话做事要干脆，磨磨唧唧让人着急。"

丁冬定了定神，从自己的包里掏出了一张纸递给牛笑天。

牛笑天接过那张纸看了一眼，顿时大惊失色。那张纸分明是一张欠条：

今欠丁冬人民币叁佰捌拾万元整。保证在三个月内归还。此款由昊天公司承担担保。

落款处签着牛小祥的名字。更要命的是，牛小祥名字的下方，赫然加盖着昊天公司鲜红的印章。

"这……这是怎么回事？"牛笑天哆嗦着嘴唇。

丁冬已经恢复了刚进门时的那种神态，镇静地说这是牛小祥从事经营活动拖欠的债务，本来还款期限还没到，但小祥出了这么个事，他担心一时半会出不来。因为欠的这个债虽然条子上的债主是他本人，但实际债主还有别人，他一个人做不了主，就想着提前来跟牛董事长打个招呼，也省得还款时间到了，牛董事长没有准备措手不及。

牛笑天追问丁冬，小祥到底做了什么经营活动欠了这么多钱。丁冬不无嘲讽地嘴角往上翘了翘，说他还以为小祥是受了伯父的委托干这些买卖，否则为啥能在欠条上盖上公司的大印呢。他就一五一十地把这张欠条的由来说给了牛笑天。

听完丁冬的话，牛笑天如梦方醒。原来小祥一直跟丁冬做着赌球的营生。一场足球世界杯比赛，牛小祥已被地下赌场深深地拖下了水。自不必说，眼前的这个丁冬正是带着牛小祥进入地狱的魔鬼。至于那张欠条上昊天公司的大印，牛笑天心里明白，整日里为公司做业务，寻机会弄出一张盖印的空白纸是根本不用费神的。

常言道，物以类聚，人以群分。网球协会的秘书长黄奇是何等心狠手辣的主儿，他的司机当然不会是善物。再加上黄奇坑蒙拐骗中常让丁冬扮演马前卒的角色，丁冬自然就在耳濡目染中学了些真本事。牛笑天既然成了黄奇口中的猎物，丁冬不甘寂寞，也就背着黄奇干起了私活，把一个涉世不深的牛小祥带进了陷阱。这主仆二人各施手段，可怜的牛笑天、牛小祥二人被尽收网中。

丁冬的脸上扬起笑意，快活中竟透着得意。

手机铃声又响了起来，牛笑天想去拿手机，却觉得胳膊酸得抬不起来。直到几通铃声响罢，牛笑天才艰难地把手机接通贴在耳边。

电话里传来一阵久违的熟悉声音，但又透着急促和悲凉："笑天哥，我……我是牛祥，小祥犯了啥罪，咋……咋被关起来了？"不用说，这是牛小祥的父亲从台湾打过来的。

"你怎么知道的？"牛笑天有气无力地问道。

"有个大陆的警察给我打电话，说是通知家属。"牛祥道。

牛笑天没有做声。

牛祥说话中带起了哭腔："笑天哥，小祥是我的宝贝儿子。在台湾一直是好孩子，咋过去几天就让警察抓起来了？哥呀，你没让孩子干啥坏事吧？孩子交给你了，你可得负责呀，我现在就问你要孩子了。孩子要出不来，你可咋对得起牛家的列祖列宗？"

"啪"的一声，手机掉到了地板上，牛笑天也随着声响身子一歪，瘫倒在地上。

那丁冬一看不妙，一溜烟离开了是非之地。

在看守所待了七天时间，汪真真感觉就像过了七年。这天早上，两个警察把她带出了号房，说是拘留改成了监视居住。汪真真问监视居住是个啥方式，警察说在外面找一个旅店的房子，让汪真真住下来，派人二十四小时监管。汪真真已经做好了应对各种局面的心理准备，平静地任由警察发落。

警察说去监视居住点之前要先安排汪真真和受害人见个面。汪真真问谁是受害人，警察说就是举报人黄奇先生。汪真真说她这一辈子再不想看见那张令她恶心的脸。警察嘲讽地笑了笑说："汪真真，现在你是罪犯，没有权力想见谁或不想见谁，规规矩矩听从警察安排是本分。"末了，又有几分示好地开导汪真真，说这回检察院没批准对她实施逮捕，也算是汪真真运气好。如果再能得到受害人的谅解，八成连监视居住都不用了，简单做个取保候审就能直接回家。到了这个份上，汪真真只能听从警察处置。

因为汪真真不识相，让办案的警察恼羞成怒，从严不从宽地将汪真真收监。但按照法律规定，公安局将人犯拘留后三日内要报请检察院批准逮捕，特殊情况下可以延长一至四日。满打满算七天时间，若检察院不批准逮捕，则公安局必须将人犯释放。汪真真这回犯的事本来就说不清道不明，构不构成犯罪，连公安局内部都发生了严重的争论，更兼有梁律师上下奔走、据理力争，那检察院不批准逮捕汪真真也就在意料之中。按说只需办个取保候审，但公安局却因领教了汪真真刺儿头的行事风格，怕这个女人恢复自由后，四处生事让案子无法了结，就决定采用另一个仍然可以全方位控制人犯的手段，即监视居住。反正监视居住是公安局一家就可决定的事儿，待到汪真真就范后再取保候审不迟。

两个警察带着未戴械具的汪真真，到了黄奇的网球协会办公室。距离汪真真第一次到这里，已经有大半年的时间。那一次，初涉此地的汪真真对这个处所尚有几分新奇和好奇，而今天她以阶下囚的身份来到这里，却有了一股不屑与凛然。在她眼里，这是一处城市肌体深处的毒瘤，是一处藏污纳垢的阴暗角落，是一方蝇营狗苟的小人居所。

　　黄奇显然已经得到警察的通知，办公室里已经做了安排。看到汪真真一行三人，黄奇没有理会两个警察，却是满脸堆笑地迎向汪真真："哎哟，汪大小姐你今天到底肯屈尊到我这里来了，只不过这种驾临的方式难免让我有些心酸。"说着就热情地伸出了双手。

　　汪真真厌恶地扭过脸，两只手在腰间抱起来。

　　黄奇也不在乎汪真真的无理，仍然脸上堆着笑。待安排两个警察和汪真真坐定，黄奇让服务人员端上水果，沏上茶水。

　　等警察喝了几口水后，黄奇说他想和汪小姐单独聊聊。两个警察相互对视了一下，点点头同意。黄奇让服务人员把警察安排到另外一间房休息。

　　房间里就剩下黄奇和汪真真两个人。

　　"我很敬重你，但我又替你遗憾。"黄奇说。

　　汪真真没有丝毫反应。

　　"我为什么要敬重你？"黄奇说，"你作为一个职场女性，颜值高、有气质、能干、聪慧，关键是忠于职守，不为利益所动，不肯背叛。你为谁效力是谁的福分。"

　　"我为什么要替你遗憾？"黄奇继续说道，"人生如梦，来去匆匆，一个人能在这个世界上走一遭，真的是太不容易了。短短的几十年时间，一晃就过去了，为什么不抓紧一切机会尽情地享受呢？大部分人一生忙忙碌碌，不过温饱，能走捷径的人，无疑是幸运的。遗憾的是你汪真真不明白这个道理，或者说虽然明白却让机会白白溜掉。你跟着那个榆木疙瘩牛笑天能挣多少薪水？常言说凤凰占高枝，良禽择木栖。难道你看不出我黄奇在这个花花世界里的能耐？多少女人为了能让乌书记哪怕是把目光在自己脸上停留几秒钟，不惜挖空心思投机钻营。而你倒好，我给你搭了那么结实的桥，你不但毫不领情，反而屡次给我难堪。"

　　汪真真把脸正对着黄奇，目光中透出镇定与轻蔑。

　　侃侃而谈的黄奇似乎被汪真真的表情败了兴，有些尴尬地说道："当然人各有志，你未必同意我的观点。道不同不相为谋，你走你的道，只要你自己觉得舒坦就行。"

黄奇从桌上的水果盘中抓起一只苹果，又顺手拿起一把精致的水果刀，细细削掉皮，递给汪真真。

汪真真像一尊雕塑一样纹丝不动。

黄奇把削好的苹果又放回果盘里，把那把精致的水果刀拿在手里，把玩着说道："汪真真呀汪真真，这把水果刀是我去云南时让人定制的，刀身是千锤百炼的好钢，刀把是Ａ级缅甸玉，外镶18K的黄金，你看看它多漂亮！像这样昂贵的金玉刀，就只能摆放在我这张金丝楠木的茶台上。而你就好比是这把刀，偏要守着摆大碗茶的土台子。"

"咱们来做个交易吧，"黄奇把话转入正题，"听公安局的人说，在办案过程中如果能得到受害人的谅解，可以对犯罪嫌疑人从宽发落。这回关你就不是我的本意，当初报案我只不过想让公安局帮我把丢掉的股权追回来，没想到他们却把你拘留了。现在既然有这个说法，我这个受害人也不愿你继续吃苦。"

"你是受害人？"汪真真轻启嘴唇，说出了进入这个房间后的第一句话。

黄奇一脸惊讶："我的股份不明不白地丢掉了，我不是受害人谁是受害人？"

"谁是受害人你心里明白。"汪真真说。

"我不想和你绕弯子了，"黄奇说，"当初我把钱借给牛笑天，牛笑天把股份质押给我，就是为了保障我的财产安全。现在我的股份已经到了别人手里，我只能正视现实，再拿钱把那股份赎回来。不过我绝不会再为他人做嫁衣裳。牛笑天既然无力偿还我的债务，那就得把项目顶账给我。"

"你想强夺项目？"汪真真睁大了眼睛。

"别把话说得那么难听，"黄奇说，"欠债还钱，天经地义。我让牛笑天拿项目抵债，也是帮他解脱，省得项目成了烂尾。"

黄奇站起身来，走到自己的办公桌前拉开抽屉，取出一张纸递给汪真真。

这是一份打印好的合同：

协 议 书

甲方：牛笑天、汪真真

乙方：黄奇、王永春

丙方：燕一涵

上列三方经协商，就昊天公司股权变更事宜，达成协议如下：

一、甲方牛笑天原拆借乙方黄奇和王永春资金，将其持有昊天公司的股权质押给乙方，质押股权由甲方汪真真代持。后牛笑天与汪真真二人私自将质押给乙方的股份从汪真真名下转让给第三方，导致乙方发生损失。

二、因甲方牛笑天与汪真真无力偿还拖欠乙方黄奇与王永春资金，亦无力从第三方赎回股份，故同意将昊天公司全部股份出让，并以出让所得款项用于偿还拖欠乙方欠款。

三、丙方燕一涵愿出面收购牛笑天与汪真真名下股份，并负责出资赎回牛笑天与汪真真转让给第三方的股份，清偿拖欠乙方的欠款。燕一涵不再向牛笑天、汪真真支付转让对价。

四、丙方燕一涵收购股份成功后，乙方黄奇和王永春不再向牛笑天和汪真真主张债权。

五、甲方牛笑天将昊天公司法人代表变更到燕一涵名下。

甲方：

乙方：

丙方：

协议书上燕一涵这个名字引起了汪真真的注意，这不就是当初在昊天公司竞买福利厂土地过程中，那个跟昊天公司竞争的女人吗？

当初汪真真就曾怀疑黄奇和这个神秘的女人共演了一场双簧，她还曾向牛笑天董事长提出过质疑。今天看来，从昊天公司介入项目起，牛笑天就步入了黄奇布下的陷阱。

汪真真冷笑了一声："如果我没有猜错的话，这个燕一涵就是你的替身。当初她以归国富商的身份，假模假样地参与福利厂土地竞买，在你巧布机关后，狠狠地敲诈了昊天公司一把。而今，你们又故技重演，可真是机关算尽呀！"

"汪小姐好记性，燕一涵的确是我的合伙人。不过你要说我巧布机关的话，那是抬举我了。商场如战场，战场上也是讲艺术的。好就好在这个燕一涵小姐比你聪明，她知道背靠大树好乘凉的道理。这多年来，她只需按我的指令轻松做事，就活得远比一般人潇洒自在。"黄奇说。

"我真是领教了你的无耻！"汪真真说，"为了这个项目，牛董事长把毕生积蓄都投了进去，又欠下了一大堆债务。而你小施手段，就掠夺一空。你以为牛董事长会任你宰割？"

黄奇脸上泛起笑意，轻轻地摇着头："牛笑天只怕早已没了和我抗衡的能力。你只要在这份协议书上签了字，我不信牛笑天不就范。"

汪真真紧闭着嘴巴，进行着激烈的思想斗争。

黄奇趁热打铁："只要汪小姐识时务，你就是第二个燕一涵，吃香喝辣的日子等着你。如果你对奥林匹克运动广场这个项目有感情，这个项目仍然交由你负责。"

汪真真没有说话，空气像是凝固了。

且说黄奇为什么如此看重汪真真的签字，就是因汪真真的多重身份，她既是昊天公司重要的管理人员，又是质押给他那部分股权的持有者。即使是回赎股权，也还得经由汪真真这个必要的环节。搞定汪真真，一方面在工作程序上扫清了障碍，另一方面也可以在情感上彻底打垮牛笑天。这也是一直以来黄奇把敌手牛笑天晾着，只把汪真真反复折腾的原因所在。

"休想！"汪真真终于斩钉截铁地迸出了两个字。

"好一个补药黄奇先生，"汪真真说，"你就是一副毒药，谁沾上你谁就得倒霉。这事别说牛董事长，就是我这一关你也根本过不去。你最好早早断了念想！"

对于汪真真的反应，黄奇并不意外："看来汪小姐真的是敬酒不吃吃罚酒。"

"敬酒罚酒，我一概不吃。"汪真真一副凛然不可侵犯的表情。

"我给你看一样东西。"黄奇站起身，走到自己的办公桌前坐下，在电脑前鼓捣了一会儿，从一旁打印机上取下了一张与 A4 纸一般大小的彩色照片，又回到茶台前交给汪真真。

汪真真把那张照片扫了一眼，只觉得一阵恶心。那是一张艳照，一个女人赤身裸体地躺在床上，身旁竟然卧着一只狼狗。她没有想到这个在商场上无恶不作的恶棍黄奇，竟然还喜欢这种无聊的游戏。她厌恶地将那张照片推开，顺口骂了一句："下流坏子！"

"你好好看看照片上的主人公是谁。"

一句话提醒了汪真真。她一把抓住照片，仔细一看，只觉得一股热血冲上脑门，眼前一黑险些摔倒。照片上的裸体女人不是别人，正是她自己。

"汪小姐不会以为这张照片是 P 出来的吧？"黄奇说，"我也没有想到堂堂汪小姐怎么还好这一口。天底下的男人选不过来，还要选一只公狗陪睡。"

强忍着愤怒的汪真真，脑子飞速旋转起来。她把自己和黄奇以及所有人员近来交往过的情景认真回忆一番，断定这张照片是在自己失去知觉的情况下被人摆拍的。可能性只有一个，就是第一次应黄奇之约，去山中会所面见乌书记的那个晚上。一场难以招架的猛酒让她醉得不省人事，谁知竟让这帮恶棍干了如此下流的事儿。

"这是你在山里那个会所干的勾当？"汪真真把牙齿咬得咯咯响。

"是又怎么样？"黄奇狞笑着，"待明儿这张照片上传到网上，恐怕只有人关心照片上的人是谁，而无人在意照片的拍摄者是谁吧？"

"哈哈哈……！在这个汉京城里，跟我黄奇斗，赢的人还没有。汪真真，你太嫩了！"黄奇背转身，面向窗外，似乎陶醉于自己的成功。

浑身战栗的汪真真，抓起茶台上那把金玉水果刀，拼尽力气朝着黄奇的后腰刺过去。

黄奇本能地把手捂向后腰，只摸得着露在体外的刀柄，鲜血瞬间湿透了衣裤。他望着脸色惨白、瞳孔变形的汪真真，苦笑着挤出了一句话："汪真真……你……你真毒……我想不到……栽到你手里……"随即两眼一黑，双腿跪地，继而像死猪一样，蜷缩在地板上。

闻声赶过来的两名警察目瞪口呆。

第十三章

　　狗蛋爹在汉京城做活时被砸死的消息，像一阵风一样刮遍了牛家庄的角角落落。牛家庄本就有一家出事、全村相帮的习俗，平日里谁家有个红白喜事，必定是庄里大部分人都去事主家起伙。这狗蛋爹年纪轻轻死于非正常事件，自然更让庄子里的人上心。待人们知道狗蛋爹死在牛笑天的工地上，狗蛋娘奔走时又被牛笑天派人打得骨折，牛家庄一下炸了锅。大家一时间无法判断谁是谁非。手心手背都是肉，双方事主都姓牛，这回真的是大水冲了龙王庙。

　　且说这牛家庄的村长庚利在上回牛笑天回庄扫墓时与牛笑天豪饮了一回，牛笑天在半醉状态下夸下海口，要出资把庄子里的面貌好好改善一下，村长也就寄托下无限的期望，牛笑天返程时，还为牛笑天备下了满带乡邻诚意的礼品。谁知牛笑天回城后，这事儿却没被当作头等大事，迟迟没挤出钱来兑现承诺。村长等得时间长了，就忍不住给牛笑天打了几个电话。牛笑天正为资金的事焦头烂额，哪敢再立即答应村长，只搪塞说再过段时间安排。村长以为牛笑天回庄子的言行是逢场作戏，其实骨子里早已把牛家庄抛到九霄云外，后来提起牛笑天就微词连连。这狗蛋爹出事的消息传到村长耳朵，村长半私半公地就在狗蛋家主起了事。这村长一旦成了主心骨，牛家庄老少爷们马上形成高度统一的认识。

村长说牛笑天虽也姓牛，却早已没了牛家庄人的本分。好在牛笑天当年没在牛家庄娶下一房老婆，要不然没准还会再上演一出秦香莲进京寻夫被追杀破庙的苦戏。狗蛋爹是牛家庄的后生，去投靠那牛笑天也是常理，牛笑天不多给些关照也就算了，怎么能让狗蛋爹去干那有生命危险的营生呢？狗蛋爹死了，敢情也不能说那是牛笑天故意害死的，可牛笑天让人殴打狗蛋娘，竟然把骨头都打断了，这可就成了猪狗不如的行为，从今往后牛笑天就不配再做牛家庄人了。另外，这回要是不让牛笑天为自己的行为付出代价，就对不起牛家庄列祖列宗。

如果说牛家庄的村民是一群羊，那村长必然就是领头羊。羊群效应在这个仍然不太开化的庄子里就发挥得更为显著。很快由村长做主，牛家庄能干事的男女老少分成两拨。一拨以腿脚灵便的人为主，在庄子里置办棺木、开挖墓穴、料理后事；一拨以老弱病残为主，组成请愿团，浩浩荡荡杀进汉京城，在讨要说法的同时，为狗蛋和狗蛋娘尽可能多追些赔偿。为了能让乡亲们心里平衡，村长又自作主张承诺大伙，为狗蛋家要回的赔偿金劈出两成，以感谢众乡亲的同心同力。

在牛家庄的乡亲们眼中，八婶娘是一个特殊的人物。大伙都知道牛笑天是在八婶娘家长大的。用村民的话说，好赖八婶娘也算是牛笑天的养母，养子干了这伤天害理的事，叫这当娘的能说些啥话？八婶娘的特殊之处还在于狗蛋爹是跟着自己的亲孙子一起去投奔牛笑天的，狗蛋爹一死，自己的孙子躲得无影无踪，庄子里的人虽没把矛头对准自己的孙子，但背后的指指点点，让老而不傻的八婶娘如芒刺在背。八婶娘在家里难堪地待了一天时间，苦思之后毅然决然找到村长，自告奋勇要求跟随请愿团进汉京城找牛笑天那畜生。有八婶娘坐庄，请愿团当然增力无穷。这八婶娘成了请愿团中一个举足轻重的人物。

村长做好安排，却并没有随请愿团进汉京城。村上的文书受命兼做请愿团团长，几十号人分乘几辆车子，浩浩荡荡开进汉京城。先是到了奥林匹克运动广场，却见工地已因勒令停工空空荡荡，转而打听得消息，变道去了昊天公司办公大楼。那昊天公司购买的办公楼上汇聚了几十家公司，一看楼下闹腾着一群农民，自然群体向物业公司提出抗议。待物业公司了解了事情原委，即派人到昊天公司交涉。此时的牛笑天已被送进医院，偌大的办公楼内就剩下几个值班的，物业公司无奈又下楼和牛家庄的人解释，不得已中还带着牛家庄的人到昊天公司办公楼层看了个究竟。那村上的文书也是聪明人，一听物业公司说的是实情，当下又决定把请愿团兵分两路，一小部分留守在昊天公司办公楼层，大部分人挥师直扑汉京市政府。两路夹击，不愁这牛笑天躲到天尽头。八婶娘因为年事已高，行动不便，就被安排在留守昊天公司的这一拨人里。文书又特别叮嘱留守人员务必照顾好老太太，反正这趟光荣的战斗会有优厚的经费。

一场规模不小的群体上访，自然又惊动了汉京市的党政机关和好事的各路媒体，市委乌书记也收到了报告。恰逢汉京市举办的一届国际博览会正值筹备期，外地参展团队尤其是一些国际友好团体已在汉京城派出了大量先遣人员。这个关键时候出了抹黑汉京城形象的上访事件，乌书记高度重视，严令市政府办公厅牵头组织劳动监察、公安、工商等部门联合组成调查组，迅速平息社会矛盾，惩办肇事单位和负责人员。事件也同样引起了那个曾经和昊天公司交集颇深的萧记者的注意。萧记者上一次自导自演了一场戏，没捞到任何好处，反而蹲了几天大牢，偷鸡不成蚀把米，虽说没遭大罪躲过一劫，但少不了对牛笑天怀恨在心，这段时间一直在寻机会报那一箭之仇。前一阵，萧记者已打探得牛笑天违规在未领到正式销售证之前，私卖楼房一事，正想着堂堂正正地再写一篇批评文章，却不料撞上了昊天公司用工事故引发的上访事件。

牛笑天那一日与丁冬照面后怨气交加，急火攻心，惹得旧病复发，伤口疼痛难耐，只得又住进了医院，把工地事故的处理托付给了手下的工地代表。这工地代表平日里只会干些督促工程进度、监督工程质量、传递施工信息的技术活，遇上这处理工亡事故的棘手事，端的是束手无策。再加上牛董事长也没明确交代事故的处理方案，因而也就懵懵懂懂地跟着一群上访闹事的人瞎转悠。待到市政府牵头组成的工作组开始工作，那工地代表一问三不知，不由得又把工作组的人惹火了，说这昊天公司真是无良，闯下这么大的祸竟连个主事的人都没有，政府出面擦屁股连腔眼都寻不见。问工地代表昊天公司的法人代表在哪里，工地代表回说在医院治病。工作组想着这法人代表肯定是装病躲起来了，便派人到牛笑天诊疗的医院看个究竟。一到医院却正逢牛笑天在医院手术室做一项内窥检查，工作组遂找到牛笑天的主治大夫询问牛笑天病情。主治大夫说牛笑天身体各项指标差到极点，现诊断为胰腺癌，病人目前根本无法再经受刺激，建议工作人员缓后与其接触。工作组一行人员只好悻悻打道回府。

再说萧记者为泄私愤只图事闹得越大越好，拿了个记者证在牛家庄一帮上访人员中煽风点火。牛家庄人一看有记者撑腰，那士气更加旺盛。萧记者又是灵机一动，给前阵子采访过的奥林匹克广场买房业主打了一通电话，说开发商昊天公司人去楼空，老板跑路，务请业主关注自己的权益。这些买房业主虽说每户不过只交了几万元定金，但论起数量来也有近百户。原先萧记者只想着就这件事再给昊天公司捅个娄子，现在既然有了工地死人的事，两难合一难，肯定够牛笑天喝一壶的。萧记者把电话打给个别业主，那些业主之间早已形成联系网络，半天时间就通过电话、短信实现了信息共享。出于共同的利益，业主们陆续到了市政府门口，时间不长，就汇聚了一大帮人。市政府门口出现了一个奇特的现象，两个上访阵营摆起擂台，虽诉求不同，但矛头却指向同一家单位——昊天公司。

半路上杀出程咬金，市政府工作组没想到把一个工亡上访专项工作办成了同时接待购房纠纷的双向事务。市委乌书记有关稳定大局的批示既已定了调子，工作组哪怕是摁下葫芦浮起瓢，也得兼而顾之，遂又分两个小组分别处理工亡与购房纠纷。

牛家庄的人狮子大张口，要求一次性赔偿死者三百万元，另把狗蛋娘和狗蛋母子二人养起来，每月费用不得低于三千元。工作组当然不会贸然答应，但想着出钱的事反正有昊天公司扛着，就想先把昊天公司账户上的资金控制起来。谁料想工作组的人持着市公安局签发的账户冻结决定，去昊天公司开户银行查询账面余额时，却被银行告知该账户已被汉京市中级人民法院查封，且账户资金不足万元。

昊天公司无钱善后的消息又让牛家庄的人沸腾了。他们不相信那么大阵势的一家公司，竟然拿不出几个钱安抚个把惨死的工人。庄子里的人更是对村长许诺的两成赔偿即将落空而愤慨沮丧，自然又是群情激愤。牛家庄阵营的怨念随即迁延到购房业主的阵营中。在萧记者给大家的分析意见催化下，牛笑天掏空公司、将资金转移境外的消息让人们的怒火又高了万丈。上访业主很快形成统一诉求，要求昊天公司退还违规收取的购房资金，将违法乱纪的牛笑天绳之以法。

因为昊天公司的账户已被法院查封，工作组又与汉京市中级人民法院办案法官取得了联系。原来，这个案件正是小贷公司与昊天公司那桩执行案件。本来因为梁律师的协调已将案件暂时中止，却未料到昊天公司财务状况不但未见好转，反而持续恶化。工作组本想从法院那边了解昊天公司的资产线索，却不想给办案法官提了个醒，法官立即恢复了对昊天公司的执行，且在第一时间对昊天公司的法人代表牛笑天实施了限制高消费措施。这限高措施是专门针对那些长期欠债不还的老赖们实施的手段，一旦被限高，则无缘乘坐高铁、飞机，不得入住高档酒店等。

住在医院里的牛笑天有些神情恍惚，难以忍受的病痛让他不得不在极致的状态下依靠注射吗啡缓解。夫人仍然陪伴着他，不过他已经在夫人凄楚的神色中感知了些许对自己病情不乐观的信息。躺在病床上，他依然揪心着外面的那些事情，汪真真的案子、牛小祥的案子、狗蛋爹工亡后的善后，除了电话了解情况外，他现在就靠司机来回奔跑着执行自己的指令。

这天牛笑天听见司机和夫人嘀嘀咕咕说话中提到八婶娘。他唤过司机问八婶娘是咋回事儿，司机吞吞吐吐，欲言又止。牛笑天一时来气，斥责司机不像个男人。司机无奈中断断续续说出八婶娘领人占住昊天公司办公楼的事。牛笑天沉默良久，闭上双眼，任由豆大的泪珠从眼眶中滚落下来。

医生建议牛笑天去上海一家著名的医院再检查一下。医生说上海那家医院对牛笑天这种病的治疗已有丰富的临床经验。牛笑天无心来回折腾，更兼诸多火烧屁股的麻烦事，无意前往。但夫人极力坚持。牛笑天扛不住夫人的死缠硬磨，只好答应随夫人去一趟上海了却心事。

牛笑天让司机给他订两张汉京城到上海的机票，却不想司机惊讶地告知牛董事长，航空公司拒绝为他售票。拒绝理由是申请购票人已被人民法院限制高消费，乘坐飞机属于限制内容。

牛笑天呆若木鸡，做声不得。

牛夫人一阵发愣，少顷，忍不住啼哭起来，边哭边说："牛笑天啊牛笑天，你犯了什么罪，被人家法院限制自由了。难不成下来还会把你抓去坐班房？"

牛夫人还在哭天抹泪的时候，牛笑天的电话响了起来。接通电话，牛笑天一句"儿子"的呼唤让牛夫人立马止住了哭声。但牛笑天几声"嗯、啊"之后，脸色却越发难看。牛夫人在一旁着急，忍不住从丈夫手中抓过手机。没听几句，只见牛夫人摇晃几下，站立不稳，倒在地板上。

牛笑天的喊声惊动了医护人员，走进病房的护士见状，立刻唤来医生，七手八脚地把这个病员家属送进医院的急诊室。

原来，牛笑天的宝贝儿子因违反逗留国法律被羁押，本可在交付保释金后释放，却不料儿子交的那个女朋友在收到牛笑天筹措的保释金后，卷款不辞而别。保释期已过，儿子依然被限制自由，孤身无援的儿子只好再把电话打给国内的父母。

牛夫人死了。

牛夫人是在极度紧张的状态下，脑血管突然破裂。虽经医院全力抢救，终因出血量太大，医生未能从死神手中抢回病人。开颅手术没做完，牛夫人就在手术台上停止了呼吸。

沉浸在丧偶之痛中的牛笑天接到了梁律师的电话。梁律师遗憾地告知牛笑天，汪真真案件已发生了根本变化。他说汪真真持刀杀死了与案件有关的一个人，已构成杀人罪，案件由市公安局经侦支队转交给了刑侦支队。估计汪真真这一回凶多吉少，死罪难逃。

梁律师传来的消息如炸雷一般让牛笑天浑身筛糠，他结结巴巴问梁律师案件究竟。梁律师说被汪真真手刃的受害人正是举报汪真真犯罪的那个黄奇。

牛笑天明白，大祸临头了。

牛笑天跟梁律师说，宁肯倾家荡产也要搭救汪真真的性命。梁律师说杀人案件若没有什么特殊的情节，一般都会优先适用死刑，何况汪真真的行为属于报复杀人，属于情节恶劣的那一类。不过梁律师又给牛笑天留下个小缝，说根据他对发案过程的推测，也许汪真真另有隐情，若能找到有价值的证据，或许保命有些盼头。

牛笑天铆足了力气说："梁律师，拜托了！"

市政府牵头的工作组打电话通知牛笑天，务必在身体状况许可的情况下，立即协同工作组解决工亡事故和违规售房的善后事宜。工作组的人说为了昊天公司，市上的领导和多个部门都遭殃受累，房管局的一把手马英俊也被市纪委请去喝茶。工作组质问牛笑天放着那些可怜的工亡者家属和购买了烂尾楼的市民不顾，作为昊天公司的负责人，良心哪里去了？如此一味逃避矛盾，不肯出面解决问题，难道真的逼着政府动用公安抓人不成？

牛笑天说："解决不好善后问题，我以死谢天下！"

牛笑天突然思念起爷爷和母亲来。

夜深了，牛笑天独自一人离开大杂院中的那个家。夫人没有了，牛笑天也不需要再跟谁解释深夜出行的理由。他扬手打上了一辆出租车，直奔为爷爷、母亲、父亲安灵的那个心中圣地，那个开张没多久就尘封起来的牛文化博物馆。

那间摆放着牛笑天列祖列宗的密室已经布满了灰尘。牛笑天找来一块抹布，小心翼翼地用清水把香案擦拭了一遍，在香炉焚上了一炷细香。

盯着照片上爷爷那张瘦小的脸，牛笑天说："爷爷，不孝孙儿牛笑天给您请罪来了，我玷污了牛家的名声。从年轻时进到汉京城，几十年间没干成啥事情，竟落得一身骂名。到如今，牛家庄回不去了，侄儿牛小祥进了监，牛家的后人也让我害惨了。"

挂在墙上的爷爷老古董眼睛眨巴了一阵，突然说话了："孩子，你太苦了。"

牛笑天问："爷爷，你想知道我这大半辈子是怎么走过来的吗？"

老古董说："孩子，你是在我怀里长大的，你永远都是我的孩子。当年我离开尘世的时候，最割舍不下的就是你。到了天堂，我还是无时无刻不在挂念着你。其实天堂里跟我一样的人很多，天堂和人间连接的纽带就是亲人之间的情感。有句话叫'人在做，天在看。'其实就是说活着的人做了什么事都瞒不过天堂里的先人们。几十年过去了，你做过的事情，你经受的磨难，连同你的心事，我都清清楚楚。你的母亲、爹爹，他们和我一样也都明白。"

牛笑天问："爷爷，我做过的坏事让您伤心了吗？"

老古董说："你是我们牛家的孩子，牛家人祖祖辈辈都是以做善事为荣的，你的骨子里流淌着牛家的血脉，你本来也是以做善事为原则。但你也做过不少坏事，你常常为了做成一件事而违背自己的良心，去干不该干的事。但能让我安心的，是你的那些恶行仅仅是一种手段，这些手段背后的目的还是成就善事。就是那些恶行该受到谴责，相比你干的善事，爷爷还是会原谅你的。孔圣人说，人非圣贤，孰能无过，过而能改，善莫大焉。只要你不为曾经做过的坏事沾沾自喜，就不必太过自责。说一千道一万，你还是我们牛家的骄傲。"

牛笑天问："爷爷，我当年该不该离开牛家庄进到汉京城？"

老古董说："这世界上本来就没有该与不该。我们牛家祖上也迁了几回家，每一次搬家总还是为了奔好日子。人挪活树挪死，说的也是这个道理。挪个地方换个行当是人们谋幸福的惯常做法，有什么不好呢？你的太太爷爷当年走进山西又闯西口，不也是为了振兴咱牛家吗？牛家庄地面小、眼界窄，哪里能比上省城汉京？何况你进了汉京城以后，也干了不少让咱们牛家人长脸的事情。汉京城里不少人住着你盖的房子，这于己于人都舒坦的结果，何必要在心里纠结呢？"

牛笑天问："爷爷，我是不是不该当老板？"

老古董说："追求财富，是人的天性。但成为有钱的人，只是少数。因为人的天性，穷人常常对富人心生怨念，编派出一些为富不仁的故事，让富人戴上黑心财主的帽子。其实大多数富人起家时都是靠着勤奋持家、善待乡里。能成为财主的人，大都是值得尊敬的人。因为他们吃的苦比别人多，冒的险比别人大。再说，正是因为这个世界上有了富人，穷人才有了挣钱的路子。就拿你来说，当老板几十年，有多少人靠着你挣钱糊口，育儿养家？而你挣下的钱，又有多少花到自己或者家人身上？这样功德无量的事情，当然该做。"

牛笑天问："爷爷，我还能不能再回到牛家庄？"

老古董说："老牛家从我这一辈起，人丁算不上兴旺，除了你的叔父在那个小岛上繁衍了一支外，牛家庄就剩下你这一脉。本来你可以在庄子里根深叶茂，可命运偏偏让你花开异乡，儿子也被你送到了更遥远的地方。这一次牛家庄人给你难堪，让你再没办法踏足那方热土，的确让人心痛。但捂着胸膛想一想，你没有做过任何对不起牛家庄父老乡亲的事儿，村人们爱骂就骂去吧，想编派就编派去吧。一家人还有吵的、闹的、打得不可开交的，何况一个村子里的乡亲呢。回不了村子就暂时不回去了吧。一切都会有最好的安排。只要你的心里还有牛家庄，你的灵魂，就永远在牛家庄那个属于你的地方安放着。"

牛笑天问："爷爷，为什么我时时善待别人，而常常得不到善报？"

老古董说："人生在世，草木一秋。人生的价值就在于善待别人，草木的价值就在于充当木料或饲料。能从容面对别人的恶行，何尝不是一种幸运呢？那些施恶的人，不过是在人世间扮演了另一种角色而已，他们给善良的人提供了行善的机会，到头来一定会遭受良心的谴责。所以，比起善待人的人，他们才是这个世界上不幸的人。而你有幸能为别人做点好事，却老是纠结别人为什么不给你善报，这本身就不是善念。对知恩图报和恩将仇报的人，善良的人都要一视同仁。常言说海纳百川，有容乃大。牛家的人都应当有天空一样宽阔的胸怀。"

牛笑天问："爷爷，死亡可怕吗？"

老古董说："人固有一死，不管贵为皇帝还是贱若乞丐。只有死亡是最公平的待遇，每个人都得坦然面对。人是这个世界上唯一知道自己会死亡的生灵。从生下来那一刻起，人就一步一步走向死亡。离开娘胎那一刻，就是死亡的开始。人一辈子，活得好与赖，就看咋样看待死亡。把死亡看作一个轮回的起始点，死亡不但不会让人恐慌，反而会让人感到幸福和新奇。人常说视死如归，就是这个道理。何况，只要不是罪孽深重的人，死后都会升入天堂，为什么要害怕死亡呢？"

牛笑天说："爷爷，我咋样才能放下心中的遗憾？"

老古董说："人活的就是个心劲。心劲就是能实现自己人生的目标。但欲无止境又是人的天性，所以人生的目标就一个接着一个。而目标总有实现不了的时候，当然就会留下遗憾。常言说，长江后浪推前浪，世上新人换旧人。新人就是在旧人的遗憾中才更上一层楼的。每个人都会在人世上留下遗憾，懂得了这个道理，就会放得下，就会释然。你没实现的事，就交给别人去做吧。这也许可以看作你给别人的一份馈赠。"

牛笑天说："爷爷，我明白了。"

牛笑天细细品味着爷爷和他的对话，心里涌上一阵阵甜丝丝的感觉。他好像又回到几十年前，爷爷怀抱着他，给他指着空中的星星说话。他闭上眼睛，尽情地体味着这种久违的舒坦。

一阵噼里啪啦的鞭炮声，把牛笑天从似梦似醒的状态中唤过来。牛笑天一看表，已是凌晨五点，他知道又有一户人家要起灵了。汉京城有个习惯，凡是仙逝的亲人火化当日，都要在凌晨五点左右从家里动身送别灵位，谓之起灵。起灵时会放响一挂鞭炮。牛笑天抬头看看窗户外面，孟冬夜长，天仍然黑乎乎的。

牛笑天揉了揉干涩的眼睛，搓了搓干瘪的脸，整理了一下思绪，从包里掏出一个记事本，撕下一张纸，给梁律师写了一张便条。

梁律师：

原谅我给您添了不少麻烦，让您做了不少事，费用却欠了一大堆。我名下现有位于××街××号××楼××室房屋一套，估值约为300万元，另有奔驰汽车一辆，烦请您将此房及车代我处置，所得价款作如下安排：

一、补足前期拖欠您的律师费用。

二、为汪真真组织强有力的辩护团队，务必让法院从宽处理。

三、把牛小祥的案子办好，待牛小祥出来后让其回台湾。

四、可能的话，给福利厂老职工×××的家属送去10万元钱，就说是×××的老朋友送的。

五、如有余款，请联系汇给我在欧洲的儿子牛大满，他的联系电话是××××××××××（如有可能）。

牛笑天敬托

窗外已经大亮。牛笑天把写给梁律师的便条装在一个信封里封好，给司机打了个电话，让半个小时内来接他。

司机按时把车子开过来，早早等在路边。牛笑天站在街道上，回过头，深情地看了一眼这方已经卸牌的牛文化博物馆，缓缓地钻进车子，吩咐司机去奥林匹克运动广场工地。待车子行驶到离工地不远的地方，牛笑天让司机把车停在路边，说他想下车走走。司机说牛董事长身体不利索，还是把车开到工地现场好。牛笑天说不必了，活动活动身子有益处。说着将那封信交给司机，嘱咐其连同这辆车和钥匙一并交给梁律师。司机诧异牛董事长无车可用。牛笑天笑了笑说一切都会好的。

走近奥林匹克运动广场工地，路边新落成的大型电子广告牌正在播出汉京市都市新闻。屏幕上，市委乌书记正在接待一个欧洲国家来汉京的访问考察团。乌书记讲话时声若洪钟，说到汉京市发展前景时，手掌在空中一挥，画面上立即切换到令人瞩目的超现代化都市蓝图。新闻中间又插播了一则汉京市中级人民法院

的公益广告，广告内容为"法眼罩天下"，把近期民事案件执行中
筛选出的拒不履行人民法院债务判决的老板名单一一公布，在屏
幕滚动显示的名单中，牛笑天赫然看见自己的名字：

牛笑天，身份证号：××××××××××××××
××××
身份：昊天公司法定代表人

牛笑天把目光转开，径直朝工地挪去。

奥林匹克广场已经被安监部门责令停工，工地上冷冷清清，
两台吊车孤寂地戳在已施工至十八层的楼房顶端，像两根被生生
扯去旗帜的旗杆，哀叹着被冷落的命运。

好在那看管工地的民工认识牛董事长，牛笑天没被阻拦，进
了工地。

穿行在大楼内弯弯曲曲的施工通道，牛笑天拼尽了浑身的气
力，爬到十八层最高施工层时，内衣已经透湿。

天空仍是灰蒙蒙一片，日甚一日的雾霾，似乎已让这个城市
和蓝天白云结了怨。站在距地面大约五十多米的高处，街道上蝼
蚁般的行人已显得有些模糊。

遥远的天际传来了声声亲切的呼唤，牛笑天侧耳分辨，那分
明交织着爷爷和妈妈，还有爹爹、妻子的声音。

牛笑天迈着欢快的步子，朝着亲人扑去……

牛笑天的后腰突然被一双有力的胳膊箍住。待慢慢回过头时，
牛笑天眼前出现了两名身材魁梧的警察。

两个月后，牛笑天从康宁医院出院了。让牛笑天做梦也想不
到的是，在医院门口接他的人，竟然是自己的儿子牛大满与侄子
牛小祥。

牛笑天在奥林匹克广场施工顶层欲轻生时，被市公安局经济

侦查支队的办案民警尾随救下。原来基于昊天公司的连环案件，市公安局已受命对牛笑天布控，关键的时候，救了牛笑天一命。牛笑天因涉嫌合同诈骗，被羁押于市公安局看守所，因健康出现状况，被送入市公安局专门针对在押人员开设的康宁医院。经过治疗，身体竟奇迹般地康复。又经公安局预审科预审、法制科审核，认为牛笑天经营中虽有不当行为，但并不构成犯罪，遂决定恢复其自由。

牛笑天看着自己的两个亲人，激动得说不上话来。还是牛小祥快人快语，说自己的案子已了，只是拘留了一段时间，应当不算有前科。大满哥是他设法从国外叫回来的。大满哥现在也看透了西方自由的那一套，觉得还是家乡热土更亲，现在正和他商量着让伯父出来扛起大旗，带着他们兄弟二人重创辉煌。

看着自己的儿子，牛笑天有些不相信牛小祥的话，难道这个昔日几头牛都拖不住的宝贝，如今竟然脱胎换骨了？！

牛大满眼里含着泪水，朝着父亲坚定地点点头："爸，一场风雨之后，我才知道，自己原本并不待见的土屋有多好！"

牛小祥又不无振奋地告诉牛笑天，说那个道貌岸然的乌书记十天前被纪委拿下了，汉京城不知有多少人放起了鞭炮。

牛笑天欣慰之余，又问起汪真真。

牛小祥说，汪真真一案里，律师发现了重大利好证据，据说保命肯定没有问题。

牛笑天的老泪滚滚而下。

二〇二〇年六月于长安

后 记

因为职业原因，我曾给众多的民营企业提供法律服务，结识了不少中小民企老板。我自认为对这一特殊的群体有着较为深刻的认知。

大多数时候，出现在大众面前的民企老板，光鲜亮丽、豪掷千金。但正如演艺明星一般，辉煌的背后，那些难以想象的辛酸与艰难，未必为常人所知晓。

盘点我所服务过的民企，二十余年来，能一如既往健康存续的，凤毛麟角。虽不乏曾经大红大紫引领风骚者，但大多逃不过十年破败的魔咒。可叹一些企业主，最终陷入不归路，身陷囹圄或跑路失踪者屡有耳闻。

有多少民企老板在经营达到一定规模后，才发现身不由己。企业好像一列战车，面对重重的障碍，却无法踩下刹车。超高的精神压力下，使得正常的天伦之乐已无暇享受，亲情与友情发生异化，孤独的灵魂无处安放。

撑持一家企业，又犹如驾驶一艘轮船，顺风顺水时固然惬意，但迎接狂风巨浪的惊心动魄也是常态。难为企业家必须确保每次航程安然无恙。正如书中的主人公牛笑天所言，一个演员、一个体育明星、一个画家、一个作家，可以通过一次非凡表现或一件作品笑傲终生；而企业家却需在绝无间断的拼搏中，不断地取得成功，任何一次失败，都可能让前期的成功全部归零。但，这就是企业家的宿命。于是，在一波又一波的商事冲锋中，一排排的先行者倒下去，又一排排后来者接踵而上。

要保障一艘航船稳健前行，何其不易。研究气象资料、确定航行方向、保障后勤供给、组织船员协力，凡此种种，差之毫厘，失之千里。一家企业的发展，有若船航。对政策的分析感悟、对经营目标的确定、对商业资源的利用、对内外人才的调配，任何细微的差池，都可能导致企业垮塌。但企业家不是完人，常有思维上的短见，常见决策上的偏执。一念之间的闪失，便可能为企业奏起挽歌。

驱使企业家投身于经营的动力是什么？当然是对财富的追逐。但财富的积累，未必与企业家的生活水准发生直接的关联。曾有人说，财富多寡与幸福感的强弱，在某一个数值内成正比，超过时则成反比。人活在世上，白日三餐饭，家常最可口，夜晚一张床，陋室最温馨。那些看似基础、实则最核心的人生需求，无须太多的财富做支撑，于是，看似由企业家支配的私人财富，实则是身外之物。对企业家而言，有效地打理财富并使之保值增值，乃天赋责任。企业家乐此不疲地追求财富最大化，说得高尚一些，是事业心驱动，说得庸俗一些，是虚荣心使然。但不管怎么说，企业家的拼搏，在一定程度上，并非单纯谋求个人的安逸和舒适。

然而，正是因为有了千千万万辛劳打拼的民营企业，才有了市场的无限活力，才有了社会就业岗位的丰盈，才有了国家税源的扩展，才有了区域之间物流的顺畅。几十年改革开放的历史，已经让民营企业牢牢地植根于中国现行的经济体制。不可想象，一旦缺失民营经济，社会的正常运转会否一如既往，百姓的生活会否便捷依旧。虽然民企经营的原动力并非纯粹的奉献社会，但其客

观上形成的贡献，应当被社会认可并得到捧誉。遗憾的是，在社会
享用着民企带来红利的同时，却吝啬对民企给予必要的关注。

　　作为一个写作者，有机会多角度了解貌似强势实则亟须关注
的民营企业家群体，尤其是面对人们常因误解而对民企形成的负
面评价，我就有一种冲动，想把那些不为人知的幕后故事讲出来，
以唤起世人对民营企业的理解与包容，也尝试着探索民营企业屡
屡失败的根源。这便是这部小说的写作初衷。

　　牛笑天是一个虚构的人物，但他的确是众多中小民营企业主
的一个缩影。在塑造这个形象的时候，我的脑海中时时交替出现
着那些熟悉的老板们的身影。不可否认，对于主人公牛笑天，我
情不自禁地流露出同情，但我并没有刻意去美化他，也没有刻意
遮掩他的性格缺陷。我只是在不自觉中把他良善的一面作了展示。
牛笑天骨子里渗透着中华民族的传统美德，同情弱者，与人为善，
吃苦耐劳尤甚，他一心扑在事业上，习惯于体谅别人的感受。但
另一面，为了达到目的，他却常常不择手段；虽极度看重别人对
他的评价，却每每忽略对自己的关爱；做人时严于律己，做事时
却屡屡出格。其矛盾的性格与冲突的价值观，耐人寻味。

　　导致牛笑天失败的原因是什么？他看似中了商战中的埋伏，
落入别人的陷阱，但其实核心的原因还是在于性格上的贪婪。为
了虚妄的目标，不顾自身实力，不惜串通招投标，贿赂官员，在
刚愎自用中滥用危险的杠杆资金，从而直接成为自己事业的掘墓
人。牛笑天的失败，其实也是相当一部分中小民营企业主的共同
悲剧。究其原因：贸然决策、盲目扩张、扎堆热门，这些常见的
民企通病，在牛笑天的事业中得到了典型的表现。

　　如果说，这部书能给读者在一定程度上展示出民营企业的生
存背景，让人们感知优化民营企业经营环境的必要性，那便是我
最大的欣慰。

　　社会对民企的偏见，不可能一朝一夕发生扭转。这部作品，
就权当是一次对民企生存环境与生存技巧的浅浅讨论吧。